我叫我同桌教你

靠靠 著

Deskmate

广东旅游出版社

中国·广州

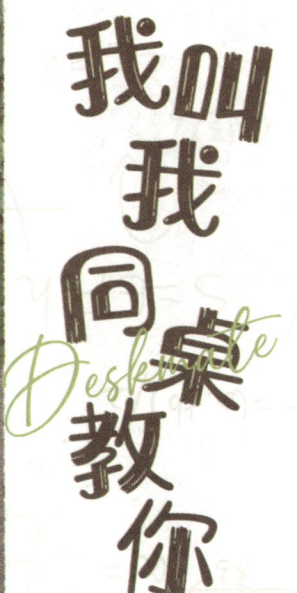

目录

- Chapter 1　小国仔　001
- Chapter 2　小精灵　015
- Chapter 3　归我管　031
- Chapter 4　考试了　056
- Chapter 5　好朋友　071
- Chapter 6　去郊游　089
- Chapter 7　家长会　120
- Chapter 8　放学后　135
- Chapter 9　匿名者　152
- Chapter 10　恐惧者　176

Chapter 11　月光光　190

Chapter 12　小秘密　199

Chapter 13　找住处　221

Chapter 14　好兄弟　235

Chapter 15　台风天　251

Chapter 16　离不开　273

Chapter 17　放寒假　281

Chapter 18　做检讨　295

Chapter 19　我叫我同桌教你　305

Extra Chapter 1　斌哥从不纠结　311

Extra Chapter 2　每时每刻　315

catalog

	星期日	星期一	星期二	星期三
			数学 课程复习： 公式、概念、例题理解； 1	
	错题整理： 整理、誊写错题。 5	模拟考 ★ 6	7	难题解疑： 顾奇南辅导 8
		语文 13	背诵内容： 课文背诵，早+晚； 14	15
	英语 19	单词背诵： 20个，早起+晚复 20	课程复习： 课本和笔记为主，注意语法 21	22
	26	知识点巩固 27	28	错题分析整 29

几分钟后，展铭拿着一杯奶茶出来了，
递给顾奇南，说："展哥请你喝。"
顾奇南接过来，冰冰的。
吸管已经插好了，顾奇南喝了一口，
香香的，甜甜的，很好喝。

顾奇南的高中生活结束了。
经历了很多事的高中生活，
很痛苦的高中生活，后来又很快乐的高中生活。
在这个夏天，很完美地结束了。
他有了新的好朋友，他很快乐。

Chapter 1
小囝仔

四月的空气,又湿又黏,梅雨季节要到了。

课间。

七中明知楼二楼的走廊里稀稀拉拉站着几个人,天气不好,下课了大家也懒得出来。

突然,一个穿着蓝白色校服的滚圆身影从走廊飞奔而过,带着惊天八卦冲进高二(五)班。

"我们班来了一个得精神病的家伙。"小胖大声嚷嚷。

高二(五)班静了一瞬,接着仿佛一滴水掉进热油里,炸了。

上周不知从哪里来的小道消息,高二(五)班一直在传有转学生要来。

"真的假的?"

"真的有转学生?"

"这都四月了,怎么可能有人这个时候转学?"

"所以才不正常!我就知道!"

"张班才走了一星期,高二(五)班就要完了!连有精神病的人都来了!"

"胖哥你哪里听到的消息?!"

小胖这一嗓子,把昏睡了大半节课的展铭喊醒了。

前桌吴渊转过来,扔了一袋豆浆和馒头在桌上:"展哥,还热着,赶紧吃。"

展铭"嗯"了一声,两口吃了一个馒头,一口喝光了一整包豆浆,没抬头,听着小胖咋咋呼呼。

小胖站在第一组第一桌前面,严谨地修改了一下自己的措辞。

"也不能说是有精神病,就是精神可能有点问题。"

第一桌的高霖霖问小胖:"你怎么知道的?"

小胖眉飞色舞:"我没写作文,被老王叫去批,在办公室里听到的。林俊生代任一个月的班主任,这事归他管,政治处主任正在办公室跟他说这个转学生呢。我就听到政治处主任跟他说,要注意这个学生,重点关注,什么不能刺激他啦,注意班上同学跟他的相处啦,他原先在一中,就是因为跟同学相处不好,受大刺激了,才转来我们七中的。"

一个教师办公室里有一二十个教师,平时表扬、关心、训斥、教导学生,全都在这小办公室里。一班的好学生被询问是否早恋,二班的差生小测考了五分,一整个年段的老师基本都听到了。

没办法,学校也不弄个小密室什么的,让班主任们在里头私下做思想工作。

因为成年人们活了几十年了,在他们看来,有些小事实在称不上什么值得保守的秘密。

政治处主任在人来人往的办公室里跟林俊生叮嘱的时候,压低了声音,但也没想到要特意避开其他师生。

小胖竖起了八卦的耳朵,听了个零零碎碎,自己拼凑了一番,将自认为的真相告知全班。

"这个转学生,因为个性奇葩,被以前的同学孤立,加上学习压力太大,成绩下滑,自己心理承受不住,都厌学了。开学两个月了,把自己关在家里,不肯去上学!没办法,家长只好费大力气把他转到我们学校。虽说我们七中比不上一中这种重点学校,但好歹也是个学校吧,出来接触接触正常社会,总比把自己关出精神病好。"

高二下学期转学相当奇怪,而且不在开学第一天转,这都两个月了,现在转是怎么一回事?

高二(五)班的同学们都觉得这个转学奇奇怪怪的,此时听小胖一说,都觉得"果然如此"。

高二(五)班原先的班主任张鸣请假了,他老婆上周早产,他上课上到一半,被语文老师老王急急忙忙叫走。从此高二(五)班进入放养状态,从上周到这周,都疯。高霖霖,坐第一桌的学习委员,连手机都带到学校来了。

七中平时不让带智能手机,要带只能带老人手机。

学校让生物老师林俊生代任班主任,林俊生课多,根本没心思管别人的班级。再说了,就一个月,张鸣就回来了。林俊生能管好班级出勤,让一个班四十个人完完整整地坐在教室里就不错了。

但是现在多了一个烫手的山芋。

这个转学生……

林俊生一边琢磨着，一边进了五班教室。

第二节是他的生物课。

他一进教室就有人喊："老师，转学生呢？"

林俊生微微瞪大眼睛："你们已经知道了？"

王越喊："听说是一中的一个得了精神病的学生。老师，那可相当危险啊，万一他在我们班跳楼了怎么办？"

有人笑。

林俊生皱眉。

这个王越是五班第二棘手的学生，不学习，上课爱捣乱，时不时开些无聊的玩笑，说话没轻没重的，让人听起来不是很舒服。

林俊生敲敲讲台："都安静了，听我说。这个转学生你们张老师叮嘱过了，要你们跟他好好相处。既然来了我们五班，就是五班的一员，不要说什么'一中的'，知道吗？"

"哦……"底下稀稀拉拉地应和着。

"这位同学呢，这个、这个心理状况有点脆弱……"

"怎么个脆弱法啊，老师？"王越又问。

林俊生无视他，继续说："高二了嘛，快高三了，你们高中生心理都很脆弱的，我们学校以前也是有过这种个例的。总之，你们平时说话注意点，不要跟新同学说些奇奇怪怪的话。你们啊，说话有时候很没规矩，比如说……"

林俊生又把话扯远了。

林俊生啰唆了一大堆，终于记起来上课，课本还没讲两页，新同学到了。

政治处主任将人领到五班门口，叫了林俊生一声。

林俊生停下板书，说："新同学来了，让我们欢迎新同学。"

没人鼓掌。

林俊生若无其事地请新同学进来，说："你跟同学们介绍一下自己吧，叫什么名字？"

班级的骚动终于让展铭抬起头。

一个转学生，在这无聊的一天中，还算有点意思的事。

一个很瘦的少年。

这是展铭第一眼的感觉。

瘦得都有点病态了,让人怀疑他可能为了什么而过度消瘦。

新同学一言不发,拿了一支粉笔,在黑板上写下三个大字——"顾奇南"。

全班屏息。

这三个字写得特别好看,是那种你一见到就会特别注意的好看。

全班都盯着站在讲台上的新同学看。

顾奇南看上去特别小,甚至有点稚气,令人怀疑他真的是高中生吗。

他五官长得好,整个人却不好看。

脸是青白的。

头发有点长,都盖住前额了。

女生们开始窃窃私语:"啊,他确实有种怪怪的感觉。"

看完转学生长什么样,展铭困得忍不住又趴下了。

这个班级每天发生的事,基本都跟他没关系。

林俊生后知后觉五班微妙的气氛,强行忽略底下的窃窃私语,大声说:"让我们欢迎顾奇南同学!顾同学,你就坐在——"

林俊生环顾全班,发现糟了,他竟然忘记先考虑座位问题。

全班只有一个空位,但是那个位子——

王越看热闹不嫌事大:"老师,只有一个空位啦!"

林俊生想挽回局面:"但是顾同学坐最后一桌,这个、这个可能会被前面的同学挡住。这样吧,班长,你搬去最后一桌,顾同学你坐班长的位子。"

全班沉默地看着身高1.7米的顾奇南,坐到最后一桌,确实不大合适。

班长是女生,她同桌也是女生。两个女生惊恐地对望一眼,班长同桌立即说:"老师,他是男生!怎么跟我一起坐?!"

班长也不动。

于是林俊生又说:"那不然体委,你挪一下座位。"

体委看了看林俊生,林俊生催促:"快点!"

体委想站起来,被他同桌拉住了,同桌喊:"老师,他近视四百度,戴的隐形眼镜,你把他调到最后一排,他会看不清黑板的啦!"

体委又不动了。

五班弥漫着一种想看好戏又怕好戏落到自己头上的微妙气氛。

谁也不想跟有精神病的转学生坐在一起。

林俊生有点尴尬。

他是临时代班主任，不是正经的班主任，根本管不动学生，也叫不动学生，特别是换座位这样的大事。

顾奇南大概也很尴尬。

任谁都看得出来，别人不怎么愿意跟他一起坐。

顾奇南自己开了口："老师，我坐最后一排吧，我能看清楚。"

他声音轻轻的，咬字清晰，还挺好听。

林俊生只好说："你先坐下，过后老师再调一调座位。"

五班人都安静了，那一瞬间很像电影慢放。

全班，包括林俊生，眼睁睁地看着顾奇南走到最后一排。

传闻中有精神病的转学生，跟五班第一棘手的学生展铭坐到了一起。

瘦弱的转学生，跟身高1.9米、身材高大的展铭形成鲜明对比。

大家心想，若展铭站在他的瘦弱同桌前面，能把这个同桌完全挡住。

无论如何，顾奇南成了展铭的同桌。

展铭趴在桌上打了个瞌睡，醒来的时候发现自己有了同桌。

林俊生早就走了，现在是大课间，今天大概喇叭坏了，没做课间操。吴渊跟林小斌要去小卖部，问展铭去不去，展铭摆摆手。

吴渊问："给你带瓶饮料？"

"维C，"展铭说，"加一个面包。"

酸一下，精神点，后两节课看能不能听点进去。

按照这学期的颓废状态，展铭还真怕自己一个不小心考出零分。

他最近一段时间晚上都打工到挺晚，白天就困得很，什么都听不进去。

虽然他是差生，但也要稍微有点底线，至少不要得零分。

吴渊说"好"，瞥了一眼他的新同桌，欲言又止。

林小斌开口："展哥……"

展铭说："赶紧去，等一下面包被抢光了。"

两人听了这话才走。

展铭纳闷了，他看上去有这么霸道吗？这是教室，又不是他展铭的地盘，旁边的空桌子也并不属于他，他当然不介意被人坐了。

当然了，这人也不能太讨人厌。

比如王越那样的，展铭就不会让他坐。

这个顾奇南……

展铭坐直了，看了一眼。

目前为止，还没什么讨人厌的地方。

顾奇南正在安静地整理他的座位。

这张桌子空了很久，桌屉里塞了许多乱七八糟的东西，书、试卷，还有笔。这些东西基本都是展铭的，试卷发了他懒得做，或者小测结果发了顺手就塞进去。

"这些东西是你的吗？"

坐下到现在，顾奇南终于开口说了第一句话。

"嗯，扔了吧。"展铭说。

顾奇南那张脸上有了一丝神情，展铭猜那是惊奇。

从一中来的好学生大概第一次见到，竟然有要将一桌屉试卷、课本扔掉的人。

但顾奇南没说什么，继续整理。

展铭拿出手机打了一会消消乐，吴渊跟林小斌就回来了。

"这些人简直是饿鬼投胎！"吴渊抱怨，将饮料跟一个豆沙面包扔到展铭桌上。

展铭喝了一口饮料，又冰又酸，一下精神了。

四月，天气逐渐热了。

南州市的夏天很长，到了五月就进入漫长的热夏，十月才结束。

吴渊跟林小斌一边吃东西，一边光明正大地打量顾奇南。

他们两个跟展铭一样，浑身都散发着一股不好惹的气息。顾奇南不知是否对此有所察觉，一直低着头整理东西，并不与他们有视线接触，更别说打招呼了。

整个五班都在偷偷看他们这个角落。

人高马大的三个人围着头都不敢抬的顾奇南，怎么看都觉得顾奇南要完了。

特别是展铭，1.9米的身高，跟顾奇南坐在一起，仿佛大人跟小朋友。

吃完面包，展铭继续打他的消消乐，吴渊跟林小斌在聊游戏攻略。

没人来跟顾奇南说话，顾奇南也不开口，一直到上课铃响。

"这是你的书跟试卷。"

顾奇南的声音很轻，轻得第一次展铭没听见，他又说了一次，展铭才抬头。

顾奇南的桌上摆着一摞整整齐齐的书跟试卷，试卷一张张整理好了，边边角角都弄平整了，跟新的一样。

展铭有点怀疑自己的眼睛。

这是他那堆咸菜团一样的试卷吗？

顾奇南似乎想将那摞书跟试卷推过来，但他手刚伸出去就停住了。展铭的桌上有一圈冰饮料留下的水渍，就一点。顾奇南停住了，掏出一张纸巾，很认真地将那圈水渍擦干净了，才将书跟试卷推过去。

展铭本想直接把那沓试卷扔进垃圾桶的，但瞧见顾奇南那认真的动作，伸出的手就有些僵。

他的桌屉里早就塞满了高中一年半三个学期发的课本跟各种练习册，试卷一律被他丢了。他从不带课本回家，怕带回去就丢了，万一最后高三总复习他想读那么一会书呢？

最后展铭只好将那沓试卷放在桌子上。

后面两节英语课展铭坚持了一会又昏睡过去，实在一个字都听不懂，笔记也记得歪歪扭扭的。

倒是他的新同桌，听得很认真，笔记也记得认真。

两节课一声不吭，不走神，不找展铭讲话，也不玩手机，一直安安静静听他的课，记他的笔记。

展铭很满意。

这不是他第一次有同桌，高一的时候班主任安排了一个人跟他坐在一起。

三天，对方就被展铭赶走了。

因为这个同桌很吵，非常吵。

讲话、吃东西、玩手机，还一直要找展铭搭话。

展铭忍了三天，终于忍不住在同桌又一次打游戏外放背景音乐还满口脏话时，一把举起他的桌子，扔到教室后面。

当时砰的一声巨响，整个班的人都惊呆了。

同桌愣了十几秒才暴跳起来："你有病啊！"

展铭回："叫你安静点。"

同桌恼羞成怒往他身上扑，展铭一个闪避，同桌直接摔倒在地，进了医院。

展铭一"战"成名，既和同学起冲突，又破坏公物，因而背了处分。

于是七中的学生以讹传讹，都说这个展铭是个狠角色。

没人敢惹他，更没人敢当他的同桌。

但是展铭觉得其实自己对同桌的要求很低，只要同桌讲卫生并且安静就行了，比如顾奇南这样的就挺好。

至于精神状态正不正常，倒是其次。

别吵到他睡觉就行。

第四节下课后，展铭、吴渊、林小斌三人慢悠悠地往食堂走。

下课后的这一拨人潮十分可怕，他们三人都不爱去挤。

林小斌说："展哥，我还以为你早上要打人。"

展铭："……我没事为什么要打人？"

林小斌甩着手："因为那个转学生很烦人啊。都跟他说把东西扔了就行，他还非得弄好了给你。一整个早上都拿着湿纸巾擦擦擦，擦桌子、擦椅子、擦书，还擦你的桌子，擦得我毛骨悚然。"

展铭看傻瓜一样看他："那桌子半年没人坐，你不让他擦？"

林小斌叹气："不是那个意思，是他擦东西的那个表情，奇奇怪怪的。"

"管他擦什么，"展铭说，"只要他擦的时候保持安静。"

林小斌做了个给自己嘴巴拉上拉链的动作："好的，展哥！我一定保持安静！"

展铭："跟吴渊学学，他从不说废话。"

林小斌比了个OK的手势，又指了指自己的嘴巴，拉着吴渊一直"嗯嗯啊啊"。

吴渊终于忍不住："滚！"

林小斌立刻喊："他说废话了！"

展铭快步往前走，赶紧离开林小斌这个真正的精神病患者。

到食堂排队，三人正好排在王越后面。

王越跟展铭向来不对付，也不跟他们打招呼，端着一盘饭，对着另外几个人说："走，看见那个转学生了吗？去跟他坐一起。"

"跟他坐一起干吗？"别人问。

"会会一中来的弟弟啊。"王越说。

展铭三人打完饭找位子时，果然看见王越他们围着顾奇南坐下了。

顾奇南低着头，安安静静吃饭，但手明显在抖。

展铭三人找了一会，没找着连在一起的三人位子。

经过顾奇南旁边时，三人都听见王越问："哇，你的手是不是有什么问题啊？菜都夹不住，换勺子吧。"

三人都看见，顾奇南的手抖得更厉害了，夹的菜一直掉。

这个转学生可能有紧张恐惧症，王越越说话，他的手抖得越厉害。

吴渊跟林小斌面面相觑。

王越就这毛病，无聊、低级。

但这转学生也太夸张了吧？

整个人都散发着一种"我真的有问题"的气息。

不只他们，周围几排座位的人都注意到了顾奇南的异常，开始窃窃私语。

顾奇南低着的头都快埋进校服领子里了，只露出半张苍白的脸。

好像下一秒他就要哭出来了一样。

展铭突然说："我在这里坐，你们两个过去那边。"

展铭在顾奇南身边的空位坐下了，他旁边就是跟顾奇南隔着一个位子的王越。

王越没想到展铭会挤到他跟顾奇南中间，打了个招呼："展哥也来吃饭？"

展铭想，王越怎么会这么傻？

"你说呢？"展铭反问。

不然到食堂跳舞唱歌吗？

王越不爽了："展哥，空位那么多，你不坐，跟我挤一起干吗？"

展铭拿起筷子："我找我同桌。"

说罢展铭开始吃饭，不再说话。

王越乐了："这才一个早上，展哥你跟同桌的感情就这么好了？"

展铭不理会。

他向来不爱说话，特别是吃饭或者睡觉的时候。

王越继续说："喂，展哥来找你，你也不会打个招呼？你叫什么来着？"

王越当然不相信一个早上展铭跟新同桌感情就好起来了，特别是展铭向来脾气差，班上除了坐在他前面的吴渊跟林小斌，没人敢跟他说话。王越几次找展铭，展铭都不理会。

王越认为，展铭一定也是来看这个精神病人的热闹的。

顾奇南可能也是这么认为的，头都不敢抬。

王越饭都不吃，一个劲地说："你也太没礼貌了吧，展哥跟你说话呢，你不回答是什么意思？"

展铭放下筷子,慢慢说道:"首先,我没说话,一直是你在说;其次,你说就说,别朝着我说,不卫生。"

王越没料到展铭会这么撑他,也没料到展铭过来不是要一起看新同桌的笑话,而是有些维护对方的意思。

王越觉得展铭有病,他又没惹展铭,讲讲他同桌怎么了?讲不得吗?他同桌不是有精神病吗?讲一句怎么了?

王越敢怒不敢言,端着餐盘跟其他人走掉了。

展铭吃饭很快,等他吃完了,顾奇南才慢慢抬起头,拿起筷子继续吃。

展铭起身的时候,顾奇南停下了筷子,似乎想说什么,但展铭没等他开口,直接走掉了。

下午第一节课是语文。

想起语文老王那慢悠悠的声调,无聊至极的"这段话的中心思想是——""作者想表达的是——""体现了一种——",展铭三人就不想回教室。

而且语文课是可以翘的,因为语文老王把他们三人当空气,不管有没有去上课,一点眼神也不会给他们三个人。他们三人,长期不写语文作业,不抄"中心思想""主要内容",考试的时候作文一个字也不写。

老王跟他们三人,彼此看不顺眼。

三人躲到操场角落某棵杧果树下,中午出了太阳,躺在树下还挺舒服。吴渊跟林小斌玩游戏,展铭闭上眼睛准备睡觉。

林小斌一边玩一边问:"展哥,你为什么帮你那个同桌?"

展铭过了一会才回答:"主要是,王越太讨人厌了。"

林小斌拍腿:"没错!王越真的很讨厌。我这一天天的,看见他那张脸就烦,说不出的猥琐。"

王越跟吴渊喜欢同一个女生——隔壁班的物理课代表邱然颖。

吴渊是安安静静的,不表白,也不去跟人家搭话,只有林小斌跟展铭知道他喜欢邱然颖。王越则大声嚷嚷得两个班都知道,又写情书又买早餐,女孩子不喜欢他,被烦得受不了,把他的情书扔进垃圾桶。王越还跟别人说,那是女孩子害羞。

林小斌就觉得王越太猥琐了,怎么看怎么碍眼,要不是吴渊拉着,恨不得打他一顿。

吴渊说:"别给人家女生惹麻烦。"

要是打一架,传出去肯定会变成两个男的为了她争风吃醋。

除此之外,王越还有许多让人看不上的地方——聒噪、低级、无聊。

对于老师在五班问题学生中把展铭排第一,把王越排第二,林小斌极其不服。

跟王越排在一起,完全掉价!

三人在杧果树下一直待到下课铃响了才往教室走。

第二节课是数学,数学老师跟他们班主任关系特别好,勾肩搭背好哥们,班里有任何风吹草动,他会马上告诉张鸣。

其实上不上课对展铭来说已经无所谓了,他就等着高中毕业,拿毕业证。上不上大学都行,考不上他就去打工,考得上大专就随便读一读。

他只是不想因为翘课,张鸣又给他叔打电话。

他们慢吞吞地走到教室,第一遍上课铃已经响了。

三人从后门晃进去,五班的人对于他们三人翘课见惯不怪,反倒是顾奇南抬头看了他们一眼。

展铭坐下,面前桌子上整整齐齐摆着两张练习卷、一张上周的文言文小测试卷,还有一张小小的绿色便笺纸。

小测试卷上是鲜红的 39 分。

展铭拿起便笺纸一看,一下就猜到是顾奇南的字,很好看,整整齐齐记着今天的语文作业。

"这个绿色的东西是什么?!"前桌的林小斌喊。

"语文作业,"展铭说,"拍。"

林小斌掏出手机拍照,纳闷:"拍这个干吗?"

展铭回:"晚上好好做作业。"

林小斌更纳闷了:"我是不做作业的人儿。"

展铭:"你回头看看你的小测成绩,你再不做作业,我怕你变文盲。"

林小斌回头看了一下,5 分。

吴渊闷笑,林小斌抢过他的小测试卷,73 分。

林小斌闭嘴了。

展铭让林小斌拍完便笺纸上的作业,就把那张纸还给顾奇南,还道了谢。

顾奇南在安安静静地准备数学笔记,听见展铭的道谢一时间竟然有些慌乱。他还没想好回答什么,展铭就趴在桌上睡着了,一直睡到放学。

等放学了展铭醒来一看，顾奇南已经回家了，发下来的数学卷子跟作业整理好了放在他桌边，还是绿色的便笺纸。

展铭寻思，他这是来了一个家养小精灵同桌吗？

顾奇南刚出校门口，就看见了他妈妈。

林蕙女士站在车旁，一眼就瞧见了儿子，急着挥手："囝仔，这边。"

囝仔是他的小名，家里都这么叫他，可这是在外面，在校门口！王越跟几个别的同学刚刚从他身边走过。

顾奇南猛地一惊，疾步上前，压低声音说："别在外面叫我囝仔！"

林蕙下意识就道歉："对不起，是妈妈的错，妈妈没注意。"

道完歉，两个人之间反而有些尴尬。

顾奇南反应太过了，而他妈妈也反应太过。

这半年来，他们一家人变得草木皆兵，一点点小事，都能让他们惊慌不安。

林蕙赶紧说："上车吧，回家。"

顾奇南点点头，拉开车门坐上副驾驶座。

林蕙一边打方向盘一边小心翼翼地问："新班级怎么样？同学们还好吧？你的同桌呢？"

新班级不怎么样，同学也不怎么样。

"同桌挺好的。"顾奇南挑了唯一想回答的。

林蕙稍稍安了心："七中的课程怎么样？能习惯吗？"

顾奇南拿出笔记，准备看会儿英语："挺简单的，他们进度比较慢，现在刚刚上到一中上学期期末的进度。下午也只有三节课，一中是四节课。"

林蕙闻言又忧心起来。

可是能怎么办呢？现在学业反倒是其次了，顾奇南能好好的，变回以前那个快乐的小孩才是最重要的。

"你看英语吧，"林蕙知道他要做什么，这小孩向来自觉，不需要大人操心，"到家还得一个小时。"

顾奇南嘟哝："我说了不用来接我，坐地铁不堵车还快一点。"

林蕙心想，那怎么能放心呢？要是又遇到坏同学怎么办？

她跟顾奇南的爸爸早就商量好了，至少第一个月由他们两人轮流接送，公司跟单位那边，就轮流请假。这一次，一定要好好保护他们的囝仔。

第二天，周二早上，五班就出事了。

早读课下课后，王越提着刚买的奶茶到隔壁六班去，站在教室门口就喊："邱然颖，你的奶茶！"

五班跟六班都有人起哄。

邱然颖不理他，王越又喊："然然，你快出来拿呀！"

这下那些人起哄得更厉害了。

邱然颖又气又急，忍不住站起来喊："你别乱喊！"

"我没乱喊，你同桌不是叫你然然吗？然然，快出来拿奶茶，半糖，加布丁，你喜欢的。"王越拎着那杯奶茶，大刺刺地在走廊里喊。

邱然颖实在没办法，冲出来咬牙切齿："王越，我不想喝奶茶，更不想喝你送的奶茶，你赶紧给我走！我绝对、绝对不喝你的奶茶，不吃你送的任何东西。你再这么恶心人，我就告诉老师！"

邱然颖气得脸蛋通红，王越觉得她更可爱了，仗着身高差，伸手将她夹刘海的小花朵发夹拿走，说："你怎么跟小学生似的，还夹小花儿？"

邱然颖刘海垂落下来，气得呆住了。

王越将奶茶放在窗台上："给你，这个我收走了。"

他说完转身从后门进了五班，高高举着发夹，仿佛举着战利品。几个人还围着他起哄，问："你拿小女生的发夹干吗？"

"我夹头发啊。"王越贱贱地说，还真的把发夹夹到自己头上。

吴渊、林小斌、展铭三人就坐在第一组，全程看得一清二楚。

林小斌看吴渊的脸色变了，说："你别动，我去打。"

吴渊没说话，站了起来。

林小斌拉他："一个人去就够了，你别动，等一下你爸说你，你那后妈叽叽歪歪的，麻烦！"

展铭坐直了，看吴渊。

"团仔，我这发夹怎么样？可不可爱？"王越边喊边走到顾奇南后边。

展铭三人看着王越，王越摸摸发夹："展哥，不知道吧？这个顾奇南还是个小团仔，上下学要妈妈来接，他妈妈还叫他团仔。"

教室里有几个人扑哧笑了。

南州话里，只有两岁以内的小孩才会被叫团仔，顾奇南都是高中生了，家里人还叫他团仔，确实有点好笑。

王越站在顾奇南身后，邱然颖的发夹让他有些飘飘然了，说话不过大脑，叭叭往外直说："小囝仔，我本来就怀疑你到底几岁了，长得跟初中生似的，原来真的是小囝仔。"

顾奇南再一次把脸缩进校服，感觉整个人都要躲进桌屉里了。

"囝仔——囝仔——小囝仔——"

王越开始耍宝，教室里其他人哈哈大笑。

他们在笑王越，可在顾奇南听来，只觉得他们在嘲笑他，都是朝他而来的恶意。

顾奇南又发起抖来。

展铭站起来，1.9米的个头，挡住了头顶的日光灯，将顾奇南整个笼罩在他的影子里。

他伸出一只手揪住王越的校服领子。

王越反应不过来，下意识地伸出双手想将展铭的手扯开，喊："展铭你干吗？！"

展铭手跟铁钳一样，纹丝不动。

五班其他人都惊呆了，鸦雀无声。

展铭将王越整个人提起来，王越1.8米的大个头，在展铭面前仿佛小孩一般，竟然挣不开，被拎得脚尖点地。

展铭眼神冰冷，一个字一个字说道："我把你打回你妈肚子里，让你当当小——囝——仔。"

Chapter 2
小精灵

　　王越身为五班第二棘手的人物，也不是全然没有实力。他是校篮球队体育特招生，加分招进来七中的，身高1.8米，块头不小。

　　可在身高1.9米的展铭面前，显得毫无还手之力。

　　林俊生赶到的时候，王越正对着展铭破口大骂。

　　大概是听闻两大差生起冲突，一起赶来的还有年段段长、体育老师、数学老师。四个男老师，呼啦啦围住了王越跟展铭。

　　年段段长黄志豪大喊："你们两个干吗？！岂有此理！两个人都给我到办公室去！其他人照常上课！"

　　老黄一通指挥，让体育老师把两个罪魁祸首拎到政治处。他自己留下来，将班长、副班长叫到走廊，详细问了一遍。

　　"顾奇南，你出来。"老黄将顾奇南也叫了出去。

　　展铭跟王越都不是第一次这样了，政治处也不是第一次来。

　　政治处主任陈栋先让两人站着，问了一句："为什么起冲突？"

　　展铭不答，王越说："他有病！"

　　陈栋懒洋洋地说："好好说话，这是什么地方？来这里骂人？我看你学校是不想待了，书也不想读了。"

　　陈栋晾着他们，自己慢吞吞地写材料。

　　过了二十分钟，林俊生跟黄志豪赶了过来。

　　陈栋问林俊生："通知家长过来了？"

　　林俊生点头："展铭家长说马上过来，王越家长一个在出差，另一个说在开会，实在没法过来。"

王越瞥了林俊生一眼。

陈栋拿出手机:"王越家长的手机号码给我,我给他们打一下。"

陈栋拿着手机出去打电话了。

老黄拉了把椅子坐下,他已经将大概情况了解得差不多了,但还是说:"现在在政治处,我给你们一个机会,说说为什么起冲突。两个人都不是第一次被叫来这里了,就不要扯那些乱七八糟没用的。展铭,你先动手的,你先说。"

展铭说:"他欠打。"

"你才欠打!"王越暴跳。

"都闭嘴!"老黄大喝一声,"都不会说人话是不是?!"

王越憋气:"老师,我没惹他,他突然有病似的过来打我!"

老黄质问:"你没惹他?那你在教室里又跳又叫的,在干吗?你嘲笑人家新同学了,是不是?"

王越震惊:"那个转学生?我什么时候嘲笑他了?我就是跟他开玩笑!"

老黄反问:"那他笑了吗?"

王越安静。

老黄再一次问:"我就问你,他笑了吗?没笑!人家一点都不觉得好笑!两个人都觉得好笑,那才叫开玩笑,只有你觉得好笑,那其实一点都不好笑,明白吗?"

王越嘟哝:"我怎么知道……"

老黄质问:"你怎么不知道?这么多人,大家都知道,为什么就你不知道?王越,你上次在宿舍跟人起冲突,被记了过,你是不是想被记大过,被取消住宿资格,被退学?"

王越蒙了:"又不是我动的手!"

老黄转向展铭:"现在轮到你了,你来说说,你为什么动手?"

展铭不管犯了什么事,来到政治处一律一句话不说,老黄已经习惯了。老黄接着说:"顾奇南被嘲笑,他觉得不好受,可以理解。但是他叫你打人了吗?你没事替人家出什么头?我看你是精力旺盛,借机寻事!不管你跟王越有什么矛盾,我们有很多沟通解决的途径,暴力手段是绝对不允许的!你这次,学校要严肃处理!"

讲到一半,陈栋进来了。他神色微妙,一进来就看了老黄一眼。

老黄立刻领会,估计王越的家长说不通,不愿意来。

像这种家长，他们遇到的多了。

"你们学校该处分就处分吧，反正我们来了也没用。"都是抱着这种心态。

陈栋进来坐下，不说王越家长来不来的事，只说："你们双方的家长都通知了，这件事，影响非常恶劣，学校要严肃处理！"

接着他开始训，训了两节课。

直到大课间结束，两人才在林俊生的监督下一前一后回了教室。

展铭一坐下，吴渊就转过身来问他："你叔来了？"

展铭点头。

"说你了？"

展铭抬起一只手，手心里似乎有什么东西，虚虚笼着。他示意吴渊伸手，低声说道："他不管我的，你别啰唆了。"

吴渊茫然伸手，感觉手心里被放了一个塑料小东西。

"是什么？"林小斌好奇。

展铭的手离开，放在吴渊手心的是一个粉色的小花朵发夹。

展铭刚和王越起冲突的时候，偷偷藏起来的。

吴渊被火烫到一般赶紧收手。

林小斌笑得差点翻过去："渊哥，我渊哥竟然脸红了！我的妈呀！"

"给我这个干吗？"吴渊说，很不好意思的样子，手却紧紧握着。

"拿去还人家，"展铭也觉得有点好笑，"我的面包呢？"

林小斌拍脑袋："啊，忘了！"

展铭无语："……你俩干吗去了？"

林小斌回答："下课的时候，邱然颖一直在走廊跟同学说话，我渊哥看傻了，忘了去小卖部给您老人家买吃的。"

展铭："你呢？"

林小斌诚实地回答："我观察傻了的渊哥。"

"林小斌，干吗呢？上课了！"英语老师走进来，教案一摔，开始骂。

林小斌赶紧转回去坐好了，吴渊早就沉浸于观察手里的小发夹，无心其他。

展铭看着这两个没用的小弟，肚子饿得咕咕叫。他正想趴下去继续睡觉，一只手悄悄伸了过来，往他桌面上放了一个圆溜溜的鸡蛋。

展铭转过头，看见他的家养小精灵同桌，又从大书包里掏出一盒牛奶，轻轻放到他桌子上。

小同桌往绿色便笺本上写了几个字,推过来。

"你吃吧。"

展铭不想在教室里剥鸡蛋壳吃水煮蛋,但是顾奇南眼巴巴地看着他,又把鸡蛋跟牛奶推得更近了。

展铭发现他同桌的眼睛还挺好看,双眼皮,眼角微垂,看上去脾气很好。

眼巴巴盯着人看的时候,还挺容易让人心软。

展铭握住鸡蛋,把鸡蛋捏破了,剥了蛋壳,一下放进嘴里,嚼了两下,又一口喝光了一盒牛奶。

展铭吃完了,偏过头见顾奇南在偷偷看他。顾奇南见他视线扫过来,急忙假装低头记笔记。

展铭纳闷,鸡蛋和牛奶都给了,怎么还不敢跟他说话的样子?

下午放学,展铭在外面溜达了一圈,过了晚上七点才回去。打工结束了,买小电摩的钱攒得差不多了,终于不用再每天凌晨两点才休息。

一进门,叔叔一家刚好吃完饭。一家四口见他回来了,还有点吃惊。

他叔叔展国强问他:"今天回来这么早?"

展铭一边换鞋一边回答:"嗯,那边做完了,以后不会那么晚了。"

他堂姐堂弟对视一眼,扔下碗筷各自回房间做作业了,也不跟展铭打招呼。

展国强招呼他:"来吃饭。"

"吃过了。"展铭进了自己房间。

关上门之前,他听见他婶婶方美绣嚷嚷道:"一天三顿饭都不在家吃,我们缺你这几碗米吗?让外面的人知道了,还以为我们家对你怎么怎么不好了!"

展铭关上房门,将这些烦心的话隔绝在外面。

他的房间是阳台改的,加了个拉门。

三年前他刚到叔叔家,堂弟死活不肯跟他共用一个房间,展国强只好给他隔了这么一个逼仄的空间。

很小,摆下一张床跟一张桌子就几乎没有可以走动的空间了。

阳台改的,冬天漏风,冷得受不了;夏天暴晒,热得火烧一样。

房间虽然小,却是他唯一能回来的地方。

简易拉门的隔音效果很差,他还听得见他婶的念叨。无非就是说他这么大的人了,还这么没礼貌,不懂事,不回家吃饭,让左邻右舍对他们家指指点点,好像他们家虐待他了。

展铭觉得有点好笑。

不是她让交伙食费的吗？

他不如拿伙食费自己上外面吃饭，还清净。

过了一会，展国强来敲他的门。

展铭开门，展国强站在外面，门框有点矮，展铭低着头看他叔。

小时候觉得那么高大的叔叔，现在跟展铭说话竟然得抬起头。

大概1.9米高的展铭给展国强的压迫感太大，展国强说话并不看他的眼睛，视线飘忽，说："学校说了，你这几天不用去上课，停课两周，后面再宣布处分结果。"

展铭无所谓，不管是记大过，还是退学，都无所谓。

展国强也无所谓，因为他很快就说："你婶的意思，你这两周不上课，就、就来厂里帮我的忙。"

展国强在一家电子零件厂做流水线工，计件算钱。展铭高中前的每一个假期都去厂里帮展国强的忙，他堂姐堂弟从来没去过。方美绣也不让他们去，只让他们专心读书。

说是帮忙，其实就是多打一份工，多赚一份钱，但展铭从没拿过这份工钱。

"去不了，"展铭说，"我明天要出去打工。"

"哦，行。"展国强闷声应了一句，转身就走了。

没问他为什么跟同学起冲突，这学还想不想上了，高考还考不考了。

也没问他，刚刚知道要停课两周，怎么马上就说自己要去打工。

展铭关上门，方美绣的骂声很快响起。

展铭不可能在家待十天，当晚就联系好了事做。

第二天展铭七点起床，七点十分准备出门。

展国强叫住他："吃了早饭再走。"

堂姐堂弟已经出门上学了，他婶在24小时便利店工作，今天轮的早班，也出门了。家里就剩展国强一个人在饭桌旁，慢悠悠地吃早饭。

展铭换鞋："来不及，我在外面吃。"

展国强拿了个鸡蛋过来，塞在展铭的外衣口袋里，叹口气说："你就在家吃，多一副碗筷的事。你婶她就是脾气不好，说话难听，她也没那个意思。她是看你不正经读书，打工到半夜才回家，着急生气。那天邻居在问，你为什么半夜才回家。她觉得没面子，一生气，才让你交伙食费。你要是不出去打工，她能让你一个学生交钱吗？"

展铭没说话。

鸡蛋煮好了一直泡在热水里，热度透过薄薄的衣服传到他身上。

展国强又说："你看你姐你弟，这个要花钱，那个要花钱，光是你弟这个月的补课费就一千两百块钱了。你姐的成绩你也知道，马上就高考了，估计只能考个三本，一年学费两万多块钱，唉。你婶早班晚班轮着上，家里煮饭洗衣一大堆事又得她来，人一累，脾气就不好。阿铭啊，你别把她的话记在心上。"

展铭说："没有。"

"你奶奶留给你的钱，我们也不是——"

"叔，我真来不及了。"展铭打断展国强的话，径自开门走了。

下楼梯的时候，圆滚滚的鸡蛋一晃一晃轻轻敲着展铭的腰。

展铭到工地的时候八点整，王哥给他拿了顶黄色的安全帽，问他："今天不上课？"

展铭答："被停课两周。"

王哥笑着骂了一声。

工地长期缺小工，搬砖、递工具，做点简单枯燥的体力劳动。

累，但是钱比一般打工多。

展铭忙到中午十二点吃饭的时候，才掏出手机看消息。

"展哥与他的小弟"群消息已经标着省略号了，也不知林小斌在里面发了几百条。

林小斌的群名称是"小弟1"，吴渊是"小弟2"。

……

小弟1：展哥，爽歪歪，停课两周！

小弟1：你今天准备去哪里潇洒？

小弟1：要不要小弟1陪你？

小弟1：小弟2说他也想去。

小弟1：老林在骂你了。

小弟1：说你精力旺盛，学校让你停课两周，回去发泄发泄，消停了再回来。

小弟1：哈哈

小弟1：展哥，你的小同桌听闻你被停课两周，打击太大了，现在一脸难以置信地盯着老林看。

小弟1：展哥，我怀疑你同桌要成"小弟3"了。

小弟1：今天一大早我们一到学校，你桌子上就放着鸡蛋跟牛奶！我还怀疑是哪个暗恋你的女生放的！还想，难道我终于要有一个威武又勇猛的嫂子了吗？结果渊哥说是你同桌放的。

小弟1发了一张图片。

展铭点开图片一看，跟昨天一模一样的鸡蛋和牛奶。

小弟1：渊哥跟他说你今天不来，他还不相信。

小弟1：现在你同桌把鸡蛋跟牛奶收起来了，很伤心的样子。

小弟1：老林好啰唆……

小弟1：我要睡着了……

中间穿插十几张表情包。

小弟1：哈哈。

小弟1：展哥，吴渊好胆小，太胆小了！他竟然趁六班上体育课，教室空无一人的时候，把小发夹放到了邱然颖桌上。

小弟1：真是浪费我展哥给他创造的机会！

小弟2：你能闭嘴吗？

小弟1：不能！

小弟1：展哥，吴渊打我！

摇啊摇：……

小弟1：展哥你来了！你终于出现了！你是不是又打工去了？

摇啊摇：这几天看一下我同桌，怕王越找他麻烦。

小弟1：展哥你放心！王越那傻瓜也被停课了！我们一定随侍在小同桌身边！

小弟2：我觉得你这个"也"字用得很微妙。

小弟1：你不要挑拨我跟展哥之间的感情！

摇啊摇：……

午饭结束，展铭收起手机。一直到晚上八点下工，上地铁了，他才拿出手机。

小弟1：展哥！小弟3今天下午疯狂帮你做笔记！还抄了作业清单，要我发给你！

小弟1发出一张图片。

小弟1：小弟3是不是疯了？他竟然问你家在哪里，远不远，问我跟吴渊要不要给你送作业过去……

小弟1：展哥，求你救救我，我疯了。小弟3今天吃错药了？一直碎碎念，说作业不帮你带回家的话，缺课十几天你会跟不上课程。我告诉他，展哥就是天天来上课也跟不上课程。

小弟2：人家就说了一句"会跟不上课程"，林小斌就把你上个月的月考成绩表给你同桌看了。

小弟1：小弟3看了之后很震惊，被展哥你的分数震撼了，到现在还说不出话来。

小弟1：完了，他还是要给你送作业，不愧是从一中转过来的。

摇啊摇：不做，没空。

展铭闭上眼睛，一直睡到地铁到站。

两周很快过去了。

周一一大早，展铭就骑着新的小电摩来上学了。

经过地铁站的时候，正好看见他的同桌背着一个大书包，从出口出来。

这家伙不是爸爸妈妈接送上下学吗？怎么今天自己坐地铁？

展铭经过他身边，招呼他："上来。"

顾奇南没听见，自顾自往前走。

大早上的，从地铁站出口出来的人很多，展铭一辆小电摩在人行道边慢悠悠地骑行，挺挡道。但他1.9米的身高坐在小电摩上，莫名地更显彪悍，没人敢叫他让开。

展铭伸手扯掉顾奇南的耳机线："上来。"

顾奇南吓了一跳，这才发现展铭。

他愣愣地看着展铭，脱口而出："你怎么骑小电摩呀？"

展铭不想回答这句废话。

顾奇南又问："学校不是不让骑吗？"

展铭用一种看笨蛋的眼神看着他。

展铭都想直接骑走了。

但顾奇南穿着蓝白色校服背着大书包的样子，莫名地顺眼。校服拉链规规矩矩拉到最上面，衣服上一点污渍都没有，鞋子是干干净净的白色运动鞋。不像其他人，里头都穿得五颜六色、精彩纷呈，校服只是披着。

他看上去就是一个乖学生。

还用一双带双眼皮的、乌溜溜的眼睛看你。

展铭问："那你上不上来？"

顾奇南赶紧坐上去，展铭也给了他一顶安全帽戴上。

地铁站离学校还有一段距离，走路要走十分钟。小电摩的速度总比走路快，一下就到了。

展铭将小电摩停在学校外的店铺门口，这里早已经停了一排电动车。展铭锁好车，双手空空往学校走。

顾奇南跟上他，小心翼翼地问："你的书包呢？"

展铭发现这个顾奇南，老是问一些让人无语的问题。

成绩年级倒数的差生还要背书包上学？

展铭答："没有。"

顾奇南一脸纠结，大概还想说：没有书包，你怎么带作业回家？然而他可能想起了展铭的差生身份，没有继续说下去。

经过早点摊，展铭停下买早点。

顾奇南看他要了一杯豆浆，说："我带了牛奶。"

展铭低头看他，顾奇南又说了一遍："我给你带了鸡蛋和牛奶。"

展铭说："行，我都喝了。"

两人到了教室，展铭刚坐下，就发现自己课桌上整整齐齐摆了一沓试卷。

顾奇南解释："这都是这两周发下来的练习卷，还有小测试卷。"他一边说着，一边拿出他那个绿色便笺本，递给展铭，"这是这两周布置的作业。我让林小斌发给你，他说你不做作业……"

展铭看着上面记得满满当当的绿色本子，一时间竟然有种不知拿这位家养小精灵如何是好的感觉。

展铭只好诚实地说："我不做作业，不会做。"

顾奇南又从桌子里掏出一个本子，递给展铭："毕竟两周没上课，落下好多。这是这两周的笔记，我帮你记好了，你拿去看吧。"

展铭："……"

为了躲过做作业的话题，展铭开始吃早餐。

顾奇南递上鸡蛋跟牛奶。

展铭接了，问："你不吃？"

"我在家吃过了。"

"那你还带来学校干吗？"

顾奇南有点不好意思："我妈妈硬要我带……怕我在学校肚子饿……我又不爱喝牛奶……"

展铭一瞬间觉得自作多情了，原来人家是不爱喝才给他的，他就是一个起到消灭库存作用的同桌。

顾奇南看着展铭吃早餐，情不自禁感叹："你真能吃！"

展铭："……"

他觉着他这位同桌，怎么过了两周，话突然变多了。

顾奇南问："你是不是很爱喝牛奶？是不是因为牛奶喝多了，才长这么高？"

展铭想起小时候奶奶每天都给他准备一盒牛奶，沉默了一会，才点头："是。"

"展哥那是天生的威武雄壮！"林小斌刚进教室后门，听到他们的对话，还来不及坐下就插进话题，"小同桌，你得认清现实。"

顾奇南身高1.7米，虽然是个男生，但跟展铭坐在一起，小了一圈，加上他的脸看着很小，林小斌几人叫他不知不觉就加上了"小"字。

"欸，你到底几岁了？不会真的比我们小吧？"林小斌问。

顾奇南低下头，从书包里陆续掏出课本跟练习卷开始整理，不回答林小斌的问题。

林小斌喊："嘿，展哥你这同桌怎么回事？刚刚跟你话那么多，现在我问他，他就不回答了？！"

展铭吃完早餐，顾奇南又悄悄递了一包湿纸巾过来给他擦手。

林小斌都笑了："是不是想夺走我的展哥第一小弟之位？嗯？说！"

展铭一边擦手，一边想，还真的是家养小精灵。

展铭突然也关心起顾奇南的年龄了，问："你几岁？"

顾奇南这会肯回答了："十五。"

"什么？！"林小斌惊奇地道，"你才十五！难怪看上去这么嫩！十五岁怎么读的高二？这不科学！"

顾奇南不理他了，拿起书本把自己挡住，开始读书。

林小斌气愤地道："展哥，他又不理我了！"

十五岁，展铭想，原来真的还是一个小囝仔。

吴渊也到了，几个人正说话呢，王越也进教室了。

吵闹的五班静了一瞬。

王越进来的时候，上课铃响了，早读课开始了。

语文老师抱着上周的小测试卷进来，王越没说什么。展铭他们三人坐在第一组，经过时，王越哼了一声。

一脸不服气的样子。

林小斌说："展哥你不该手下留情，就该让这小子彻底服气。"

"他不配。"吴渊说。

"好了，别说话了，小测有错的赶快订正。有些同学，停课两周，依然毫不悔改，来到学校第一件事就是交头接耳。这样的同学，我劝你干脆退学，别在这里浪费时间，反正最后也考不上大学。"老王开始嘲讽。

展铭习惯了，准备趴下去睡觉，旁边递过来一张卷子。

顾奇南小声说："上周的小测。"

展铭："……"

他不想写。

正好这时顾奇南的小测试卷也发下来了，展铭一看，鲜红的一百分。

顾奇南收好试卷，也没有特别意外的表情，相当平静。

老王在台上开始说话了："这次小测，考得比较简单，都是书本上的基础知识。但是呢，大部分人考得乱七八糟的！六七十分的人很多！只要你花时间去背，九十分很简单的！这次你们班就有一个同学，考了满分。"

五班人发出惊呼。

老王继续说："说明这位同学花了时间去复习，而且相当细心。是新来的顾奇南同学，希望你们好好向他学习，不要整天干些没用的事。"

五班人有点惊讶，你看我，我看你，再偷偷去看顾奇南。

顾奇南低着头看书，也不知道是真看还是假看，反正不理会他们的目光。

五班人又心想，语文嘛，读得认真罢了，一中转过来的学生，怎么样都不会差到哪里去，特别是这种学习压力大到心理有问题的人。

这个顾奇南，个性确实奇奇怪怪的，来到五班半个月了，除非轮到打扫教室，平时在班级里完全不走动。

发小测试卷的时候，班长感慨了一句："哇，你考了一百分。"

顾奇南也不理人，一点礼貌都没有。

他反倒跟展铭几个差生聊得有来有回的，特别是展铭。

展铭也是除了他的两个前桌，跟班上其他人毫无来往。

两个人真不愧是同桌。

早读课下课后，展铭跟林小斌两人拿出手机打游戏。

王越在跟自己前后桌吹嘘，吹自己停课两周都去哪里玩了，出国旅游，去俱乐部攀岩，还给邱然颖买了二十个发夹。

"那天那个小花儿丢了，我给她又买了二十个，"王越说，"等会课间操就拿给她。哎，班长，你是女生，你看看这几个发夹怎么样？好看吗？"

班长跟她同桌真的接过了王越的礼品盒子，打开仔细看了看。

"这几个好看，这几个不怎么样。问题是人家收你的东西吗？"班长直接说。

王越大剌剌地说："不管她收不收，我给她弄丢了一个嘛，得还给她。"

"肯定是那天起冲突时掉了。"有人说。

王越翻了个白眼："惹到个有病的，你没有办法。"

大家倒抽一口冷气，一致瞄向展铭。

也不知道展铭有没有听见，反正没有反应。

王越更加嚣张："有些人，老子跟他杠上了，别给老子逮到，等着瞧。大不了大家一起被开除，都别读了。反正读这个破书也没什么意思。"

"被开除，你就看不到邱然颖了。"有人起哄。

王越嘿嘿笑了："说得也是。"

展铭打完一局游戏，不玩了。

小弟1正在群里疯狂辱骂王越，一边辱骂一边提醒展铭不要再出手了，处分太多，等一下真的会被退学，要打人他小弟1来！

展铭看了看身边埋头做题的顾奇南，也不知道他从哪里买了这么多习题册，每节课下课都在做题。

展铭想了想，说："手机号给我。"

林小斌、吴渊、顾奇南三个人都停下手里的事，同时抬头看展铭。

展铭："……顾奇南的手机号。"

顾奇南愣愣地问："我的？"

林小斌问："你不会没带手机吧？"

七中规定不得带智能手机进校园，但底下的学生阳奉阴违，都偷偷带在身上。大多数老师也是睁一只眼闭一只眼，只要你上课不拿出来玩，下课不要太过分，就都懒得管。

顾奇南说："我带了。"

他把自己的手机号报给展铭，展铭拨了过去。

顾奇南从书包里拿出一部……老人手机。

展铭："……"

林小斌："……"

吴渊："……"

顾奇南认真地存好展铭的手机号。

林小斌感慨："跟你玩，连微信好友都加不上。不是，你有微信账号吗？说起来，你都来半个月了，还没加进班级群吧？"

顾奇南把手机收好，回："我加了，第一天来的时候，林老师就让我加进群了。"

"你这手机还能加微信群？"林小斌怀疑，"那我们来加一下好友。"

顾奇南说："不能加。"

展铭在手机上点了几下，在微信中通过搜索顾奇南的手机号添加好友，出现了一个没有头像、没有昵称的微信号。展铭把手机递过去问顾奇南："这个是你？"

顾奇南转头一看，微微睁大眼睛，点头说："是我。"

展铭点了添加好友，需要验证，他发了"我是展哥"过去，说："给我通过。"

顾奇南好像有点开心，解释了一大串："等我晚上回家就加你，我的手机放在家里没有带。学校不能带智能手机，所以我爸妈给我买了一个老人手机。我家里的手机可以上网，可以上微信的，我回去就加你。"

一旁的林小斌："……那我呢？"

过了两节昏昏沉沉的数学课和物理课，大课间的时候，《运动员进行曲》一响，大家都有气无力地慢吞吞往操场挪动。

展铭三人照例最后走。

三人从座位上起身的时候，顾奇南也跟着他们起来。

下楼梯的时候，顾奇南跟着。

他们往小卖部方向走的时候，顾奇南还跟着。

林小斌忍不住说:"小同桌,我们不做操,你跟着我们干吗?你也要翘课间操?"

顾奇南大概没想到他们竟然敢光明正大地不做课间操,一下子有些踌躇,犹犹豫豫地说:"我、我……"

展铭招手:"过来。"

顾奇南不犹豫了,立刻跑到展铭身边,有点兴奋地看着展铭,仿佛在等展铭给他下命令。

展铭:"……这几天就跟着我,或者吴渊。王越大脑有毛病,可能会没事找事。"

顾奇南点头:"嗯!"

林小斌:"展哥,你为什么跳过我?"

展铭回:"你太弱了。"

林小斌:"……"

展铭又说:"这事,主要还是为了给你渊哥出气,把你扯进来了,所以你有什么事,尽管找你渊哥。"

顾奇南乖乖点头,跟上数学课一样认真。

展铭还真有点当老大的成就感,心想,这就是收小弟的感觉吗?

小弟1太啰唆,小弟2恋爱脑,目前为止,只有这个小弟3乖巧省心。

这个时间点大家都在操场做课间操,小卖部空荡荡的,很是宽敞。四人刚迈进小卖部,就看见零食架子前站着两个女生,其中一个问另外一个:"那我们还能永远不做课间操啊?"

另外一个女生回:"那我以后下课就躲到办公室去,问老师问题!反正我不想再看见恶心人的那张脸了,太烦人了!还二十个发夹,我想把那二十个发夹都夹他脸上去!"

吴渊愣住了。

林小斌第一个笑出声。

两个女生听见有人进来,紧张地回头,发现是五班的人,呆住了。

是邱然颖,跟她的同桌。

"然然……"她的同桌害怕地拉了拉邱然颖的衣角。

她们刚刚还在说五班人的坏话……

"没事,他们跟王越不对付。"邱然颖小声安慰同桌,殊不知声音大得大家都听得见，场面一时有点尴尬。

两个女生拿了两包零食，赶紧付钱走人。

展铭、林小斌早就去拿面包和饮料了，连顾奇南都拿了一瓶柠檬茶，吴渊想装作若无其事地去拿饮料。

邱然颖经过他身边时，吴渊看见邱然颖头上已经换了一个爱心发夹，脱口而出："你怎么没戴那个小花儿？"

……

场面极其尴尬。

直到四人从小卖部出来，躲到常去的操场角落，林小斌还在大笑。

吴渊连喝一口他最爱的维 C 柠檬水都没心情了，一直呆立在杧果树下。

展铭跟林小斌在打游戏，林小斌一边打游戏一边嘲笑吴渊，瞬间被淘汰。顾奇南站在展铭身后，专心致志地看他们打游戏。

林小斌说："渊哥，求你了，别发呆了，说出去的话，泼出去的水，收不回来了！您老人家行行好，来帮帮我！"

吴渊一点打游戏的心情都没有。

展铭一边打游戏一边说："他恋爱脑，靠得住吗？"

顾奇南问："这个是什么？"

"游戏装备。"

林小斌哀号："南哥，南哥你来罩我！"

顾奇南瞪大双眼："我不会玩游戏。"

这天晚上回去后，顾奇南跟他爸妈拿了自己的智能手机，在房间里一通捣鼓，说："我明天要带智能手机去学校。"

林蕙问："学校不是不让带吗？"

"没事，大家都带，"顾奇南心虚地说，"老师都在微信群里发通知。"

顾奇南向来自觉，对电子产品并不热衷，林蕙跟顾文辉在这件事上很少管他，他说要带就让他带了。

"孩子他爸，你猜团仔在干吗？"林蕙给顾奇南送完水果后，出来到客厅神秘兮兮地问顾文辉。

顾文辉边看电视边心不在焉地回："做题，还能干吗？"

林蕙在他身边坐下，像发现了什么惊人的事一样告诉他："他在玩游戏！"

游戏？

"手机游戏!"林蕙补充。

顾奇南在玩手机游戏?

顾文辉看林蕙,林蕙看顾文辉。

这七中怎么这么神奇?!

Chapter 3

归我管

第二天，展铭一行四人照例没做课间操，躲到了角落的杧果树下打游戏。这次，顾奇南竟然也拿出了手机要一起玩。

林小斌震惊了："你堕落得太快了吧！"

顾奇南按着手机，很不熟练的样子，说："太难了，我昨天练了一个小时，还是不会。"

林小斌指导他："服务器要跟我们选一样的，来，哥哥带你飞。"

顾奇南跟他们打了一局，在三人的掩护下，总算没有马上被淘汰，而是躲着赢到最后。顾奇南第一次感受到游戏的乐趣，兴奋得两眼发亮。

上课的时候林小斌感叹："为什么我们三个人要掩护顾奇南啊？累死我了。"

这节课是化学。

展铭新找了一份兼职，在奶茶店摇奶茶，下午六点到晚上十点，收工回去，十二点前就能休息。他这几天精神饱满，上课也不睡觉了，想着月考要来了，拿出了差点消失的笔记本。听得懂听不懂的，先记上再说。

虽然大部分都听不懂。

听不懂，展铭就有些走神了，余光留意到他的同桌唰唰唰写得飞快，便凑近了看。

顾奇南竟然不是在做笔记，而是在做一本习题册。

展铭这就不懂了，课不好好听，光做题有用吗？他想提醒一下顾奇南，又觉得以自己的分数好像没什么立场提醒别人。

算了，大家都是难兄难弟，像他一样听课又有什么用？反正听不懂。

好不容易熬到下午放学，小弟们跟展铭说了拜拜，都回家了。展铭的兼职六点才开始，现在过去太早了，他一个人晃悠到常去的杧果树下，准备打半个小时游戏再走。

展铭打了十来分钟，就听见墙外有人在说话。

墙外是条小巷子，路过的人很少。此时放学了，这个角落没人，格外安静，他将墙外充满恶意的话听得一清二楚。

"喂，你怎么回事？转学了也不告诉老同学一声？"

转学？展铭皱眉。

整个七中还有其他人转学吗？

展铭从草地上坐起。

"不是说你在家治疗抑郁症吗？怎么转学了？你的抑郁症好了？"

抑郁症？那肯定不是小同桌。

小同桌虽然刚来的时候脸色很差，行为举止还有点怪怪的，但大概是不熟悉环境紧张导致的。

这段时间，他感觉小同桌甚至话有点多。

展铭又躺回草地，继续打他的游戏。

"干吗拉黑老同学的微信啊？你很奇怪，班上每个人你都拉黑，你太不合群了吧？"

"你也真能，转到七中。你知道七中的重本率是多少吗？我看你明年连211大学都考不上。"

展铭："……"

身为七中的差生，展铭感到智商受到歧视。

"今天一中艺术节，下午提前放学。我们就想来看看你在七中过得怎么样，是不是如鱼得水啊？"

"这里没人知道你的事，你是不是特别开心？"

"怎么可能啊？我小学同学就有在七中的，只要我跟他说，整个七中就都知道你的事了。"

"哪里需要那么麻烦，去七中贴吧发个帖就行了。"

"你真的好搞笑，整个南州市，你转去哪所学校都没用啊。你的恶心事迹，绝对不会被人忘记的。"

听声音，好像有四五个人，都是男生。

被欺负的那个始终一声不吭。

大概对方也觉得没意思，于是说："你怎么不说话？一点礼貌都没有，我们问了你这么多问题，你不回答？"

"你抱着书包干吗？还蹲在地上，你是不是男的，能不能说句话，不要一直抖？"

"七中上课也要带这么多书？需要吗？给我看看嘛，七中都用什么学习资料，我参考参考。"

接着就是撕扯的动静，书包大概很快就被抢走了，被欺负的那个人还被用力推到墙上，发出砰的一声。

"你还在做奥数？你还想参加啊？你也不照照镜子，你能考几分啊？"

接着展铭听到一个熟悉的声音冷静地说："不知道能考几分，但肯定比你们高，毕竟你们连参加都参加不了。"

展铭愣住。

对方被激怒，动手了。

展铭迅速站起来，一个助跑，两手一伸，攀住墙沿，跳上墙壁，翻了过去。

他落地的时候，对面的人明显愣住了，都收了手看他。

展铭长得就不像好脾气的人，对方一看一个穿着七中校服的大个子突然翻过墙来，又满脸戾色，有些忐忑。

展铭先是看见散落一地的书本，接着是一个拉开拉链的书包，还有一个蜷缩着身体倒在墙根的顾奇南。

他从没见过那样的顾奇南。

脸色青白，躺在那边，紧紧抱着自己的脑袋，咬着下嘴唇。

带双眼皮的漂亮眼睛，此时里面不是展铭见惯的讨好、温和，而是戾气、愤怒、暴躁。

展铭捡起书包，慢慢地一本一本把书放回书包里，问："站得起来吗？"

顾奇南仿佛被魔法棒点了一下，注入了生命，猛地回过神，扶着墙壁站了起来，一脸错愕。

"同学，不关你的事。"有个戴眼镜的站出来说。

展铭抬眼，见对方有五个人，身材高大，人多势众，不怕展铭人高马大的。

"五对一，真行。"展铭说。

"不关你事！"有个人骂道。

"怎么不穿一中校服？"展铭问。

来外校欺负人,当然不敢穿本校校服。这五个人被戳中了痛处,有些恼羞成怒。

"我们来找老同学,关你什么事?"

顾奇南拉拉展铭的袖子,小声说:"别跟他们起冲突,我现在打电话给老师。"

小眼镜耳朵尖,听到了立即说:"打啊!不打是孙子!让老师过来,大家都听听你的恶心事迹。"

顾奇南的脸色又白了一分。

展铭不知道顾奇南有什么恶心事迹,他只知道这个小眼镜的语气跟表情真够恶心人的。

顾奇南才十五岁,这些人大他两岁,都比他壮,五对一来欺负他?

"怎么不关我的事?"展铭捏了捏拳头,"我同桌,归我管。"

五个人,还不够展铭热身的。

顾奇南看得目瞪口呆。

看这些欺负了他半年多的人,被展铭吓得毫无还手之力。

小眼镜还在叫嚣,要给顾奇南好看,要给顾奇南的同桌好看。

展铭上前,一脚踩碎了小眼镜跌落在地的眼镜,镜片就在小眼镜身旁爆裂,那一瞬间的戾气跟暴力,吓得小眼镜不敢再说话。

展铭看着在角落瑟瑟发抖的五个人,说:"欢迎随时来七中,找我,展铭,别找错。不过,下次就没这么客气了。"

展铭又拿出手机,给五个人拍了照,问顾奇南:"这五个,都认识?"

顾奇南傻得都忘了点头。

展铭自顾自说:"行,如果七中贴吧出现什么乱七八糟的帖子,不管谁发的——"

展铭蹲下来,面无表情地盯着小眼镜看了二十秒,看得小眼镜两股战战。然后展铭扯着嘴角,挤出一个笑表示礼貌:"我就去一中,打断你们的手。"

威胁完这五个不堪一击的小喽啰,展铭拎着顾奇南的书包,转头说:"走。"

顾奇南傻傻的、呆呆的,跟在展铭身后走了,都忘了好好看看这五个人的狼狈样。

展铭走到停车的地方,牵了自己的小电摩,将顾奇南的书包放在前面的脚踏上,坐上车后扭头对呆站着的顾奇南说:"上来。"

"去哪里?"顾奇南问。

展铭纳闷,被打傻了吗?

"去地铁站,你回家。"

顾奇南闻言停下了脚步,低头看了看自己。

一身校服因为跌倒在地,已经变得脏兮兮的,都是灰尘,裤子上甚至沾了脏水污渍,擦也擦不掉。

"我不回去。"顾奇南说。

展铭:"什么?"

顾奇南想去拿自己的书包:"展哥,书包。"

这还是顾奇南第一次叫他展哥。

展铭提起书包递给他,顾奇南的书包很重,除了上课用的课本,还装了一堆习题册。1.7米的小身板,瘦得风吹就能倒,背这么重的书包,还每天不忘装一盒牛奶给展铭喝。

不喝还不行,一直给你推过来,讨好地看着你。

想到每天的牛奶,展铭问:"不回家,你去哪?"

顾奇南抱着书包,茫然地看着展铭,明显也不知道该去哪。

展铭问:"怕家里知道?"

顾奇南一直在看自己脏兮兮的校服,显然很在意。

顾奇南不知道展铭怎么知道的,点了点头,傻傻地问:"展哥,你怎么那么厉害?"

街上人来人往的,谁都能听到他们的对话。虽然展铭在七中很出名,但被小弟这么直白地吹捧,脸皮还是有点烧。

别人只会说他凶、脾气坏,从没人这么直白地夸他厉害。

一个学生,会凶人算什么厉害啊?

展铭说:"为什么怕家里知道?有人欺负你,要跟你爸妈说。"

之前半个多月,顾奇南爸妈天天接送他上下学,显然很关心自己的儿子。现在遇到事了,怎么能不告诉家长?

顾奇南很苦闷的样子:"怕他们担心、难受。反正都被你吓跑了,他们应该不敢再来了。天天提前下班大老远来接我,很麻烦。"

展铭一听就知道,大概顾奇南在一中并不是因为学习压力大才心理状态不正常,而是因为被人欺凌,所以待不下去了。

而且这种事肯定不止一次两次,他才会不得不转学,才会让他爸妈紧张得天天接送。

展铭没多问，直接说："上来，跟展哥走。"

跟展哥走。

听起来就很可靠。

顾奇南上了展铭的小电摩。

展铭打了个电话，然后骑着小电摩，在小巷里拐来拐去。

"有没有在你家店里？行，我现在过去。"

小电摩开了几分钟，转进了一条街道，临街两边都是店面，附近还有小区。

展铭在一家洗衣店前停下，示意顾奇南下车。

林小斌从店里跑出来，看到顾奇南一身脏兮兮的，惊讶地道："小同桌怎么了？被王越欺负了？"

展铭拎起顾奇南的书包，往店里走，替他回答："摔了。"

顾奇南看展铭。

展铭很自然，一点没有说谎的样子。

林小斌毫不怀疑，问："好好的人还能摔成这样？小同桌，你怎么傻里傻气的？"

展铭废话不多说："给他先洗了再烘干。"

林小斌打了个响指："行，遵命！给您跟您的小同桌开后门，斌斌洗衣店，VIP客户，里边请！"

顾奇南脱了校服外套跟裤子，林小斌找了条自己的运动裤先让他穿上。林小斌家就在附近的小区，他放学没事一般都在店里帮忙，有时还会睡在店里。

林小斌拿着衣服去洗了，顾奇南在店里坐着。洗衣店不大，十来平方米，柜台上面跟后面都挂满了洗好的衣服。洗衣机、烘干机都在后面隔间里。

展铭看了看时间，说："我去打工了，大概四十分钟洗好，你就在这里等着。"

顾奇南乖乖点头，说："谢谢展哥。"

四月底，天气有点反复，今天是阴天，又有点凉凉的。

顾奇南里面就一件短袖。

其他人有时候热得都把校服外套脱了，但顾奇南一整天都捂着校服外套。

展铭想了想，把自己校服脱了，扔给顾奇南："披上。"

顾奇南抱着还有展铭体温的大外套，反应不过来："那你呢？你不冷吗？"

展铭转身走了，摆摆手："不冷。"

展铭的校服实在太大了，顾奇南披在身上，有种小孩穿大人衣服的感觉。

顾奇南新奇地甩甩过长的袖子,拉起拉链。

这是展哥的衣服。

是不是长那么高,就会有那么大的力气?

像巨人一样,好像无所不能。

展铭打工的奶茶店在商业街,是七中附近最热闹的一条商业街,有购物广场跟电影院,晚上很热闹。

展铭这一晚从六点摇奶茶一直摇到十点,奶茶店外一直排着队,生意很好。

十点收工后,他才有空拿出手机。

他跨坐在小电摩上,先看了看手机上的未读消息。

"展哥与他的小弟"这个群的消息条数提示又是省略号,林小斌这话唠。

而顾奇南给他发了十几条消息。

顾奇南的微信本来没有昵称、没有头像,林小斌说他像个"僵尸号"。今天顾奇南终于把微信头像和昵称都弄上了,问题是那个昵称叫——"小弟3"。

展铭一阵无语。

展铭看着头像有点眼熟,点开大图一看,发现竟然是他在游戏里的截图,是展铭在游戏中拿着狙击枪正瞄准对面的截图。

这顾奇南干吗呢?

头像也不用自己的,用他的游戏截图?

展铭一条条看消息。

顾奇南从五点多开始跟他报备。

小弟3:衣服洗好了,我回家了,展哥。

小弟3:洗得很干净,林小斌没跟我拿钱,怎么办?

小弟3:我到家了,展哥。

小弟3:展哥,你是不是打工很忙?忙的话不用回我。

小弟3:展哥,衣服我明天拿去学校还你。

小弟3:展哥你衣服好大,你怎么长这么高的?

小弟3:展哥,你怎么那么厉害?你是练过跆拳道、散打,还是拳击?

小弟3:我报了一个跆拳道的课在学,学了十节,好像一点用也没有。

小弟3:展哥,晚上有风,你会不会冷?

小弟3:展哥,你打工到这么晚,作业怎么办?

展铭觉得自己都不认识"展哥"这两个字了。

深夜有风,呼呼吹着。展铭只穿了一件黑色短T恤,骑着小电摩还真有点冷。但他能说吗?

为了装大哥的范儿。

摇啊摇:没练。

摇啊摇:不冷。

摇啊摇:不写。

摇啊摇:你把微信昵称给我改了。

回到家,客厅里已经没人了。他叔婶工作累,睡得也早。

倒是他堂弟堂姐房间还亮着灯,他进来时,他堂弟刚好出来倒水。

堂弟瞄了他一眼,冷冷地说:"门记得反锁。"

展铭反锁了门。

堂弟阴阳怪气地说:"真羡慕啊,不考大学,书都不用读。"

展铭的堂弟跟他同在七中,展铭在理科班,堂弟展锐在文科班,相隔十万八千里,从不来往。展锐怕别人知道这差生跟自己是亲戚,从不提起展铭。

展锐成绩很差,明年高考,能不能上本科还是个问题,他压力很大,天天学到挺晚。睡不好,看谁都不顺眼。

展铭懒得理他,回房间拿衣服洗澡。

洗澡的时候,展锐还来敲门,让展铭水声小一点,他在门外气急败坏地喊:"天天三更半夜才洗澡,吵死人了!别人怎么读书?!"

展铭应都不应一声,估计展锐作业又不会做,憋着一肚子火气要撒。

洗漱完毕,展铭回房间,躺到床上后又拿出手机。

小弟3:我改好了。

展铭无语,点开顾奇南的微信备注,想了想,改成"小南仔"。

小弟群里,林小斌一人发了几十条消息。他把顾奇南拉入了小弟群,并勒令顾奇南把群内昵称改成"小弟3"。之后林小斌又疯狂刷屏,让顾奇南把化学卷子拍了发上来,让他抄。他连刷了几十条,顾奇南才终于把化学卷子的照片发了上来。

小南仔:作业还是自己做比较好,可以巩固每天所学的新知识点。

小南仔:如果觉得卷子难,就做基础题。

小弟1：你别说了，我压根不知道哪些是基础题，每道题都不会做！赠人玫瑰，手有余香。您赠完玫瑰，赶紧睡觉吧！

小南仔发出一张图片。

小南仔：我把基础题标出来了。

小弟2：三弟，今天的物理作业做了没？最后一道大题给我看看，我不太明白。

小南仔发出一张图片。

小弟2：这里，为什么用这个公式啊？

小弟1：怎么三弟都叫上了？小同桌，你第一天进群就这么自来熟？直接自认三弟？

小南仔发了一条语音。

小弟1：不对，展哥是大哥，我是二哥，小弟3应该是四弟。小弟2你小学数学没毕业！

小弟2：原来如此！这个群因为三弟的加入，终于有了不一样的光辉，我这次月考肯定能进步！

小弟1：……行，我跟展哥退群，你们好好讨论。

展铭看完消息，不知道回什么，他又不写作业，就关了微信，准备打一局游戏，然后睡觉。

顾奇南又给他发消息。

小南仔：展哥，你睡觉了吗？

摇啊摇：没。

展铭就看着"正在输入中……"输入了半天，直到聊天框的提示没了，十分钟后，顾奇南的消息才发过来。

小南仔：展哥，我就是想说一下，我没有做什么恶心的事。

摇啊摇：知道。

小南仔：你相信我？

摇啊摇：我有脑子。

这次又过了大半天，顾奇南的消息才来。

小南仔：谢谢展哥！

小南仔：展哥你好厉害！

小南仔：展哥你人真好！

小南仔：展哥，我可以当你的小弟吗？

摇啊摇：……

小南仔：这是可以还是不可以的意思啊？就是，我不会打架……但是我在学，我报了一个跆拳道的班，已经学了十节课！

摇啊摇：你别跟林小斌学这些有的没的，收小弟，你以为我是小混混吗？

小南仔：哦……

展铭觉得小同桌好像有点失落，又补了一句。

摇啊摇：以后跟着我们三个玩。

小南仔：好！

小南仔：但是我也不能跟你们一直玩游戏，我还有好多题没做完……

摇啊摇：……

第二天早读课，林小斌疯狂抄作业，吴渊安静看书，展铭把英语书翻到本学期第一课，开始背单词。

顾奇南拿着一本根本不是英语课本的英语书，低声背着。

这个五班的差生角落，今日一片和谐。

张鸣走进来的时候，都有些不敢相信自己的眼睛了。

"不错嘛，我不在，我们班运转得很正常嘛！"

张鸣一出声，整个五班的人都转头看他。王越躲藏不及，被张鸣一个箭步上前伸手夺了手机。

"除了王越。"

"老师！"王越站起来，"我没玩手机！"

"我知道，是手机玩你。"张鸣回。

其他人大笑。

王越还想再说，张鸣摆手："有什么话，等一下到办公室好好说给我听，慢慢说。"

"老师你怎么回来了？"班长问。

"不回来上班，我喝西北风？"张鸣反问。

其他人又开始哈哈大笑，特别是林小斌，笑得特别开心、特别快活。

早读课下课后，王越就被叫到办公室挨批。

林小斌幸灾乐祸："真是多亏了小同桌把作业给我抄，不然我肯定也在玩手机！"

林小斌开心了两节课，课间操，四个人正想躲到校园的角落玩手机时，被张鸣在楼梯处抓了个正着。

"都跟我到办公室来。"张鸣说。

"你们这个月都没去做课间操？"张鸣问。

顾奇南点头："是。"

其他三人看傻子一样看他。

顾奇南："？"

张鸣问："为什么不去？班级因为你们四个不做课间操，被扣了多少风纪分，你们知道吗？本学期，我们班就没拿过一次流动红旗！"

顾奇南："老师，流动红旗很重要吗？"

其他人再次看傻子一样看顾奇南。

顾奇南："？"

张鸣被噎了一下，怀疑顾奇南是不是因为少根筋，才在一中被欺凌。

张鸣："顾奇南别说话，等一下再轮到你。"

张鸣："你们三个，之前我请假不在，就不跟你们算账了。现在我回来上班了，你们三个都给我收敛点。很多话，我讲过很多遍了，现在再讲一遍。既然来了学校，就尽好自己的本分，该值日值日，该做操做操，该学习学习。我们安安静静、平平安安、安安稳稳，待到明年高考，毕业的顺利毕业，升学的有学可上，不好吗？"

展铭："好。"

吴渊："好。"

林小斌："好。"

张鸣是特别好说话的一个人，展铭三人一般也不跟张鸣置气，因为张鸣啰唆起来，能把人啰唆坏了。

"行，你们三个先走，顾奇南留下。"

顾奇南睁着他那双黑漆漆的眼睛，看着展铭他们出了办公室，那模样很像孤零零被留下的小动物。

展铭脱口而出："给你带一瓶柠檬茶。"

"好！"顾奇南高兴地说。

张鸣暴跳："说什么呢？！赶紧走！"

展铭摆摆手，走了。

张鸣平复一下心情，对顾奇南说："给你调个座位吧？"

顾奇南愣住，没回答。

张鸣又说了一遍："老师准备给你换个座位。之前林老师代班主任，不太了解你的具体情况，所以暂时安排你跟展铭坐。这段时间怎么样，跟展铭没有矛盾吧？"

顾奇南摇头："没有。"

张鸣一边整理早上收的作业，一边说："这次也不只你，班里好几位同学我都准备换一换座位。你的同桌呢，我已经想好了，让黄清跟你一起坐。黄清是数学课代表，学习成绩不错，你跟他正好可以一起探讨。而且黄清这同学，性格很好，是班里的老好人，跟谁都没有红过脸，很好相处的。"

顾奇南根本不知道黄清是谁。

来了一个月，他除了展铭三人，跟讨厌的王越，剩下的一个没记住。

"我不想换。"顾奇南说。

"什么？"张鸣有些吃惊，"不想换？"

"不想换。"顾奇南再次强调。

张鸣停下手上的事，有些意外。他本以为，顾奇南肯定巴不得赶快换座位。

但是——

张鸣想想，才来一个月，顾奇南已经跟展铭三人一起翘课间操了，看来相处得还可以。

张鸣很意外，顾奇南这样的学生，跟展铭这样的学生，真相处得来吗？

张鸣有些忐忑，问："你讲实话，是你自己不愿意换，还是不敢换？"

顾奇南听出了张鸣的意思，替展铭辩解："我自己不愿意换，展哥人很好——"

张鸣气笑了："展哥？哥都叫上了？想当人家小弟？"

顾奇南觉得自己已经当上小弟了，于是保持沉默。

这时课间操已经结束了，几个去看操的老师陆陆续续回到办公室，跟休假回来的张鸣打招呼，还问起他女儿的情况。

张鸣跟同事有说有笑，有意把顾奇南晾了一会。

"想好了吗？"张鸣问。

顾奇南都不知道张鸣让他想什么，只好沉默。

张鸣说："首先，不要对老师给你换座位这么排斥。老师换座位，是因为展铭跟你确实不适合当同桌,你能跟他探讨学习问题吗?能跟他交流关于升学或者任何和学习有关的事吗?"

不能。

但是不能又怎么样,能又怎么样?

能做到这些的人,顾奇南遇到太多了,但都不是好同桌。

张鸣接着说:"其次,你跟他的个头差太多了,怎么一起坐最后一排?你前面的吴渊都比你高一个头,上课都挡着你了吧?"

"不会,我看得很清楚,我没有近视!"顾奇南急忙辩解。

"就这么想跟展铭坐一起?"张鸣问,看了顾奇南一会,才说,"文理分班后,我刚接手这个班时,有好多同学私下找我,表示千万不要把他们安排跟展铭坐一起。"

顾奇南微微睁大眼睛。

"这件事也不算什么秘密,七中的人都知道,你刚转学过来,可能不太清楚。高一的时候,展铭在校外跟人起冲突,根本不认识的人,只是在外面有了一点口角,就跟人起了大冲突。人家报了警,他被拘留了好几天。在校内,他也跟同学起过几次冲突,被学校处分过好几次。"

张鸣停了停,仔细观察顾奇南的神情,却没看见诸如害怕、恐惧、错愕的情绪。

"展铭要是再犯事,大概率会被学校开除。开除未成年人是很麻烦的,所以学校很慎重。但是——没有任何人能保证展铭会改正,他跟我保证得好好的,绝对不会再闹事,直到顺利毕业,结果呢,转头就打了王越。"

"那是因为王越太过分了。"顾奇南小声但坚定地说。

张鸣看他:"具体情况我了解过了,黄老师也都跟我说了。王越在教室取笑你的小名,确实不对。但是,他不对,你可以提出来,或者展铭可以跟他交流。为什么什么都不说,直接上去就动手?"

因为好好说话是没有用的,顾奇南在心里回答,他已经试过无数次好好说话,全都没用。

"现在展铭替你出头,你觉得他人很好,是吗?可他真的是替你出头吗?不是纯粹为了发泄?如果有一天你得罪了他,他会不会也用暴力对待你?"张鸣问,"我认为,你应该最清楚那是什么感觉。

"当然了,这些只是我的担忧,我希望不会成为现实。可是有一点,展铭的情绪不太稳定，很容易暴怒，你要注意。而你也确实需要跟班上其他同学多多相处，多多认识其他人。"

顾奇南不说话，他不想换座位，无论张鸣怎么说，他都不想换。

张鸣看他的神情就知道他在想什么，叹了口气："你先回去好好想想，不着急，本来我就打算等月考过后再来换座位。但是，学校和班级的任何活动你不得再缺席，课间操好好去做。如果你再翘课间操，那么换座位的事就没的商量了！"

"好。"顾奇南点头。

上课铃早就响过了，教学楼一片静悄悄。

顾奇南从走廊上经过，觉得自己很突兀，觉得每个在教室上课的人可能都在看他。

"这个人是谁啊？为什么上课时间还在外面？"——大概都在这么想吧。

顾奇南想跑起来，快速经过这几个上课的班级。

可他不能跑，跑起来就真的成了全部人注意的焦点。

他慢慢走着，尽量跟平时一样毫无异常地走着。

他觉得自己又听到了人群的窃窃私语。

"看啊，他就是顾奇南。"

"哦？实验班的那个顾奇南？"

"学校贴吧说的那个顾奇南？"

"那个恶心的顾奇南？"

可他知道并没有人说话，因为现在是上课时间。

等他回到教室，喊"报告"的时候，英语老师一脸惊讶地看着他。

"顾奇南，你怎么回事？满头大汗的，被你们班主任骂的？"

顾奇南不会接老师的玩笑话，沉默地摇摇头，走回自己的位子。

展铭三人都看着他，林小斌好奇心爆棚，转过半个身子，跟顾奇南偷偷指了指手上的手机。林小斌早就在群里问顾奇南，老张跟他说了什么，说了那么久。

顾奇南没心思聊天，就盯着眼前的课本发呆，直到展铭将一盒柠檬茶放在他桌上才回过神来。

展哥还是那个展哥，酷酷的寸头，上课了，双手还插在校服兜里，一只脚踩着桌子下的横杠，另一只脚支在地上。因为腿太长，脚都伸到了过道里，然后他漫不经心般抬了抬眼皮看人。

酷得不得了。

下课后，林小斌问顾奇南到底老张说了什么。

顾奇南闷闷地戳着柠檬茶，实在不知道怎么把话说婉转点，又被林小斌追问得烦了，只好说："老师想给我换座位。"

林小斌恍然大悟："我还以为林俊生忘了这事，他本来就说先让你坐着，过几天要给你换位子。"

吴渊接话："毕竟我们展哥——"

林小斌一脸崇拜："不是什么人都承受得起他的热情对待。"

展铭："……"

林小斌低声对顾奇南说："你不知道，展哥对同桌是高标准、严要求，必须讲卫生、安静、不烦人、有礼貌……反正很多要求。之前每一个都被展哥赶跑了，甚至有课桌被展哥直接扔了的。展哥，就是这么霸气！虽然自己爱旷课、不遵守纪律，但是同桌不行，他的同桌必须是好男孩！"

吴渊笑得快昏过去了："我做证！林小斌这回讲的是实话！"

林小斌一脸尊敬："你是展哥有史以来，毗邻最久的同桌。你就是那个百里挑一，最优秀的人儿！"

林小斌问："老张要把你调去哪里？现在问题是，班里人数是偶数，把你调走了，肯定要调一个人过来当展哥的同桌，调谁啊？千万不要来一个太讨厌的。"

吴渊提醒："你看看班上谁身高能坐最后一排？"

"再加一张桌子就好了，"展铭突然说，"我宁愿一个人坐。"

顾奇南闷闷的，他觉得大家都不把换座位当一回事，只有他那么在意，不愿意换。

他轻声说："我不想换。"

林小斌看他。

顾奇南一边说不想换，一边手上还在帮展铭整理英语练习卷。

下周要月考了，英语老师让大家好好复习发下去的练习卷，还有几张老师整理好的各种短语、语法的总结卷。

展铭根本不晓得是哪几张，平时发下来都是顾奇南帮他收好的。

现在也是顾奇南把这些练习卷找出来，按顺序整理好，还把重点的卷子做了标记。

林小斌感慨:"我觉得你对展哥真好,为什么我的同桌不能帮我整理卷子、整理笔记、擦桌子、带点心呢?"

吴渊摇他:"醒醒,起来照照镜子。"

展铭:"因为他是我的家养小精灵。"

林小斌拍桌:"绝了!"

展铭说话的时候,顾奇南拿出自己的小夹子,将整理好的卷子夹好,并附上一张写着考试重点的绿色便笺纸。

他还掏出了牛奶,放在展铭的桌上。

展铭三人用一种看家养小精灵的眼神看着他。

顾奇南问:"家养小精灵是什么?"

展铭回:"《哈利·波特》里的小精灵,多比,记得吗?"

顾奇南摇头:"我没看过《哈利·波特》。"

当代青少年,竟然有没看过《哈利·波特》的。

不只林小斌,连展铭也觉得十分惊奇。

顾奇南问:"你们都看过吗?"

展铭三人点头。

"哦,"顾奇南很自然地说,"那我回去看一看。"

林小斌问:"不是,你连《哈利·波特》都没看过?你平时都看什么?"

"我不看电视,"顾奇南说,"也很少看故事书,只看过语文书上列的必读名著。"

林小斌惊奇地道:"你也不玩游戏,那你放假都在干吗?"

"做题。"顾奇南说。

展铭:"……"

吴渊:"……"

林小斌:"……"

三人放弃跟顾奇南交流,顾奇南有点不好意思:"我这周末回去就看。"

周五晚上,展铭照例打工,十点结束后,他坐在小电摩上,掏出手机看消息。

小弟1:小弟3,周五晚上了,八点了,吃完饭了吧?开始看《哈利·波特》了吗?好好看哦,斌哥要对你进行考问的,答错了你就知道厉害了!

小南仔:总共有八部,太多了,十几个小时,我看不完。可不可以一边写作业一边看?

小弟1：谁让你一口气看完的……你就不能一天看一部吗？

小南仔：哦。但我还是想一边写作业一边看。

小弟1：做事情能不能专心？看电影这么享受的事为什么要和做作业一起进行？算了，我自己再把《哈利·波特》看一遍吧。

聊天消息到这里为止，展铭看手机消息的时候，顾奇南才又冒出来说话。

小南仔：我看完第一部了，没有家养小精灵啊。

小弟1：第二部就有了，你加油。

等展铭回到家，洗漱完毕躺在床上时，顾奇南还没说话，林小斌一直在群里追问他，看到家养小精灵没。

十一点多的时候，顾奇南才发了一条"看到了"。林小斌逗他："是不是跟你的形象特别符合，你就跟展哥的家养小精灵似的。"

顾奇南一直没说话。

展铭打了一局游戏，打完觉得有点不对劲。

顾奇南怎么不说话了？

睡着了？

生气了？

展铭想起之前在食堂，顾奇南浑身发抖的样子。

展铭想了想，私聊了顾奇南，顾奇南很快回复了，根本没睡觉。

摇啊摇：生气了？

小南仔：我真的很像家养小精灵吗？

接着顾奇南发了一段网上搜的家养小精灵的介绍，里面写着诸如"家养小精灵是巫师的奴隶""一个低微的种族""不能违抗主人的命令"之类的句子。

好，果然生气了。展铭有点发晕，随口一说的，他确实没想那么多。

摇啊摇：我随口一说的，没什么别的意思。

小南仔：哦。

摇啊摇：……真的。

小南仔：没事，我跟家养小精灵是挺像的。

摇啊摇：？

小南仔：都唯唯诺诺的，胆子小，还长得不好看。

展铭真是满头问号了，就是一个家养小精灵而已，不是很可爱吗？顾奇南怎么会发散出这么多?

摇啊摇:你是不是还没看完电影?

摇啊摇:多比挺可爱的,而且很勇敢。

摇啊摇:不是,你能别想这么多吗?我就是随口一提,觉得小精灵很可爱。

摇啊摇:这是一种修辞方式,重点不在家养小精灵具体是什么样的,只是拿来比喻。

小南仔:我明白了。

展铭觉得自己已经把今年一年的字都打完了,顾奇南也不知道是真明白还是假明白。

正好这时,林小斌在群里问展铭周末有什么安排。

摇啊摇:明天出去吃饭,吃完再看干吗。去?

小弟1:去!

小弟2:去!

摇啊摇:顾奇南你也来。明天中午十二点,新天地广场。

小南仔:好。

顾奇南是最早到的,在新天地广场中间的喷水池前站着。

展铭就站在商场大楼前发传单,他眼神好,一下就发现顾奇南了。

顾奇南今天没穿校服,穿了一件深蓝色的短T恤,显得他整个人更白了。站那么远,展铭都能一眼发现他白得晃眼。

展铭想,这小孩是不是从来不在户外活动?

顾奇南很快也发现他了,噔噔跑过来,问他在做什么。

展铭拿着一沓传单在他眼前晃了晃:"打工。"

顾奇南伸手拿了一张,仔细看起来,是商场里周末亲子活动的宣传单。

"我帮你发吧。"顾奇南说。

展铭看看他,生怕别人觉得他是童工,回道:"马上就发完了。"

顾奇南站在他旁边,啰啰唆唆地跟他说话。

"展哥,你为什么打这么多工?晚上打工,周末也打工,那你学习怎么办?"

展铭看他一张小脸露出很是担忧的神色,觉得有点好玩,说:"不学习。"

顾奇南果然一脸纠结:"那你爸爸妈妈不管你吗?"

展铭递出去三四张传单,才回答:"不管。"

快十二点的时候，展铭的传单发完了。他领了钱，就带着顾奇南往商场大楼旁边走。

顾奇南跟着他走，问："我们不等林小斌跟吴渊吗？"

"他们知道位置。"展铭回答。

他们没走多远，就走到旁边的另一条街而已，这里跟挤满漂亮餐厅的新天地广场不一样，都是小店，紧挨在一起，热气腾腾。

中午十二点，人很多。

展铭带着顾奇南走进一家串串店，问顾奇南："能吃辣吗？"

顾奇南摇头："不能吃。有位子吗这里？"

展铭早打过电话了，他点了个鸳鸯锅，在群里喊林小斌他们两个快点，拉着顾奇南去拿菜。

顾奇南拿着个菜筐子，新奇地站在大冰柜前，看看这个，看看那个。

展铭拿了一大堆肉，跟顾奇南说："爱吃什么拿什么。"

于是顾奇南拿了一堆菜，又拿了鸡翅，开心得不得了。

两人回了位子，展铭将东西下到锅里，看顾奇南跟小孩似的，说："一副没出过门的样子。"

顾奇南宝贝地戳着那个下到清汤锅的鸡翅，开心地说："我妈妈都不让我吃这些东西！"

展铭点头："行，下次带你吃炸鸡薯条。"

展铭是开玩笑的，可顾奇南真的露出了一脸向往，还追问："真的吗？真的吗？随便我吃吗？"

展铭无语："你还真的是个小团仔，这么大的人了，还喜欢吃炸鸡？"

"我很少吃啊，都没吃过几次！"顾奇南说。

两人说着话呢，林小斌跟吴渊到了。

林小斌哈欠连天，跟吴渊两个人抓了一大堆菜和肉回来，在桌子上都叠成高山了。

顾奇南惊讶地道："吃得完吗？"

林小斌指着鸳鸯锅喊："谁点的鸳鸯锅？这是对串串的侮辱！"

展铭："我。"

林小斌立刻从辣锅里拿了几串牛肉放到展铭碗里："展哥您好，展哥您快吃，您请。"

展铭从清汤锅里拿了几串牛肉放到顾奇南碗里,说:"南哥请吃。"

顾奇南人生第一次被叫南哥,惊得笑了。

他吃了一口牛肉,感叹:"哇,好好吃啊!"

林小斌看他那没出息的样子,痛心疾首:"你吃吃辣锅,你吃吃辣锅,不辣那还能叫串串吗?!"

顾奇南看大家都吃辣的,禁不住好奇,也拿了一串,吃了一口,辣得眼泪都出来了。

"好辣啊,好好吃啊。"顾奇南感慨。

接着展铭就目瞪口呆地看着顾奇南一边说好辣,一边吃着辣锅。

顾奇南就跟第一次出门似的,看着锅里的豆皮、玉米、肉、鸡翅都觉得新奇。等展铭给他盛了一碗QQ面,他的新奇到达一个顶峰。

"这个面,滑滑的,很Q弹!"

林小斌跟吴渊都笑坏了。

林小斌问:"你妈是不是把你关在家里,不许你出门,不许你吃外面的垃圾食品?"

顾奇南摇头又点头:"她很鼓励我出门的,就是不许我吃外面的东西,说不卫生。"

林小斌感慨:"看把孩子憋的。"

吴渊:"都憋坏了。"

四个人,一顿饭吃到了下午两点多。

从串串店出来的时候,顾奇南饱得都走不动了。

他觉得自己肚子里连一根青菜都塞不进去了。

吴渊问:"去哪?"

林小斌提议:"去看电影吧,最新的动作大片上了。"

于是四人出发去电影院。

看电影的时候,顾奇南太饱了,没睡午觉又困,他也不喜欢看这部动作片,觉得好没意思。

于是顾奇南直接睡着了,睡得呼呼的,直到电影结束了,展铭叫他,他才迷迷糊糊醒过来。

下午四点多了,众人在广场外的喷泉边坐了一会,讨论了一下动作片的剧情,以及嘲笑顾奇南看到睡着。

"孩子年纪小。"展铭说。

林小斌跟吴渊都笑倒了。

顾奇南不满地嘟哝："我跟你们同级，同级！"

接下来，林小斌跟吴渊要找个地方打游戏，展铭说六点要去奶茶店打工，不去。

顾奇南更不去了。

于是兵分两路。

展铭开小电摩，载着顾奇南到地铁站去。

顾奇南从来没这样消磨过时间，玩了一下午，没有做题，没有上兴趣班，就是跟着同学随意地玩。

小学的时候，太小了。

初中的时候，他跳了一级，忙于学业跟培优班课程。

高一……

一中一周上六天课，剩下一天有无穷无尽的作业，他还得做奥数题。别说他，班上的其他人也根本没有心思玩。

大家都很紧张，做什么事都争分夺秒。

不像展铭他们，一顿饭都能吃两个小时，边聊无意义的天，边吃。

顾奇南叹气。

展铭耳朵尖，听见了，问他："怎么了？"

"真好玩！"顾奇南大声说。

红灯了，展铭停下来，转头去看顾奇南。

一个多月了，顾奇南好像变了一点，变好看了。

展铭又仔细看了他两眼。

顾奇南摸摸自己的脸："怎么了？我脸上有东西？"

刚刚吃饭的时候，顾奇南被辣锅辣得脸颊红扑扑的，一直到现在，那红还没退下去，不知道是在电影院睡觉又压红的，还是太兴奋了导致的。

双眼也是亮晶晶的，叮着人看，看得人都心软。

反正跟一个多月前，那个阴沉又不开心的少年，有着天壤之别。

展铭摇头："没，我就是看看你几岁，觉得自己跟带小孩出来春游似的。"

顾奇南嘿嘿笑。

绿灯了，小电摩又往前走，经过了地铁站。

顾奇南拉展铭的衣服:"展哥,过了,过了!"

展铭头也不回地说:"展哥带你去个地方。"

顾奇南乖乖坐好了,随便他展哥带他去哪里。

小电摩驶过街道,驶过榕树,驶过杧果树,驶过盛开的三角梅,停在一条小商业街的奶茶店门旁。

顾奇南下了车。

展铭说:"你等一下。"

他说完进了奶茶店,跟店里的人说了几句话,洗了手,开始摇奶茶。

顾奇南好奇地看着店里的招牌,布丁奶茶、金橘柠檬、百香果双响炮……

几分钟后,展铭拿着一杯奶茶出来了,递给顾奇南,说:"展哥请你喝。"

顾奇南接过来,冰冰的。

吸管已经插好了,顾奇南喝了一口,香香的,甜甜的,很好喝。

顾奇南惊奇地说:"比牛奶好喝多了。"

展铭无奈:"你连奶茶都没喝过?"

顾奇南摇头。

展铭问:"你是不是没有零花钱?"

"有啊!"顾奇南又喝了一口冰奶茶,"有好多。"

展铭看他那样子,感叹:"我今天果然就是带小孩出来春游的。现在不生气了?"

顾奇南叼着吸管,愣愣地看着展铭,问:"生气?"

展铭骑上小电摩,示意他上来。

"家养小精灵的事。"

小电摩开出去好远了,顾奇南才咬着吸管闷声说:"我没生气。"

到了地铁站,顾奇南拿着奶茶跟展铭说再见,有点依依不舍的感觉。

展铭说:"去吧,下次还带你出来玩。"

顾奇南高兴了,点头说:"好!"

等顾奇南到家,奶茶也喝完了,他将杯子扔进小区的垃圾桶,开开心心地回家。

他一进门,就看见爸爸妈妈坐在沙发上,电视没开,没看书,也没泡茶。两个人就那么坐在沙发上,看见顾奇南回来了就直盯着他,盯得顾奇南莫名其妙。

"六点了,还不做饭吗?"顾奇南一边换鞋一边问。

他爸妈才回过神,慌忙说:"哦,对,差点忘了做饭!"

顾奇南无语:"你们两个干吗呢?连做饭都忘了。晚上饭少煮一点,我中午吃得好饱。"

"那煮粥吧,"他妈妈说,"再炒两个青菜,蒜香排骨吃吗?"

顾奇南感觉自己中午吃了一吨肉,摇头道:"不吃,我就吃菜。"

他爸爸问:"中午吃什么好吃的了,吃这么多?"

"吃串串。"顾奇南说,觉得会把他爸妈吓一跳,然后他满意地看见爸妈果然一脸惊讶。

"串串?那很辣的,团仔,你吃串串要叫个清汤锅,你吃不了辣的。"他妈妈一脸紧张。

顾奇南觉得自己已经见过世面了,挥挥手道:"吃串串怎么能吃清汤锅?我们吃微辣的而已,就一点点辣。"

"哦,"他爸妈你看看我,我看看你,又问,"还做什么去了?"

"去看电影。"顾奇南说着,进厨房给自己倒了一杯水。虽然喝了一大杯奶茶,但他感觉还是渴。看来好喝也没什么用。

"好看吗?"他爸妈跟进厨房。

"不是很好看。"顾奇南摇头。

"你们几个同学去的呀?就你跟你同桌吗?"

"四个,还有我前桌两个人。"顾奇南喝完水了,感觉肚子哐当作响。

"都是男生?"

顾奇南烦了:"都是男生!你们怎么问题这么多啊?!"

"那不是关心一下你吗?"他爸爸说,"钱够花吗?"

到这时,顾奇南才想起来,今天一整天,他一分钱没花出去。

他爸妈见他不说话,紧张了,小心翼翼地问:"不够?都花光了?"

他出门前,爸妈往他手机里转了两千块钱。

顾奇南缓缓摇头:"我一分钱也没花……"

他爸惊讶地问:"都是别人请客?"

顾奇南又摇头:"我不知道,我吃完饭,看大家走就跟着走了,都忘了付钱这回事。看电影也是,吴渊拿了票给我,我就接了。然后回来,奶茶是展哥请我喝的……"

他爸妈看着儿子，不知道是该松口气，还是该叹气。

他妈妈嗔怪："你看看你，都高中生了，还跟小孩子似的。去问问是哪个同学出的钱，把钱还给人家。如果人家不收，那你下次也请他们吃饭。"

"哦。"顾奇南点点头，掏出手机，边走回房间，边发短信。

"别一边走路一边玩手机！"

"知道了！"

顾文辉跟林蕙看着顾奇南关上房间门，两人对视。

顾文辉打开冰箱，拿出晚上要煮的菜，说："你看你，我就说你瞎操心。早上他要出门，你还担心他被同学勒索。"

林蕙也觉得自己好笑，可转念想到自己为何会这么担心，酸涩感立即泛上心头。

担心同学是要敲他竹杠，可是又不敢不让他去。

万一人家是真的请他一起出去玩呢？

不让他去，就错失了一个融入正常社交的机会。

"我觉得转学挺好的，"林蕙偷偷转身擦了擦眼泪，"虽然学习氛围跟一中不能比，团仔学会了打游戏、玩手机……"

"好了，好了，"顾文辉打开水龙头洗菜，"团仔开心就好了。"

小弟3：今天吃饭跟看电影是谁付的钱？我忘了给钱了……

小弟1：吃饭是你展哥请的。

小弟2：电影票就算了，我用优惠券买的，也没花几个钱。

小弟3：那我下次请你们。

小弟1：我记下了，请尽快安排，谢谢。

顾奇南给展铭单独发消息，问他饭钱多少。

一直到晚上十点多，展铭才回消息。

摇啊摇：请你的。

小弟3：哦……

小弟3：那我下次请你们吃饭好吗？

摇啊摇：行。

小弟3：可是我不知道去哪里吃，每次都是我爸妈带我出门的……

摇啊摇：我带你去。

小弟3：好！

小弟3：你是不是刚要回家？你好好骑车。

顾奇南做完一份物理卷子，看看时间，已经过去半个多小时了，忍不住又给展铭发消息。

小弟3：展哥，你到家了吗？

小弟3：你不累吗？一大早就出门了，到现在才回家。

小弟3：我下午看电影的时候已经觉得好困了。

小弟3：那你今天还有精力写作业吗？还是明天写呢？还要复习，下周要月考了。

摇啊摇：到了。

摇啊摇：不累。

摇啊摇：不写。

摇啊摇：不复习。

小弟3：……

小弟3：展哥，我总结好知识点了，你要不要看看？

小弟3发了张图片。

摇啊摇：……

Chapter 4
考试了

周一一早,林小斌疯了一样到处借作业抄,一看顾奇南来了,立刻哀求,要拿顾奇南的所有卷子。

顾奇南目瞪口呆,难以置信地反问:"所有?每一张?你都没做?"

"对啊!怎么了?很难相信吗?面对现实生活吧,小南南,这可不是在一中,这是七中!这里有很多跟我一样的差生。"林小斌毫不羞愧。

听到"一中"两个字,顾奇南脸色黯了黯。

但没人注意到他一瞬间的情绪变化。

吴渊伸手抽走了顾奇南摆在桌上的卷子,辩解道:"也不是,还有我这种至少写了一半的、比较积极向上的选手。"

展铭还没来,顾奇南看了看身旁的空位,偷偷问:"斌哥至少还抄作业,展哥呢,他连抄都不抄,老师不会找他吗?"

林小斌摇头道:"你不懂,老师已经放弃了展哥。"

顾奇南想起张鸣的话,心想,大概是不想管、懒得管了。

可是展哥真的不考大学了吗?

他为什么从早到晚都在打工?

顾奇南问:"展哥的爸爸妈妈也不管他吗?"

林小斌变了脸色,吴渊也立刻转过身来。

"怎么了?"顾奇南吓了一跳。

林小斌表情都扭曲了,伸出两根食指比了一个打叉的手势,压低声音说:"禁忌话题!禁忌话题!在展哥面前绝对不能提他爸妈不管他!上一个骂展哥没爹妈管的人,下场很糟糕……"

顾奇南："……"

林小斌伸长脖子看了看外面，见展哥应该不会突然出现，于是说："具体我也不是很清楚啦，但展哥好像是他奶奶带大的，从没听过他提他爸妈，我猜是去世了。他奶奶去世后，展哥的监护人就变成他叔叔，他现在住在叔叔家里。寄人篱下，你懂的。虽然是自己的亲叔叔，但不是亲爹，肯定有各种各样的问题。反正高一的时候，有一阵展哥心情特别差，经常闹事，后来就开始疯狂打工，应该是给自己赚生活费吧……"

顾奇南完全听愣了。

吴渊提炼重点："总之，你千万不要在展哥面前提他爸妈，更不要问什么管不管他，懂吗？"

顾奇南："……可是我已经问过了。"

林小斌："……"

吴渊："……"

林小斌问："那展哥回答了吗？"

正说着，展铭进来了。

林小斌惊吓过度，说话都结巴了："吗、吗、吗，妈妈今天骂我了！"

展铭："……"

吴渊疯狂眨眼，试图救场："你妈妈不是天天骂你吗？！"

林小斌："是呀！我妈妈天天骂我！"

展铭："……你们两个说相声呢？"

展铭坐下，开始吃他的早餐，豆浆跟紫米糕。

顾奇南还震惊于刚刚得知的展铭的家庭情况，此时见展铭又把早餐拎来学校吃，突然意识到，展铭并不是因为怕迟到，所以来不及吃早饭，而是根本没在家吃早饭。

顾奇南不眨眼地看着展铭吃早餐，展铭误会了，拿起紫米糕问："你想吃？"

顾奇南摇头，但紫米糕闻起来香香的，忍不住问："这是什么？"

展铭剥开包装纸："你吃一口。"

顾奇南小心翼翼地捏了一小块，尝了尝。

甜甜软软糯糯的。

"真好吃。"顾奇南说。

展铭扯了扯嘴角，露出一丝笑容，说："什么你都觉得好吃，怎么还这么瘦？"

顾奇南从书包里掏出牛奶和鸡蛋,摆到展铭桌上,说:"你吃鸡蛋吧,早上应该吃鸡蛋。"

唉,净吃一些素的,怎么能有营养呢?

展铭几口吃了紫米糕,喝了牛奶,说:"你瘦,你吃。"

顾奇南摇头道:"我在家已经吃过鸡蛋了,还喝了牛奶。"

展铭吃完鸡蛋,顾奇南递给他一张湿纸巾,让他擦手。

林小斌跟吴渊在旁边看着顾奇南的一番操作,纷纷感叹:"贤惠,果然贤惠。"

大课间的时候,四人因为都被张鸣威胁过了,不敢再偷溜,起身跟着大部队往操场走。

四人排到班级队伍末端时,五班的人都吓了一跳。

展铭跟他的小弟来做操了?

但是他们四人一排到队伍末端,问题就出来了。

顾奇南在其中特别不协调。

男生队伍是按身高排的,排在最后面的人,身高是全班最高的,理所当然是展铭。他前面的林小斌跟吴渊,身高也都是1.8米左右。

只有顾奇南,被他们夹在中间,盆地一样,凹陷了一块。

来巡视的张鸣一看,不行,伸手把顾奇南拉到队伍前三站好,说:"以后你做操就站这个位置。"

顾奇南有些伤自尊。

他其实穿上运动鞋才有1.7米。

他跟展铭遥遥相望。

顾奇南想起妈妈的话,觉得还是对的。青少年要保证一天至少400毫升奶量,不然怎么长高?牛奶虽然难喝,但还是得喝。

不然怎么长到展哥那么高?

顾奇南心不在焉地做操,直到音乐声结束,体育老师说"各班回教室",才回过神来准备去找展哥他们。

他刚转身,就看见王越伸手大喊:"然然!"

顾奇南顺着他的目光,才发现六班的女生队伍就在自己旁边,邱然颖正好站在自己的左手边。

王越旁若无人地道:"然然,等等我!"

邱然颖慌慌张张,拉着她同桌就想挤出人群赶紧逃走。

王越几个大步就要追上她了："等等我呀，我们一起去小卖部！"

瞬间，顾奇南想起吴渊手心里的小发夹，想起吴渊说错了话站在朳果树下发呆，突地福至心灵，情商飙到十五年来最高值。

他一个跨步，挡住了王越。

王越往右边挪，顾奇南跟着挪。

王越往左边挪，顾奇南也跟着挪。

这么一会工夫，邱然颖拉着同桌跑开了。

王越不动了，站在原地，皮笑肉不笑地问："什么意思啊？"

顾奇南没回答，主要是不知道怎么回答。他不能说"因为我渊哥喜欢邱然颖，你最好滚远一点"。

这沉默的样子真的很像挑衅。

王越"呵呵"了两声，说："抱上展铭的大腿，嚣张了？像你这样的，我一拳打一个。"

顾奇南想起王越被展哥碾压的样子，觉得王越威胁他的话完全是无能狂怒。

"我——"

"你什么？"展铭的声音响起，一条胳膊伸了过来，搭住顾奇南的肩，把他拉到自己身前。

"老师，这里有人欺负人。"林小斌的声音懒洋洋的，听着特别气人。

"问你同桌啊，挡着我的路，什么意思？"王越脸都黑了。

"这条路是你的？你是七中校长还是教育局局长？这是七中的操场，国家出资建造，公共场所，懂？"林小斌差点把王越气坏。

王越气笑了："行，一次两次，我也明白了。展铭，大家都是男的，别来这些阴的。你是不是也喜欢邱然颖？"

展铭："……"

顾奇南："你乱说！"

王越："上次莫名其妙跟我起冲突，处处跟我对着干，今天又这么拦着我。展铭，我没得罪你吧？不为了这事，还能为了什么？"

展铭诚恳地道："真不是。"

王越："你连男人都不是，不敢承认！"

林小斌被吓得胡乱说话："这里四个男的，你凭什么怀疑我展哥？！"

王越："那就公平竞争，谁追到就是谁的女朋友。你拉着小弟这么恶心人，怎么回事？这事我跟你没完！"

说罢王越气冲冲地走了。

四周静止不动的人群在听到如此劲爆的八卦后，瞬间作鸟兽散，怕被当众揭穿暗恋心事的展铭迁怒。

四人呆立当场。

顾奇南："对不起……都怪我……我看邱然颖很害怕的样子，我就想帮渊哥拦那么一下……"

吴渊："……"

展铭骂了一声："不怪你，王越脑子真的有问题。"

林小斌感叹："王越这推理能力，我服了。在场四个男的，他为什么跳过我们三个，就怀疑展哥？我林小斌一万个不服，难道我们就不能？！"

操场事件立刻以惊人的速度在七中传播，到了下午，整个七中，包括教师办公室，全知道了。

邱然颖被叫到办公室询问了一番。

可怜邱然颖已经吓呆了，本来被王越纠缠就已经很烦人了，没想到再加一个展铭。

邱然颖说着说着就哭了，再三跟老师保证自己只想学习，不想谈恋爱，更别说跟差生谈恋爱了。

老师还是很信任邱然颖的，跟她说，若是这两个人有任何不当行为，让她立刻跟学校反映。

邱然颖走后，顾奇南被张鸣叫到办公室询问。

张鸣觉得这学生应该是很乖很老实的孩子，怎么到了七中，一下惹出这么多事？

张鸣问："你老实说，为什么早上在操场上要拦住王越？"

顾奇南老实回答："他要去骚扰隔壁班的女孩子，我觉得很过分。"

张鸣笑了："你这个出发点不错，还是很正义的。但是，你是纯粹路见不平，还是为了展铭？"

顾奇南心里冤屈："老师，展哥不喜欢那个女生，王越胡说八道！"

张鸣问："你才来一个多月，怎么知道展铭不喜欢邱然颖？也许他真的喜欢人家呢？"

顾奇南当然知道，因为喜欢邱然颖的是吴渊！

可他不能说……

张鸣见他回答不出来，继续说重点："反正这个情感纠葛不关你的事，人家邱然颖谁也不喜欢，只想好好学习。所以，你不要再掺和到这些事里面去了，知道吗？"

顾奇南赶紧点头。

张鸣又说："周四周五两天要月考，你好好准备。考完了，我要看你的成绩，如果因为这些破事受到影响，没考好，那么换座位的事就没有任何商量的余地。"

顾奇南傻了。

张鸣看他表情，失笑："怎么，对自己没信心？"

顾奇南还真的对自己没什么信心。他有半年多的时间，无法百分百专注在学习上。这学期开学后，他更是完全不想去学校，无心学习，没有上课，没有做题，状态一直很差。

一直到了七中，情绪渐渐好起来，他才开始一点点找回以前的状态。

"怎么样算没考好？"顾奇南问。

这可把张鸣问倒了。

顾奇南从未在七中考过试，跟一中的成绩作对比也不现实，毕竟一中是全市最好的学校。而顾奇南这半年多学习严重受影响，又两个月没上课，大概退步了很多。

张鸣只好高深莫测地说："好不好，老师自然会判断。"

顾奇南垂头丧气地从办公室出来，刚好迎面碰上王越跟展铭两人。

展铭问："怎么了？老师批你了？"

顾奇南觉得自己真是会给自己惹事，摇头道："没，老师让我好好准备月考，别分心。"

展铭跟王越进了办公室，被张鸣骂了一顿，他又威胁，如果两人再闹事，立即取消王越的住宿资格，开除展铭。

"人家女孩子一点谈恋爱的心思都没有，只想认真学习，你们两个不要去打扰人家，听清楚了吗？这次的事我已经打电话告知你们家长了，希望你们两个引以为戒。月考马上就来了，好好考试，别再考得稀巴烂。"

威胁完了，张鸣语气一转，温和地说："邱然颖的学习成绩一直挺不错的，你们喜欢人家,应该向她看齐,争取能够缩小跟她之间的差距。明年就要高考了,假如你们之间差距一直这么大,谈什么喜欢?不现实,很不现实。"

展铭听得快睡着了。

当然不现实了。喜欢能当饭吃吗?喜欢能提高智商吗?

邱然颖的成绩是年级前三十,再喜欢对方,他们这种差生也赶不上。

但是王越居然叹气了,还说:"唉,老师,我也想考好一点,可是课本上的我一个字也看不懂,都不知道从哪里补起。"

展铭心想,见了鬼了。

王越想学习?

王越想认真学习?

张鸣听了王越的话相当激动,大概觉得自己的思想工作终于做出了一点成效,把展铭骂了几句就让人先走了,留下了王越,要跟他好好说说如何学习。

展铭回到教室,化学课上,顾奇南也不听课,正埋着头发奋做题。

展铭老早就想说顾奇南了,他敲敲顾奇南的桌子,轻声问:"你不好好听课,折腾什么?"

顾奇南抬头,茫然地看着展铭:"我在听啊。"

他旁边还摊着一本课堂笔记,时不时在上面记两笔。

"我说,你是不是应该听课的时候好好听课,下课了再去做这些题?"展铭身为一个差生,万万想不到自己还有劝人好好听课的一天。

顾奇南想了一会,略微疑惑地说:"可是我听了啊……"

行吧。

展铭放弃。

小南仔爱怎么学习就怎么学习,他要不是这么奇奇怪怪的,没掌握到学习方法,怎么会从一中转来七中呢?

爱考几分考几分,反正大家都是差生,谁也别嫌弃谁。

下课后,吴渊愁眉苦脸地看着展铭,林小斌在一边憋着笑。

展铭理都不想理吴渊,捧着顾奇南的化学笔记看着。

别说,小南仔的笔记记得真整齐、真清晰。

"展哥……"吴渊叫。

"别叫我展哥,我展哥一个字都不想跟你说。"林小斌严肃道。

"唉……"吴渊叹气。

"是男人就别叹气！"林小斌鄙视。

"我……"吴渊欲言又止。

"你赶紧去表白！"林小斌呵斥。

吴渊吓得捂住林小斌的嘴巴，生怕被别人听见，差点把林小斌捂晕了。

吃完午饭，四人躲到操场角落的杧果树下。

杧果树已经结了几个青青的小果子，林小斌抬头研究，思索什么时候能吃上。

吴渊艰难地叙述他的少男心事，听得展铭跟顾奇南想睡觉。

大意就是，邱然颖太优秀了，他不敢。

林小斌鼓励他："渊哥，你已经是我们几个人中成绩最好的了，你相当优秀，你要对自己有信心。男人，最重要的不是你考几分，而是自信！"

吴渊想把林小斌捏死。

顾奇南觉得很好玩，建议道："渊哥，你从现在开始认真学习，进步到跟邱然颖差不多就可以了。或者，现在她只想好好学习考上大学，那你就认真努力，考上跟她一样的学校。以后大学四年，你可以慢慢追她。"

吴渊："……行，你给的建议果然非常好。"

林小斌："唯一的问题是，我渊哥怎么才能考到年级前三十，除非出现奇迹！"

"要不你就快刀斩乱麻，"展铭说，"直接去表白，最多被拒绝，你也死了心。"

吴渊沉默。

展铭骂："你不试着去努力，让你表白，你又不敢。"

林小斌这个墙头草，立刻跟着骂："没出息！"

顾奇南问："渊哥，要是邱然颖拒绝你，你会怎么办？"

吴渊喃喃："怎么办？就接受啊，然后不再烦她，尽量不在她眼前出现……"

顾奇南一怔。

林小斌怒斥："小精灵，就算你是展哥的小精灵，也不能说不吉利的话！"

展铭："……这话怎么听着这么奇奇怪怪的？"

顾奇南看吴渊的少男心事愁起来没完，有些着急了，说："我想回教室看书，马上就考试了。"

林小斌为他竖起了大拇指。

顾奇南发愁："老师说，要是我没考好，就要给我换座位。"

展铭站起来，拍拍衣服："走，回教室，我也看一会书。"

林小斌："？"

展铭:"万一考得跟林小斌一样烂,那就真完蛋了。"

林小斌:"?"

展铭搭着顾奇南的肩膀走了,林小斌在后面追:"展哥,说话就说话,为什么嘲讽我?嘿!我被这么侮辱了,能忍吗?!我这次誓与展哥比高低!吴渊!赶快起来!回去读书!"

周四周五两天停课,考试。

语文、数学、英语、理综,半天考一门。

跟一中没法比,一中不会花两天时间优哉游哉地考试。一中都是从早上七点半开始考,考到晚上六点半,一天结束。

七中按上次月考的成绩排考场跟座位。

顾奇南上次月考没有参加,被安排到了最后一个考场最后一个座位。同一个考场里,他碰见了老熟人林小斌。

林小斌嘿嘿笑。

顾奇南:"……"

顾奇南觉得还算欣慰,没在最后一个考场碰见展哥。他问:"展哥在第几个考场?"

林小斌大声答:"就隔壁啊!"

好吧……

王越也在这个考场里,仇人相见,分外眼红。

林小斌在王越前面几张桌子,他尽量从表情上藐视王越,从鼻孔挤出一声不屑的"哼"。

开考前,林小斌跑来顾奇南的位子旁,说:"你好好考,别紧张!"

顾奇南严肃地点头。

语文。

顾奇南不是很拿手。

老师让背的他全背了,可写作文是他的弱项。顾奇南好好地研究了题目,在草稿纸上列了提要,细细琢磨,才下笔。

在考试结束前十分钟,他才放下笔。

他一抬头,惊了。

周围全是趴倒睡觉的。

整个考场，只有他跟林小斌两个人是坐着的。

而林小斌，背影看上去特别奋力……

他还时不时拿笔戳自己脑袋。

交卷后，林小斌蹦到顾奇南旁边，问他作文写完了吗。

顾奇南迷惑，还是回答："写完了。"

当然写完了，写不完就完蛋了啊。

林小斌叹气："唉，太难了，我没写完，我就挤出了四百个字。我感觉我是文盲，为什么剩下的四百个字我一个字也想不出来？但我还是有信心赢过展哥的，展哥常年不写作文，我随便写一百个字都能赢过他！"

顾奇南一听，有点紧张，赶紧跑去隔壁教室找展铭。

展铭早就在外面等他们了，顾奇南问："展哥，你作文写完了吗？"

展铭点头："写了，差两百字。"

顾奇南一脸惨不忍睹，忍不住说："你多看看作文书就好了，我有好多本，等下周借你。"

展铭："……"

下午考数学，顾奇南的强项，卷子又简单，一个小时他就做完了。

抬头一看，周围的人又全部趴倒了，连林小斌也趴倒了。

第二天考英语和理综，考完才四点半，四人在校门口会合。

顾奇南心情还不错，卷子比他想象中的简单，他觉得自己做得还可以。

林小斌叹气："除了语文挤了作文，其他科我都是睡过去的，卷子它认识我，我不认识它啊。特别是英语，呜呜呜呜，我一个单词都看不懂！小南南每一科都在狂做，小南南绝对是好学生，他要抛下我了！呜呜呜呜。"

顾奇南安慰他："我英语和理综都不好，语文也不擅长，所以做得慢。"

林小斌哭泣："真的吗？"

"真的！"顾奇南点头，"我还在上英语补习班呢！"

展铭揉揉顾奇南的头。

"还早呢，"吴渊边看手机边说，群里大家正在对答案，"我们去哪儿溜达？"

展铭六点要去奶茶店打工，大家商量了一下，决定去那附近。

展铭问顾奇南："考得怎么样？"

顾奇南还没回答呢，吴渊突然大喊："语文成绩出来了！数学的也出来了！"

"顾奇南！你刚刚说什么？！你语文不擅长？"吴渊看着手机喊，"你语文考了137分！"

林小斌："……"

"你数学考了150！150！满分！满分！"吴渊突然狂吼。

满分？！

校门口方圆百米的目光全集中在了顾奇南身上。

展铭三人看着顾奇南。

顾奇南没有一丝意外、惊吓、惊喜、震惊，神情十分平静。

吴渊放大微信群里老师发的成绩表，仔仔细细又看了一遍，确定是"顾奇南"三个字。

群里已经炸开了。

林小斌喃喃："南哥，你为何如此平静？"

吴渊质问："你不是说自己这不好、那不擅长吗？！"

顾奇南挠头："是啊，但是我数学比较有把握，而且数学卷子挺简单的。"

简单……

校门口方圆百米的人都想看看说这话的人是谁。

展铭他们赶紧把顾奇南拉走了。

四人往商业街出发，顾奇南说，他请大家吃东西。

林小斌愤愤地道："请！必须请！一科满分请一次，再考满分你还得请！我数学连50分都没有！"

展铭骑着小电摩，载着顾奇南，慢慢悠悠，跟走路的林小斌、吴渊两人并行。

林小斌继续抒发不满："原来小南南这么会装！还说自己语文不擅长，我看你语文是不擅长考满分！其他都很擅长！"

"我语文这次超常发挥了。"顾奇南认真解释。

林小斌生无可恋地道："不想听。"

吴渊转念一想，换了一副表情，谄媚地说："南哥，把你的笔记借我看看吧！你平时用的什么参考书啊？我也想买一套！"

林小斌："？"

顾奇南："好的，我回去发给你。"

林小斌搭着吴渊的肩膀，走路也不安生，摇来晃去，把吴渊烦得不行。

两个人，一个高高瘦瘦，一个一头乱发、痞里痞气。

还有个手长腿长的大块头，骑着一辆跟他相比简直可称为"迷你"的电摩，载着一个斯斯文文的男生。

天气热了，四个人都换上了夏季校服，白色的短袖，只在领子跟袖口有一圈蓝色，更显得少年青春洋溢。

他们在初夏傍晚的绿荫底下走着说着，吸引了不少目光。

榕树垂落的根须碰到了顾奇南的额头，痒痒的。他抬头看头顶上繁密的绿叶，跟绿叶之间洒落的光。

新的夏天来了。

顾奇南觉得，噩梦一般的旧的夏天跟冬天已经过去了。他变回了原来的他，找回了以前的状态，能够安心地学习，安心地上下课，安心地闲逛。

顾奇南抬头看眼前宽阔的背。

让人很安心的那种。

"展哥！"顾奇南突然大声叫。

其他三人都吓了一跳，小电摩的车头还歪了歪。

展铭没回头，纳闷地道："怎么了？"

"没怎么。"顾奇南说，嘿嘿笑。

林小斌抖了抖："我突然浑身起鸡皮疙瘩，不知道怎么回事，感觉空气中弥漫着一股微妙的气味。"

吴渊冷冷地说："是沙茶面的气味。"

小电摩在一家小店对面停下。

小店的招牌是旧式的红底黄字招牌，上面写着"林记沙茶面"。才下午四点多，店里已经有好几位客人了。

展铭招手："进去。"

林小斌跑第一个，边跑还边说："欸，今天吃沙茶面啊？展哥你不厚道，小同桌要请客，你怎么带我们来吃沙茶面？！为什么不去火锅店、烤肉店？！"

展铭很简洁："不吃就算了。"

林小斌："吃！"

吃，当然吃！

这家店是这附近有名的小吃店，沙茶酱混着各种卤料的鲜香味，令人垂涎。

展铭领着顾奇南，站在锅灶前，看新鲜的猪肉、小肠在高汤锅里翻滚，看豆干、鸡蛋、猪蹄在卤水里煮得暗红发亮。

一口口大锅,煮得热火朝天。

负责点单的阿姨问:"吃什么?"

四人点了沙茶面、清汤生烫粉、卤蛋、卤豆干、卤大肠、油条,满满当当摆了一桌子。

顾奇南学着展铭,将刚炸好的油条蘸蘸沙茶汤汁,一口吃进去,又脆又香。林小斌一边嫌弃顾奇南请客请最普通的沙茶面,一边狼吞虎咽。

二十分钟,三人就吃完了。

只有顾奇南吃得慢,还在一口一口喝着汤汁。

林小斌吃饱喝足,叹气道:"看你吃饭这傻样,谁能想到你是数学考满分的人儿?"

傻?

顾奇南瞪圆了眼睛,他嘴里还有面,无法反驳,扭头去看展铭。

展铭替他出气:"说别人傻之前,先想想自己数学考三十五分的智商。"

林小斌语塞。

展铭又说:"孩子小,吃得慢。"

顾奇南:"……"

顾奇南慢吞吞地吃完了,站起来去付钱。

手机一刷,九十八块钱……

连一百块都没有。

展哥是不是故意带他来消费不高的店啊。怕他花钱吗?

顾奇南跟屁虫似的跟着展哥。展铭一骑上小电摩,他就理所应当地坐了上去。

一群人吃完沙茶面,才五点。

四个人就在商业街无所事事地瞎逛,看见抓娃娃机了,就停下来抓。

林小斌开始自拍,娃娃也不抓,在旁边忙着各种编辑他的朋友圈。吴渊则抓着手机,照着顾奇南说的书单买习题册,一副无心玩耍、只想学习的模样。

顾奇南换了十块钱硬币,难以置信地在三分钟内失去了九块钱。

展铭在旁边看得无语。

顾奇南转头看他:"这个娃娃机有问题,时间设置成二十秒,这合理吗?不可能啊!要把这个夹子移过来,对准娃娃,夹下去,还要夹到出口,二十秒怎么可能?!这个完全是骗钱!"

展铭:"……"

展铭拿走他手里最后一个硬币,投进面前的娃娃机,开始、移动、夹、丢进出口,一气呵成,十八秒结束。

一阵欢乐的音乐响起。

一只耷拉着圆耳朵的白色小狗掉落下来。

展铭拿起来,丢给顾奇南。

顾奇南目瞪口呆。

三人往鞋店的方向走,说要去看看新款球鞋。

顾奇南拎着那只白色的小狗玩偶,跟在展铭身后追问:"展哥,怎么做到的?!十八秒!一次成功!到底怎么做到的?你怎么那么厉害?怎么做的?怎么做的?你教教我吧!"

展铭扫他一眼,一手盖住他头顶,揉他的头发,揉得乱七八糟的,揉得跟小狗似的,才说:"这事就跟你考满分一样,比较有把握罢了。"

林小斌笑得差点摔倒。

顾奇南嘟哝:"那我也做了很多很多数学题啊……"

四人看完球鞋,又拐到展铭打工的店,展铭一人请了一杯青柠茉绿,又载顾奇南去地铁站。

顾奇南一口一口抿着青柠茉绿,感受酸酸的、香香的青柠香气,感受奶茶带来的初夏快乐。

跟展铭说再见的时候,顾奇南问:"展哥,明天还出来玩吗?"

展铭看他:"明天我打工,你找吴渊和林小斌,他们一般周末都会出门,就是睡得晚、起得晚,估计得午饭后了。"

又打工。

不知道展哥打这么多工累不累?

顾奇南只好说:"那算了,明天下午我得去补习英语。"

展铭失笑:"英语真的要补?"

"真的啊!"顾奇南莫名其妙,"我英语不好。"

他想了想,补充了一句:"但是应该比斌哥、渊哥,还有你,好。"

展铭:"……"

坐地铁的时候,顾奇南点开微信,发现林小斌刚刚发了朋友圈。精心挑选一张侧脸自拍,夹杂在青柠茉绿、沙茶面、娃娃机中间,就写了一句话:"终于考完了!"好像他考得多累似的。

下面已经有吴渊的评论:做作。

林小斌回了他一个做鬼脸的表情。

顾奇南忍不住笑,又去翻展铭的朋友圈,结果展铭的最近一条朋友圈竟然是两年前的,是一张照片,照片上是乐高积木。

顾奇南点开照片,想看看这个乐高到底有什么特别,研究了半天也没看出来。

他给展铭点了个赞。

然后他想了想,拍了青柠茉绿,又拍了白色小狗。

发了这个新微信号的第一条朋友圈。

"谢谢展哥!"

林小斌很快点赞了,还评论:明白了,我跟吴渊都是空气人。

吴渊也点赞了,评论:已下单习题书,谢谢南哥!

林小斌回复吴渊:马屁精!

吴渊:滚。

没几秒钟,这两个人已经把顾奇南的朋友圈评论刷出了长长一串。

顾奇南正觉得好笑呢,突然刷新出了一条评论。

呼呼溜:你终于发朋友圈了呀。

Chapter 5
好朋友

英语补习下课后,已经是下午五点了。

英语老师是位美国留学回来的文学博士,不到三十岁,今天穿得特别漂亮,很显然下课后有约会。

她收好教材,跟教室里的两名学生告别,踩着高跟鞋嗒嗒就出去了。

顾奇南收拾好书包,对齐一修说:"你着急回家吗?"

齐一修点头,又摇头,说:"作业没写完,还有十张卷子。"

顾奇南点头:"明天写得完的。"

齐一修愁眉苦脸:"明天我还得上网球课。"

顾奇南不解:"你不喜欢网球课?"

齐一修叹气:"太累了,跑来跑去,一直流汗,我不喜欢运动。"

顾奇南严肃地安慰他:"运动是好事,可以使人身体强健。我现在在上跆拳道课,一周两次。"

齐一修震惊:"真的吗?会不会被打?疼不疼?"

顾奇南有点失望的样子,说:"本来我觉得挺好的,但我最近发现根本没用。"

齐一修背起书包,追在顾奇南身后问为什么。

顾奇南是高一的时候开始上这个英语课的,练练口语,为将来留学做准备。一周一次,也不累,他就这么一直坚持下来了。

英语课是一对二,齐一修跟顾奇南同班了快两年,多多少少也培养出了一点同学情谊。两人加了微信好友,讨论老师留下的作业。齐一修是实验中学的学生,实验中学也是重点高中。实验中学跟一中向来是暗中较劲,不分上下。

两人都是高二的学生,齐一修比顾奇南大一岁,身材滚圆,性格又软,经常被同学取笑。齐一修学习挺好，经常排在年级前三十名，就是英语成绩不大好，不然能前进好几名。

他跟顾奇南一样，英语成绩不好，是只能考 110 分、考不上 130 分的不好。

顾奇南领着齐一修，说："我请你喝奶茶。"

齐一修震惊了："奶茶？！我妈妈不让我喝！高糖分，高热量！"

顾奇南直接走到补习班楼下的奶茶店，点了两杯冰奶茶，还问齐一修是加布丁还是加珍珠。

齐一修选择珍珠。

两人捧着奶茶，在奶茶店外的座位坐下，细细品尝。

齐一修第一次喝奶茶，小口小口地喝着，感叹道："好好喝！但是我妈妈说，不能在外面喝这些，都是垃圾食品，我已经很胖了……"

顾奇南不耐烦地打断他："你都是高中生了，不能天天说我妈妈说什么什么。"

齐一修震惊。

顾奇南喝了一口奶茶，嫌弃道："这奶茶没有展哥做的好喝！"

齐一修瞪大了眼睛："谁是展哥？"

顾奇南放下奶茶，神神秘秘又有点扭扭捏捏，回："我的新同桌！"

齐一修惊得一口奶茶没喝好，咳嗽了半天，脸都红了，追问："你真的转学了？！"

顾奇南点头："转到了七中。"

齐一修话都说不出来了。

这半年，顾奇南的状态越来越差，齐一修也感觉得出来。但他们不是一所学校的，齐一修不知道发生了什么，猜测顾奇南跟自己一样，学习厉害但情商掉线，可能被同学取笑欺负了。

顾奇南请假的时候，他在微信上问过顾奇南怎么了，还给他发过几次英语资料。

顾奇南说没事，但他可能要转学了。

之后一两个月顾奇南都没来上英语课。四月的时候顾奇南又开始来上课了，换了一个微信账号，重新加了他，情绪也好了一点。

原来真的转学了。

"可是七中……"

齐一修没说出口的话顾奇南也能猜到。

可是七中远远比不上一中。

"一中就是个垃圾地方,"顾奇南说,"我觉得七中挺好的。"

齐一修目瞪口呆地听着顾奇南把全市录取分数最高的一中骂得一文不值。

"我以前的同学都是废物,"顾奇南面不改色地说着,"连一对一都不敢,只会好几个欺负一个人。而且,他们好几个人还很怕展哥,弱得不得了!"

"展哥"又出现了。

齐一修问:"你同桌很强吗?"

一向话少的顾奇南开始眉飞色舞地谈展哥的神勇事迹,什么把一群人吓得瑟瑟发抖、十八秒内夹起一个娃娃,听得齐一修脸色红一阵白一阵。

齐一修心想,顾奇南是不是变成坏学生了……

正想着呢,顾奇南吹嘘完了新同桌,终于想起说正事了。

"我就是想问你,以后能不能把你们学校发的练习卷都给我一份?你手机拍给我就行。作为交换,我把我精心挑选出的数学习题发给你。"顾奇南说。

"数学题?"

"都是我从每本奥数书里刷出来的经典类型题。你告诉我你哪部分比较薄弱,我能给你找出一大堆类型题,你可以做针对性的练习,节省很多时间。"顾奇南说。

齐一修知道顾奇南数学厉害,但还是有点不相信:"那你自己不是要浪费很多时间吗?"

顾奇南用一种懒得多说的眼神看了齐一修一眼:"我做的题可多了。"

齐一修觉得自己被鄙视了,但他此刻只想牢牢抱住顾奇南这数学大神的大腿,赶紧点头答应了。

齐一修叹气:"反正我今年奥数就是去混的,能拿个三等奖就烧高香了。我都不想参加了,作业那么多,每一科任务都好重,为什么还要参加不拿手的比赛啊?但是老师说,实验班必须全员参加。唉,真的好惨。"

顾奇南喝完最后一口奶茶,不在意地说:"拿个三等奖,以后自主招生也可以加点分。"

"那也要拿得到啊!"齐一修叹气,"那你今年还参加吗?"

顾奇南点头:"参加,就当去玩。"

齐一修语塞:"玩?"

顾奇南说:"当然是玩了。虽然我做的题多,但是七中没有专门负责教奥数的老师，我现在就是自己一个人刷题，比不过别人的。我可以给你挑选普通难度的奥数题，但是难度再高的、能让你拿一等奖的题目，我就没办法了。"

齐一修摆手："你别说了，我感觉智商被碾压了。"

回去的地铁上，顾奇南拿出手机，看了看小弟群。

里面只有林小斌一个人在哀号，展哥在打工，顾奇南补课，吴渊说他要写卷子，义正词严地拒绝了林小斌的游戏邀请。

正看着，齐一修的微信消息来了。

呼呼溜：你还没说呢，为什么上跆拳道课没有用？

小弟3：因为展哥说，最重要的还是要练力量跟速度。

呼呼溜：那力量怎么练呢？

小弟3：展哥说，靠坚持锻炼！

呼呼溜：你怎么一直"展哥说"……

这边正聊着，班级群里总成绩出来了。

群里炸开了。

顾奇南总分年级第一名，领先第二名二十多分。

这个据说因为厌学从一中转学而来的失败者，竟然在七中考了年级第一？

一中到底是一个什么样的地方？

顾奇南扫了一眼自己的成绩，有些意外。分数跟他料想的差不多，英语才考了112分，居然这样总分就第一了，七中的竞争强度真的很低。

他赶紧看了看其余三人的成绩。

林小斌在倒数第二的位置，很显眼，很好找。

倒数第一是王越。

展哥班级第三十三名，倒数第八……

吴渊班级第二十一名，好像还行。

顾奇南的微信好友申请一直提示有新消息。

他点开新消息，已经有八九个人申请加他了，有的写了名字，有的没有。

顾奇南觉得有点烦……

他给展哥发消息。

小弟3：展哥，你还在打工吗？

摇啊摇：吃饭。

小弟3：等一下还继续？

摇啊摇：是。

小弟3：月考成绩出来了，你看到了吗？

摇啊摇：有什么好看的，我倒数第几？

小弟3：八。

顾奇南回到家，看看时间，六点了，展哥开始摇奶茶了。

好辛苦啊，要从现在一直站到十点才结束。

每天都是这样，周一到周日，没有自己的夜晚，每天都在打工。

顾奇南又看了看手机里的成绩表，看着展哥全班倒数第八的成绩，有点发愁。

展哥的叔叔一家，都不关心展哥吗？

为什么要让高中生整天打工赚钱呀？

学业怎么办？

明年就高考了。

顾奇南正想着，打开了他家大门，他爸妈都坐在沙发上，看样子在等他。

他妈妈很高兴的样子："团仔，学校成绩出来了，你看了吗？"

顾奇南点点头。

"考得还不错，有进步。"妈妈表扬他。

顾奇南没觉得自己考得不错，摇了摇头："七中的卷子比较简单。"

林蕙站起来，招呼他洗手吃饭。

顾文辉说话了："比起之前，有进步了，这就很好了，要保持，知道吗？"

林蕙将做好的饭菜从厨房端出来，问："七中的卷子简单，那怎么办？要不要爸爸妈妈去问问看，找找人，要一要一中的卷子？"

顾奇南洗了手，帮忙拿碗筷，说："不用了，齐一修会给我发实验中学的资料。"

"那也行！你要好好谢谢人家齐一修。"

"知道了，我请他喝奶茶了。"顾奇南坐下来。

"奶茶？"林蕙抓住了重点，"什么奶茶？那都是奶精、香精调制出来的东西，不能喝，不要喝，不健康！"

顾奇南说漏了嘴，赶紧收声。

饭后，顾奇南回了房间做作业。

他洗完澡，拿起手机看了看，依然是林小斌跟吴渊在群里斗嘴，展哥没动静。

齐一修倒是发了几十张图片过来，说是这周末发的练习卷。

顾奇南看了看，齐一修拍得还是很清晰的，他决定打印出来做一做。

爸妈端着水果进来的时候，他正在做实验中学的练习卷，果然比七中的难了很多。

顾文辉放下水果，跟林蕙对视一眼，咳了几声，引得顾奇南看他。

"团团啊，我们有话想问你。"

"嗯。"顾奇南手上依然不停地做着题，他先浏览一遍，太简单的跳过，重复的类型题跳过。即使这样，七中的作业加上实验中学的卷子，依然是不小的工程量。他还想刷一刷奥数题，不抓紧时间真的不行。

林蕙催促顾文辉，顾文辉慢腾腾地开口："团仔啊，下午你们班主任给我打了电话。"

"哦。"

"说了一下你这个成绩的事，表扬了你。"

"哦。"

"还提了一下，要给你换座位。"

"我不要！"顾奇南扔下笔，反应很大。

顾文辉停顿了一下，继续说："你先听爸爸说完。张老师说你不愿意换座位，想要跟现在的同桌坐。他也提了一点你同桌展铭的情况，让我们家长了解了解。你这个同桌——"

"展哥很好。"顾奇南强调。

林蕙跟顾文辉你看我我看你，顾文辉迟疑地道："可是你们张老师说这个同学有闹事违纪现象，成绩也不好——"

"有些人成绩很好，老师都说他们是优秀学生，其实呢，比垃圾还不如。"顾奇南冷冷地说。

顾奇南这么一说，林蕙跟顾文辉不敢再多说什么。

林蕙小心翼翼地补充了几句："爸爸妈妈都尊重你，老师也尊重你。只不过张老师他也不清楚你的情况，只是热心，让我们家长知道一下你的在校情况。座位不换，我们不换！但是张老师说得也有道理呀，你要多多跟其他同学交流，也不能只跟自己同桌玩吧？"

顾奇南嘟哝："朋友只要有几个就够了，不可能全班同学都是朋友的。"

林蕙一听，失笑："你这孩子……"

顾奇南知道，在家长心里，还是认为成绩好的就是好学生，成绩不好的就是不良学生。

他忍不住想替展铭解释一下："展哥他成绩不好是有原因的。"

顾奇南把自己从林小斌那里听的，转述给他爸妈。

"他每天晚上都要去打工挣钱，根本没有时间学习，才会成绩差。"

林蕙都听愣了："真的假的？他叔叔家怎么能这样呢？一个孩子，能花多少饭钱呀？不至于要他出去自己打工挣钱吧？这样下去可怎么行？明年就高考了。"

顾奇南叹气，也很发愁。

林蕙出主意："像他这种情况，难道学校没有贫困生助学金吗？他不能申请街道的低保补助吗？要不让老师去他家说说，让他叔叔供他这最后一年，让他安心读书。"

顾文辉摇头："家家有本难念的经，我们不知道他们家的具体情况，别瞎出主意。而且这孩子宁愿自己打工，也不向老师求助，要么自尊心很强，要么确实还没困难到那个地步。"

顾奇南叹气。

林蕙觉得新鲜："你还真挺关心这位同学的，第一次，是不是？他爸爸，第一次看团仔这么关心别人。"

顾奇南因为数学好，小学跟初中跳过级，年纪一直比同班同学小。他自己又有点沉迷学习，特别是数学，两耳不闻窗外事，跟同学关系一直淡淡的。上学这么多年了，除了奥数班厉害的学长，还有一起补课的齐一修，他们从没听他特别提起过谁，更别说跟人一起出去玩、出去吃饭了。

到后来在一中，顾奇南被校园欺凌。林蕙跟顾文辉一直在想，是不是因为他们没把顾奇南教好，是不是他的社交能力太差了，才会一个朋友都没有？那么多同学，怎么就没有一个跟顾奇南关系好的，站出来帮帮他呢？

现在一到七中，才几天，顾奇南就有朋友了。

到底是因为七中的学生很特别，还是因为这个"展哥"很特别？

或是因为之前在一中的经历，顾奇南才寻求有"力量"的人的庇护？

林蕙跟顾文辉讨论过很多很多次，只是讨论，不敢去干涉顾奇南交友。现在林蕙装作不经意地说出来，心里也有点忐忑。

顾奇南没想那么多，他坦率地回答："因为展哥不是做不到，是太忙了，没时间学习，才会考这么差。"

"哦——"林蕙拉长了声音，看了看顾文辉，"你跟他关系很好，是吗？"

顾奇南认真想了想："比齐一修好，比林小斌跟吴渊还好一点。"

"他是你最好的朋友？"顾文辉问，"你们才认识一个多月，你很了解他了？以前你也很喜欢那个谁，奥数的学长，李腾。后来他升学了，你也不跟他联系了。"

"了解啊！"顾奇南肯定地说，"展哥就像古代的大侠，话很少，外表很冷酷，但是他脾气很好，很热心。看见不平的事，他会拔刀相助！他也不会去欺负弱小。"

脾气很好？

很热心？

林蕙跟顾文辉对视，这跟张鸣说的那个爱闹事的暴力学生是同一个人吗？

周一早上，脾气好的展哥一走进教室，就发现自己的桌子被一大堆人包围了。准确地说，是他的同桌被一大堆人包围了。

展铭从后门进的教室，众人还没发现。

顾奇南正在往外一本本掏着习题册，掏到书包空了，说："这是今天带的。"

众人拿手机噼里啪啦一顿拍。

小胖坐在展铭的位子上，敬佩地问："家里还有？"

顾奇南点头。

众人倒抽一口冷气。

小胖愈加敬佩："这就是照着买，我们也做不完啊……"

"作业都做不完，还要做这么多习题册？"有人小声嘟哝。

"你每天几点睡，睡几个小时啊？"有人问。

顾奇南一脸"怎么这种问题也有人问"的疑惑表情，但还是回答了："十点睡觉，早上五点半起床。"

"五点半？！我的天哪！"小胖惊呼，"虽然睡得还挺早，但五点半我真的爬不起来。"

顾奇南家跟七中刚好处于南州市的对角线上，地铁都得坐一个小时，只能早起。然而周围人你一句我一句，顾奇南想解释也插不进话。

"那你作业做得完吗？"

"不可能做完吧？而且你背这么多习题册来学校干吗？学校只有午休，难道午休两个小时你要做这么多练习题？！"

"年级第一的速度你无法想象。"

"说完了吗？"脾气很好的展哥被挡在圈外，冷冷地问。

小胖噼地站起来，大声说："早读课开始了，我先回自己座位了！"

众人也赶紧借着上课铃作鸟兽散。

展哥浑身冒着不爽，拎着豆浆和花卷坐下了。

顾奇南一本一本收着自己的习题册，都放进了那个大书包。

展铭看着他收，还看着他从大书包的侧口袋里掏出鸡蛋跟牛奶放到自己桌上。

嗯，感觉心情稍微好了一点。

展铭吃完早餐，看着顾奇南塞在桌屉里的大书包，里面装了一天的课本、笔记本、练习卷，还有顾奇南自己买的习题册。

展铭伸手拉出那个大书包，顾奇南吓了一跳，往后退了退。

展铭试了试书包的重量，几乎有二十斤重。他把书包又塞回顾奇南桌屉里，问："你每天背这么重？"

顾奇南点点头。

展铭看着他，无语："你看看你这小身板，天天背这么重的书包上下学，不怕被压得长不高？"

展铭没想到自己戳中了顾奇南的痛点，把顾奇南惹到了，他气冲冲地说："我才十五岁，我还会长高的！"

顾奇南说自己十五岁的时候真的很孩子气，展铭都被逗笑了。

疯狂补周末两天作业的林小斌转身过来看见了，哇哇乱叫，表示自己看见了死神的笑容，完蛋了完蛋了。

早读课，大家都在背英语，顾奇南却在写习题。

展铭以前一直以为顾奇南读书读傻了，不会合理利用时间，现在觉得是自己傻，年级第一的学习方式当然跟他们不一样。

展铭也不想背书，就坐在那里看顾奇南做题。看了一会，他发现顾奇南做题挺有意思，小南仔不是所有的题都做，而是跳着做。短短的一节早读课，顾奇南就换了两本习题册。

而且小南仔一边做题，一边还能注意到展铭在看他，嘴里哼哼地表示对展铭侮辱他身高的不满，拒绝跟展铭对话。

下课了，吴渊招呼展铭到小卖部去。

十分钟，展铭不想走那么远，一来一回就敲铃了。

但是顾奇南还在气哼哼地做题，好像没有要跟他说话的意思。

展铭只好去了小卖部，给小孩买了一瓶养乐多、一包旺仔小馒头，还说："请现在1.7米，未来将长到1.8米的南哥享用。"

一下把顾奇南逗笑了，他勉为其难地接过养乐多跟旺仔小馒头。

上午前两节课是数学跟物理，老师在讲评试卷，顾奇南一直在底下做题。除了物理老师讲到他做错的题目时停下来听了听，其余时间他一直在做自己的事。

大课间的时候，四人往操场走。吴渊问他："南哥，你这上课方式太猛了，完全不听老师的课啊，一直自己做题。"

"我在听啊，"顾奇南说，"老师上课的内容，我已经预习过了，课后习题也做完了。只有在老师讲到我没理解的知识点时，我才会听。已经掌握的内容，就没有听的必要了，不如抓紧时间做题。"

吴渊目瞪口呆地听着，叹气道："我觉得我认识年级第一的学生也没什么用，他的学习方法我学不来。"

林小斌翻了个白眼："南哥，学习好不是你的错，学习好还假装不好就是一种错了！说什么理综和英语不擅长，结果考出来年级第一！"

顾奇南诚恳地说："这也是我第一次总分考年级第一名，我从来没考过第一名的。我以前最好的成绩排名，是年级第二十七名。实验班四十个人，我就是班级倒数第十四名。除了数学老师，从来没哪个老师特别表扬过我。"

展铭三人："……"

顾奇南继续说："而且这次卷子比较简单，所以——"

"好了，你别说了，"林小斌打断他，"感觉你在侮辱我的脑子。"

顾奇南觉得自己又说错话了，还想解释。展铭搭着他的肩膀，把他揽到自己身前，说："斌哥的脑子经常被人侮辱，你不用管他。"

课间操结束后回到教室，五班的人似乎还想围过来问问题，但看展铭黑着一张脸坐在那里，都不敢过来。

顾奇南当然注意不到这些，他还在一颗一颗吃旺仔小馒头，配白开水。

养乐多已经喝光了，他想买饮料，但是忍住了，还拒绝了展铭的柠檬茶。

"饮料喝太多，也会影响身高。"顾奇南严肃地说。

林小斌笑得快昏过去了:"你都考年级第一名了,为什么说话这么傻啊?哈哈哈,你别想了,就你这小毛头。你看看展哥,天天喝饮料,人家1.9米!"

顾奇南被笑得真有点受伤了。

四人里面他是最矮的,跟展哥走在一起,展哥跟带着小学生似的。

展铭伸出大掌,抵着林小斌的脸无情地把他往后推。

"孩子小,还能再长高。"

顾奇南点头:"就是!我比你小两岁!"

下午上体育课的时候,顾奇南特别卖力,先听老师的指挥,跟着大家跑了一圈操场热身。后来老师让他们自由活动,自己到器材室拿运动器材。女生拿了羽毛球,男生拿了篮球,就他一人拿了跳绳。

林小斌、吴渊跟班上其他男生打篮球去了。

顾奇南拿着跳绳,走到操场的角落里,认真跳他的绳。

展铭躺在杧果树下,看着顾奇南傻里傻气地跳绳。

当代高中男生,竟然会有人上体育课的时候不选择酷帅的篮球或足球,而是选择跳绳?

顾奇南跳了几分钟,跳得有些气喘,停下来休息,走到展铭身边。

"展哥,你不去打篮球?"

展铭摇头:"他们技术不行。"

顾奇南嘿嘿笑:"王越也不行吗?"

王越是校篮球队的,天天在班级里吹嘘。也不怪他吹嘘,校篮球队里的男生,确实拉风,在市里打过好几场比赛,拿过几次奖。也有一些女生,下课后会专门跑到篮球场,看帅哥,给篮球队加油。

展铭想都不想:"非常不行。"

顾奇南的鼻尖上都挂着汗,嘿嘿直笑:"展哥你不能这么说,人家毕竟是校队的。"

他居然都学会阴阳怪气了。

他那张乖乖的脸,说出这种话,实在是很不搭。

展铭指出:"别学林小斌说话。"

顾奇南抖了抖绳子,又开始跳,还说:"我就要学。"

展铭:"……"

顾奇南又跳了一会,跳得脸颊红扑扑的。

展铭问他:"跳绳干吗?跟小学生似的,为什么不去跟他们打球?"

顾奇南摇头:"首先,我不会打篮球;其次,要长高,跳绳是比打篮球更好的运动,因为跳绳是一项有节奏地挤压软骨的运动,所以——"

展铭看他一本正经地讲解跳绳的好处,还真有点可爱。

如果刚转学那天,顾奇南是这种状态,没有人会拒绝跟他当同桌的。他说话有时候有点傻气,有时候直来直去,但并不讨人厌,反而让人觉得好玩。他年纪小,长得小,谁看他都会像看小弟弟似的。

四月初见的那个顾奇南,不是顾奇南。现在这个浑身洒满阳光、站在杧果树下的少年,才是顾奇南。

他很优秀,很自律,家庭幸福,未来也将为同学好友簇拥。

他跟展铭是完全不同世界的人。

连老师都觉得,他们不适合坐在一起。

"你在听吗?"顾奇南怀疑。

展铭站起来,说:"走,放学了,展哥送你去地铁站。"

顾奇南开心地收了跳绳,问:"坐你的小电摩吗?为什么?你不是六点才打工?"

"还早,到处溜达溜达。"展铭说。

回教室后,他们还耽搁了十分钟。因为有两个女生叫住了顾奇南,问了他一道数学题。顾奇南只好停下来,讲题目给她们听。

展铭单肩背着他的大书包,在旁边等他。

走出教室的时候,顾奇南嘟哝:"原本都不跟我说话的,考了第一名之后,突然都愿意跟我说话了。"

展铭揉了一下他的头,说:"不只是因为你考了第一名。"

"就是因为这个,"顾奇南不满地说,"我……在一中待过,太明白了。"

"不是,"展铭背着顾奇南的书包,酷酷地说,"是因为你讨人喜欢。"

直到坐上地铁,顾奇南还在想展哥的话。

他第一次被人这么夸。

从小到大,他一直没什么朋友,关系好点的同学也没有。不知道是因为他跳过级,没来得及跟同班同学培养出感情就离开了,还是因为纯粹的性格不好。

补习班的齐一修、奥数班的学长李腾,是他仅有的,算是关系比较好的同学。

但是平时他几乎不与齐一修聊天，李腾读大学后，他们也很少联系了。

这能算是好朋友吗？

大概不能吧。

第一个让顾奇南觉得是好朋友的人，是展哥。

明明他们才认识不到两个月。

顾奇南拿起手机，唰唰发了一条消息。

小弟3：展哥，你是我最好的朋友！

摇啊摇：……

摇啊摇：突然这么肉麻干吗？

小弟3：展哥，你比我更讨人喜欢，你最最讨人喜欢！你什么都会，你好厉害！

摇啊摇：……闭嘴。

顾奇南抱着手机嘿嘿傻笑。

"喂，看来你在七中真的过得挺好。"

一个噩梦般的声音在顾奇南面前响起。

顾奇南猛地抬头，看见林士达站在他面前，正低头看着他。

林士达的金丝眼镜在地铁顶灯的照射下反着光，令人看不清他的眼神，他的声音一如既往地阴冷恶心。

"听说，何鑫他们去找你，被你的人吓跑了。你这么快就在七中找到靠山了？喂，你又用了一样的方法吧？就跟李腾一样的，护你护得不得了。"

一阵强烈的恶心泛上顾奇南的胃部，令他想要干呕。

"滚。"顾奇南紧紧地抱着自己的大书包。

"滚？你太没礼貌了吧？我好不容易有时间——"

"滚！"

顾奇南提高了声音，半节车厢的人都看过来了，带着探究的目光。

林士达瑟缩了一下，走向了另一个车厢，消失在顾奇南眼前。

但那种阴冷的恶心感，缠绕了顾奇南好几天。

一中的上课时间比七中早，下课时间比七中晚，还要上晚自习，一周只放假一天，林士达根本不可能有时间常常跑到南州市的另一头来找顾奇南。

果然接下来一周，林士达没再出现。

但顾奇南坐地铁的时候还是有点提心吊胆的。

自己也不是怕林士达,就是恶心他,没错,恶心他,讨厌他。

顾奇南默默给自己鼓劲,心想,林士达也没什么可怕的,虽然他比自己高一点,但是比展哥矮多了。而且林士达就像阴沟里的老鼠,不敢见阳光的。像他这种人,展哥根本不放在眼里。林士达连七中的大门口都不敢去,居然跑到地铁上来恐吓他,太可笑了吧。

但他还是有点不想出门上学。

要不是想到学校里有展哥、林小斌跟吴渊他们,他真的不想出门了。

而且这几天,他出地铁站没走一会,总能碰上展哥,直接坐展哥的小电摩到学校。放学了,展哥也会载他到地铁站,说怕他的大书包把他压坏了。

林小斌抗议过好几次,说明明展哥打工的奶茶店跟他家才是顺路的,为什么不载他,要载顾奇南,这不公平!

展哥说:"你也不背书包,不爱学习,载你干吗?"

林小斌推出吴渊:"渊哥背书包了!他最近也超级爱学习的,你怎么不载渊哥?!"

展铭说:"你问吴渊,要让我载吗?"

吴渊赶紧摇头。

他天天走路上下学,就为了能跟邱然颖偶遇。

林小斌痛心疾首:"你这个恋爱脑!"

顾奇南笑嘻嘻地听他们开玩笑,然后坐上展哥的小电摩。

他觉得坐这辆小电摩还挺拉风的。

七中是不允许学生骑电摩的,只有少数几个胆大的,偷偷骑电摩上下课,都停在离校门口几十米远的地方。

因此坐在小电摩上,总能收获别人羡慕的眼神。

更何况是七中著名的展铭的小电摩。

他觉得大家都知道,他是展哥的好朋友了。

周末上英语补习班的时候,顾奇南又在地铁上遇到了林士达。林士达阴魂不散似的,一脸惨白,盯着顾奇南看。

顾奇南觉得这个人真是奇怪,不知道找了几节车厢,才找到顾奇南。

周末中午的人不多,林士达直接在顾奇南身边的位子坐下。

顾奇南抖了抖，但他决定理都不理林士达。

林士达坐下后，开始说："你不好奇，我怎么知道你在哪？"

顾奇南不理他，林士达继续说："高一的时候你说过，每周六下午你都去上英语补习班。我听过一次，就记住了。"

林士达偏过头来，对着顾奇南说话。顾奇南腾地站起来，逃也似的离开林士达所在的车厢。

下一个周末的时候，顾奇南提前半小时出门，没有再遇到林士达，松了口气。

他没有把两次遇到林士达的事告诉爸妈，实在不想爸妈再担心他了。

南州市这么大，林士达不可能每次都碰得上他。只要他提前半小时甚至一小时出门，林士达肯定找不到他。

很快，期末考试就要到了。

而且据说，期末考试结束后，要召开家长会。

六月底的南州市，很热。

这个月过得很平静。展铭的打工还在继续，吴渊从上次月考后，挺认真在学习，上课都不理林小斌了，林小斌有时候只好也翻开课本听两句。

张鸣没再提起换座位的事，只说让顾奇南保持住成绩。

顾奇南没什么特别的感觉，天天按部就班，刷题、做笔记，除了七中的作业，他还做着齐一修发给他的实验中学的卷子，以及大量奥数题。有次高琳琳在地铁上碰见他了，发现他坐在座位上，连她跟他打招呼都没听见，全神贯注地做着手里的卷子。

高琳琳在五班说："知道什么是年级第一吗？就是在拥挤的地铁上，十分钟就能刷完半张练习卷。"

其他人保持张着嘴巴的震惊神情听着。

高琳琳说："不夸张，就是我们昨天发的生物卷子。我站在年级第一面前，眼睁睁地看着我的自信心零落一地被碾成泥。"

即使展铭的脸很臭，看起来很可怕，每次下课，顾奇南的桌子边还是围满了人。期末考的威胁实在比人高马大又爱惹事的展铭还可怕，五班人已经豁出去了。

顾奇南的笔记、作业都被拍照留存，这让顾奇南很是疑惑。

"你们拍我的笔记没用啊，我的笔记只记了我想记的东西……"

林小斌拍拍他的肩膀："你就让他们拍吧，你以为他们拍回去是为了读、为了看吗？不是的，只是为了安心。你看你都替展哥整理了多少笔记，展哥有进步吗？有吗？有吗？即使被优等生的光芒笼罩，也不能改变差生一分一毫。"

展铭在旁边听着，毫无反应，只是面无表情地看着林小斌。

林小斌赶紧转过去继续抄永远也抄不完的作业。

因为临近期末考，周末吴渊也不出来玩了，说要在家好好复习。林小斌居然背着书包去了吴渊家，说他决心复习一下，不要再考班级倒数第二名，免得家长会时被骂得太难听。

展铭好像一点也不担心家长会，周六一大早就出门打工了。

顾奇南在微信上叫他，他说出门了。

小弟3：展哥！

摇啊摇：出门了。

小弟3：打工？

摇啊摇：嗯。

小弟3：我起来做题了。

摇啊摇：乖。

小弟3：你今天早餐吃什么？

摇啊摇：面线糊、油条。

小弟3：哦，我吃蔬菜沙拉跟全麦面包，好难吃。

摇啊摇：下次带你吃面线糊。

小弟3：好！

顾奇南有时候没话找话，起床了、做完作业了、开始做奥数题了、吃完饭了、睡觉了，就给展铭发发消息。他有时候觉得自己会不会有点烦，但是除了在打工的时候展哥会迟点回复，其他时候几乎都是立刻回复。

周六顾奇南提前二十分钟出门，在地铁上读英语，读着读着，想起展铭的学习成绩，有点发愁。

小弟3：展哥，你明年要考哪里的大学？

摇啊摇：去补课？

小弟3：嗯。

摇啊摇：随便。

这个"随便"是什么意思？顾奇南想不通。是随便考上哪里就去读的意思吗？那他跟展哥就不能在一个地方读书了……

他还能遇到像展哥这么好的同学吗？

林小斌跟吴渊也很好，但是展哥稍微不一样。

展哥像超级英雄一样，是能解救他于危难之中的人，是他在碰见林士达后，下意识想求助的人。

不过他忍住了。

他不知道林士达见到展哥时会胡说八道些什么。

晚上十一点，展铭突然给顾奇南发了消息。

摇啊摇：小南仔，我是考不考大学、考什么大学都无所谓的人。你别操心我了，自己好好读书，考个好学校。

小弟3：可是我还想跟你读同一所学校。

摇啊摇：……

小弟3：在同一个市也行。

摇啊摇：还小呢？读大学也要跟着你哥我？

哥？顾奇南是独生子，没有兄弟姐妹。他还真挺想要一个展哥这样的哥哥，独立自主，成熟稳重，跟在展哥身后，天塌下来也不怕。

小弟3：展哥。

摇啊摇：嗯。

小弟3：我问你一个问题。

小弟3：要是有一个你很讨厌的人，在你面前出现，做一些讨厌的事，你会怎么办？

摇啊摇：无视他。

小弟3：……要是不管用呢？

摇啊摇：报警，找警察。

顾奇南看着展铭的回复笑得无法抑制。

很多在他看来很难很难的事，遇到展哥之后，好像一下就变得很简单。

期末考试很快就到了。

原本在最后一个考场的顾奇南，一下子升到了第一考场的第一个，跟展铭三人相隔千山万水。

第一场是语文考试，顾奇南第一个到考场。

考试从上午八点半开始，但顾奇南保持平时的作息，按照上下课的时间到校，还多了一个小时的复习时间。

展铭也跟着他提前到校，看了一小时的书。

顾奇南跟展铭分开，进考场的时候，正好听见教室有两个女生以不小的音量说："你看第三排的桌子，上面写了名字的。"

"展铭？太不可思议了吧，被进过拘留所的混混喜欢上。"

顾奇南啪的一下把大书包重重甩到桌子上，发出不小的声音，一下把那两个女生吓住了。

顾奇南黑着一张脸坐下。

其中一个女生低声嘟哝："哇，吓死人，有点公德心好不好啊？考第一名了不起啊。"

顾奇南转头看她，一字一句说："就是比你了不起。"

教室里已经有十几个学生，此时此刻都惊呆了。

那个女生涨红了脸："你是不是有毛病？"

高琳琳也在这个考场，一猜就知道是她们说展铭的坏话，惹恼了展铭的忠实小弟顾奇南，赶紧当和事佬，说道："好了好了，都少说几句，别影响考试心情，还有十分钟就考试啦。"

没想到顾奇南还接着说："有心情说别人坏话的人，当然不在乎影响考试。"

两个女生气得不行。

高琳琳："……"

这个顾奇南在五班那么乖，怎么到了外面跟吃了炸药一样呢？！一点面子也不给两个女生留。

等第一天考完试，年级第一为邱然颖大战碎嘴同学的八卦已经传遍了七中，坐实了展铭喜欢邱然颖的传言。

Chapter 6
去郊游

最后一场英语考完后,顾奇南慢吞吞地交卷,慢吞吞地拿书包,偷偷瞄了邱然颖一眼。

邱然颖在跟其他人讨论答案。

唉。

顾奇南叹气。

万万想不到,他又给展哥闯祸了。

昨晚,林小斌发了一张截图到小弟群里,炸出了其他三个人的一串省略号。

截图是七中的 QQ 万能墙,不知是哪个学生搞出来的号,经常有人发一些七中杂七杂八的消息。截图是当天晚上,有人私信万能墙管理者,说今天在第一考场,发生了年级第一的顾奇南为邱然颖大战碎嘴同学的名场面,说得绘声绘色,连顾奇南的心理活动都详细描写了一百字。

底下点赞迅速破百,有人留言——"没想到现在的学弟学妹这么猛!""我们可以放心毕业了!""年级第一是不良差生的小弟?你们高二这么特立独行的吗?"

林小斌发了一连串"哈哈哈哈哈",展铭跟吴渊只有无语。

而顾奇南尴尬得不行。

他为什么每次都好心办坏事?!

顾奇南在群里再三保证,他会跟邱然颖解释,展哥没有喜欢她,展哥绝对没有喜欢她!

小弟1:现在问题不是邱然颖怎么想,而是整个七中都觉得展哥喜欢邱然颖,这可太尴尬了。以后如果吴渊跟邱然颖在一起了,这些人恐怕会想象出一场惊天地泣鬼神的绝世三角恋。

小弟2：……

小弟3：那怎么办？我也去找这个万能墙！

小弟2：邱然颖怎么可能跟我在一起！希望太渺茫了，你别说了！

小弟1：吴渊你胆子太小了，直接去表白啊，被拒绝不过就是伸头一刀，怕什么？！

小弟2：你喜欢过人吗，在这里指天画地的，一点经验也没有的憨憨居然敢指导我？！

小弟1：？

小弟1：展哥，这里有人骂你忠诚的小弟，你还管不管？！

没人理会顾奇南的话，小弟1和小弟2连复习都忘了，在群里大战三百条消息，最后还刷起了表情包斗图。

展铭最后出来发了一串省略号，一句话也没说。

顾奇南自己思索了一会，登录QQ，加了万能墙，私信对方。

小弟3：我是顾奇南，展哥没有喜欢邱然颖，请你不要发其他人捏造的谣言！

七中万能墙：……

万能墙把这两句对话发出去，哗，底下更热闹了。

顾奇南一看，绝望了。

所有人都觉得他是此地无银三百两，甚至有人说"这个顾奇南太好笑了吧，我如果是展铭就立刻把他踢出小弟队伍，啊哈哈哈"。

顾奇南拖拉到最后，想着跟邱然颖解释一下，虽然可能解释了也没用。

没想到他还没开口，就先被邱然颖叫住了。

"顾奇南，等一下。"

顾奇南终于整理好不需要整理的书包，转过身去，看见邱然颖忐忑不安地拉着她的同桌，教室里只剩下他们三个。

邱然颖看了看她同桌，她同桌鼓励她，说："说吧。"

邱然颖紧张地开口："请你告诉展铭，我是不会喜欢他的，我不会喜欢任何人，我只想好好学习，考上理想的大学。请你们不要再做任何事了！"

顾奇南背上他的大书包，郑重地说："你误会了，展哥没有喜欢你，是王越乱说！"

邱然颖愣住了，她的同桌先反应过来，质问："不喜欢？既然不喜欢，你昨天为什么要帮然然说话？既然不喜欢，上次在操场，你们为什么跟王越起冲突？还有，然然的小花儿发夹，是不是你们拿回来的？上次在小卖部，吴渊还问起小花儿发夹。"

顾奇南被问得哑口无言。

他本来就不会说谎，邱然颖同桌说的每一件事他们确实都做过，但那是因为吴渊喜欢邱然颖啊，不是展铭啊！

他一下找不到解释的理由，大脑死机。

邱然颖的同桌一看他被问住，觉得顾奇南是狡辩不了，又拉拉邱然颖，让她继续说。

邱然颖又鼓起勇气："王越我也不会喜欢，谁我都不会喜欢，我只想安安静静学习。明年就高考了，希望你们不要再做出任何事，让别人胡说八道，可以吗？"

顾奇南喃喃："展哥真的没有喜欢你。"

顾奇南来回地否认让邱然颖有点怒了，邱然颖忍不住提高音量："不喜欢的话，为什么要做那么多让别人误会的事？！"

邱然颖的同桌突然以一种惊悚的目光瞪着顾奇南："难道不是展铭，是你——"

顾奇南立刻毛骨悚然，不知道为什么会怀疑到他身上，眼看邱然颖的眼神也惊悚起来，顾奇南急忙大喊："不是我！也不是展哥！我们是为了帮渊哥——"

三人之间陷入死一般的寂静。

顾奇南眼看着邱然颖的脸一点点红起来，红得跟苹果似的，紧张无措地看着她的同桌。

顾奇南不知道怎么处理这种情况，只好背着大书包紧急溜走。

展铭他们三人在楼下等着他，林小斌问："说了？"

顾奇南魂不守舍地点头："说了。"

林小斌又问："她相信吗？"

顾奇南又点头："应该相信吧。"

"她没说什么？"

顾奇南组织了一下语言："她说她谁也不会喜欢，只想考大学。"

林小斌同情地看着吴渊，吴渊倒是很镇定，仿佛早就料到了她的回答。展铭揉揉顾奇南的头，说："走。"

期末考试结束，放假三天。

三天后，召开家长会。然后高二就结束了，他们直接进入高三，暑假补习一个月。大家听到这个消息的时候，连连哀号，张鸣说："叫什么？一中跟实验中学补课一个半月，暑假只放两周！"

毕竟是期末考试，差生们考完期末考试，也相当激动。林小斌提议去海边露营烧烤，三人都同意了。因为第二天要出门玩，这天下午四人就一起去超市买点零食饮料，准备第二天带去海边。

一进超市，林小斌就撒着欢往零食区去了，吴渊推着车，一边骂他一边跟过去。展铭跟顾奇南慢悠悠地走在后面，跟他们拉开距离。

等他们走远了，展铭问："邱然颖还说什么了？"

顾奇南惊悚地转头看展铭，展铭解释："愁眉苦脸的，一看就有问题。"

顾奇南把刚刚发生的事跟自己的脱口而出全都告诉了展铭，最后唉声叹气道："怎么办？我又惹祸了，我完蛋了，渊哥要打死我了。我要不要直接跟渊哥讲实话？"

展铭看着顾奇南，一把揉乱了他的头发，说："整天尽捣乱了。"

展铭说他捣乱的时候，真像个哥哥。

顾奇南忍不住嘿嘿笑了，拉着展铭的手不让他继续揉自己的脑袋，问："那怎么办啊？"

展铭想了一会，说："先别跟吴渊说，他最近学习很积极，别打击他了。"

"哦，"顾奇南点头，又问，"会很受打击吗？"

展铭无语："当然了。"

顾奇南不懂："为什么？"

展铭思索了一下，不知道怎么解释这种复杂的男女情感问题，只好说："你还小，问这么多干吗？"

顾奇南又问："那以后渊哥知道我说错话了，把他卖了，会不会生气？"

展铭路过零食区，随手拿了几包旺仔小馒头，不在意地回答："生气又怎么了？我替他背了那么大一口锅，现在全校的人都以为我喜欢邱然颖，他敢生气？"

顾奇南嘿嘿笑了。

顾奇南在超市里走来走去，有点兴奋，不知道买什么好。

明天要在海边烧烤，还要租帐篷露营。这是顾奇南第一次在外面过夜，他根本不知道要带些什么。

林小斌跟吴渊推着一辆车，车里放了一堆饮料，还有牛肉干、辣条、鱼皮花生、豆干等零食。

顾奇南看到这么多饮料和零食，眼睛都瞪圆了。

展铭说："给小孩拿点果汁。"

林小斌又拿了几盒旺仔牛奶、柠檬茶。

顾奇南问："你们吃这么多东西？！"

林小斌严肃地道："哥哥们长身体，你不懂，你喝你的牛奶。"

顾奇南震惊了："这么多东西，拎得动吗？"

吴渊笑："有展哥，力大无穷，怕什么？那里是个露营区，东西都贵，还是从这边带过去划算。"

结账的时候，大家说好了平摊，东西则由林小斌拎走。这天他终于带着一堆东西，坐上了展哥的小电摩，在小电摩上痛哭流涕道："我第一次坐！第一次坐！我发现自从顾奇南来了，我在展哥心里的地位直线下降！"

展铭不理他，问顾奇南："记得明天坐到哪个站吗？"

顾奇南点头："先坐1号线，到长途汽车站会合。"

展铭点头，叮嘱："手机记得充电。"

顾奇南说"好"，乖乖举手跟展铭道别。

林小斌看不下去了："展哥你带小学生郊游呢？这么大的人了，还不会坐地铁吗？还不认识'长途汽车站'五个大字吗？"

展铭车把一转，小电摩噌地走了，林小斌猛地后仰，吓了一跳，大喊："展哥你没有心！你跟顾奇南过好了！"

吴渊大喊："保护好我的零食！别撒了！你个憨憨！"

顾奇南回到家还很兴奋，吃过饭，洗了澡，开开心心地刷奥数题。

期末考试后放假三天，所有老师都没有布置作业，说是让他们好好玩三天，三天后正式开始暑假补课。

顾奇南很开心，扣掉出去玩的一天，可以无忧无虑地刷两天奥数题了。

欢乐的时光总是过得特别快，等顾奇南回过神，已经快十点了，他爸妈也从超市回来了。

妈妈叫他："囝仔，快出来，看看你明天要带什么东西。"

顾奇南出去，震惊了，他爸妈竟然给他准备了一大包东西。

他打开袋子，一一检查。

有面巾纸、保温杯、充电宝、薄毯子、手电筒、面包、蛋糕、牛奶、矿泉水……

顾奇南掏出一个小枕头，无语："这是什么？妈妈，你是要让我搬家吗？我都说了，不用给我准备，我下午跟展哥他们去超市买好了，东西都放在林小斌那里。"

林蕙只好把枕头从大背包里拿出来，说："我怕你没有枕头睡不好呀。行，枕头就不带了，但是毯子你得带，海边半夜会冷的，肯定冷，你们还睡帐篷，万一漏风，多冷呀！"

顾文辉也在旁边劝："对，得带，还有充电宝你别拿出来，你不带充电宝，手机没电了怎么办？海边，露天的地方哪里有插座呀？"

顾奇南把手电筒拿出来："手机就有手电筒功能！"

他爸妈齐声道："手机没电了怎么办？！"

顾奇南："……不是有充电宝吗？"

为了带什么东西，顾奇南跟他爸妈讨论了半个多小时，拿出来，又放回去，最后还是只能带上那个大背包。

林蕙担心地道："一定要租帐篷露营吗？要不你们还是去住周围的酒店吧，酒店安全啊。这野外露营，景区有没有管理？有没有保安？安全吗？"

顾奇南点头："安全。"

林蕙一边叠毯子一边说："你这孩子，什么都不知道就说安全。你第一次单独在外面过夜呢，会不会睡不着啊？"

顾奇南摇头："不会。"

顾文辉把没用的手电筒、枕头收起来，说："四个大男生呢，你别瞎操心了。"

第二天一早，顾奇南吃完早饭准备出门。

他爸妈又说，不如还是送他去长途汽车站吧。

林蕙说："长途汽车站旁边有个早市很热闹的，听说那里每天都有新鲜的海鲜，还有周围农村的土鸡土鸭。离得太远，一直也没机会去逛，今天刚好载你去车站，我跟你爸去早市逛逛。"

顾奇南有点怀疑他爸妈主要是为了送他去车站，早市只是借口。

他这么大的人了，难道坐几站地铁还能丢了？

然而他妈妈一副我们就是要去逛早市的样子，甚至找出了一个菜篮子，顾奇南只好点头说"好"。

到了汽车站，他妈妈问："你同学在哪里等你呀？你给他们打个电话！"

顾奇南头也不抬地按手机："就在售票处那里。"

他爸爸把车停下来，顾奇南下了车，跟他们说了拜拜就走了。

小汽车没法再开进去，他妈妈盯着售票处的方向，顾文辉问："看见了吗？看见了吗？"

林蕙挥手："别吵！我不是看着呢吗！"

顾文辉着急："这里不能停车的！"

顾文辉用乌龟爬的速度缓缓移动着车，终于等顾奇南走到售票处，林蕙看见一个大个子出来，揉了揉顾奇南的脑袋。

林蕙大叫："他爸！看见了！"

顾文辉激动得差点一脚油门踩下去，忙问："什么样的？什么样的？！"

林蕙简直想整个人探出车窗，低声说："别吵，我看仔细了！"

只一会的工夫，大个子就搭着顾奇南的肩，两人一起进了售票大厅。

林蕙关上车窗，坐好了，愣了一会，在顾文辉的追问下才回过神来，说："跟团仔说的一样，好高的个子，1.9米的样子，肯定是那个'展哥'。"

顾文辉："然后呢？跟团仔关系看起来怎么样？"

林蕙回："看起来关系挺好，勾肩搭背的。可是长得有点凶的样子，也没有个笑模样。"

顾文辉打方向盘："要是长得不凶，人家能说他可怕吗？其他两个呢？"

林蕙摇头："没看见，大概没走出来。"

顾奇南一点也不知道他爸爸妈妈送他来，是为了偷看展哥三人长什么样。

跟着展哥进了售票大厅，顾奇南拿身份证买了票，兴奋得不得了。

林小斌看他那个大背包，惊叹："你这都带了什么啊？"

顾奇南看其他三人，都是一个简单的双肩包，扁扁的，看上去没多少东西。他有点不好意思地说："我妈妈给我收拾的，硬要我带过来，就是睡衣、毛巾、毯子这些……"

林小斌摇头:"真是个小团仔。"

四人上了大巴,顾奇南票上的座位跟展铭没有连着,但他直接跟展哥坐在了一起。林小斌拿着自己的票问:"怎么回事?你们两个是连体婴吗?"

吴渊招手:"斌,快来,人家不要你,别自讨没趣。"

顾奇南一坐下就从包里翻出三明治跟蜂蜜蛋糕,赶紧分一分,减轻他的背包重量。展铭帮他把背包放在行李架上,吃了一惊:"这么重,你搬家?"

顾奇南忙说:"水,我的水。"

展铭打开背包,震惊地从里面掏出一个大保温杯。

林小斌跟吴渊在后面快笑晕了,林小斌问:"大热天的,你带保温杯干吗?!"

顾奇南接过保温杯,嘟哝:"不然没有温水喝啊。"

展铭让林小斌跟吴渊闭嘴,喝他们的矿泉水去。

大巴出发没一会,顾奇南的手机就响了。

顾奇南手忙脚乱的,展铭帮他拿着保温杯跟蜂蜜蛋糕,他才接起电话。

"团仔,上车了没?"

"上车了,刚刚出发。"

"哦,几点到啊?"

顾奇南转头看展铭,问:"几点到啊?"

展铭回答:"十点半。"

顾奇南的爸妈又叮嘱他,到了打电话、发消息,这才挂了。

顾奇南收好手机,接过保温杯,不好意思地说:"我爸妈喜欢把我当小孩。"

展铭看他一口蜂蜜蛋糕一口温水,说:"你本来就是个小孩。"

顾奇南吃着蛋糕,含混不清地反对:"我不是小孩,我很快就十六岁了,可以参加工作了,是少年!青少年!"

"嗯。"展铭点头表示同意青少年的话。

后座的林小斌跟吴渊开始玩手机游戏,青少年吃完蜂蜜蛋糕,拿出湿巾纸擦干净手,就掏出耳机戴上,开始看手机上的——

"奥数课堂在线讲解"视频。

展铭瞄了一眼:"……"

十点半,四人到达南州市的郊区南湾县车站,从车站换乘公交车,将近十一点的时候，到了海边。

六月底的海边十分热闹，沿着沙滩有一排的小店，租卖游泳用品的店、小饭店、茶座、烧烤摊、水果摊，什么都有。

四人先找了一家小店吃饭，吃了蚵仔煎、葱油饭、炒花蛤、鱼丸芹菜汤。普普通通的小店，物美价廉，胜在时节好，便宜又大碗，四个人吃得盆干碗净，然后租了两顶帐篷，往露营区走。

四个人在沙滩上的露营区找了个空位，放下行李，开始搭帐篷。

都是简易帐篷，操作起来挺容易的，反正展哥捣鼓了几下，就把帐篷搭起来了，还很结实。而林小斌跟吴渊还在那边看说明书，最后只能求助展哥。

顾奇南从头到尾除了看行李，貌似没出什么力，只能在一旁感叹展哥好厉害。

搭好帐篷，已经是下午一点多了。

吴渊跟林小斌完全瘫倒，昨晚熬夜打游戏，上午又一直在车上打游戏，现在忙完就瘫倒了。

中午一点正是太阳光最猛的时候，也是涨潮的时候。四人就各自回了帐篷休息，准备三四点的时候再起来下水玩。

顾奇南进了帐篷放好东西，哪哪都觉得很新鲜。他里里外外都拍了照片，发到微信家庭群里，让他爸妈好好看一看，免得隔一会就问这问那，连他们中午吃了什么都要问。

展铭就看着他忙，等他忙完了，问："休息吗？"

顾奇南说："等一下！"

顾奇南打开自己的大背包，变魔术一样从里面变出一床小凉被，铺在帐篷里，又拿出一条薄毯子，殷勤地说："睡吧！"

展铭目瞪口呆。

吃的东西都放在林小斌那里，林小斌跟吴渊拿了两瓶饮料过来探望他们两个，被顾奇南跟展铭这顶帐篷的温馨程度惊呆了。

他们就是躺在空荡荡的帐篷里，什么都没有。

林小斌哭天抢地要跟顾奇南一个帐篷，被展铭赶走了。

顾奇南笑嘻嘻地躺下，兴奋得睡不着，翻来覆去。

展铭被他吵得没办法，警告他，若现在不好好睡觉，晚上还要吃烧烤和零食，不知道玩到几点，他到时候困得撑不住了怎么办。

顾奇南这才闭上眼睛乖乖躺好,双手交握在肚子上。

肚子上还盖着一条薄毯子。

特别乖。

他们的帐篷没全拉下,帐篷两面都留了通风的纱窗,海风呼呼吹着,不算闷热。

帐篷外的木麻黄、棕榈树被海风吹得沙沙响,午后露营区十分静谧,现在搭好帐篷的人不多,大多在休息,偶尔有人声混着海浪声传来。

顾奇南的眼睫毛很黑很长,因此微微颤动也相当明显。

他根本没睡着,还兴奋得很。

展铭小声呵斥:"还不睡?!跟幼儿园的小朋友一样。"

顾奇南笑,低声说:"展老师给小朋友念童谣吧,小朋友肯定马上睡着。"

顾奇南就是随口一说,没想到帐篷里静了一会,响起了展铭轻轻念童谣的低沉声音。

摇啊摇,困啊困,一暝大一寸。

摇啊摇,惜啊惜,一暝大一尺。

这是南州市的大人常念给小囝仔听的南州话童谣,念给那种很小很小的小囝仔,是那种被人疼惜着的、爱着的小囝仔。

顾奇南就在这古老的童谣里,在静谧的午后,在海浪声中,慢慢睡着了。

顾奇南是在林小斌的吵闹声中醒来的。

林小斌掀开他们的帐篷,对着他喊:"小囝仔,小南南,小精灵,小同桌,快起来!"

顾奇南睡眼蒙眬。

也不知道是海浪声太催眠,还是展哥的童谣念得好。

展哥最后指出:"孩子小,睡眠多才能长身体。"

顾奇南表示抗议:"不要再说我是小孩子了!"

可惜他挥舞的双拳直接被展哥以身高优势一掌挡下。

不是他太矮,是展哥太高了!

南湾县海边算是个不大不小的景点,夏天的时候,周边的游客常来这里游玩，因此海边景区的管理还可以，到处都有摄像头。四个人换好泳裤，也不怕帐篷跟吃的被人拿走，只把贵重物品寄存到景区管理处，就奔向了大海。

顾奇南虽然会游泳，但从没在海里游过，展铭带着他，给他租了一个游泳圈。

顾奇南问："为什么斌哥跟渊哥不用游泳圈，他们游泳很厉害吗？"

展铭忍不住笑了："不是，是因为你展哥懒得管他们两个。"

顾奇南很满意这个回答，说："那我给你也租一个吧。"

展铭摇头："不用，你展哥游泳很厉害。"

脱了衣服只穿泳裤，展铭的好身材更加明显。这个年纪的少年只要体重适中，身材都是不错的。可展哥更加好，他是精瘦的身材，紧实的肌肉贴在骨架上，连腹部都能看出一块一块的肌肉，身高比别人高出一截，腿更是比别人长出一截，穿着泳裤在沙滩上走时，许多人的目光都不经意地在他身上停留。

他一张脸常年没有表情，酷得超标。

顾奇南崇拜地看着展哥的腹肌，摸了摸自己平坦的软软的肚子，问展哥，怎么样才能练出他这样的身材？

展铭已经是趋于成年男性的身材了，精壮紧实。

而顾奇南还是少年，有的是青少年那种白皙瘦削。

林小斌扫了他一眼，又看了看展铭，问："你为什么老是向往自己不可能达到的目标呢？看看你身边的斌哥吧，这才是你可以企及的目标，不妨让我告诉你我是怎么练的——"

顾奇南不理他，抱着游泳圈跟在展铭身后追问："去健身房练吗？我的跆拳道课程已经到期了，我不想再续费了，一点用也没有，没有学到任何用得上的技巧。"

展铭接过他的游泳圈，轻松拎着，跟拎甜甜圈似的。

"搬砖搬出来的。"展铭说。

顾奇南疑惑："啊？"

吴渊跟上来，一脚踩进海水里，笑着说："林小斌才是去健身房练的，还吃蛋白粉，你看看他练得怎么样？"

林小斌开始展示自己的肌肉。

顾奇南没看两秒就说："展哥的肌肉更好看。"

林小斌弯腰，猛地泼了顾奇南满头满脸的海水，大喊："我看你是欠斌哥的毒打！"

顾奇南赶紧躲到展铭身后，大喊："真男人从不撒谎！"

展铭替他挡着林小斌的泼水攻击，把游泳圈给他套上。林小斌无差别攻击，不一会，吴渊跟顾奇南就联合起来把林小斌泼得没一根头发丝是干的。

展铭大概觉得他们太幼稚了，埋头扎进海水里，游向远处。

等林小斌举双手投降，三人停下来安安静静泡在海水里时，展铭已经成了一个小点。

顾奇南有些担心地问："游太远了吧？可以游那么远吗？"

吴渊说："别问，问就是你展哥可以、很行、没问题。"

林小斌跟吴渊一点也不担心展铭，两个人在海面上游过来游过去，不时还交头接耳，交流一下哪位美女好看。

此时已经是下午四点多了，阳光依旧很猛，但吹着海风、泡在海水里很凉快，一点也不热。

顾奇南靠在游泳圈上，随着海浪上上下下，舒服得不得了。

过了一会，展铭游回来了，拉着他的游泳圈，带着他游来游去。

林小斌和吴渊凑过来，也拉着顾奇南的游泳圈休息，三个人把顾奇南围在中间。

顾奇南想上岸了，林小斌硬把他的游泳圈拿走，套在自己身上，扑腾去了。

展铭跟顾奇南上了岸，在沙滩上坐下。沙滩上扔着一个塑料袋，上面还写着"滨海超市"，也不知道是谁带的零食，吃完了就把袋子乱扔。顾奇南捡起塑料袋，发现面前有一个光滑的沙蛤壳，伸手捡了起来，细细端详。

一个白色的沙蛤壳，厚厚的，十分光滑，上面有着漂亮的茶色花纹。

顾奇南在沙滩上挖了个坑，坑里立即渗出清澈的海水。他把贝壳放在坑里洗干净泥沙，扔进塑料袋里，起身开始在沙滩上捡贝壳、海玻璃跟漂亮的石头。

展铭跟着他，看着他跟小孩似的捡东西。

这些贝壳、海玻璃跟石头根本没什么稀奇的，在这样人来人往的沙滩上，捡不到那种图册上一整个漂亮的海螺壳，只能捡一些零零碎碎的沙蛤壳、尖角螺，有的尖角螺里甚至会钻出一只寄居蟹。

顾奇南捡起一块被海水冲刷得十分圆滑的蓝色海玻璃，举到展铭面前，感叹："哇，好漂亮啊！"

展铭仔细看，只能看出这是一块旧得不再透明的碎玻璃。

顾奇南笑着说："漂亮吧？这个蓝色好像大海的蓝色。我要把这些拿回家，送给爸爸妈妈。海玻璃可以摆在我妈的花盆里，贝壳可以放在我爸爸的鱼缸里，一定很好看。"

顾奇南仰着头，迎着夕阳说话，夕阳给他的黑发、他的轮廓打上一层温柔的金色光芒。

阳光洒进了他的眼睛，光芒璀璨。

一个单纯的、幸福的少年，世界上所有的美好大概都集中在他的眼睛里了。

如今的他跟四月初转学的那个少年，判若两人。

那一瞬间，展铭想的是，怎么会有人去欺负这样的顾奇南？

"我帮你捡。"展铭沉默了一会，说。

捡了半袋子的贝壳、海玻璃跟石头，顾奇南在沙滩上挖了一个大坑，在坑里洗干净袋子里的东西。

展铭也坐在沙滩上，帮他一个一个认真洗着。

洗完了，顾奇南开始玩沙子，堆城堡。

林小斌跟吴渊上岸的时候，被顾奇南一袋子的贝壳、海玻璃、石头跟巨大的沙坑惊呆了。

吴渊扑哧笑了。

林小斌问："你到底几岁？"

顾奇南："反正我的智商能跟你上一个年级。"

三人正在斗嘴，突然旁边来了两个穿着泳衣的小姐姐，披着浴巾，巧笑倩兮，大大方方地直接问展铭："小哥哥，能不能加个微信？"

展铭不紧不慢地拒绝了："没带手机。"

对方没多说什么，笑着走了。

其他三人惊呆了。

被搭讪也就算了，关键那两个小姐姐，一看就不是高中生，至少也是大学生或者已经工作的社会人士了。

林小斌跟吴渊看展铭的眼神都带上了崇敬，纷纷道："不是吧，展哥，这么漂亮的小姐姐，你也不加一下微信？！"

展铭依旧是那句话："没带手机。"

林小斌激动地站起来："我可以马上冲去管理处拿你的手机！"

吴渊伸出大拇指："美女当前，展哥依然维持酷哥本色，佩服，佩服。"

顾奇南拎起塑料袋，理所当然地说："展哥这么帅，要是每个来搭讪的，他都同意加微信，那微信好友早就满了。"

这下连展铭都笑了，站起来狠狠地把他的头发揉乱了，说他："马屁拍得过分了。"

顾奇南顶着一头乱发，一脸严肃："不是拍马屁，是事实。"

吴渊跟林小斌快被顾奇南这个活宝笑坏了，林小斌问："那你说说，我们班，展哥这种程度的帅哥，能排第几？"

"第一！"顾奇南毫不犹豫。

林小斌竖起大拇指："果然是展哥的忠实小弟，我把我头号小弟的位置让给你了！"

展哥确实长得帅，但是在五班，他不是女生们心中最帅的那一个，甚至没排进前三。前三是打扮得花枝招展的体委、斯文帅气的化学课代表，还有低调的吴渊。

顾奇南一听到吴渊排在展铭前面，露出了一脸"怎么可能"的表情。

吴渊喊："小南仔，你可以认为展哥全校第一帅，但是你不能践踏我！"

四人就这么吵吵闹闹地去换泳裤，在冲澡处冲了个澡，吹着海风，清清爽爽准备烧烤。

烧烤的一应用具跟食物都由烧烤店提供，四人付了钱，直接订了个398元的套餐，搬了一大箱已经腌制好的食材，在离帐篷不远的地方架好炉子，就准备开始烤了。

顾奇南新奇地看着展铭拿着酒精块点燃木炭，看着展铭在铁丝网上刷油，烤鸡翅、牛肉、香肠。

在等食物烤熟的过程中，四人饿得受不了，把顾奇南背包里剩下的所有面包和蛋糕都扫光了，林小斌大赞顾奇南妈妈有先见之明。

林小斌喝光了一盒旺仔牛奶，说："我说要出门过夜，我妈连我去哪都不问，你看看，这心大的，是我亲妈吗？还好我是个乖儿子，不是不良少年。"

展铭不说话，只是埋头烤东西。

吴渊笑了笑。

林小斌意识到自己说错话了，有些尴尬地说："哎呀……我不是那个意思……渊哥……展哥……"

顾奇南少根筋地问："那个意思是什么意思啊？"

四人陷入一阵尴尬的沉默，只有烤翅在铁丝网上烤得吱吱作响，散发出香味。

"过来。"展铭朝顾奇南招手，递给他第一根烤好的鸡翅。

鸡翅上撒了胡椒粉、孜然粉，香得不得了。

顾奇南立刻忘了他的问题，接过鸡翅，兴高采烈地吃了起来，边吃还边赞叹："好吃，好好吃！"

林小斌自己溜过去，偷偷拿了一串牛肉，一下全咬到嘴里，说："我发现展哥你太偏心了，一样是小弟，为什么你只烤鸡翅给顾奇南吃？！"

展铭不答，埋头又往炉子上放了一堆香菇、豆腐、韭菜。

顾奇南说："展哥，我来帮你！"

吴渊把准备好的饮料都拿了出来。

四个人，一边吃烧烤一边喝饮料。

边烤边吃，吃得慢，喝得也慢，四人话倒是变多了。特别是林小斌，原本话就多，现在跟喷射机一样，一秒钟也不停，什么鸡毛蒜皮都说，连自己小时候打篮球膝盖磕了一个小口也说，还硬要顾奇南看他的伤口。

顾奇南严重怀疑林小斌兴奋过头了。

天黑了，四周不远不近都是烧烤跟露营的人。

四人猛吃了两个小时，终于把一大箱食物都烤完吃光了。把烧烤炉子扔一边冷却，四人拎着剩下的饮料回到帐篷前，席地而坐。

顾奇南的手机响了，他接了个电话。

"我吃饱了。"

"烧烤。"

"好吃啊，偶尔吃又没事。"

"喝柠檬茶。"

"有喝水。"

"有啊，展哥去烧烤店给我倒的热水。"

挂掉电话后，顾奇南抬头，发现三人都看着，他解释："我爸妈的电话。"

林小斌还没来得及说话，他的手机也响了。他接起来，在场三人都听到了惊人的音量从手机传来，一连串骂人的话跟机关枪扫射似的，突突个不停。

林小斌也大声喊："我跟你说了！前天你打牌的时候，我不是跟你说了我要出门吗！你还说'好'！你自己忘了，现在来骂我？！"

手机那边的音量小了下去。

林小斌不耐烦地道："知道了知道了，我有钱，不用转！好了好了，就这样。"

林小斌挂了电话，抱怨："烦死了，自己忘记了，居然打电话骂我几点了还不回家吃饭。"

"你妈也是关心你。"吴渊拎着一罐可乐，喝了一口，"别那么大脾气。"

"她脾气比我更大！"林小斌怒道，"没事就骂我，自己天天打牌，还骂我学习烂！"

"你学习是不好。"顾奇南没抓住重点。

林小斌无语。

吴渊笑个不停。

连展铭都嘴角上扬，顾奇南偏头看他，问："有什么好笑的？我说的是事实啊。"

展铭伸手揉他的头，顾奇南被揉得东倒西歪，嘟哝："我都被你揉得长不高了！"

林小斌立刻说："网上说，跟着长得高的人，自己也会长得高！"

顾奇南一脸莫名其妙地看着他，表示不信。

林小斌："你都不上网的？"

顾奇南回答："我当然上网！"

展铭拆他的台："他上网看'奥数课堂在线讲解'视频。"

林小斌："……"

吴渊："……"

海浪声一阵阵传来，温柔地拍打着海岸。

过了一会，林小斌叹了口气："我知道她看店挺无聊的，一年三百六十几天，除了春节那几天，全年无休。让她去旅游，她也舍不得关店，唯一的消遣就是叫人来店里打打牌……"

林小斌往后一倒，躺在地上。

地上是白色的海沙，细细的，很柔软，一点也不硌人。

林小斌看着夏夜的天空，慢慢地说："我也是挺不努力的，有时候想要考好一点让她高兴。但是这课本吧，它认识我，我不认识它呀。打开就犯困，唉，我就不是学习的料。"

夜晚使人大脑放松，还使人多愁善感，一下把有些白日里根本不会说出口的话说出来了。

"我很佩服你，小南仔，真的佩服。"

突然被提到的顾奇南有些蒙，林小斌每天都在笑他，这突如其来的佩服是怎么回事？

"看到你我才知道，原来考第一的人是这么认真努力，不是轻轻松松得来的第一。我就纳闷了，每天老师布置的作业那么多，你全做完了不说，自己还买了几十本习题册来回做，你还十点多就睡觉，到底哪里来那么多时间？"

"在地铁上也做啊，"顾奇南说，"地铁来回就两个小时了，这两个小时可以做好多作业。"

林小斌朝着天空竖起大拇指："服！地铁那么挤那么吵，换我，就是在上面打游戏都不专心，你还能做作业，服！我斌哥就服你这点！"

说完，自己又猛灌了好几口可乐。

一直闷闷不出声的展铭突然说："还剩一年，有打算，就调整一下心态，好好考个大学去读书。"

"唉，"林小斌叹气，"我爸妈对我要求也不高，能考个大专就谢天谢地了。我就怕我大专都考不上……"

"一页书都没读，就开始说丧气话？"展铭说。

"展哥，最后一年了，你有什么打算？你跟我考同一所学校，我们大学一起混吧。"林小斌坐起来，兴奋地提议。

展铭拉开可乐的拉环，闷声说："没打算。可能读，也可能不读。"

"为什么？"顾奇南追问。

他才十五岁，在他的认知里，读大学是必然的事。他周围的人也全是准备升学的，他无法理解不读大学的话，拿着高中学历能干吗？

就连考班级倒数第二的林小斌，也想着升学，展哥为什么不继续读书？

林小斌跟吴渊都没有出声。

展铭想了想为什么，回："没有为什么，读不读，无所谓。"

考不上，没人感到失望；考上了，也没人为他高兴。

顾奇南还想问，吴渊打断他，说："展哥，拼一下？我本来也无所谓的，可现在我想考好一点，最好……跟邱然颖考同一个城市。"

林小斌吹了声口哨。

吴渊暗恋人家久了，憋了满腔的话想说。

"你们也知道，我爸跟我后妈，又生了一个弟弟。南州话说，父母疼细崽（小儿子），我能理解。小孩子还小嘛，很可爱的。我就是有时候有点想我妈……

"然后那天，我在人民公园那里碰见了邱然颖。她拿着根火腿肠哄流浪猫，那样子，让我想起了我妈……"

林小斌倒抽一口冷气。

吴渊赶紧解释："不是说她像我妈，而是那种很温柔很细心很可爱的样子，让人觉得……就很温暖，有家的感觉……你们懂吗？"

林小斌点头："懂了，你想娶人家当老婆！"

吴渊的脸涨红。

接下来林小斌再怎么逼问，他都不愿意开口说有关邱然颖的事了。

林小斌叹气："看把你害羞的！欸！我知道了，我们来玩真心话大冒险好不好？！"

其余三人："……"

林小斌："来玩嘛！难得出来过夜，还这么早，才八点多，没有电视、没有网络的，不玩游戏你们要现在就睡觉啊？"

顾奇南第一个点头，因为他没玩过这些奇奇怪怪的游戏，好奇极了。

吴渊勉强同意了。

展铭觉得太傻了。

顾奇南失望地道："为什么？听起来很好玩啊！"

展铭只好也同意了。

林小斌下载了一个真心话大冒险的程序在手机里，说："等一下从里面随机抽取，大家要如实回答，否则玩游戏永远赢不了。如果选了真心话又拒绝回答的话，就要到别人的帐篷前大喊'我是傻瓜'。有些问题会稍微改动一下，因为我们只有四个人嘛，没什么意思。

"本来按照国际惯例，惩罚应该是灌酒，但我们是未成年人，不能喝酒，就算了吧！"

展铭一脸想退出的表情。

顾奇南倒是兴致勃勃。

四人按顺序来，第一个是林小斌。

林小斌选了真心话，相当嘚瑟："斌哥没有秘密，斌哥是个坦坦荡荡的男人！"说完按下了程序里的真心话随机抽取按钮。

四人看着摆在中间的手机。

"你上一次的幻想对象是谁？"

全场沉默。

林小斌爆发出一阵大笑，说出了一个外国人的名字。

吴渊也忍不住笑了，骂："你真大胆，展哥都来不及捂住小南仔的耳朵。"

林小斌坦坦荡荡地说："小南仔再小，也是男人，有什么好怕的！"

顾奇南被林小斌脸皮之厚给震惊了，他竟然真的说出了一个名字！

顾奇南偏头看展铭，展铭看他，说："别学林小斌。"

第二个是吴渊，吴渊选大冒险。

林小斌坏笑着按下随机按钮，说："渊哥不用选真心话了，我知道你的真心话所有答案都是邱然颖。"

吴渊站起来要打林小斌，林小斌赶紧躲开，喊："那你选真心话啊，你不怕就选真心话啊！"

吴渊的大冒险是"脱掉一件上衣"。

林小斌傻了。

吴渊轻轻松松脱掉了短袖，还感叹："哎呀，太热了，我刚好想脱一件，脱光了都没问题！"

第三个是顾奇南，他选了真心话。

顾奇南自认没有什么不能回答的问题，大冒险太傻了，他拒绝。

林小斌觉得好没意思，按下随机按钮。

"哎呀，真没意思，小南仔能有什么好回答的，小南仔就是个小朋友。"

展铭用杀人的眼神看了林小斌一眼，林小斌赶紧说："问题出来了！'请问有几个人向你告白过？'"

林小斌抱怨："这什么烂问题？小南仔这种小孩子有什么好回答的？！而且是'有几个人'，抽到这种问题，是对我们赤裸裸的羞辱！学生又不能谈恋爱！你怎么还不回答？零不是一个很难的数字，大胆说出来吧，小南仔！"

"我在数啊。"顾奇南说。

展铭三人："……"

比这句话更令人跌破眼镜的是顾奇南的下一句。

"六个。"

"你再说一遍。"林小斌说。

顾奇南莫名其妙地看着他:"六个。"

吴渊是第一个笑出声的,只说了一个字:"服!"

林小斌放下手机说:"来,你跟我说说,是哪六个?"

顾奇南吸了一口柠檬茶:"你不认识的。"

林小斌:"……"

展铭开口了:"你说说,我也好奇。"

顾奇南抬头看展铭,见展铭真的一脸想知道的严肃表情,就说了:"小学的时候三个,初中一个,高中两个,都是你们不认识的人呀。"

林小斌问:"我接下来不会听到你说其实喜欢你的人一只手数不过来吧?"

顾奇南更加莫名其妙了:"你在说什么啊?"

林小斌细细端详了一番顾奇南,肯定道:"其实小南仔长得挺好看的,只是太矮,所以我们一直把他当小孩,没想到他的战果如此惊人!"

顾奇南感觉被冒犯了:"那是因为我跳级了!我才十五岁,等我十七岁,我肯定长高很多了!"

吴渊问:"你一个都没答应?"

"对啊,"顾奇南反问,"真心话不是一人一次吗?为什么轮到我,你们问了这么多问题?"

林小斌被问倒了,赶紧说:"好,下一个!下一圈轮到你看我不问到你害怕!"

一轮结束,第二轮开始。

林小斌抽到的真心话是——"你最想跟在场的谁谈恋爱?"

因为在场的人太少了,林小斌把"在场"改为"班级,"问题变为"最想跟班级里的谁谈恋爱"。林小斌思索了半天,说出了高琳琳的名字。

吴渊吹口哨。

林小斌脸皮巨厚,一点也不会不好意思,说:"高琳琳可爱啊!"

吴渊还是选择大冒险,这次他抽到的是"喝一罐可乐"。

吴渊话不多说,直接喝下了一罐可乐。

顾奇南还是坦坦荡荡地选真心话,这次大家都很期待他的问题。他抽到的是——"你最想跟班级里的谁接吻？"

林小斌刚念到"谁"字，展铭就以闪电般的速度把顾奇南的耳朵捂上了。

"换一个。"展铭说。

林小斌无语："不是，展哥，你有必要吗？"

被捂住耳朵的顾奇南知道肯定又是少儿不宜的问题，乖乖被捂住耳朵不说话。他就是纳闷，为什么林小斌问题还没念完，展哥就猜出来是少儿不宜的？

林小斌没办法，只好换了一个问题。

露营区的路灯不是很亮，有的人自己带了照明灯，他们四人什么也没带，就在路灯跟月光的照耀下玩着游戏。

顾奇南夸完展铭，看见展铭酷酷的脸上露出了一丝笑意。

酷哥的笑意很淡很轻，但是一个很真心、很开怀的笑。因为那一瞬间，展铭一向凌厉的眼神变得好柔和。

柔和得让顾奇南觉得，他可以任性，可以无理，可以让展哥包容他很多很多。

第三轮游戏里，林小斌的大冒险抽到了"请用公主抱抱在场的一个人，并绕场一周。"

他的魔爪刚要伸向顾奇南，顾奇南就躲到了展铭身后。

展哥废话不多说，直接让林小斌放弃这一题，去隔壁帐篷喊自己是傻瓜。

林小斌无比冤屈："哪有你们这样玩游戏的？！一点都不配合！"

顾奇南在展铭身后朝林小斌做鬼脸，最后林小斌大喊："不玩了不玩了，哪有你们这样的！"

闹了半天也快十点了，展铭三人把带去的饮料全喝完了。

吴渊跟林小斌已经困得不行了，直接回帐篷睡觉。

顾奇南跟着展铭去冲澡。

冲澡间夜里还开着，只有一个大叔百无聊赖地刷着短视频。顾奇南跟展铭走进去，他看了他们两个一眼，一人收了十块钱。

冲澡间是为了给游完泳的人洗澡开的，没有热水，只有冷水。

虽然是夏天，但夜里十点洗冷水还是有点凉。顾奇南哆哆嗦嗦、蹦蹦跳跳地洗着澡，隔壁传来展铭纳闷的声音："你干吗呢？"

"水凉！"

等洗完澡，顾奇南穿着短袖短裤出门的时候，冷意更明显了。海风一吹，他打了个哆嗦。

一件衣服盖在了顾奇南头上，展铭的声音传来："穿上。"

顾奇南乖乖穿上，这是一件薄薄的冲锋衣，穿上后暖和了许多，甚至有点热。就是外套太大了，顾奇南像个偷穿大人衣服的小孩。袖子过长还可以挽起来，但是下摆过长就一点办法也没有，下摆甚至长到快盖住顾奇南的五分裤，感觉快跟没穿裤子一样了。

顾奇南郁闷地套着过大的衣服走回帐篷，唉声叹气："唉，我什么时候才能长高一点？"

展铭安慰他："快了，我升高中那一年，猛长了八厘米。"

"真的吗？！"顾奇南兴奋地转过身来，手里拎着装毛巾、衣服的小袋子晃来晃去，无忧无虑的样子。

回到帐篷的时候，吴渊跟林小斌好像已经睡着了，一点声音也没有。

顾奇南兴奋地进了帐篷，收好自己的东西，拿起手机跟家里报备一声要睡觉了，然后乖乖躺下，还拍了拍身边的空位，说："展哥，快来！"

展铭将顾奇南脱下的冲锋衣放在一旁，侧身背对着顾奇南躺下了。

展铭个头太大，躺下后帐篷就显小了，他只能微微侧身屈着长腿。

顾奇南翻过身，在展铭的背后压低声音问："展哥，你困了吗？"

"还行。"

"我有点兴奋，"顾奇南说，"毫无睡意！"

"别闹。"展铭无奈。

顾奇南拍拍展铭的肩膀："展哥，这是我第一次跟别人一起睡觉！真的！我从来没跟同学出门过过夜！你呢？你呢？"

帐篷里安静了一会，展铭的声音才低低响起："刚到我叔叔家的时候，有一阵我都跟堂弟一起睡。"

顾奇南没想到会得到这么一个回答，他虽然情商有点低，但不是傻。他脱口而出："他们对你好吗？"

展铭没想到顾奇南会问他这样一个问题，一下也有些愣住了。

从他初中住到叔叔家后，没有人问过他这个问题。

展铭不知道怎么回答。

顾奇南察觉到展铭的沉默，轻声道："我是不是乱问问题了？我就是随便问问……"

展铭转过身来，看着眼前的顾奇南。

一个一看就是在幸福家庭长大的小孩，身上还飘着芦荟沐浴露的味道，是夏天特有的、青草一样的清香。

沐浴露是他妈妈帮他分装到旅行用的小瓶子里的，他背了一堆这种本没有必要带的东西。

他甚至还用着小熊毛巾。

一个被家人爱着的小孩。

展铭觉得不用说太多太详细，这是顾奇南触碰不到的世界。

"无所谓好不好，算是不好不坏吧。"展铭说。

"哦，"顾奇南干巴巴地应了声，忍不住问，"他们是不是不给你钱读大学？"

展铭诧异地看着顾奇南，想不到他都操心到大学学费去了。

"年底我就十八岁了，成年了，该独立自主了。本来就该靠自己，他们没有义务给我出学费的。"

"但你还是个学生，怎么独立自主？"顾奇南着急，"你现在还没满十八岁，就天天打工挣钱，都影响学习了，他们也不关心你的学习吗？"

他们没有义务关心我的学习啊——展铭想这么回答，并不是每个监护人都有义务关心被监护人的，只要保证被监护人的人身安全，有地方住，有饭吃，他们就已经尽到了义务。

并不是每个人都那么幸运，会被家人爱着。

但是展铭没有说出口。

他觉得顾奇南太小了，没必要知道这些。

"我不是因为打工所以成绩差，而是因为成绩差所以打工。懂？"展铭换了个说法。

"你乱讲。"顾奇南直接反驳。

展铭："……"

他在思考顾奇南从什么时候开始，在他面前越来越大胆。

顾奇南肚子上搭着一条小毯子，毛毛虫似的挪动着靠近展铭，压低声音，偷偷说："展哥，你是不是很缺钱？"

展铭心想这会儿说"是"也不对，说"不是"也不对。

顾奇南没意识到失礼，还继续说："我有一张卡，是存我的红包钱跟零花钱的。我爸妈说，我可以自由支配卡里的钱，但是我没什么花钱的地方，都存着。展哥，我可以先借你，等你大学毕业工作了，再还给我。"

展铭一下不知道说什么了。

帐篷拉上了，但明亮的月光透过纱窗照了进来。顾奇南的眼睛亮晶晶的，是孩童般纯真的信任跟诚挚。

展铭哑声道："我们才认识两个月，你……"

你未免太信任别人了。

"才两个月吗？我觉得我们已经认识很久很久了，你已经是我最好的朋友了！"顾奇南一点也不害羞地说着。

酷酷的展哥第一次觉得自己的严肃脸维持不住了，脸都有点烧了。他咳了两声，才说："想读大学有很多方法，学费可以办助学贷款，免利息的，毕业之后才需要还。上了大学，生活费我可以去打工赚。别的不说，寒暑假三个月，我就可以挣到一年的生活费。所以，钱不是问题，不需要借你的钱，你把钱收好了，也不要乱借给别人。"

"哦，"顾奇南不知道一个学生一年要花多少生活费，既然展哥说可以，那应该是可以吧，但他仍然叮嘱，"你要是缺钱，就来找我。"

展铭定定地看着顾奇南，看得顾奇南都以为自己脸上有什么东西了，他伸手摸来摸去。

一个没为钱发过愁的小孩。

"从我奶奶走了后，这还是第一次有人问我钱够不够用，想给我钱。"展铭突然说。

确实就像顾奇南说的那样，虽然他们才认识两个月，感觉却像已经认识了很久很久。

展铭对顾奇南也有一种奇特的亲近感，是跟吴渊、林小斌不一样的亲近感。

比如现在，他突然可以毫无负担地在顾奇南面前说出他的私事。

在吴渊、林小斌面前，他说不出口。

在他们面前，他是那个酷酷的展哥，是他们很敬佩的展哥。

顾奇南瞪大了眼睛："为什么？你还是个学生，你的其他家人都不关心你吗？"

展铭换了个姿势，双手交握，脑袋枕在手上，看着帐篷顶，说："你还小，不懂。每个人都有自己的一摊子事，都有自己的家庭要管，没有人有余力去管我一个外人。"

"可是、可是你只是一个学生，还是个未成年人，花不了他们多少钱……"顾奇南急了。

"所以说你还小，"展铭说，"这点钱对有的人来说不算多少钱，对有的人来说却是一笔不能轻易花出去的钱。"

"等你成年了，大学毕业工作了，就可以还给他们了啊。"顾奇南不解。

展铭嗤笑了一声："他们怕我不还。"

这点事压在展铭的心头很久了，把他压得沉默寡言。

他有时候也想找个人诉说，可是这些东西太不堪了，是属于现实生活的不堪。

帐篷里陷入了短暂的寂静。

展铭换了个话题："说这些干吗？还是跟我说说你那六个追求者的事吧。"

"啊？"顾奇南没反应过来。

展铭打量了他一眼，这是个很好看的小孩，有六个追求者也不奇怪。

顾奇南扒拉展铭的衣角："没什么好说的啊，我刚刚不是说了吗？小学三个，初中一个，高中两个。"

展铭不晓得原来自己这么八卦，问："一个都没答应？"

顾奇南莫名其妙："为什么答应？我要学习，我还是学生，当然是学习最重要了。"

展铭："……没有喜欢的吗？"

顾奇南摇头："有的人我都不认识，怎么喜欢？"

"那认识的人呢？"

顾奇南犹豫了一会，才说："认识的人，我没有想过谈恋爱，而且有的人……很奇怪。"

"奇怪？"展铭抓住了重点。

顾奇南突然沉默了，而且是很消沉的沉默。

展铭感觉出来了，这是兴奋了一天后，顾奇南唯一情绪突然消沉的时候。

"就很奇怪。"顾奇南好半天才说。

展铭想不出来一个女生能奇怪成什么样，才会让顾奇南这么不想提起她。

"跟你在一中被人欺负有关吗？"展铭突然福至心灵。

顾奇南震惊地看着他，一脸"你怎么知道"的表情。

展铭试探地问："是不是你拒绝了她，她叫人来欺负你？"

"不是，但确实跟她有关系。"顾奇南承认。

展铭有点无语，他怎么也想不到顾奇南被欺负的理由居然这么奇怪。可就是这么无聊的理由，竟然把顾奇南逼成了这个样子。

这个话题使顾奇南想起了不好的事，他明显不开心了。

展铭知道是自己问错了问题，不由得翻过身来，面对低落的顾奇南，摸了摸他的头。

顾奇南小声说："展哥，你再给我念念中午的童谣，好不好？"

展铭给他念了一遍。

摇啊摇，困啊困，一暝大一寸。

摇啊摇，惜啊惜，一暝大一尺。

顾奇南生在南州，长在南州，但他父母并不是南州本地人，不会说南州话，也不会念这样的南州童谣。

顾奇南能听懂童谣的大概意思，在展铭沉沉的声音里，觉得舒适又充满安全感。

"这是你妈妈念给你听的吗？"顾奇南趴在展铭的肩膀下方，睁着一双亮晶晶的眼睛问。

今天的月光未免太亮了。

深夜里的一切仍然看得一清二楚，包括顾奇南眼睛里的光。

"我奶奶念给我听的。"展铭回答。

顾奇南想起林小斌说过，展哥是由他奶奶带大的。一瞬间，顾奇南似乎从童谣里，感受到了展哥对奶奶的想念。

"惜啊惜"——这是南州话里，大人对小团仔最疼爱的话。"惜啊惜"，把他放在心上疼惜一百遍一千遍的"惜"。

顾奇南真想抱抱展哥。

"真好听，展哥，你再念一遍吧。"顾奇南恳求。

于是展铭又念了一遍。

念完了，顾奇南又求他再念。

终于，顾奇南再一次在海浪声跟童谣声中睡着了。

毕竟是在野外，早上醒来的时候还是有些冷，等太阳慢慢升起来，才驱走了清晨的一点冷意，依然是炎热的一天。

四人收拾好了东西，退还了帐篷，在车站旁边吃了顿简单的午饭，搭上了回去的大巴。

一上车，顾奇南就说个不停，问展铭回去之后要干吗、晚上还打工吗、明天出来玩吗，问得展铭不知道回答哪个。问完了，顾奇南还自己叹气，说他好像变得贪玩了，玩了一天，竟然明天还想叫展哥出来玩。

"要不我们出去做作业吧！"顾奇南突然又兴奋起来，"以前我看别人常常这样，去咖啡店或者麦当劳一起写作业！"

写作业……

展铭觉得自己有点头疼，提醒顾奇南："这三天没有作业。"

顾奇南顿时泄气了，又不死心："可以带习题册去做啊。"

展铭："……"

顾奇南大概已经接受了七中松散的学习氛围，没多说就放弃了约人出来一起写作业的事。

上车没多久，他就睡着了，一直睡到终点站。

他刚下车，就接到了他爸妈的电话，说来接他了。

其他三人跟他是反方向，大家就在出站口挥手说再见，顾奇南去停车场找他爸妈，展铭三人往地铁站走。

展铭三人搭同一趟地铁，一个接一个在不同的站点下车。

展铭是最后一个。

从地铁出来后，他站在原地，看着地铁关门、行驶、飞速远离。

站台上站满了人，大家彼此交谈，或者自己一人打电话、玩手机。

展铭站了一会，转身往出口走。

他没回去，而是直接去了商业街，等着六点开始打工。

现在刚刚下午四点，还有两个小时。

展铭双手插兜，在商业街漫无目的地闲逛了一会，找了把椅子坐下，玩手机。

顾奇南刚刚给他发了条消息，问他到家了吗。

小南仔：展哥，我到家了！

小南仔：我刚刚去洗了个澡，还是家里的浴室舒服！

小南仔：你到家了没？怎么这么慢？

小南仔：我爸妈竟然做了一大桌的菜，问我饿不饿，叫我吃。下午四点！叫我吃饭！

小南仔：我先去吃一点，有盐水鸭呢，我最喜欢盐水鸭了。

小南仔：海边真好玩，我们明年高考完了还去玩，好不好？

小南仔：你还不看手机啊？我要去做一会题，已经玩了一天半，什么事都没做。

摇啊摇：我晚上打工。

小南仔：晚上还打工啊？那你累不累？吃饭了吗？

摇啊摇：吃了。不是说做题？

小南仔：我在做啊，我把你设为特别关注，振动提醒！

展铭笑了笑，快速把面前的盒饭吃完了，到奶茶店开工。

这晚，他的手机在口袋里一会振一下，一会振一下。他知道是林小斌跟吴渊又在瞎聊，也许还有小南仔的碎碎念。

工作的时候，时间总是过得特别快。不管工作轻松还是繁重，反正都是不需要大脑思考的重复体力劳动，他大可以放空脑袋，什么都不想，只是专注做眼前的事。那样时间过得很快，日子也轻松一点。

可今晚他总觉得有点枯燥，有点无聊。

手机在口袋里振动的时候，他总会想，是不是小南仔发的消息，不知道小南仔又说了些什么。

奶奶在的时候，有时候看着他，会突然感慨他要是有个兄弟姐妹就好了，能陪他长大，能陪他走后面这一段长长的路。

他那时候不明白。

奶奶带他一个孙子，就已经很不容易了，再来一个多累啊。

而且他有叔叔，有堂弟，有堂姐，已经有一堆亲戚了。

可现在他懂了。

十点打工结束。

展铭脱了奶茶店的工作装，第一件事是掏出手机看消息。

小弟群里果然是林小斌跟吴渊在聊天，其间顾奇南还跟他们玩了一局游戏，然后马上又去做题了。

顾奇南给他单独发了好多消息,说自己已经洗好了贝壳,放在了他爸爸的鱼缸里,海玻璃放在了妈妈的花盆里,非常漂亮。

顾奇南还拍照片给他看。

很漂亮的一个大鱼缸,价值不菲。

摆放花盆的阳台看起来特别宽敞,布置得很好的样子,还有精心搭的花架子。

怎么说呢,展铭觉得自己特别俗。

他跟他叔叔一家,其实是一类人。

小南仔兴高采烈地给他看摆在鱼缸里的漂亮贝壳,但他只注意到了这么大的鱼缸很贵,而且需要空间宽敞才摆得下。

小南仔家在市中心,房价很高。

小南仔跟他不是一个世界的人。

小南仔只是因为遇到了一点波折,才不得不到七中来。然而不平凡的人在哪里都会发光,一年后,他相信小南仔也会重新回到原本的世界去,考上名校,意气飞扬。

摇啊摇:很漂亮。

展铭朝公交站走去,准备坐最后一班车回家。

展铭不知道小南仔在一中遭遇了什么,但大概是众人的孤立跟欺负使得他丧失了自信。他转到七中后,乍一遇到展铭他们,就像溺水的人抱住了浮木一样,即使只是根木头,也能让他喘口气,从窒息的境地里脱离出来。

小南仔:你下班了?

摇啊摇:嗯。

小南仔:这么晚,你饿不饿?有没有吃点心?

摇啊摇:不饿。

小南仔:哦,我洗完贝壳后又回来做题了,今天做了好多题。

摇啊摇:开心?

小南仔:开心!

小南仔:大家一起出去玩也很开心!

展铭回到家,他堂弟展锐正在客厅开着电视玩手机。放假三天没有作业,他就在家理直气壮地看了三天电视,打了三天游戏。

展锐听见门响,看见是他,嘴里嘟哝:"真厉害,两天一夜没回来,也不知道去哪里瞎混了。"

展铭没理他。

出门的事,展铭跟叔叔提了一声,说跟同学出去玩。展锐要这样胡说八道,展铭也懒得反驳他。

叔叔正好开了房门出来上厕所,看见展铭,招呼了一声:"回来了?去哪玩了?"

"南湾县海边。"展铭简短地回答。

他叔随口应:"哦,去了那么远啊?"

展锐听见了,在沙发上躺着抱怨:"真有钱,跑那么远去玩,还住了一晚上。我要跟同学去游乐园,你都不让去!"

他叔火了:"你都几岁了,还跟人家去游乐园!再说了,那是什么游乐园,门票那么贵,要299块钱!它怎么不去抢啊?!小孩子的东西,就玩一天,门票要快300块钱!"

展锐砸了遥控器:"你懂不懂啊?!那是新开的游乐园,里面有跳楼机和全市最刺激的过山车!"

"你砸东西干吗?想去你自己去!别跟我要钱!没这个钱!你也不想想你一个月补课要花多少钱!"

展铭把自己关进小房间里,拉上门。

虽然隔绝不了噪声,但至少眼不见为净。

展铭拿出手机。

小南仔:展哥,你在干吗啊?

小南仔:我躺在床上了,准备睡觉。

小南仔:展哥快回我,快回我,快回我,你回复了,我就去睡觉了!

摇啊摇:叫声哥来听。

小南仔:?

小南仔:哥。

摇啊摇:发语音。

过了几秒钟,小南仔发了条语音过来,长度只有一秒钟。展铭点开,听见小南仔的声音,叫了一声"哥"。

他还没来得及回复,小南仔发了第二条语音过来,长度有六秒钟。

展铭点开听,小南仔喊"哥哥",然后一直笑。

小南仔：展哥，这是要干吗？

摇啊摇：乖。

小南仔：啊！你微信名"摇啊摇"，是不是就是童谣里的"摇啊摇"？！

摇啊摇：是。

小南仔：展哥，你给我再念一遍那首童谣吧，我听了立刻睡着。

摇啊摇：我洗澡去了，你快睡。

小南仔又发了条语音过来，展铭点开。

"哥，给我念一遍吧！"

语音几秒钟就播放完了，展铭点了点，又听了一遍。

然后他按住语音键，压低声音，念了一遍童谣。

摇啊摇：睡吧，明天早上出来一起写作业。

小南仔：？

小南仔：真的吗？！

小南仔：展哥你真好！

小南仔：我睡觉了！明天起来给你打电话！

Chapter 7
家长会

第二天早上五点半顾奇南就醒了过来。

生物钟，没办法。

他洗漱完毕，无事可做。

想给展哥发消息，怕太早了吵醒展哥。

他又点开昨晚展哥给他念的童谣，美滋滋地听了一遍。

展哥的声音真好听，很低沉，很有磁性，好像在你耳朵边念的一样。

因为要出门，顾奇南兴奋得不得了，只好打开习题册，开始做题，顺便读了一会英语，希望英语能进步点，考上130分。

以前同学约顾奇南出门，他都觉得无聊，不想出去。奥数班的学长李腾，周末的时候也经常约他出去一起写作业。

顾奇南不懂，为什么不好好地在家里写，一来一回不浪费时间吗？

现在他明白了，原来跟好朋友一起玩、一起写作业是这么好玩的事。因为是好朋友，所以待在一起就觉得很开心、很快乐。

做题做到六点半，肚子饿得咕咕叫。

顾奇南出来找吃的，他妈妈已经起床了，见顾奇南出来，问他："肚子饿了吗？"

顾奇南点头："饿了。"

他妈妈给他张罗早饭，豆浆是昨晚定时的，已经榨好了，又蒸了两个自己做的肉包子，煮了鸡蛋。

端到餐桌上，妈妈招呼顾奇南吃饭。

顾奇南坐下开吃。

他妈妈坐在他对面看着他吃,轻声说:"吃慢点,真饿了?昨天晚饭吃得太早了。你看看你,饿了也不会自己弄点东西吃。我都跟你说过多少次了,肚子饿了,就自己蒸两个包子吃。很简单的,煮蛋器就有蒸东西的功能,你看,按这个——"

"哎呀,我知道了!"

"你就是嘴巴上说知道了,其实根本不知道。明年就要去读大学了,你看看你这个样子,什么都不会,水都不会烧,怎么去读大学?"

顾奇南喝完最后一口豆浆,放下碗,说:"大学里也不能用煮蛋器啊,大家都是去食堂吃饭。"

他妈妈一时语塞。

顾奇南报备了自己等会要跟同学出门写作业,就跑回房间看时间。

咦,怎么才七点半?

展哥起床了吗?

如果是林小斌,根据他的说法,假期的时候,他都要睡到中午十二点才起床吃饭。展哥呢,从来没说过自己几点起床,但他有时候会早起去打工。

顾奇南摸着手机,忍不住发了条消息,问展铭起床没。

展铭很快就回复了。

摇啊摇:刚起。

小弟3:我五点半就起来了!

摇啊摇:……

小弟3:我们今天去哪里写作业?

展铭躺在床上跟顾奇南商量了半天,最后决定带他去麦当劳写作业,写完了,中午请他吃炸鸡、汉堡。

顾奇南非常满意这个安排。

顾奇南收拾好东西,八点前就出门了。等他到达约好的站点,发现展哥早就在那里等着他了。他一下车就在人群中瞧见了展哥。

没办法,展哥太高了,高出所有人一大截。

而且脸比其他人都臭,感觉好像很不高兴,但其实只是没表情罢了。

展哥脸上一没表情,看上去就很严肃、很凶。

其实一点也不凶,跟他说什么,他都会说好。

展铭一见顾奇南,就接过他的书包自己背着。

顾奇南说个不停:"你吃早饭了吗?你等了多久?你怎么没背书包?不是要一起写作业吗?"

展铭:"……"

展铭背着包,人很多,乘电扶梯上行的时候,他把顾奇南拉到自己前面挡着。

顾奇南转过来面对着他,又问:"你怎么不回答?"

展铭无奈地道:"你的问题怎么这么多?"

顾奇南:"我也不知道!"

展铭一一回答:"还没吃早饭,没等多久。我的课本跟卷子全部放在学校,没的带。"

顾奇南爽快地道:"那我的借你吧!"

到了麦当劳,展铭才明白顾奇南把自己的习题册借他是什么意思。

顾奇南的习题册,大半是空着的,只做了其中一些题目。

顾奇南解释:"我只做了难题跟题型比较特别的题目,基础题全都跳过没做,但是这些题刚好适合你。"

展铭:"……"

他有种听老大训话的感觉。

顾奇南继续说:"不过呢,你在做题之前,要把课本好好看一遍。刚好我数学课本也带了,里面每一节的知识点我都标出来了,你先看,看完把这几道基础题做一下。"

顾奇南给展铭布置完任务,就埋头做起了奥数题。麦当劳店里其实有点吵,但是顾奇南做题的模样十分认真,丝毫不受影响。

展铭本来只是想来看顾奇南做题,然后自己玩手机的。但是顾奇南这么认真,他只好接过课本看了起来。

顾奇南留的题目果然都是基础题,展铭看一看课本,好歹还有几题会做,不至于全不会。他把点的早饭吃完,擦了擦手,也做起题来了。

一早上过得特别快。

顾奇南做做自己的题,看看展铭的情况,给他讲讲他不会做的,一下就到中午了。

展铭请他吃了汉堡、鸡翅、薯条,喝了可乐,顾奇南心里美得不得了。

鸡翅有点辣，顾奇南吃一口，喝一口冰可乐，辣得嘴唇红红的。展铭看着他，跟看小孩子第一次吃辣一样新奇。

吃完了，顾奇南问："展哥，你现在回家吗？"

展铭摇摇头，他下午没事，现在回去，也不过是躺在那个闷热的小房间睡一个下午而已。

顾奇南说："我下午还要去英语补习班，等一下直接从这里过去。"

展铭问："坐几号线？"

顾奇南答："2号线。"

展铭喝完可乐，说："我也坐2号线，跟你过去吧，反正没事。"

顾奇南嘿嘿笑了。

两人从麦当劳出来，走路去地铁站。

中午一点多，正是一天中最热的时候。坐上地铁的时候，顾奇南已经热出了汗，脸红红的，看着展铭笑，问："展哥，我们下周还出来写作业吗？"

展铭："……行。"

"我觉得好开心啊，"顾奇南毫不掩饰地说，"这是我第一次跟朋友一起在外面写作业，就是有点吵。"

展铭想笑："写作业也开心？"

顾奇南点头："难怪别人做什么事都要约着一起，原来跟好朋友在一起，无论做什么事都很好玩。"

展铭听着这小学生发言真的想笑，但忍住了，问："我是你第一个好朋友？那林小斌跟吴渊呢？"

顾奇南回："斌哥跟渊哥也是我的朋友，但你是最好的朋友。"

展铭满意了，一点没意识到，自己的问题也很像小学生才会问的。

到了顾奇南补课的地方，展铭也跟着下了车，说没事做，跟他一起过去看看。

培训机构的大楼有什么好看的呢？

但两个人就跟小学生似的，一起下了车，一起出了地铁站。

到达培训机构楼下，时间还很充裕，顾奇南说："我请你喝饮料。"他跑到一边的奶茶店，点了两杯柠檬百香果。

他等饮料的时候，展铭找了个座位坐下，一边玩手机一边等他。

顾奇南端着饮料转身的时候，有个人凑过来跟在他身后。

"顾奇南。"

顾奇南手一抖，刚点好的饮料啪地摔在地上，破了，流了一地。

是林士达。

顾奇南不想理他，饮料也不捡了，径自朝前走。

林士达跟在顾奇南身后，絮絮叨叨："你等等，你走那么快干什么？顾奇南，你在躲我？我在1号线等了你好几次，都没碰到你，你是不是有意躲我？"

顾奇南一句话也不想跟他说，铁青着一张脸，走得飞快，喊："展哥！"

展铭抬起头，看见顾奇南原本开开心心的神情已经变为惊惶，身后还跟着一个人。

展铭站起来，顾奇南奔过来，躲到他身后。

一个戴金丝眼镜的男生，看起来斯斯文文的，比展铭矮了一个头，气势上输了一大截。

展铭面无表情地问："这谁？"

他1.9米的个子，加上面无表情，威慑力确实大。

眼镜小子有点怯了，自己回答："我是顾奇南在一中的同学。"

顾奇南在身后扯了扯展铭的衣服，展铭知道，这肯定就是欺负顾奇南的人之一。

展铭更加想打人了，冷冷地说："我看顾奇南跟你很不熟的样子。"

眼镜小子问："那你跟顾奇南很熟吗？"

展铭能感觉到顾奇南在身后揪紧了他的衣服，很紧张不安的样子。

展铭猜不出来，这样一个戴眼镜、斯斯文文、看上去手无缚鸡之力的家伙，是怎么把顾奇南欺负成这么害怕的样子的。

展铭一想到，就很烦躁，语气也带上不耐烦，逼近了一步道："你找顾奇南有什么事？现在说，没事就滚。"

眼镜小子看了看展铭，又看了看躲在他身后的顾奇南，咬咬牙，转身走了。

然而顾奇南仿佛变了一个人，脸色苍白，连柠檬百香果都没心情喝了，明明是他自己说要喝的。

展铭问他什么，他都不想回答，跟早上一大堆话说个不停的模样天差地别。

好半天，顾奇南才深吸一口气，扯出一个很僵硬的笑容说："展哥，我要去上课了，你回去吧。"

展铭看看他，说："去上课吧，我在这里等你下课。"

顾奇南瞪大了眼睛。

展铭摸摸他的头:"去吧。"

顾奇南不安地道:"可是我上课要一个半小时……"

展铭举了举手里的柠檬百香果,说:"我在楼下大厅吹冷气喝饮料等你,反正我下午没事。"

顾奇南明显开心点了,想了想,从书包里掏出自己的习题册,叮嘱:"那你边做题边等我吧。"

展铭:"……"

顾奇南这一下午的英语课上得有点心不在焉的,被老师提问了好几次。

休息的时候,齐一修问他怎么了,顾奇南摇摇头没说话。等到补课结束,跟老师说了再见,下楼梯的时候,齐一修跟顾奇南说,过了暑假他就不再来补习英语了。

"下学期就升高三,到时候我们学校一周只放半天假,高三生必须参加晚自习,也没什么时间补课了。"齐一修说。

顾奇南点头:"我也得想想下学期还来不来。"

齐一修不断叹气:"太惨了,太惨了,我们暑假只放半个月,你们呢?"

"一个月。"

"天啊!"齐一修喊,"你们怎么有那么长的假期?!"

"我又不是在一中。"顾奇南说。

齐一修闭了嘴,他忘了顾奇南早已转学到七中了。

顾奇南问:"这次全市统考,你们成绩出来了吗?"

齐一修点头,说了自己的成绩,年级排名第六十三。

下午的时候,张鸣在班级群里发了期末考成绩总分排名,顾奇南又是年级第一,分数跟齐一修的差不多。

差不多的成绩,在七中是年级第一,在实验中学是第六十几名,差距太大了。

齐一修又叹气:"我们偏科太厉害了。唉,你太可惜了,你数学那么好,要是能在一中的奥数班上课,说不定今年九月能拿到保送B大数学系的名额。一中的奥数辅导特别强,听说今年又从全国各地请了好几个名师去上课,不惜血本啊。"

"有什么好可惜的?"顾奇南说,"做数学题,最重要的是攀登真理的高峰,不是拿保送名额。没有参加他们的奥数辅导,我也能自己去参赛,拿不拿奖都无所谓。B大数学系，我可以自己考。"

齐一修："……虽然你的话真的很使人感动，但看看你现在的分数，你觉得你考得上B大吗……"

说了大话的顾奇南："……"

两个人一起下了楼，展铭做题做得头痛，看见顾奇南下来了，从椅子上站起来。

齐一修小声对顾奇南说："你快看那位大哥，好高啊，有点可怕，好凶的样子。"

顾奇南转头看他，认真地解释："展哥不凶，只是脸臭，他脾气很好的。"

齐一修："……"

齐一修万万没想到，跟顾奇南关系那么好的展哥会是这样的一位……大哥。1.9米的大个子，肌肉结实，寸头，面无表情，超凶，看上去，他就是在学校里谁也不敢惹的类型，说不定惹到他还会被他打。

顾奇南像是根本没觉得有什么特别的，还一本正经地给齐一修跟展哥做介绍，说这是他英语补习班的同学齐一修，这是他的同桌展哥。

齐一修战战兢兢地道："展哥你好。"

差点鞠躬。

展哥点了点头，也说了一声"你好"。

齐一修赶紧跟他俩说了拜拜。

顾奇南跟展铭一起出了培训机构的大楼，顾奇南不安地在门口张望，确认那个恶心的家伙林士达不在。

展铭跟着顾奇南慢慢地往地铁站走，顾奇南突然想起展铭还要打工，忙问："你六点不是要打工吗？"

展铭低头看他："来得及。"

"可你还要吃饭啊。"

"十分钟就能解决。"

两人陷入了一阵沉默，过了一会，展铭问："他是不是来找过你好几次了？"

顾奇南抓紧书包的带子，闷声回答："这是第三次。"

"他找你干吗？"展铭问。

顾奇南摇头："不知道，他可能有病。"

"为什么这么怕他？"展铭问。

这不是在学校那个封闭的小社会里，而是在大街上，在光天化日之下，就算那个眼镜小子再能打,他也不敢在大街上打人。言语威胁?展铭想不出这个年纪的学生,有什么言语可以威胁到人,特别是顾奇南还已经转学了。

可顾奇南答不出来。

他脸色铁青,眼眶发红,又变回了四月的那个顾奇南。

开开心心的小南仔不见了。

展铭不敢再问他,停了下来,两手抓住他的肩膀,认真地说:"小南仔,不想说就不用说。但是你这样不行,跟你爸妈说一下这个人吧。"

顾奇南疯了似的摇头,吓得展铭连连叫他冷静。

好一会顾奇南才冷静下来,哑声道:"不行,说了,我爸爸妈妈会很担心的。我妈妈最近睡眠才好一点,她为了我的事,失眠了好久……如果让她知道以前欺负我的人还来找我,她又会哭得睡不着觉。"

展铭越听越心惊,实在想不出顾奇南到底遭遇了多么过分的事,这一家人才会被折磨成这样。

但是顾奇南不想说。

展铭摸了摸顾奇南的头,说:"以后我陪你来补课。"

顾奇南抬头愣愣地看他,好像没听清楚。

展铭又说了一遍。

顾奇南的眼泪突然滚了出来,在人来人往的大街上。

展铭吓了一跳,结结巴巴地问:"怎、怎么了?"

顾奇南含着泪,闷声喊:"展哥……"

展铭被这眼泪弄得不知如何是好,手足无措地站在大街上。

"你真好……"顾奇南带着哭腔说。

来来往往的人都要看这两个少年一眼,看1.9米的大个子手足无措、慌乱不安,两手先是高举不知如何安放,然后轻轻地拍了拍另一个少年的背,无声地安慰他。

三天假期结束,暑假补课正式开始。

高三的复习资料已经全部到了,第一节早读课被用来发书,所有人都有点兴奋,又有点心慌。看着那么多复习资料摆在桌上,打开一看,里面是密密麻麻的题目,每个人都有种不知如何下手的不安感。

所有人都在大声谈论,谈论复习资料的难度,谈论暑假补课的不人道。有几个男生直接站在空调前，呼呼吹着冷风，大声抱怨这个七月实在太热了。

张鸣拍拍讲台，说："书领好了，都检查一下有没有漏。王越，你们几个快回位子坐好！热，当然热了，进入七月了能不热吗？好好复习，明年这个时候你就可以在家爽歪歪地吹空调；不好好复习，告诉你，明年你还得来这里熬！"

大家被可能出现的复读吓得立刻收声，拿出语文书装模作样地看，其实兴奋得一个字也看不进去。

大考结束后的头两天，肯定都是讲评考卷。

这次的第一名还是顾奇南。

五班的人已经习惯了，并且见识到了真正的优等生是什么样的。当然，顾奇南下课的时候也会去上厕所，大课间也会跟着展铭他们去操场上溜达，可是绝大多数时候，顾奇南都坐在自己的位子上，头也不抬地做题。

就连上课的时候，也是边听课边做题，听到自己不会的知识点，才会停下来认真做笔记。老师提问过他几次，发现没问题，就随他了。

五班人目瞪口呆。

小胖私下和同学讨论过好几次，为什么像顾奇南成绩这么好的学生，会因为压力太大从一中转学过来呢？

一开始他们猜顾奇南的性格有问题，可能患了抑郁症、焦虑症之类的心理疾病。可是随着时间的流逝，顾奇南跟展铭三人处得很好，虽然不热情，但也不至于奇怪。班上的人问他问题，他也会回答，还会借出自己的笔记。

体育委员段伟博说："去找一中的人打听一下不就知道了？"

说是这么说，可是一中跟七中虽然同在一个城市，但片区不同，学校之间几乎没有交集。五班人也不是真的那么在意顾奇南为什么转学，没人真的上心去打听。

又不是吃太饱，每天作业那么多，写都写不完，玩手机都没时间了，还打听别人的事。

第一节课是数学课，高琳琳跟小胖帮数学老师分发试卷。小胖将顾奇南的卷子留到最后一个发，双手奉上，恭敬地说："顾大神，这是您的高分数学卷子。"

全班哄堂大笑。

顾奇南考了146分，年级最高分。

这次的数学卷子很难，排在顾奇南后面的年级数学第二名，是126分，差了20分，更别说班级里其他同学的成绩了。展铭看见顾奇南的卷子，第一次有种把自己的卷子藏起来的冲动。

然而顾奇南不知道，还凑过来问："你考了几分？"

展铭想盖住卷子不让顾奇南看分数，又觉得这个举动太不酷了，好像他很在意数学成绩一样。

不对，他本来就不在意成绩，为什么现在这么不想被小南仔看到分数？

顾奇南翻过试卷，看见了通红的数字——46。

顾奇南沉默了很久。

展铭脸上有点挂不住。

昨天小南仔还在大街上哭，跟小孩似的。

自己还安慰他，要保护他。

结果今天考了人家的尾数。

数学老师骂了一大堆，开始讲评考卷了。

顾奇南默默递过一支红笔，小声说："给你更正错题。"

更正？

不，展哥从不更正错题。

但是小南仔眼巴巴地看着他，手里还举着一支红笔。

展铭只好接过来，硬着头皮听起数学老师的讲评，尽量在试卷上涂涂写写，就算听不懂，也给它写满了再说。

这一天的课上得极其艰难，因为几乎所有的老师上课前都要先大骂他们一通，说他们这样下去，明年高考准完蛋。

最后一节是张鸣的物理课。

张鸣讲评完，抛下一个惊天炸弹。

"本周六学校将举行家长会，请大家回去通知家长，将周六早上的时间空出来。每位同学的家长都务必参加，事关你们高三复习跟以后升学，这次家长会相当重要。"

这一周大家过得都有些心慌慌，然而周末还是不可避免地来了。

周五晚上，林小斌就在小弟群里说他明天要出去避难一天，招呼大家一起出来。

没人理他。

林小斌不信邪，一个一个地喊。

吴渊表示自己考得挺好，有进步，不仅不用出去避难，还准备在家接受褒奖跟红包。

林小斌让他滚。

顾奇南更不用问了，年级第一，毫无避难的必要。林小斌疯狂喊展哥，约他出门打球。

摇啊摇：不打。

小弟1：为什么？！你明天早上又不打工！

小弟3：展哥明天早上要跟我一起写作业。

小弟1：？

小弟2：？

小弟1：写作业？这是什么奇怪的活动？这不可能，我展哥从不写作业，我展哥从不带课本回家，我展哥没有书包。

小弟3发了张图片。

小弟3：我送展哥的新书包，好看吗？

小弟1：……

小弟2：……

小弟1：展哥，想不到你浓眉大眼的，竟然屈服在小南仔的学习魔爪下！

林小斌说什么也不参加顾奇南跟展铭的写作业活动。第二天一早，顾奇南跟展铭约在咖啡店写了一早上的作业。

现在第一轮总复习开始了，如果展铭想认真学习提高成绩，这是最后的机会。这个阶段，老师会把高中的知识点都梳理一遍，以前没掌握的，现在可以再听一遍。

展铭也说不清怎么回事，这周是他上高中以来，学习最认真的一周。上课上着上着，小南仔总要分心关注一下他在做什么，有没有在听老师讲课，有没有做好笔记。

他走神了、发呆了、玩手机了，小南仔也不会说他，就是会有点焦虑地看着他。

那眼神……

反正展铭有点怕。

被看得久了，他只好收拾收拾精神听课，听一点是一点。

展铭晚上仍然在打工，根本没有时间写作业、做题，因此复习资料上的习题基本都是空着的。小南仔也不让他做作业，只叫他先把复习资料上的习题做一遍。小南仔帮他圈了基础题出来，让他好好做，说这些都是经典题型。

展铭叹口气，拿着支笔，开始做题。

小南仔真的送了展铭一个书包，跟他自己背的一模一样，他的是黑色的，送了展铭一个深灰色的，大一个号。

展铭不收还不行。

一说他不背书包，小南仔就又露出那种焦虑的眼神。

展铭很想说，就算他从现在开始拼命学习，也没法跟小南仔考同一所学校，除非奇迹出现。

不，感觉奇迹出现也拯救不了他的分数。

展铭打开书包，发现里面还放了一个笔袋。笔袋里有两支黑笔，一支红笔，一支铅笔，一支记号笔，一块橡皮，一副三角板。

这个小南仔……

十一点的时候，顾奇南爸妈打电话过来，说是家长会已经结束了，有点欲言又止。顾奇南问怎么了，他妈妈说没什么，回家再说。

顾奇南中午要请展铭吃饭，不回家，已经报备过了。

每次都是展哥请他，这可不行。

周六的中午，街上一溜餐厅都是人，顾奇南走来走去，不知道吃什么好，问展铭，展铭就说，看他喜欢吃什么。

顾奇南有点不好意思地问："吃比萨，好吗？"

展铭点头。

顾奇南兴奋地说："我妈妈都不让我吃比萨跟汉堡，说这些都是垃圾食品！千万不能让她知道我在外面吃这些。"

两人进了餐厅，点了一个海鲜比萨和一个榴梿水果比萨。展铭的臭脸比榴梿比萨还臭，顾奇南笑得不行，一边笑一边吃，还刺激展铭："展哥，你竟然不敢吃榴梿！"

展铭看着顾奇南："……"

这么可爱的小孩，为什么要吃那么臭的榴梿？

吃完饭，展铭送顾奇南去补习英语。两人到得早，又在楼下的奶茶店坐了一会。顾奇南抓紧时间检查展铭的练习完成情况，还给他讲了几道题。

顾奇南心情还可以。

有展哥在，林士达肯定不敢来找他，即使来找他，也不敢做什么。

展哥可是七中最强的男人！

补完课，展铭带顾奇南去路边小摊子吃了菜仔饼。

将海蛎、包菜丝、萝卜丝跟面粉加水搅拌，一个一个油炸，外面酥脆，里面软嫩，香得不得了。

顾奇南一口气吃了三个。

"太好吃了！太好吃了！"顾奇南被烫得舌尖都红了，一边吹气一边赞叹，"展哥你为什么知道这么多好吃的？我在南州市这么久，都不知道有这么多好吃的！"

展铭看着他吃，手上还帮他拎着一个，说："我奶奶炸的比这个更好吃。"

"真的假的，比这个还好吃吗？"

"我也会做，有机会做给你吃。"展铭说。

顾奇南惊呆了："你会做这个？！"

展铭不以为意："这个很简单。"

"简单？！"顾奇南肃然起敬。对于一个连鸡蛋都不会煮的人来说，菜仔饼简直是地狱难度的食物，展哥居然会做菜仔饼！

顾奇南问："展哥，你会做饭吗？"

展铭看他吃完了，把手里的菜仔饼递给他，回："会。"

天啊！

顾奇南一脸崇拜地看着展铭。

展铭："……做饭很简单，谁不会做？"

顾奇南举手："我！"

展铭："比做数学题简单多了。"

"你会做什么菜？"顾奇南问。

展铭只好给他一一列举自己会做的菜，收获惊呼无数。

两人就这么一直聊着闲话，直到展铭要去打工，彼此道别。

"星期六过得真快啊！"顾奇南感叹。

顾奇南开开心心地回到家，见爸妈都在客厅，他问家长会说了些什么。

他爸妈看了看他，欲言又止。

"怎么了？"顾奇南一边换鞋一边问，"中午在电话里要说什么？"

林蕙看看顾文辉，说："囝仔啊，其实不是你的事。你成绩挺好的，老师也表扬你了。"

顾奇南走进厨房倒水："那是什么事？"

林蕙迟疑地道："是你那个同桌……"

顾奇南飞速回到客厅，追问："展哥？展哥怎么了？对了，今天谁去给展哥开家长会啊？他叔叔吗？"

"唉，"林蕙叹气，"不知道怎么说，我觉得那孩子有点可怜。"

林蕙开始述说早上家长会的过程。

顾奇南的情况特殊，林蕙跟顾文辉两个放心不下，都去参加了家长会。一个坐，一个站，但顾奇南同桌的位子一直空着，没有人来。

班主任说了一些高三期间的注意事项，之后科任老师也轮流上台大概说了一下各学科的情况。最后一个环节，家长可以跟老师自由沟通交流。因为顾奇南的情况特殊，加上班主任被团团围住了，林蕙跟顾文辉就留到了最后，教室里只剩几位家长时，他们才上前询问顾奇南的情况。

这时候，展铭的叔叔来了。

一来他就跟班主任解释，他是展铭的叔叔，自己的小儿子在另一个班级，他先去开了小儿子的家长会，才赶来这边。

林蕙跟顾文辉此时已经问得差不多了，就去找英语老师，询问如何提高顾奇南的英语成绩。正跟老师说着呢，展铭叔叔那边的声音越来越大，最后大到教室里剩下的家长跟老师都注意到了。

他叔叔涨红了脸，梗着脖子喊："不是我们让他去打工的，是他自己非要去！影响了学习，这个我也知道，可是我们有什么办法？上次，他婶还因为他打工的事跟他吵了起来，可他听吗？他不听啊！"

"我知道，我知道，"班主任连连摆手，示意他小声点，"我了解展铭的情况比较特殊，这个孩子也比较难管，我能理解你们的难处。但是现在毕竟高三了，希望你们还是劝说他，把全部的时间投入学习。"

"老师啊，你也知道他。他比我还高，比我还壮，我怎么管得动他？他是他奶奶带大的，爸爸去世了，妈妈不管他，也不晓得跑到哪里去了！他奶奶一个老人家带他，哪里教得动他！你看他现在，长辈的话是一个字也不听，你一说他，他还瞪你，那样子凶得哦！我是打不过他的，怎么管他？"他叔叔越喊越大声，连从教室外经过的人也忍不住往里看一眼。

数学老师忙过去劝他叔叔："这个年纪的学生是这样的，不好管嘛，叛逆期！"

"是啊！不好管！他是没钱吗？不是啊，老师，他奶奶走的时候，给他留了钱！给他上大学的钱都留好了！连我们都不晓得给他留了多少！他不缺钱的，吃住在我们家，哪里要花钱？他就是要去打工，我有什么办法？我自己两个孩子，大的上大学，小的明年也要考了，我也不轻松啊！管不过来啊！"

顾奇南听得目瞪口呆。

他只以为展哥的父母已经去世了，没想到他妈妈还在，却不管他。作为监护人的叔叔，竟然是这个样子的。

林蕙叹气："你说怪不得他经常打架呢，家里没大人管他呀。"

顾文辉说："我们是外人，没法说什么。如果他叔叔说的是真的，他奶奶给他留了读大学的钱，那么他最好不要再去打工了，以学习为重。你是他的同学，有时候可以问问他、劝劝他，我们能做的毕竟有限。"

顾奇南浑浑噩噩地回了房间，想起去海边时，在帐篷里展哥说的那些话。

展哥说每个人都有自己的一摊子事，没有人有余力管别人的生活。

那是多少冷漠的对待跟话语累积出来的感悟啊。

顾奇南拿出手机，想说些什么，又不知道说什么。

小弟3：展哥。

小弟3：哥。

展哥在奶茶店打工，没有时间看手机。顾奇南知道，但就想叫叫展哥，让展哥知道这一分钟自己在关心他。

他就是很想对展哥很好很好。

Chapter 8
放学后

一大早起床展铭心情就不大好。

周六晚上打工回来,他叔还在客厅喝酒,自己一个人,高粱酒就着花生米,不知道喝了多久。他点点头,就当打过招呼。他叔什么也没说,也不知道有没有去开家长会。

第二天他还没醒,就听见了他叔跟婶婶在外面吵架,越吵越大声。婶婶拔高嗓门,喊:"你在学校被老师说了,不敢去说他,就把气撒我头上!"

他叔吼:"还不是你,闹啊闹,闹啊闹!"

"我闹?我闹什么了?!我闹什么了?!"

"还说不是你!非得在孩子面前闹没钱!三番五次地提!"

婶婶气疯了:"哦,都是我的错。没钱是我故意闹的?行,那你把钱拿出来啊!别的不说,这个月的菜钱,你拿出来啊!这个月的菜、肉、米、油花了多少钱你知道吗?阿锐他姐生活费一个月一千两百块钱,也是我出的!你倒是出啊!"

他叔声音小了下去:"我没出钱吗?阿锐一个月补课费一千多块钱,房贷一个月一千八百块钱,都是我出的。阿锐他姐今年的学费两万多块钱,也是我掏的,我哪里还有钱?"

"我真是倒了八辈子霉才嫁给你!到现在四十几岁了,还在还房贷!"

两个人吵啊吵,最后是展锐跑出来大吼一声,才结束了一番争吵。

周日晚上展铭回来,他叔被赶到客厅沙发上睡觉,鼾声震天,关上房间门,依然听得到。

展铭一整晚没睡好,早上起来时,闷了一肚子的火。

临出门时,婶婶叫住他,阴阳怪气地说:"开家长会时,你班主任跟你叔说了,升高三了,别打工了,让你专心读书。又不是我们叫你去打工的,传得学校里都知道了,好像我们怎么你了似的。"

他叔闷头喝粥,一声不吭。

张鸣问他学习情况,问他回家有没有复习,是不是在打游戏。他就随口说了自己在打工,没什么别的意思。

展铭不知道回什么,也懒得回,面无表情地走了。

他关上门后,还听得见婶婶在里头对着他叔骂:"你看看他,甩什么脸色?!"

家长会上,老师还说了什么,他叔叔又说了什么,展铭一概不知,也没心情问。

他骑着小电摩在街道上飞驰,一瞬间胸口塞满狂躁郁闷,清晨的风都无法吹散。

这样的情绪每隔一阵就会出现,就好像水流到凹陷处,满了就溢出来了,不受控制地到处流淌。

他现在就很想做些什么来发泄胸口的狂躁。

大喊大叫,或者破坏些什么。

就像高一那年一样。

混乱的一年,充满了暴力的一年。他看什么都不爽,经常深夜在街头徘徊,故意挑衅闹事,以此发泄他心中的不安跟愤怒。

黑色的情绪持续蔓延,直到看见顾奇南。

顾奇南背着书包,乖乖地站在地铁出站口等他。一个单纯又干净的少年,跟他这样的人完全不一样,生活美满幸福,有爱他的家人关心他,前程似锦,未来可期。

展铭正想骑着电摩上前,有人赶在他前面,拍了拍顾奇南的肩。

顾奇南转身,变了脸色。

无忧无虑的少年变得惶恐不安。

来人跟顾奇南说了几句话,顾奇南拔腿就走。来人紧跟顾奇南,大概又说了些什么,顾奇南突然慢了下来,随着那人往前拐进了小巷里。

那不是七中的校服,是一中的人。

展铭立刻骑着小电摩追上去。

刚跟进小巷,展铭就看见令人瞠目结舌的一幕。

来人一把抓住了顾奇南,似乎想打人,顾奇南青着一张脸,奋力挣扎,大喊:"林士达,你放开!"

展铭跳下小电摩,甚至来不及把车停好,就冲上前,从背后一把拉开林士达,把顾奇南护在身后。

林士达摔倒在墙边,好半天不吭声。

顾奇南呆呆地看着展铭。

暴戾席卷了展铭,他对着林士狠狠威胁:"你再敢来找顾奇南,下次踹断你的腿!"

林士达躺在地上,吓得脸色都变了,嘶声道:"你是谁?关你什么事?你整天跟着顾奇南干什么?"

展铭被气笑了,咬着牙道:"你这个垃圾,我才想问,你整天跟着顾奇南干什么?"

顾奇南站在展铭身后,紧紧拉着展铭的衣角,不停地说:"我们走吧,展哥,快迟到了,走吧,走吧。"

林士达慢慢坐起来,神情逐渐扭曲,一个字一个字说:"顾奇南转学才几个月,你就这么护着他,还陪他一起上英语补习班,你们关系很好吗?"

顾奇南在身后几乎是哀求了。

展铭不想跟这种垃圾多说,转身拉着顾奇南就想走了。

林士达扶着墙站起来,咬牙切齿地问:"你不怕有精神病的人?"

顾奇南僵住了,被火烫到一般转身大喊:"你乱说!"

展铭愣住了,看了看顾奇南,又看看林士达。

顾奇南眼眶通红,好像随时就要哭出来,说:"林士达,你胡说八道。"

林士达笑了,又说了一遍:"你跟他关系这么好,难道不知道顾奇南有精神病吗?你不害怕吗?"

展铭放开顾奇南的手,顾奇南仿佛被吓了一跳,惊慌失措地躲开了好几步,怕自己离得太近展铭会生气一样。

展铭反问:"有精神病又怎么样?我看你才有精神病!"

接着他狠狠一拳砸在林士达身侧的书包上。林士达杀猪一样地哀号,吓得瘫坐在地,浑身发抖。

展铭朝顾奇南伸手:"湿纸巾。"

顾奇南呆呆地看着他。

展铭重复了一遍,顾奇南迟钝地从书包里拿出一包湿纸巾,抽出一张给展铭。

展铭仔细擦了擦手，将湿纸巾团成一团，砸在林士达身上。

完了他转身，拉着顾奇南离开了。

展铭给班主任发了条短信，说顾奇南身体不舒服，自己送他回家，请了个假。

他站在饮料自助机前面，看了一会，犹犹豫豫，挑了一瓶果汁。

投币，拿饮料。

这时候的公园里人很少，只有几个晨练的老头老太太，经过时疑惑地看了穿着校服的他们一眼。

展铭说不清自己是什么心情。

原来顾奇南就是为了这点破事被校园欺凌。

因此顾奇南支支吾吾，一直不敢说明到底是为了什么，他在一中被欺负。

展铭走回长椅，将手里的果汁递给顾奇南。

顾奇南抬头看他，眼睛里满是惶恐不安，嗫嚅着道："展哥……"

展铭忍不住安慰他："别人说什么都无所谓的。"

顾奇南瞪大双眼看他，那一瞬间，展铭生出了一股很强烈的怜爱的情绪。

就是为了这点事，被欺负得转学吗？

顾奇南红了眼，问："你真的觉得无所谓吗？"

展铭点头。

顾奇南又问："我们还是好朋友吗？"

展铭点头，伸手揉揉他的头发。

顾奇南突然崩溃了，开始大哭。哭得晨练的老头老太太都围过来，以为是身边的大个子欺负他了。

好不容易止住了眼泪，顾奇南拉拉展铭的衣角，示意他坐下。

"展哥，我不知道怎么说，"顾奇南开口，说得很慢很慢，仿佛在慢慢厘清思绪，"有很多事，连我爸妈也不知道，因为我实在不知道怎么说，也不想说。我觉得去年是我人生中最荒诞的一年，真的很莫名其妙，荒诞到我无法相信。"

"我没有精神病。

"林士达才有。"

事情是从一个名叫黄端静的女生开始的。

黄端静是实验班有名的"奇葩"——实验班其他人都这么叫她，一开始是私底下偷偷叫，后来有些胆子大的肆无忌惮地当着面这么叫。

黄端静不敢反抗。

她个子不高，有些胖，或许是对自己的身材不自信，她的校服比原先合适的尺寸大了一个号，穿上去松松垮垮，更显矮胖。她不爱说话，学习十分认真，没有任何别的兴趣爱好。实验班的学生读书自然都是认真的，黄端静是其中最认真的一个。当别的女生凑在一起聊明星、聊剧、聊电影时，她完全融入不了。

每次考完试，她总喜欢打听别人考得怎么样。等成绩出来了，她经常一个个问分数，别人考得比她好，她就唉声叹气，考得比她差，她就说自己只是运气好。

总之，是个很不讨喜的人。

这个年纪的男生女生，正是爱漂亮、喜欢对别人的外貌指指点点的时候，不免就对黄端静有些轻视。再加上黄端静的成绩虽然在全校算是不错，在实验班却是倒数第一，比起其他聪明的同学，她显然是靠勤奋取胜。

连续在实验班考了几次倒数第一后，黄端静显然承受不了打击，在教室里哭了好几次，拉着同桌和周围的同学说是自己太不认真了，才考得这么差。同学们都深感厌烦，考得差就算了，还撒谎，不敢面对自己尽力了却仍然考不好的事实，仍要嘴硬，真不知是什么毛病。

于是大家开始私底下骂她有精神病。

慢慢地，私底下骂变成公开骂，骂着骂着，变成了吼着叫她闭嘴、推她、扔她的书……

黄端静突然成了大半个班的公敌，很多人都极度讨厌她。

甚至开始有人把她的桌子搬到走廊，让她滚出实验班。

顾奇南帮过她几次，帮忙把桌子搬回教室，好声好气地劝其他人别这样骂她，但没有用，改变不了什么。

班主任也知道黄端静的情况，调解过几次，把欺负黄端静的那几个都批评了一遍。

来回几次，解决不了，班主任也有些烦了，想让黄端静干脆退出实验班好了，反正她待着也不开心。但是黄端静的父母死活不同意她退出实验班，就要她在实验班待着。黄端静的家长认为，吃得苦中苦，方为人上人，受这么点小挫折就打退堂鼓怎么行？

一个学期都没有结束，黄端静就确诊了抑郁症。

这件事全班都知道，在黄端静请假去医院治疗的时候，班主任当着全班人的面说了出来。他警告学生，不要再欺负黄端静，万一黄端静因为这个病出了什么意外，他们可能要赔上自己的未来。

令众人没想到的是，一周后黄端静就回来上课了，她解释自己是感冒发烧了，才请了一周的假。

众人都暗暗笑她，而对她的轻视跟欺凌并没有停止。

一个平常的傍晚，奥数班结束了课程。顾奇南问了老师几个问题，在自己的位子上整理思路，将解题过程详细地写了一遍，再抬头的时候，教室里已经只剩下他跟黄端静两个人。

黄端静喊他一起走。

顾奇南也不在意，收拾好自己的书包，锁了门，跟黄端静出了奥数班。

奥数班在一中的理工楼群最后一幢楼，这里很是冷清。

放学时分，更是没有人影。

走着走着，黄端静突然说有话要跟顾奇南说，然后就表白了。

这不是顾奇南第一次被同班女生表白，但大概是他最惊讶的一次。

顾奇南拒绝了黄端静。

黄端静问："是因为你喜欢聪明开朗的人吗？"

顾奇南莫名其妙，否认了。

喜不喜欢一个人，跟她聪不聪明、开不开朗有什么关系？

"我没有特别喜欢的类型。"顾奇南说。

"是因为我不够优秀吗？要是我像李腾学长那么优秀，你会喜欢我吗？"黄端静问。

李腾是高他们一届的学长，黄端静表白的时候，李腾刚刚获得了奥数一等奖，进入国家队，得到了B大数学系的保送名额。

他是一中最出类拔萃的那类人。

而黄端静虽然进入了奥数班，在其中却颇不得力。既要分心保持平常的学习，又要抽出时间做奥数的练习，她分身乏术，奥数比赛的成绩一直不怎么样，同一年参赛，顾奇南拿了二等奖，她连三等奖都没拿到。

他爸妈催她，干脆退出奥数班得了，免得影响学习。

她却舍不得这与顾奇南相处的机会。

刚刚结束的月考，她又退步了，不得不做出退出奥数班的决定。

她本没有想表白的，可不知道为什么，一时冲动就说了。大概是因为顾奇南人总是那么好，看起来特别温和，对谁都不会臭着一张脸。即使被她这种不受欢迎的人表白了，顾奇南也没有一丝不耐烦。

黄端静没有办法。

她只好说："那我能和你握个手吗？就一下，我们还能做朋友吧？"

她求了顾奇南很久，顾奇南答应了她。

顾奇南真的很好看，有种天才少年般的自信跟魅力，那是她所没有的。

就在她和顾奇南握手的那一刻，有两个人从理工楼楼梯走了下来，远远瞧见了他们，喊："哇！"

那两个人，都是奥数班的，其中一个，还是他们实验班的同学林士达。

黄端静万万没想到，会被别人看见。

她迅速放开了顾奇南的手，白了脸，心脏狂跳。

顾奇南莫名其妙地看了她一眼，和她道别，自己走了。

顾奇南被黄端静喜欢上的八卦开始在奥数班跟实验班流传。

是那天碰见的林士达说出去的，他跟每一个人都说了，偷偷地。

林士达斯斯文文，戴一副金丝眼镜。跟十六七岁、莽撞又粗糙的高中男生相比，他整洁干净得过分，球鞋永远是雪白的，没有一点污渍，身上也没有男生们常有的汗臭味，而是一股清新的古龙水味道。

他喷一点点香水，并不过分，只是很淡的味道。

林士达性格很好，成绩不错，谁问他问题，他都耐心解答。

女生们都对他很有好感，实验班不乏喜欢他的人。他在实验班人缘也很好，打球、打游戏都还可以，在男生中间也受欢迎。

他说他看到顾奇南和黄端静"牵"着手，搞不好顾奇南喜欢黄端静，不然为什么帮了黄端静好多次？顾奇南年纪小，可能喜欢姐姐型的。

大家都笑。

过了半个月顾奇南才发现，别人似乎在偷偷议论他。

实验班有个班级群，大家偶尔会在里面聊聊天。虽然学习任务重，但大家还是会讨论一下最近流行的综艺节目跟电视剧，说说喜欢的明星。

顾奇南只看老师发的通知，很少看其他人无意义的聊天消息。所以直到半个月后，有一天，他做完作业，迅速滑过聊天记录看老师的通知时，才发现大家似乎在心照不宣地取笑谁。

有人发了一个链接，标题是"小狼狗与姐姐"。

底下人纷纷回复：哇，你是不是暗指那个谁？

又有人说：很准啊，小狼狗真的是又白又嫩。

有人说：人家年纪小嘛！

一样的事不断在群里上演。经常有人发一些奇奇怪怪的东西，然后有人排队嘲笑、讽刺。

顾奇南虽然情商低，但是渐渐也察觉到，这些人似乎是在讽刺他跟黄端静。

黄端静也察觉到了，开始不敢跟顾奇南说话了。有一天下课后，在路上，黄端静见没人，偷偷跑来跟顾奇南道歉，说她不是故意让别人撞见的，她对不起顾奇南，害顾奇南被人嘲笑。

黄端静那时候精神状态已经很不好了，顾奇南觉得她很可怜，便安慰她："这不是你的错，能和你做朋友是我的荣幸。"

黄端静眼泪啪嗒啪嗒地掉。

这一幕又被人瞧见了，甚至用手机拍下视频，偷偷在微信上转发，标题是"一中年度最感人的浪漫告白，包你看了如女主角一样落泪"。

这个视频被林士达转发给顾奇南，假惺惺地问："这是真的吗？"

顾奇南不懂林士达是什么心态，林士达还一本正经地劝他："你赶紧跟黄端静切割吧，大家也不是真的认为你喜欢她，怎么可能呢？但是你帮她说话，把她当朋友，讨厌她的人也会讨厌你的。"

顾奇南觉得他莫名其妙。

林士达见顾奇南不理他，突然变了语气："你不是挺傲的吗？在奥数班只跟李腾说话，问你问题也不搭理人，我以为是我成绩太差，没资格跟你当朋友。没想到连黄端静这种人，你都把她当朋友。你少看不起人了！"

顾奇南无语。

这个林士达表面看上去正常，说出来的话怎么一句比一句有毛病？

顾奇南回了他几句，把他屏蔽了。

屏蔽这个举动，彻底激怒了林士达，他不遗余力地在班级里诋毁顾奇南。林士达在班级里的人缘很好，比顾奇南跟黄端静的人缘都好，其他人毫不怀疑他说的话，被他带着走。

渐渐地,一切变得不一样了,越来越多的同学开始对顾奇南充满恶意。

很快地,黄端静支撑不下去,休学了。

然而大家并没有满意,黄端静走了,他们无端的恶意失去了发泄的对象,便全都集中到顾奇南身上。

顾奇南很讨厌,甚至比黄端静还让人讨厌。

因为他数学厉害,他看不起这个班的其他人。他们想把顾奇南赶出实验班。

让顾奇南滚出实验班的人,在下一次的月考里,掉出了年级前四十名。一中的规定是,连续三次月考在年级四十名外,就要退出实验班。

那人在班级群里说有的人才应该早日滚出实验班,顾奇南忍不住发了一句:你先考回实验班,当回实验班的一员,再来管实验班的事。

就这一句掀起轩然大波,对方骂了一通后退群了,其他人开始指责顾奇南说话太难听。

顾奇南一句话也不想说了。

他们说话可以难听,但是你不被允许反击,否则就是你的不对。

这之后,事情越来越严重。

顾奇南放在学校的书被人撕破,明明应该发下来的练习卷被人扔进垃圾桶。那些人,甚至开始把顾奇南堵在厕所……

"他们对你做了什么?"展铭闷声问。

顾奇南摇头:"我不想说了,反正就是欺凌已经到达我再也忍耐不下去的地步,然后我就转学了。"

"老师不管吗?"展铭问。

顾奇南的眼泪突然又滚落下来:"老师说他已经批评过那些同学,让他们写了检讨书,但他怀疑是我哪里做得不对,才会引起这么多同学的反感,让我好好改正自身的缺点。后来,事情已经严重到我爸妈都知道了,我爸妈报了警。结果学校说调不到监控,没法证明是他们打的我。就算能证明,这么多人,也不好办。我又只是轻伤,不符合条例,没法拘留他们,只能口头警告。"

"像这种垃圾,找人打一顿就好了。"展铭攥紧了拳头。

顾奇南破涕为笑:"我那时候不认识你呀,我认识你的话,就不怕被他们欺负了!"

展铭看着顾奇南的笑脸,心里有一种从来没有过的强烈的懊恼。很希望很希望自己也在一中，很希望当那时候的小南仔遭受暴力的时候，自己就在他身边保护他。

为什么他不能早点认识小南仔呢？

去年的小南仔，才十四岁啊！

展铭知道，顾奇南不想说了，是因为后面的欺凌越来越过分。他在过去一年遭受的，远不像他表面说的这么简单。

顾奇南自己擦了擦眼泪，说："我现在也不怕林士达了。我怕林士达，是怕他在你面前乱说，怕你会歧视有抑郁症的人，会觉得我很奇怪、很讨厌，不跟我好了。"

展铭愣住了："我怎么会因为这个……"

顾奇南点头："嗯，我也是听林士达说，才晓得原来在他们眼中，我是那样看不起人的一个人，只跟优秀的人交流，只抱李腾学长的大腿，在班级里不理会他们。"

李腾？

这还是展铭第一次听顾奇南主动提起与一中有关的人。

顾奇南慢慢说道："李腾学长是我在奥数班认识的，很厉害，跟我关系挺好的，我跟他比跟实验班的所有人都谈得来。"

展铭："……"

顾奇南的眼眶已经不红了，就是鼻尖还有点红。他摸摸自己的鼻尖，苦恼地说："我也不知道怎么回事……我就想，难道我真的只喜欢跟成绩好的人交朋友，看不起他们吗？难道我的个性真的很讨人厌吗？"

展铭看着他。

顾奇南继续说："在此之前，我从来没有怀疑过自己的交友情况。在那之后，我越来越怀疑自己，越来越不自信，越来越厌学，不敢面对他们……我也跟黄端静一样，因为轻度抑郁症休学了，我也确确实实成了他们口中的精神病人。"

展铭："……"

顾奇南喝了一口果汁。

八点了，晨练的老头老太太纷纷回家了。夏日的阳光照进公园的每个角落，热意开始蔓延。

"我查了很多资料，还跟我爸妈讨论了一下这个问题。"

展铭有点错愕："你跟你爸妈讨论这件事？你爸妈怎么说？"

"我爸妈说，人的心就像一座有负重极限的桥梁，当桥梁上的压力超过承受的极限，是人都会觉得难受，这是正常的，没什么好歧视的。只要我好好休息，接受治疗，远离一中的那些人，我一定能恢复健康，跟患感冒是一样的。"

展铭有些发愣，他摸了摸顾奇南的头。

顾奇南慢慢说道："我现在知道黄端静为什么压力那么大了。因为当林士达诋毁我后，我确实遭到了很多歧视。我很讨厌林士达，就是因为他对我莫名其妙的恶意！如果不是他恶意传播我跟黄端静的事，这一切都不会发生。最令人恶心的是，之后他来找我……跟我说，他不是故意的，只是太想跟我做朋友，而我不理他，却对黄端静那么好，他心理不平衡。他说的话我一句都听不懂，他极尽所能地夸我，说想跟我当朋友，事实上却在别人面前诋毁我，号召别人一起欺凌我。"

展铭觉得简直不可理喻："那你被他这么造谣，被别人这么欺凌，他就不觉得良心不安吗？"

顾奇南沉默了很久，开口时，声音有些颤抖。

"我觉得他很可怕。

"我都转学了，他找到我后第一句话就是，他没想到事情会变得这么严重，他不想的。

"他太想跟我当朋友了，所以他才那么欺负我，想让我向他低头服输。他说，希望我原谅他。"

展铭攥紧了拳头，突然控制不住自己，怒火中烧："我刚刚应该打死他！"

顾奇南看了看展铭，拉拉他的衣角，让他坐下。

"不要因为不相干的人，影响了自己。"顾奇南说，"我很讨厌林士达，可是，这不是林士达一个人造成的。我不知道怎么说，我对实验班的同学、对老师、对一中，都感到很失望。"

顾奇南找过好几次班主任。一开始，班主任会把其他人找来问话、批评，后来班主任就渐渐不耐烦了。

"为什么他们都针对你？

"没有打架，没有违反校规，学校如何处理？

"你们马上要月考了，都是年级前四十名的人，影响了成绩怎么办？

"你就不要理会他们，不要跟他们做朋友了，自己坚强一点。

"我给你换个座位。"

后来，关于顾奇南的传言越来越离谱，甚至有人说，他曾经在奥数班纠缠李腾，要李腾帮他辅导功课，抓着李腾不放。

李腾是全校皆知的优等生，那时候已经进入国家队集训，专心准备国际数学奥赛。

顾奇南知道，这一定是林士达造的谣，不然好端端的，怎么会扯上李腾？

顾奇南给林士达发消息，质问他为什么要胡说八道，为什么要牵扯不相干的人。林士达问他，为什么一牵扯到李腾，就这么激动？

顾奇南骂了林士达一大堆，那是他有生以来最愤怒的一次，也是他第一次骂人。他骂林士达，骂了很多。后来这些骂人的聊天记录都被林士达拿去给别人看，给老师看。

老师问："你是不是有些过于激动了？"

人的恶意就像一根针，刺一下的时候还好，只是疼一下，不算什么。

可当一百根针、一千根针刺下来，就不一样了。

那是遍布全身、难以忍受的疼痛。

有一次顾奇南上厕所，恰好遇到了他们班的几个人。

林士达也在。

有人挤眉弄眼，让林士达远离他。

林士达一边洗手一边笑，说："好了好了，别这样，不要吓到人家。"

有人说："有精神病就不应该跟我们用同一个厕所呀，要是传染给我们怎么办？"

他们哈哈大笑，笑声很刺耳。

顾奇南终于忍受不了，转身将放在厕所里的水桶砸向林士达，将林士达的额头砸出了一块瘀青。

就是那次，顾奇南爸妈才终于知道顾奇南已经在学校遭受了一个学期的欺凌，他们报了警。

但是没用。

学校只想大事化小、小事化了，将双方的家长叫过来，说彼此道个歉，写检讨就好了，毕竟是顾奇南先动的手。闹到派出所，实在很难看，都是未成年人，又没有造成实质性的伤害，警察也难办。

当时正好放寒假了，老师说，寒假回去好好休息，下学期开学回来就没事了，如果实在不行，就换一个班级。

但是顾奇南已经不想回去了。

他不想去一中，不想去实验班，不想见到实验班里的任何一个人。

他不需要他们的道歉，不想要换班级，就是不想再见到他们中的任何一个人。

"有些人其实并没有参与欺负我的事，"顾奇南说，"但我控制不了，也很讨厌他们。那个班级里的任何人，我再也不想见到了。"

展铭不知道该说什么，默默地陪顾奇南坐着。

太阳越来越大，也越来越热。

长椅被晒得有点烫。

顾奇南双手握着果汁的瓶子，突然笑了："今年一月的时候，我还觉得忍受不了，熬不下去了，把自己关在房间里，拒绝出门呢。现在想起来，感觉已经是很久很久以前的事了。"

展铭转头看他。

顾奇南看着展铭的眼睛说："因为遇到了展哥，展哥好像超级英雄一样。"

展铭脸上发热，头皮发痒。

是一种被称赞过头的尴尬感觉。

顾奇南继续说："你是第一个站出来帮我的人，你真的好好。"

展铭赶紧打断他："我们回去上课，还是要翘课？"

顾奇南愣愣地看着展铭："翘课？"

展铭举起手机："我已经跟老张请假了，说你不舒服，陪你休息一下。老张准了上午的假。"

正说着呢，顾奇南的手机就响了，是他妈妈。

张鸣给顾奇南妈妈打了电话，说了一下情况。他妈妈在电话里紧张半天，顾奇南赶紧安慰她没事，骗她说早饭吃少了，有点低血糖。

妈妈埋怨他："天天让你多吃一点，你不听。不是让你带了鸡蛋跟牛奶吗？低血糖了不会赶紧吃呀？还好碰见了你同学，不然怎么办？要不要妈妈去接你回家？"

顾奇南赶紧说不用，现在已经好了。

挂掉电话后，顾奇南想了想上午的课，数学、物理、语文，这些还好，但是第四节是英语课。

顾奇南犹豫道:"第四节是英语课呢,我英语不好……"

展铭:"……"

展铭看了看时间,还不到九点,说:"行,来得及。展哥带你去玩一会,再回去上英语课。"

除了厌学的那段时间,这还是顾奇南人生第一次翘课,而且是撒谎翘课。

顾奇南兴奋得在小电摩上问个不停,问得展铭头昏脑涨。

"展哥,你带我去哪里玩?"

"不能去太远,不然等一下赶不及回来上课!"

"展哥,你是不是经常翘课呀?翘课不好,虽然现在很好玩……但是高三了,你不能翘课!"

"我们会不会碰到老师啊?碰到了怎么办啊?"

展铭一捏手刹,将小电摩停在一个小摊子前,一脚撑着地,问:"老板,还有吃的吗?"

正在热气腾腾的大锅前忙活的老板喊:"还有最后一个萝卜糕!"

展铭让顾奇南下来,点了一个萝卜糕、两碗锅边糊。

老板将萝卜糕重新下锅炸了一下,端上来的时候三角形的萝卜糕外皮金黄酥脆,咬一口软嫩香甜。

两碗锅边糊热气腾腾,里头加了鱼干、青菜熬的汤,鲜得不得了。

顾奇南吃过萝卜糕跟锅边糊,但是没有吃过这么好吃的。他双眼发光,连吃了好几口萝卜糕,问:"为什么这么好吃呀?展哥,我没吃过这么好吃的萝卜糕!"

展铭一口气喝了半碗锅边糊,也不怕烫,缓了缓,说:"你去哪里吃的?"

顾奇南回:"祥屏楼吃的。"

祥屏楼是南州市有名的特色小吃门店,经常挤满了各地来的游客。

顾奇南吃过早饭来的,吃不完一整块萝卜糕,将没有碰过的剩下半块放回盘子里。展铭夹起来一口吃了,说:"早上八点前,街上随便哪个小摊子的萝卜糕跟锅边糊都比祥屏楼的好吃。"

顾奇南崇拜地看着他:"展哥,为什么你知道那么多呀?"

展铭:"……这是基本的生活常识。"

因为展铭住的地方,下了楼,街上随处可见路边摊。而顾奇南住的地方附近大概只有整洁的马路跟装修精致的店面。

吃完萝卜糕跟锅边糊后,展铭又带着顾奇南来到台球室。

顾奇南惊呆了。

台球室,在顾奇南的认知里,是跟高中生毫无关联的地方。

来的人,一定是翘课不好好学习的人。

比如他跟展哥。

顾奇南兴奋地大声问:"怎么打呀?"

顾奇南响亮的声音引得台球室里的几个人转头看他。

这几个人都穿着七中的校服,有同年级的人看见展铭了,还跟他打招呼:"展哥,带年级第一翘课啊?"

展铭没理他,交了一个小时的钱,拿了两根球杆。

这个台球室位于七中附近,一般早上八点多就开门了,方便翘课的学生过来玩。收钱的小哥无精打采地坐在前台,低头打着游戏。几个同样翘课的学生懒散地靠着球桌,看着其中一个人打球。里头还有两个女生,靠在一起,一边玩手机一边小声地开玩笑,还时不时瞄展铭他们一眼。

展铭将球杆递给顾奇南,问:"打过吗?"

顾奇南摇头,靠近展铭,低声说:"展哥,有人在看你呢。"

展铭不在意:"别管他们,大概怕被我打。"

顾奇南顿时笑得止不住。

展铭弯腰,教顾奇南怎么玩。

先开球,把球打散了,再把自己的球打落球袋,先打完的人就赢了。听起来很简单,可顾奇南一打就发现,根本打不中。

展铭也不是来认真玩的,就慢慢地教他,有时候还让他几球。

玩了快一个小时,展铭看看时间差不多了,就带着顾奇南回学校。

从台球室出来的时候,那几个翘课的七中学生还在里面玩。顾奇南回头看了看他们,小声问展铭:"展哥,他们要在这里玩一个上午吗?"

展铭坐上小电摩,等着顾奇南坐好,又戴好安全帽,回:"大概吧。"

"翘一个上午的课,不怕老师打电话给家长?"顾奇南坐上来,两手抓住展铭腰侧的衣服,就跟小朋友似的。

展铭看看他的两只手,懒得纠正他,启动了车,说:"谁知道呢,也许跟我一样，没有家长，也许他们的家长根本不管他们。"

顾奇南心一紧，他想问问展铭那天开家长会时他叔叔说的话，可又不敢问。他想了想，说："怎么会不管呢？可能比较忙吧……"

小电摩开着，风呼呼吹过，过了一小会，展铭的声音才传来："多的是管不动、不想管孩子的家长，你看看七中，跟我一样不成样的人多的是，比如王越。"

顾奇南急了，差点从电摩上站起来，喊："你乱说！你才不是那样的人！"

展铭很短促地笑了一声，将小电摩停在老地方，背对着顾奇南轻声说："小南仔，你爸妈很好，你家很好，有什么事，要跟你爸妈说。一中的事虽然糟糕，但不算什么，很快就过去了，别怕。"

这还是展哥第一次叫他小南仔，除了发微信的时候。微信上是文字，跟面对面听到声音，一点也不一样。

早上碰见林士达的时候，顾奇南的心情十分坏，一度觉得自己转学也没有用，只想躲回家里。

过了两个多小时，他的心情已经由阴转晴。

他从电摩上下来，拉着展铭的书包带子，说："你也很好。"

展铭觉得这个小南仔怎么回事，什么肉麻的话都说得出口。

酷酷的展哥只好头也不回，大步流星地往前走。

走了一会又放慢脚步，免得小南仔跟不上。

两人瞅准第三节课间进了教室，林小斌见到他们两个，眼睛都直了，举着手机问："你们两个去哪了？！我在群里问了半天，你们也不回！"

顾奇南拿出手机一看，果然林小斌连发了几十条质问消息。

展铭椅子一坐，放下书包，满不在乎地回："翘课去打台球了。"

林小斌睁大双眼，无法相信："你们两个？小南仔？顾奇南？年级第一的顾奇南？下课十分钟也在刷题的顾奇南？"

顾奇南觉得好笑，但想想又觉得林小斌的惊讶是很合理的，说："这是我人生第一次翘课，也是人生第一次打台球。"

吴渊笑着说："斌，现在死心了吗？"

林小斌翻了个白眼："行，我斌哥今天死心了。我再也不是展哥的头号小弟了，展哥现在翘课都不带我了，就带你这个把许多第一次都给了展哥的小妖精！"

林小斌是随口开玩笑，本来没什么，但经过早上一闹，展铭觉得有点不妥，瞪了林小斌一眼。

　　林小斌感受到杀气，瑟缩了一下，喃喃低语："这也不让人家说……"

　　展铭踹了一下林小斌的椅子，林小斌吓了一跳，差点摔倒，扑到吴渊身上大哭。吴渊拿英语书打他："滚！滚！别靠近我！"

　　展铭无语，第一次发现周围怎么这么多"危险"的发言。

　　他是无所谓，但是小南仔……

　　展铭看了一眼顾奇南，顾奇南笑得正开心，一点也没觉得别扭。

　　行吧，看来是他想多了。

　　但很快他发现，不是顾奇南不介意，而是要看是谁说的话和开的玩笑。

Chapter 9
匿名者

林士达自从被修理了一顿后,就再也没有出现。过了十来天,有天晚上展铭打工结束后拿出手机,发现林小斌单独拉了一个微信群,里面就展铭、林小斌跟吴渊三人,已经发了几十条消息。展铭拉到最上面,林小斌发了三四张图片。

展铭点开。

是七中QQ表白墙的投稿。

这个七中表白墙不知道是哪个学生建的,经常发一些七中的八卦跟表白,比如谁真的好帅,比如我真的好喜欢几年级几班的谁。学生们私底下都传,这个表白墙是以前七中学生会建的,因为学校不允许这类东西的存在,表白墙全名为"育林路闲散人员表白墙",账号一届传一届,基本七中学生都知道这个表白墙。

这是第一条投稿:"找你们七中的表白墙好费劲啊,我是一中的,来跟你们七中的说个八卦。听说,这学期有一个一中的人转学去七中了,高二的,我也不知道在几班。我真的很同情你们七中的人,知道这人为什么在一中待不下去吗?因为他有精神病。本来他跑那么远了,我们一中人真的不想多说什么,但是这个人太坏了,居然叫了七中新认识的同学来搞我们一中的人,就是他以前纠缠不休、非要跟人家当好兄弟的同学,人家对他一点意思也没有,深受其扰。他转学就算了,竟然还来闹事,太坏了吧。请墙发出来,让七中人看清这个人的真面目。"

这是第二条投稿:"墙,我也是一中的。直说吧,跟'顾奇男'以前是一个班的。'顾奇男',人如其名,在一中就我知道的,纠缠过两个好学生,非要抱人家大腿,当人家好哥们。一个是我校被保送名校的优等生,人家都看不上他，他天天缠着人家问问题，后来优等生被保送了，'顾奇男'就把魔爪伸向别人。另一个是我们班的，人很好，这次他被欺负了，我们说要来七中给他出气，他还一直劝我们不要来，息事宁人，但我们真的忍不下这口气。'顾奇男'这个人真的好讨厌，平时在实验班都是考倒一、倒二的人，仗着数学好就自视甚高，嘲讽全班数学不如他。他怎么不想想，他的总分排实验班倒一啊？

"还有，他的人缘真的很差，在一中一个朋友也没有。去了七中之后，竟然还找得到人帮他闹事？该不会又用上了抱大腿的手段吧？希望那个欺负人的好自为之，你以为人家把你当好兄弟啊？请墙帮忙发出来，绝对保证真实性，你们可以随便来一中打听打听'顾奇男'这个人。"

展铭看完这两张图片，已经怒火中烧，愤怒得脑袋都要炸了。再一点下面的图片，他忍不住吼了一句脏话。

这两条投稿底下，评论已经破百了。多的是兴奋看戏的人，纷纷在底下问，这个"顾奇男"是谁？有人回答，是高二（五）班的，年级第一的学生！

火上浇油的是第三条投稿："墙，晚上这个八卦太大了吧！看得我作业一个字也没有写，忍不住来投稿！这张照片是某天我翘课（大家别学我哈）的时候拍到的，当时就觉得，哇，好刺激啊！没想到，没想到，原来是真的！照片里就是前面两条投稿的主人公跟他同桌，我猜去欺负人的也是他同桌，喀喀，我们七中有名的男人，你们都知道是谁！"

照片是展铭带着顾奇南翘课去台球室那天拍的。展铭一看就想起来了，当时他正在教顾奇南怎么打台球，怎么握好球杆。顾奇南球杆握不对，他就俯身贴近顾奇南，握着顾奇南的手，手把手教了一下。

照片里，两人看起来关系很好。

展铭火气噌噌往上冒，手机快被他捏碎了。他压下火气，看群里的消息。林小斌跟吴渊显然吓了一跳，第一时间去找表白墙让他删除，但是这个家伙竟然假装不在。林小斌在群里说，小南仔现在大概还不知道表白墙的事，赶紧想想怎么办。

林小斌在群里问展铭，欺负人是怎么一回事，是真的还是他们胡说八道？因为想来想去，能跟着小南仔去闹事的人，只有展铭了。

展铭当时还在打工，两人想了半天，突然想起邱然颖就是学生会宣传部的人，有时候能看见她跟她同桌放学后还在班级里画海报什么的。林小斌要到了邱然颖的微信号，吴渊硬着头皮加了邱然颖，问她认不认识表白墙的管理者，让她帮忙赶紧删掉那三条投稿。

等展铭看到消息的时候，吴渊已经联系上了邱然颖，而邱然颖辗转了好几个人，终于找到表白墙的管理者，将投稿删掉了。

摇啊摇：这些图里说的事都是假的。这个垃圾在一中污蔑小南仔有精神病，全班欺负小南仔。小南仔转学后，他还来骚扰小南仔，那天被我碰上了，修理了他一顿。

文武哥：展哥！你终于上来了！

摇啊摇：嗯。

文武哥：我加的几个群，我们学校的篮球群什么的，都有人在发这个该死的表白墙投稿截图。删掉根本没用！明天肯定全班，不，全校都知道了！

展铭退出这个三人群，看着顾奇南这晚发给他的消息。

顾奇南还不知道发生了什么，一晚上开开心心地做着他的作业，还给展铭标了好多基础知识点出来。

小南仔：展哥，你回家了吗？骑车慢点啊，你可不要骑太快！

小南仔：你是不是在洗澡啊？等你洗好了回我呀！

小南仔：我要睡觉了，打瞌睡了，展哥，展哥，哥……

摇啊摇：睡吧。

小南仔：你终于回我啦！

摇啊摇：乖，睡吧。

小南仔：好的，晚安。

展铭开着小电摩在深夜的街道上飞驰。

他藏在骨子里的暴戾跟怒气全然不受控制，四散开来，在黑夜里疯狂乱舞。

小南仔睡了，展铭却睡不着。

他跟林小斌、吴渊说了，这事他明天早上告诉小南仔，让小南仔做好心理准备。

但是他不知道如何开口。

那三条投稿里满溢着厌恶、恶毒、阴损，实在令人愤怒。

然而……

这只是小南仔承受过的万分之一而已。

怒气在展铭的血管里奔流，他昏昏沉沉，也不知何时睡着了，第二天醒来时，只觉得浑身骨头痛、肌肉痛。

展铭坐起来，缓了缓神，拿过手机。

他现在早上醒来第一件事，就是看手机，看小南仔给他发的消息。

小南仔：展哥，我起床了！

小南仔：我出门啦，坐上地铁了，现在开始做英语卷子。

小南仔：我做完一张了。唉，什么时候我英语能进步点啊？齐一修说，坚持每天多读多练，肯定能进步，不知道真的假的。我的英语总是总结不出学习方法，真愁人。

小南仔：不想做英语卷子了，我做一张物理的吧！

展铭一条条看完。

小南仔……有点黏人，从早上起床开始，时不时就会发一两条消息。他说，反正发微信不要钱，为什么不能多发？

展铭跟林小斌、吴渊关系还行。高二文理分班后，他就一直坐在林小斌跟吴渊的后桌，关系越来越好。但是他跟他们两人，私下几乎不发消息。有什么话，都在三人群里说，一般都是抄作业、打游戏、打球、出来玩。他们三人，也不会起床、吃个早饭都彼此报备。

大概因为小南仔年纪小，又没有什么朋友。

被欺负了一年，遇到了一个不会欺负他的展铭，就当成了好朋友。

展铭觉得自己大概有点幸运。

他不讨厌被人黏着，那是一种被别人需要的安全感。

展铭放下手机，赶紧起床洗漱。

他骑着小电摩赶到地铁站出口，下一秒钟顾奇南就走出来了。

顾奇南很高兴，小跑到他身边，跨坐上小电摩，说："我一出来就看见你了！"

展铭启动了小电摩，一路上一直在琢磨怎么告诉顾奇南昨天的事。顾奇南在后座说个不停，像个刚出门见到好朋友的小孩子，说他妈妈今天把鸡蛋煮裂了，有点丑，说他早上量了一下身高，发现长高了两厘米。

展铭说不出口。

从地铁站到七中，就两分钟的事。

展铭慢吞吞地锁好小电摩，顾奇南已经帮他从旁边的早餐店买好了早餐。他捧着一杯豆浆，吸管都帮展铭插好了。

展铭站在早餐店外，几口吃完了包子，接过顾奇南手里的豆浆。

他喝了几口，终于说："我有点事想跟你说。"

顾奇南双眼亮晶晶地看着他。

兴高采烈的小囝仔，每一天都很快乐。

展铭喝完豆浆，将杯子扔进垃圾桶。顾奇南已经给他递上湿纸巾，催他："说什么？"

展铭擦干净手，边走边一手盖着顾奇南的后脑勺，轻声说："你听了别着急。"

顾奇南闻言停下脚步。

展铭推着他往前走，不敢看他的眼睛。

"发生了一点事，展哥会帮你解决的。一中的人，昨天跑来七中的QQ表白墙搞事情，说你坏话，吴渊已经找人删了，不过有些人看见了。"

顾奇南沉默了。

展铭没说说了什么坏话，顾奇南也没问。

顾奇南挤出一个笑："我不着急。"

两人走进教室的时候，引起一阵小骚动。

有人在笑。

林小斌跟吴渊还没来，前桌空着。顾奇南一坐下，放好书包，抬头就看见了黑板上的值日生名单。

今天轮到他跟展铭扫地。

黑板上写着"展铭""顾奇男"。

顾奇南的脸唰一下就白了。

有人在偷偷地笑。

林小斌来了，一进教室就发现了，脱口低骂一声。

展铭察觉不对，抬头也发现了黑板上的字。他愣了一下，站起来，慢慢走到前面，拿黑板擦擦掉了"顾奇男"，重新拿粉笔写上"顾奇南"。

展铭做完这些，还走回来伸手朝顾奇南要湿纸巾，擦干净手了，再走到劳动委员魏文光的桌子前。

魏文光也在偷笑，他忍住了，看展铭，问："干吗？不是我写的。"

展铭伸出一脚，猛地踹上了魏文光的桌子，一声巨响，全班都吓了一跳。

力气太大了，魏文光跟他同桌的桌子全歪了，倒在地上，书本试卷掉了一地。

魏文光吓了一跳，站起来喊："不是我写的！"

展铭伸手揪住他的衣领，沉声说："我不管谁写的，黑板上的值日生名单是不是归你管？有人在上面乱写，你作为劳动委员不管、不更正？我告诉你，再有下次，我不踹桌子，直接踹人。"

展铭放开魏文光，站直了，看了看全班的人，拉着一张脸说："你们都可以试试看。"

展铭走回座位，大手盖住顾奇南的脑袋。

顾奇南低着头，一声不吭。

林小斌放下书包，坐在座位上，开始一顿狂骂。

"是谁？有胆子就直接面对面来！"

接着就是一通脏话，骂得整个五班不吭一声。

一直骂到老张来巡视早读课，林小斌才收了他的百年功力。

下课后，展铭让吴渊陪着顾奇南，自己跟林小斌一间教室一间教室地找人，从高二（一）班开始。

找到第三节课间，就找到展铭想找的人了。

展铭直接走进人家教室，把十一班的人吓了一跳，全都目瞪口呆地看着展铭。

展铭是名人，经过昨晚的表白墙事件，更是八卦中心人物。

展铭直接走到某个女生面前，站定了，直直看着对方。

对方吓呆了。

她还在想，展铭是为了表白墙的投稿来找她的？不可能！投稿是匿名的，连表白墙管理者都不知道，展铭怎么可能知道？

展铭指指她抓在手里的手机，说："照片是你拍的，我那天看见了。照片上带着手机水印，型号跟你的手机一样。"

对方僵硬地笑笑，想撒个娇糊弄过去："什么呀……"

展铭一拳砸在她的桌上，她抖了一下。

整个十一班鸦雀无声。

展铭开口："我不打女的。但是，这种事情不要再有下次。怎么说我无所谓，再带上我小弟胡说八道，女的我也打。"

到了下午，展铭为了表白墙投稿发飙的事，整个高二年级已经人人皆知。

作为七中的名人，他竟然当场发飙，看来真的是惹到他了。

连表白墙管理者都不敢再发和展铭、顾奇南有关的投稿。

整个高二（五）班也安安静静。

放学后，王越在教室模仿展铭，怪声怪气地说："好怕怕哦。"

王越被还留在教室写作业的吴渊打了一顿。

两个人被还没走的段长抓住了，拎到办公室让老张训诫。

老张给双方家长都打了电话，让他们明天来学校。

王越向来是个惹事的主，又不学习，老张让他回去写检讨书，然后转头问吴渊："到底怎么回事？"

吴渊虽然跟展铭关系好，但是他从不打架，从不惹是生非，也不像林小斌咋咋呼呼，一直挺安静。而且进入高三总复习后，他跟变了个人似的，不再懒懒散散，十分认真，还经常问老师问题，这次期末考也进步很多。

老张想，得保护好这棵苗子啊。

吴渊想了想，说："他们在教室里嘲笑顾奇南，对他进行人身侮辱。"

吴渊把表白墙的事说了，问："这样毫无证据的污蔑，表白墙都发出来了，这不是校园欺凌吗？再说了，老师，这个表白墙，我觉得根本就不该存在。上面经常有人匿名说别人的坏话，这还是其次，最重要的是，很多人在上面表白，说喜欢几班的谁。我昨天还看到一条说他是五班的，喜欢同班的高琳琳。截图都发到群里了，老师你可能没看见，有人发了就撤回了。我怀疑是魏文光发的，因为那天在群里他的反应最激动。我们现在都高三了，怎么能还想着这些有的没的，完全是在耽误学习！这个表白墙，就是在助长这种歪风！"

老张忍不住笑了："你还挺正义。"

吴渊原本就长得很正经，此刻义正词严地述说早恋的危害，还真让人有点相信他是在为班级着想。

"我觉得我们班学习氛围不行，现在都什么时候了，王越、魏文光这些人，天天还在群里嘻嘻哈哈，整天打游戏。现在还想欺负顾奇南，他们就是忌妒顾奇南成绩好，"吴渊痛心疾首，"学习氛围不行，课堂纪律不行，有时候上课都很吵，老师要停下来批评王越他们，很耽误讲课。我现在就是着急一年后的高考，所以说实话，看王越很不爽。"

吴渊一通操作，老张不仅没有骂他，还安慰了他半天，鼓励他继续保持这种学习的干劲，但不能再打架。至于表白墙的事，老张会反映给管理学生会的老师。

吴渊从办公室出来后，觉得自己的操作有点机智，立刻发到小弟群里分享。林小斌上蹿下跳，对自己错过了打王越的机会表示非常痛心、非常悔恨。

顾奇南发了一个笑脸。

吴渊看到那个笑脸，松了口气。

顾奇南今天一天都没笑过。

吴渊写完检讨书，收拾好书包，下楼准备回家了。没想到经过六班的时候，邱然颖也从教室出来了。

吴渊一口气差点提不上来，他假装镇静，慢慢下楼。

此刻正值吃饭时间，楼梯间没几个人。

吴渊想，不能不打招呼啊，昨晚刚加了人家的微信，拜托了人家。

"那个，昨晚谢谢你了。"吴渊开口，觉得自己脸皮快烧没了。

"嗯。"邱然颖蚊子似的哼了一声。

有人下楼，两人之间又恢复安静。

过了一会，快到一楼了，邱然颖小声问："你刚刚，在教室里打架呢……"

吴渊愣了，回过神后赶紧解释："不是，刚刚王越他、他有点欠揍，在开展哥玩笑……"

邱然颖一直低着头，也不知道有没有听到他的解释。

已经到一楼了。

校道上都是人，来来往往的住宿生，还有没回家的、打球的，两个人不好意思走太近。

邱然颖突然从校服口袋里掏出一个东西，伸出手来，小声说："你额头磕到了吧？都流血了。"

吴渊下意识伸手，一小排连着的卡通创可贴被放在他手上。

邱然颖说："给你。我也讨厌王越……"

邱然颖越说越小声，没说完就跑了，留下吴渊一个人，愣在教学楼下。

小南仔没来上课。

展铭第一次不习惯没有同桌坐在身边，时不时就要往旁边看一眼。

离暑假还有三天。

小南仔给展铭发了消息，说自己心情不大好，不想来上课，剩下三天都请假了。他还说，等暑假过完，他一定会调整好心情，回去上课，只是请假三天，不会不读书的。

展铭很笨，说不出安慰的话语，只回了一个字：好。

展铭很不习惯。

他一个人坐在最后一排,第一次感觉空落落的。没人在他旁边奋笔疾书,没人偷偷监督他有没有认真听课,也没有人在课间的时候递给他一盒插好吸管的牛奶。

有点孤单。

因为昨天吴渊的一通操作,老张很快找管理学生会的老师说了表白墙的事。学校最怕这种在网络上搞事情的学生,立刻把整个学生会的人都叫过来,一通训斥,勒令立即关停表白墙账号,否则移送派出所。

隔天,表白墙就清空全部内容,关掉了。

林小斌在群里说了这件事,小南仔发了个笑脸,还是没说话。

晚上,小南仔还是会给展铭发晚安的消息,跟以前一样。但展铭就是觉得他心情很低落,不太开心。

展铭太笨了,拿着手机,来来回回地打字,苦思冥想,挤不出一段鼓励人的话。

补课的最后一天,暑假作业陆陆续续发齐了。展铭给小南仔发消息,说要帮他把暑假作业拿过去。

小南仔说,他家太远了,先放展铭那里,他明天过去拿。

小南仔:展哥,明天放假啦。你明天有事情吗?打工吗?我去找你玩,你带我去吃萝卜糕吧!

摇啊摇:在家?

小南仔:对啊,我在家里做题!

展铭明天没空。

他已经找了新的打工,到工地当小工,一天两百块钱,这是他能找到的来钱最快的工作,比在奶茶店打工挣得多。寒暑假的时候,他就到工地去。

他没想太多,立刻收拾了书包,跟林小斌和吴渊说了一句他要翘课,就走了。

顾奇南在家做了一早上的题,有点闷。

他站起来,来回走动,还是觉得烦闷。他关了空调,关了加湿器,拉开窗帘,打开窗户,没一会就被窗外的热风吹得汗水淋漓。

他只是有点低落,有点不想去面对别人。

表白墙事件一发生,当晚张鸣就给他爸妈打了电话,他爸妈很担心。他安慰他们，表白墙的内容已经删掉了，没关系，同学都很好，但是，他就是有一点点不想去上课，可以请假吗？

他妈妈眼泪直掉，答应了让他请假。

他跟爸妈保证，只是请假三天，下学期一定会去上课。

他觉得他已经忘记一中的那些欺凌了，可是当有人提起时，当恶意扑面而来时，有那么一刻，他窒息得一句话也说不出来。

展哥没多问。

顾奇南看了看手机，展哥没回他消息。

不知道展哥在做什么，有没有认真上课？林小斌大课间的时候，是不是又溜到操场上去捡熟透的杧果吃？进入七月，七中的杧果熟透了，纷纷掉落在地。林小斌小卖部也不去了，天天捡杧果吃，理直气壮地说，他不吃，杧果就要烂在操场，校工阿姨还得清理半天。

顾奇南在客厅跟房间之间来回走着，越走越热，越走越烦躁。

他正想从冰箱拿个冰激凌吃，展哥突然给他打了个电话。

顾奇南接起来，展铭问他家在哪个小区，让他发个定位过来。

顾奇南震惊地道："你现在要过来？！不是在上课吗？！"

展铭很冷静，仿佛他只是路过："我已经出地铁站了，赶紧发定位。"

挂掉电话，顾奇南握着手机就冲下楼。

他家的小区就在地铁站旁边，五十米就到了。

等他到了小区大门口，果然看见展铭背着书包，手上还拎了一袋东西，正被保安查问。即使他穿着校服，还是被保安小哥问来问去，实在是看他长得有点凶，不大放心。

顾奇南远远地喊："展哥！"

他把展铭接了进来，兴奋地问："展哥，你怎么过来了？不是在上课吗？"

展铭不以为意地说："我翘课了。"

顾奇南瞪大双眼："又翘课？"

展铭没回答，看了看环境优美的小区，在草坪边找了把长椅坐下，说："我不上去了，作业给你。"

顾奇南站在他面前，问："你赶回去上下午的课吗？这么远为什么跑过来呀？我明天去拿就好了，或者下午放学我去拿。"

顾奇南下楼很匆忙，还穿着拖鞋，忘了换，十个脚趾白生生地露在外面。

展铭拿出作业，又示意顾奇南坐下，打开他一直拎着的袋子，说："送这个给你吃。"

　　顾奇南小心翼翼地接过来，是一个一次性的塑料小圆盒。

　　"是四果汤吗？"顾奇南开心地问。

　　展铭点头。

　　四果汤是南州市常见的夏日甜汤，清凉解暑。

　　"你从哪里买的？还是冰冰凉凉的！"顾奇南打开盖子，坐在长椅上，舀了一口吃，"哇，这个好好吃，怎么这么好吃？"

　　四果汤虽然有个"四"字，但是加的东西很多很杂，红豆、绿豆、薏米、菠萝、西瓜、仙草、石花膏、阿达子，有的还有葡萄干，各种各样。但是展铭买的这份是真的"四果"，只加了绿豆、石花膏、阿达子跟西瓜，糖水是加了冰糖的冰水，清甜爽口。

　　展铭看着顾奇南像个小孩一样兴高采烈地吃着四果汤，很淡地笑了一下，说："这家店的四果汤是我吃过最好吃的，他们的石花膏是石花草熬出来的，不是石花粉。"

　　顾奇南拿勺子戳戳淡黄色透明的石花膏，又戳戳透明Q弹的阿达子，点头："真的很好吃！"

　　顾奇南拿新的勺子舀了一口，递到展铭嘴边，展铭摇头："给你吃的。"

　　"吃吧，吃一口，你都热出一头汗了。"顾奇南把勺子又往展铭嘴边递了递，展铭只好吃了一口。

　　冰凉的甜意立即沁入五脏六腑。

　　"你在学校那边买的吗？"顾奇南问。

　　展铭摇头："在以前我奶奶家附近买的。"

　　"那是不是很远？"顾奇南轻声问。

　　展铭沉默了一会，才说："想让你吃点好吃的，开心一点。"

　　顾奇南愣住，停下舀四果汤的手。

　　"吃吧，"展铭说，"特地给你买的。"

　　顾奇南的眼泪，啪嗒啪嗒地落进四果汤里。

　　展铭慌了，手足无措，想给他擦眼泪，发现自己一张纸巾也没有。

　　"展哥，你真好，"顾奇南说，"我是不是有点矫情？一直跟你说，我已经把在一中的事忘了。可是那天一看到那三个字……我一下就好难受，想起了在一中的很多时候。"

那个侮辱性的外号——"顾奇男"。

展铭攥紧了拳头。

顾奇南用手背擦擦眼泪,说:"他们那样子写我的名字,我好生气。他们故意大声叫我的名字,哈哈大笑,我知道他们是什么意思,可是一质问,他们就说,你不是叫顾奇南吗?你爸妈给你取的名字,你还不让别人叫吗?"

顾奇南停了一下,连吃了好几口四果汤,把糖水喝得一干二净。

"没关系,"顾奇南盖好塑料盒的盖子,"我跟我爸爸妈妈说好了,这个暑假,等我十六岁,就去派出所改名字。我会完全忘记在一中的事的。"

改名字?

展铭看着顾奇南。

顾奇南笑着:"今天是我的生日,明天我就去派出所改名字。"

顾奇南将盒子扔进垃圾桶,问:"展哥,你现在回学校吗?"

展铭抬头,看着眼前的顾奇南,一身浅灰色的短袖和五分裤,看上去比穿着校服的时候还小。

"一定要改吗?"展铭问。

顾奇南沉默,展铭以为他不会回答了,他却突然开口:"可是我一写这个名字,别人一叫我,我就想起他们的笑声,那种带着幸灾乐祸、嘲笑、侮辱的笑声。我的名字,本来不是这个意思的,是我妈妈给我取的,可是现在,跟辱骂牵扯在了一起……"

"本来是什么意思?"展铭问。

顾奇南没想到展铭会问这个,他看了看展铭,有些不好意思地说:"是取自我妈妈很喜欢的一首诗,'天晴空翠满,五指拂云来。树树奇南结,家家茉莉开。'"

"我妈妈说,一念这首诗,就觉得天气很好,很幸福,还希望我像奇南香一样儒雅厚重……"

顾奇南说到后面,越说声音越小,头也低了下去。

"小南仔,"展铭叫了他一声,大手盖住他的脑袋,"你的名字很好。我认识你的时候,你就叫顾奇南,你就是顾奇南。你的名字跟任何侮辱、嘲笑都没有关系。当我想起顾奇南的时候,我不会想到别人的讥讽,我想到的是你,小南仔。"

"改名字是你的自由,但我希望你再想想,真的要改吗?你可是小南仔,我不想改掉你的微信备注名。"

"什么微信备注啊？"顾奇南偷偷用手背擦了擦眼睛，而后抗议，"我不是小南仔！我不小了！我十六岁了！"

"行，十六岁了，"展铭拿出手机，"叫林小斌跟吴渊出来给你庆祝一下。"

"啊？"顾奇南傻傻张大嘴巴，"你们不是还要上课吗？"

展铭已经在群里发了消息。

摇啊摇：小南仔今天生日，全部翘课，陪他过生日。速回。

小弟1：好！

小弟2：好！

小弟1：哪里集合？！

快十一点了，第四节课已经开始，现在要偷跑也跑不了，林小斌跟吴渊只能等下课后再赶过来。林小斌手速爆发，连发十几个表情包祝小南仔生日快乐，又抱怨为什么不早点说，生日礼物都没有准备。

小南仔：你好好上课吧，不要再玩手机了，等一下被老师发现。

小弟1：……

摇啊摇：等一下被抓到办公室，你连饭都吃不上。

小弟1：……

顾奇南看看自己身上的拖鞋跟家居服，说："我先回家换一下衣服吧。"

展铭跟着他走，帮他拿着暑假作业。

顾奇南絮絮叨叨："今天是我的生日，可是要上课。我本来还想邀请你们来我家一起过生日的，但是我爸爸妈妈说，来家里过生日，你们可能会觉得无聊，说只有小孩子才在家里过生日呢，让我到时候请你们去外面吃饭。我也不知道，我没有邀请过朋友来家里过生日！哦，小学的时候有过，但不是我邀请的，是我妈妈邀请的，邀请了我的几个同班同学。很无聊，一点也不好玩，也不知道叫他们来我家吃我的生日蛋糕干吗。从那之后，我就只跟爸爸妈妈过生日。"

展铭一直听着他说。

两天多没听小南仔说话了，听他啰啰唆唆的，展铭竟然觉得很可爱。

心也不再空落落的了。

顾奇南按了电梯，等的时候还一直说："但是这次我真的想请你们来我家一起过生日！就是……不太开心，所以我都不想过了。"

展铭伸手摸摸他的头。

顾奇南低头嘟哝:"别摸了,会长不高的。"

展铭咳了两声掩饰笑声,还是被顾奇南听见了。顾奇南不满地道:"我真的长高了两厘米!不穿鞋子量的,现在是实打实的1.7米!"

展铭钩着他的脖子,把他拉进了电梯,敷衍地道:"知道了,我看是长高了不少。"

但他还是只到展铭的肩膀。

顾奇南嘟哝:"你太高了……"

顾奇南家在十七楼,电梯里很干净,看得出物业管理很好。不像展铭叔叔家的物业,楼道都扫不干净。

展铭看着顾奇南输入密码打开门对他说:"进来吧,展哥。"

顾奇南在鞋柜里找了半天,才找出一双拖鞋,说:"这双能不能穿呀?会不会太小?我不知道客人穿的拖鞋放在哪个格子里……"

顾奇南说着说着,惊奇地发现:"展哥,你是我小学毕业之后,第一个来我家的同学!"

展铭勉为其难地穿上小了一号的拖鞋,说:"我也很少去别人家。"

展铭很少去同学家里,上一次去同学家,大概是读初一的时候。那时候奶奶还在,会跟他说,去人家家里要有礼貌,别乱碰,还会让他请同学来家里玩。奶奶的房子虽然小,而且旧,但打扫得很干净,一点灰尘也没有。奶奶还会煮好吃的请他同学吃,一点小点心,绿豆汤、三角糕,或者菜仔饼。

奶奶走了以后,他没有地方邀请同学来玩了,也再没去过别人家里。

顾奇南忘了,开开心心地问:"我下次可以去你家玩吗?"

展铭沉默了一会,沉默得令顾奇南终于想起他借住在叔叔家,忙说:"我忘了你住在你叔叔家……"

"没事,"展铭说,"等以后吧,等我有了自己的房子,再请你来玩。"

顾奇南又高兴起来了:"好!可是那得等多久啊?还要读大学,读完大学要工作,房子很贵的吧,要攒多久的钱啊……"

展铭从没跟别人说过这些,但他看着顾奇南期待的眼神,忍不住说了自己的期望。

"可以先买一个小的,二手的,不在市中心,不是学区房,就不会那么贵。等有能力了,再换大的。"

顾奇南似懂非懂地听着，进厨房给展铭倒了一杯他妈妈自己做的柠檬蜂蜜水。

他还小，从来没想过这些。

展铭接过蜂蜜水，让他进房间换衣服。

顾奇南的家很大，客厅宽敞，外面还有一个大阳台，种满了花。他们家装修得很漂亮温馨，是那种请设计师精心设计过的漂亮。

刚认识顾奇南的时候，展铭就知道，顾奇南是一个跟他，甚至跟林小斌、吴渊不同的人。

家境优渥，父母大概都是高学历精英。

他来自这个城市的中产家庭。

一中的片区，跟七中不一样。一中学生的家庭，也跟七中的不一样，至少大部分不一样。

七中在这个城市的郊区，划进这个片区的，大多数是当时郊区农村里的人，剩下的是在市中心买不起房，退居到市郊的小家庭。

假如不是顾奇南的人生发生了意外，他跟顾奇南是毫无交集的。

他呢，常闹事，不爱学习，来自这个城市的底层，跟教养良好、学习优异的顾奇南天差地别。

顾奇南从房间里探出头来，边往身上套衣服边问："我突然想起来，那你奶奶的家呢？你可以住那边呀！反正你也不在你叔叔家吃饭，他们又对你不好。"

"那个房子，已经被我叔叔卖了。"展铭语气平静地说。

他没跟人说过这些，觉得难堪，但对着小南仔，很自然地就说出来了。

顾奇南跳出来，一脸震惊："凭什么？！"

展铭觉得答案显而易见，然而顾奇南想不到，因为他是在幸福家庭长大的小孩，没有为钱发过愁。

"我叔叔是第一顺位的继承人，他把房子卖了，换了一个大点的房子。"展铭说。

展铭坐在沙发上，顾奇南站在他面前，看着他，喃喃地说："怎么能这样……"

为什么不能？

他叔叔一家四口，原先住着六十平方米的房子，只有两个小房间，叔叔跟堂弟一间，婶婶跟堂姐一间。因为没有自己的房间，堂姐跟堂弟闹了好多次。继承了奶奶的房子后，叔叔很快就把两个小房子卖了，换了一套九十平方米的小三房。

展铭跟他们挤一挤就行了，反正展铭还小，也不能自己一个人住。

展铭站起来，钩着顾奇南的脖子，扯着他往外走，说："开门七件事，柴米油盐酱醋茶，都得要钱，这就是现实。你操心那么多干什么？"

顾奇南关好门，惊奇地问："展哥，从你嘴里听到'柴米油盐'好奇特，你这么酷，也会操心这个？"

酷？

一点也不酷。

为钱愁死了。

展铭拉着他进电梯，问他："几点了？林小斌跟吴渊出发没？"

顾奇南赶紧看时间："还好，现在过去差不多。"

顾奇南一被打岔，就忘了原本的话题。

四人会合的时候，中午十二点多了，不是周末，餐厅不是很挤。顾奇南请三人吃自助烤肉，林小斌第一个举双手赞成。

烤肉店呢，早就挑好了。在顾奇南的计划里，他就是要请展铭三人来吃烤肉的，被表白墙的投稿一捣乱，弄没了心情，原本不想过生日了，但是当展哥拎着一盒四果汤站在他面前，他心情又好了。

烤肉店装修很好，服务员带他们落座后，林小斌拉着吴渊去拿肉。不一会，两个人拿着四大碟牛肉、五花肉、鸡翅、大虾回来了，两个人放下四个碟子，立刻又转身拿了另外四碟满满的肉。

服务员送上两盆翠绿的生菜、各种调料，还亲切地问需不需要帮忙烤肉。

林小斌摆手说不用了，服务员送上他们点的一壶西瓜汁就走了。

林小斌啧啧称赞："这烤肉店的服务还真好，我就没见过自助烤肉店服务这么好的，看我们拿了这么多肉，还如此亲切。"

吴渊用夹子夹起五花肉，放上烤盘，评价道："这些肉都很新鲜，肉质不错，这家店一个人多少钱？"

顾奇南看着展铭帮他烤五花肉，一边催他烤鸡翅，一边摇头："我不知道，我妈妈给我买的券，服务员已经收走了。"

林小斌爆笑："小南仔，你是不是小学生？这家店不会还是你妈妈挑的吧？！"

"对啊！我妈妈挑的，她挑了好几家店，"顾奇南掰着手指头数，"火锅店、寿司店、广式茶点、美式餐厅……我觉得你们会喜欢吃烤肉，因为上次去海边烧烤，大家都吃了好多。"

林小斌夹起一片五花肉，蘸了一堆辣椒粉、孜然粉，包进生菜，烫得连连吐舌头。

吴渊无语："斌，你能不能像个见过世面的？优雅一点好吗？"

林小斌两口嚼完吞下，掷地有声："不能！这可是自助！肯定很贵，我要帮小南仔吃回本！"

吴渊说他："你吃慢点，吃得更多，人家催你了吗？你看看展哥，自己都不着急吃，无私奉献，先给寿星卷上一个，好感人！"

展铭慢条斯理地卷了一个生菜包，递给顾奇南。

顾奇南接过了，笑嘻嘻地说："谢谢展哥！"

吃完了，展铭又给他卷。

等五花肉烤得差不多了，烤盘上的猪油吱吱作响，展铭就放上了顾奇南一直催的鸡翅，等鸡翅翻面的时候，自己才赶紧吃了两口。

林小斌摇头，啧啧称奇："展哥这是一种什么样的精神？！"

展铭眼神都没给他俩一个，冷冷地说："今天是小南仔生日，烤好的肉，第一个给小南仔吃；果汁喝没了，赶紧给小南仔倒上；小南仔想吃什么，你俩赶紧去拿。"

林小斌和吴渊一起做了个甩袖子的动作，异口同声说："嗬！"

顾奇南笑得都要晕过去了。

从烤肉店出来的时候已经两点多了，顾奇南觉得好不可思议，竟然吃了两个小时的烤肉。

"我觉得，要是烤肉店都是我们这样的顾客，迟早会倒闭的。"顾奇南严肃地说。

吴渊纠正："是林小斌这样的顾客，才会让自助店都倒闭。"

林小斌有气无力地反驳："展哥吃得比我还多，你为什么不说展哥？"

"展哥没吃成你这个样啊！"吴渊说。

林小斌摆手："我不能说话了，再说我要吐出来了。"

商场外面还热得很，四个人不想出去晒太阳，商量了半天，决定去看电影。

商场顶楼就是电影院，四个人站在外面研究了半天，挑了部爆米花电影，在电影院消磨了一个多小时。

出来的时候，顾奇南看看手机，已经四点多了。

"我又玩了一天。"顾奇南感叹。

林小斌喊："才半天！这才四点！继续玩！"

顾奇南瞠目结舌。

展铭三人商量了一会，决定去不远的南湖公园划船。

划船，天啊。

顾奇南觉得自己跟小学生似的，被大哥们拉着走，四个人打了辆车，一下到了南湖公园。

四点多的南湖公园还是挺热的，交完游船的钱，四个人已经热出了一身汗。

吴渊感叹："七月划船，好傻啊。"

然而上了游船后，他们发现湖面上挺凉快的，微风吹着，有点惬意。

游船是脚踩的，四个人跟骑自行车似的，慢慢踩着，在偌大的湖面上慢悠悠地荡着。

"交了一个小时的钱呢，着什么急？"林小斌说。

虽然热，但是湖面上的游船不少。

吴渊说："怎么傻的人这么多？"

顾奇南笑嘻嘻的："还挺好玩的！"

林小斌叹气："小学生真容易满足。我过生日的时候，跟展哥去KTV唱到凌晨，这才是大人的世界！"

展铭提醒："是你要唱到凌晨的，不是我。"

顾奇南为难："唱歌可以，可是我不能通宵……"

"别听他乱说，不去唱歌。"展铭在他后面说。

林小斌点头："不去KTV了，餐厅都是你妈妈买的券，去KTV你怎么办？你都没去过KTV吧？"

顾奇南点头："没去过，我不会唱歌。"

吴渊说："林小斌礼物都没买，他也没脸再去KTV唱歌了，得花掉你多少钱！"

林小斌骂："吴渊，你这家伙，你准备礼物了吗？！"

"准备了啊，"吴渊在前面慢悠悠地说，"一份真心的祝福，祝你生日快乐！"

林小斌骂了一句。

骂着骂着，林小斌突然在湖面上放声高歌："祝你生日快乐，祝你生日快乐……"

吴渊加进来了，连展铭竟然都开口唱了。

周围游船上的游客诧异地看着他们，顾奇南红了脸，小声说："别唱了，别唱了，别人都在看我们……"

然而展铭三人还是顽强地把《生日快乐歌》唱完了。

林小斌这货还掏出手机拍了视频。

手机还差点掉水里。

踩了一个小时的船，林小斌一肚子的肉都消化得差不多了。吴渊看看时间说："靠岸吧，一个小时了。"

五点多了，太阳也准备下山了。

四人上了岸，吴渊接了个电话，说："就在南湖游船售票处这里。"

"有谁要来吗？"顾奇南问。

吴渊给林小斌使了个眼色，说："没，我拿个东西，你们找个地方坐下等我吧。给我买瓶饮料，要冰维C！"

三人往前走了几十米，在公园里的饮料售卖机买了饮料，找了个小凉亭坐下。

南湖公园历史悠久，最近几年整修过一次，因此公园里的游船跟凉亭都挺新的，还算干净。林小斌一走进去就大刺刺地坐下。

凉亭在一棵大榕树旁边，榕树刚好遮挡住阳光，里面十分凉快。

过了几分钟，林小斌突然严肃地说："小南仔，我建议你此刻把眼睛闭上。"

顾奇南一脸蒙。

没想到展铭也说："闭上吧，就一会。"

顾奇南乖乖把眼睛闭上了，还听见林小斌在碎碎念。

"嘿，你怎么回事？我让你闭上眼睛你不听，展哥一说你就听……"

突然没了声音。

"祝小南仔生日快乐！刚刚中文的唱过了，现在再来一遍英文的！"

顾奇南睁开眼睛，看见吴渊捧着一个生日蛋糕，上面插着一根写着"16"的蜡烛。林小斌跟展铭站在他左右，三个人唱起英文版的《生日快乐歌》。

"Happy birthday to you, happy birthday to you..."

百忙之中，林小斌还要抽出手机继续拍视频。

"好了，许愿吧，"吴渊把蛋糕放在凉亭的石桌上，"许完吹蜡烛。"

顾奇南很意外，还在蒙的状态中，但还是赶紧许了愿，吹了蜡烛。

林小斌感叹:"大白天捧着生日蛋糕唱歌好傻!"

展铭做了个拉上嘴巴拉链的动作:"闭嘴。"

林小斌敬礼:"好的!"

顾奇南很感动,看着展铭三人,有很多很多感触。

曾经他以为,自己是世界上最失败的人,一个朋友都没有。不要说朋友了,连一个关系好的、能站出来为他说话的同学都没有。他做人是不是真的很失败,才会有那么多人讨厌他?

展铭看他眼睛湿润了,慌了:"别哭。"

林小斌也慌张:"你哭了,路人该以为我们三个大块头欺负你这只小绵羊了!你看到榕树下那个保安了吗?我怀疑他要报警了!"

顾奇南被逗笑了。

吴渊说:"切蛋糕吧,给林小斌的切大一点,堵上他的嘴。"

吴渊把蛋糕刀递给顾奇南。

顾奇南没接,先从自己的包里拿出湿纸巾,一人分了一张,自己擦了两遍手,才接过蛋糕刀切蛋糕。

展铭已经习惯了,自觉擦手。

吴渊跟林小斌发愣,顾奇南说:"赶紧擦擦手。"

林小斌一边擦一边感叹:"小南仔真贤惠,还讲卫生,展哥就喜欢你这种讲卫生的同桌。"

接着林小斌开始讲述展哥上一个不讲卫生的同桌是怎么被展哥嫌弃的,还扔了整张课桌。

展铭:"……别说了。"

顾奇南瞪大眼睛:"真的假的?展哥会那么生气?"

林小斌:"……你对你展哥的脾气有什么误解?"

顾奇南用叉子叉了一口蛋糕,很自然地说:"展哥脾气很好啊!"

展铭三人:"……"

林小斌:"服!"

四个人把一个六寸的柸果慕斯蛋糕吃完了,加了柸果果酱的奶油甜甜的、香香的。这个充满奶油香气的生日,跟南湖公园金黄的夕阳,一起留在了顾奇南的记忆里。

收拾好了蛋糕盒子等垃圾后,四个人挥手告别,约好了暑假再一起出来玩,就各自回家了。

展铭陪顾奇南去坐公交车。

刚刚出公园,展铭的手机就响了。

展铭的手机是很便宜的普通机型,漏音严重。他已经把通话音量调小了,然而对面的人一直在大吼大叫,而公园外的林荫路又很安静,顾奇南听得一清二楚。

"你们老师打电话来质问我,你又跑到哪里去了,是不是去打工了。为了打工旷课?你就那么缺这点钱吗?我们家是不给你饭吃吗?!"

展铭将手机略微拉远,皱眉。

他还没来得及开口,那边又开始狂轰滥炸。

"你在学校都跟老师说什么了?!他上次就来问我,你为什么一直在打工。什么意思?我拿你的钱了?我逼你去赚钱?"

听到如此直白、如此难堪的质问,顾奇南惊呆了。

展铭冷冷地回了一句:"我什么也没说。"

没想到对面更加愤怒。

"什么也没说?!什么也没说,那怎么大家都在问你打工的事?楼上楼下的邻居在问,你们老师在问,三叔公也打电话来问,好像我欺负你、压榨你了!我不想把话说得太难听!你奶奶给你留了多少钱,只有你自己心里知道!"

展铭停住了脚步,表情看上去特别可怕。顾奇南感觉到,展铭的心情变得很差。

"留了多少钱,你不是清楚吗?卡被你拿走了,钱也被你领了。"展铭说。

顾奇南怀疑自己听错了。

"你奶奶就给你留了一张卡吗?谁知道啊?一个老人,没什么花销,存了那么久的钱,就两万多块钱?我不信!你姐你弟都没有,凭什么就留给你一个人?老人家已经去世,我不想说这些了。你别到外面去乱说,也别去外面瞎打工,让别人都来指责我们家!"

展铭问:"不打工,你们给我出大学学费?"

对面怒吼:"你读什么大学?你那点分能考上什么学校?!"

说完挂断了电话。

展铭在路边站了很久,久到顾奇南怀疑他是不是会哭。

然而没有，展铭只是一直没有表情，一直沉默，一直抓着手机。

顾奇南有点害怕，他伸手，拉了拉展铭的衣角。

展铭没有反应。

顾奇南小声叫："展哥……"

展铭回过神来，看了看顾奇南，似乎才反应过来顾奇南在旁边。他看了看自己的手机，想起它漏音严重，问："听到了？"

顾奇南先点头，后来意识到这是展铭的隐私，又赶紧摇头。

展铭摸了摸他的头，说："走吧。"

顾奇南跟在展铭身后，走着走着，他拉住展铭的衣角，说："展哥，你来我家吧！来我家的旧房子住，那里现在空着，我去跟我爸爸妈妈说，他们肯定会同意的！就是离学校有点远……"

不是有点远，是很远，地铁还无法直达，需要换乘公交车。

顾奇南越说越小声，又突然想到别的，大声道："你到学校附近租房子住吧，不要跟他们住了，太气人了！"

展铭突然在人行道旁边靠着围墙坐下，双手抱头，屈膝把脑袋埋进去。

顾奇南吓了一跳，蹲下去问他："怎么了？展哥，你哪里不舒服？！"边问边伸手去摸他的脑袋，摸他的额头。

展铭闷声说："我没事，冷静一下。"

"冷静？"顾奇南疑惑。

"不冷静一下，我怕我冲出去破坏公物、揍人。"展铭闷声说，头仍埋在双膝中间。

可顾奇南感觉不到他的怒气，只感觉到浓浓的悲伤跟颓丧。

顾奇南的手一直放在展铭的脑袋上，轻轻的。

过了一会，展铭说："你先回家。"

"不要。"

展铭沉默了一会，仍没抬头，说："我缓一会就好了，你先回家。"

"不要。"

"今天开开心心的，不要被我坏了心情。"展铭说。

顾奇南也不知道怎么回事，心里又酸又软。

展哥就像只无家可归的大狗狗，蹲在大街上，没有地方可去。

顾奇南第一次觉得，要是自己有房子就好了，可以带展哥回家。他情商再低，也知道展哥不可能跟他回他爸妈的家。

"去我家住两天吧。"顾奇南最后说。

展铭没回答。

顾奇南的手机响了，他只能接起来，是他爸妈问他去了哪里，催他回家。他说马上回家，就挂了电话。

六点了，但天还很亮。

夏日的白昼很长。

傍晚的风吹落一片榕树叶子，掉在展铭的头上。

顾奇南捡起叶子，拍了拍展铭的头。

展铭拍了他的脑袋无数次，这是他第一次拍展铭的脑袋，毕竟平时都拍不到。

"好扎手啊。"他说，"今天我过生日，你说都听我的。跟我回家住两天吧，哥。"

展铭任他摸头，低声说："打电话的是我叔。"

顾奇南猜到了。

"奶奶临终的时候，把房子给了我叔，让他照顾我。奶奶私下跟我说，我一个小孩子，把房子给我，我也保不住。她这些年带着我，仅有的一点退休金都花在我身上了，堂姐堂弟她都没有照顾到。临走了，不能让我叔一家有怨言，所以她把房子给了他们。反正就是个老房子，不值几个钱。"

顾奇南觉得，展哥似乎是第一次说这么多的话。

然而他宁愿展哥不要说这么多的话，还是做那个酷酷的展哥。

"奶奶偷偷给了我一张卡，里面有两万五千块钱。她怕我叔不给我交大学学费，还是偷偷给了我这些钱。她让我去上大学，吃饭多吃点，不要省钱。"

展铭有些哽咽，很快又停下了，恢复平静的语调。

"卡被我婶发现了，我叔拿着户口本，去银行以监护人的名义取走了钱。但是他们怀疑，奶奶不止给了我一张卡。"

顾奇南喃喃低语："怎么能这样呢……"

展铭抬头了，眼神里只有失望，失望透顶。

"我想不明白，奶奶一过世，什么都变了。我爸在我两岁的时候去世，我没有关于他的记忆。我也不知道我妈在哪里，我爸去世后，她就走了，从没回来过。奶奶，跟我叔，是我最亲的亲人。我叔以前不这样的……"

展铭他叔叔，在展铭小的时候，经常给他买玩具。堂弟有的，叔叔也会给他买一份。过年过节的时候，婶婶会给他买衣服，说老人家不会买小孩子的衣服,还是她来买。

玩具跟衣服才几个钱,那时的展铭不懂。

没有触及最深的利益,大家都能和平相处。

等奶奶去世了,叔叔一家突然开始算账了。奶奶生病住院花了多少钱,老房子卖了多少钱,多养展铭一个要多花多少钱,还剩多少钱。

越算越有怨言。

凭什么老人家的退休金都花在展铭一个人身上?他们两个孩子也是老人家的亲孙子,老人家从来没顾得上。

等到婶婶发现了展铭的银行卡,情绪到了爆发的点。

堂姐跟堂弟什么都没有,老人家却还偷偷给展铭留了钱!她嫁给展国强十几年了,一天没轻松过。自己拉扯两个孩子,婆婆从来不帮忙,只顾带展铭一个孙子,她忍,因为展铭没爸没妈的,她能跟他计较吗?可是现在老人家走了,把展铭托给他们,要他们供他吃、供他穿、供他上学,还偷偷留钱给他!

连展铭都觉得,婶婶说得有道理。

可他们把钱领走了,还怀疑他,不信任他,让他交出剩下的钱。

"小南仔,今天是你生日,你听完这些就忘掉,别影响你心情。"展铭搓搓自己的脸,站了起来,"我已经不是高一时的我了,那时候很愤怒,到处惹是生非,想发泄。现在不了,我已经接受现实。没有谁特别可恶,这就是生活。"

"而我只能接受,因为他们是我仅剩的家人,"展铭看着渐次亮起的路灯说,"我得回去。"

因为除此之外,他无处可去。

展铭走了,背对着顾奇南,挥了挥手,似乎还是那个高大的酷酷的展哥。

但顾奇南有种冲动,想把展哥团吧团吧,团成很小的一个,装进自己的书包里带走,带回家里,给他一盏温暖的灯、一个松软的床铺、一个幸福的家。

Chapter 10

恐惧者

暑假开始了。

顾奇南依然是早上五点半起床,洗漱完毕,先读半小时英语,做一张英语卷子,然后吃早饭。

吃完早饭,坐到书桌前面,开始做作业刷题,中间上两节网课。

中午自己热一下妈妈早上给他做好的饭,吃完了,继续做题。午休半小时,起来做奥数题。四点的时候出门,每周一、三、五上暑假散打培训课,二、四、六游泳。

晚上回家了,吃完饭,洗漱完毕,继续做题,十点睡觉。

顾奇南把自己的作息表发到小弟群,群里的人都疯了。林小斌说他这个暑假过的,跟平时上学没什么区别。顾奇南纳闷,他这个作息表,有半天的时间在玩呢,散打课跟游泳,难道不属于娱乐项目吗?

林小斌说,打游戏、看电视剧、看电影、看小说和漫画、出门瞎逛,才属于玩!而且散打?他练散打干吗?

顾奇南回,哦,强身健体啊,而且他出门坐地铁的时候,来回快一个小时都安排了阅读!说完他晒了一堆教育部指定的中学生必读名著。

吴渊表达了对顾奇南的敬佩之情,并且表示自己也要跟着这个作息表做,还要按时到群里打卡,希望大家监督他。

然而吴渊每天都是上午十点起床打卡,根本早起不了。虽然起得晚,但他还是在认真写作业,下午跟林小斌打一会游戏,又抛下林小斌去写作业了。

林小斌感觉很孤独,于是软磨硬泡,让吴渊下午四点半跟他出门去打球。

展铭从暑假的第一天就开始打工了,只有中午吃饭的时候有一点时间看手机。从早上八点，一直做到晚上八点，中午休息一会。

顾奇南从早上五点半就开始给他发消息。

小南仔：展哥，我起床了！

小南仔：我做完一张英语卷子了，我这次一定要提高我的英语成绩！

摇啊摇：嗯，乖。

小南仔：你要出门了吗？

摇啊摇：嗯。

小南仔：早饭吃了没？

摇啊摇：吃了包子。

小南仔：今天好像很热。

摇啊摇：还行。

小南仔：我要开始上网课了……

摇啊摇：乖。

小南仔：我上完网课了！老师讲的我都会！

小南仔：我要吃午饭了，我妈妈早上给我做好的，我自己放微波炉热了吃。

小南仔：你中午吃什么？

摇啊摇：工地发的盒饭。

小南仔：你热不热？

摇啊摇：还行。

诸如此类的一些鸡毛蒜皮。

顾奇南就是很想跟展哥说说话，看他酷酷的，回一个字两个字，也觉得好玩。

而且……

自从那天不小心听到展哥的电话后，他一直心里有点难受。

他突然明白了，展哥不会接受他的帮助的。他之前在海边说过，想把自己存下的零花钱借给展哥，只不过是孩子气的话。

展哥看上去很酷，其实心里想得很多，顾虑的东西也很多。

他不知道，如果他是展哥，遇到跟展哥一模一样的事，该怎么办？

当他是顾奇南的时候，他在一中受到欺凌，还可以躲回家。家里有永远关心他的爸爸妈妈，理解他，爱护他，同意他两个月不出门上课，就在家里待着。

可如果他是展铭，被亲人如此对待，他还能躲到哪里去？无处可躲。

从那天开始，一想到展哥，顾奇南心里就会有种酸酸软软的感觉。他很想对展哥好，很好很好，可又不知道怎么做。

他每天做题的时候，会顺手标出基础题，整理好知识点。想着，也许高三的时候，展哥会想通，开始认真学习的，到时，展哥就用得上这些资料了。

他还每天给展铭发很多很多条消息，每天看天气预报、查气温，看着越来越高的气温，就很揪心。

也不知道是怎么了，他天天想和展哥聊天。

第一周才过了五天，他就觉得过了好久好久。

小弟3：展哥，你周末有休息时间吗？

摇啊摇：这周没有，有人跟我换班。下周有。

小弟3：……哦。

摇啊摇：下周再出来玩。

小弟3：好！

小弟3：展哥，你在哪里打工？

展铭发了个定位，顾奇南点开仔细看了看，惊喜地发现离他上散打课的地方很近，走路大概也就十分钟。

小弟3：展哥、展哥，这个地方离我上散打课的地方很近！

摇啊摇：散打？

小弟3：强身健体！

小弟3：我去上课的时候可以顺便找你玩吗？你下午有休息时间吗？

摇啊摇：十分钟的话可以，远就别来了。

小弟3：不远啊，我就在旁边的一真武馆！

当天下午，顾奇南去上散打课时，特地提前半小时出门，到展铭打工的工地找他。展铭让顾奇南在工地小门等着，顾奇南到了没多久，展铭就出来了。

展铭穿着一身迷彩服，还戴着安全帽，已经晒黑了一层，完全看不出学生样子，猛地一看，跟工地里的其他工人没什么两样。

顾奇南穿着白色的短袖和米色的五分裤，戴着顶棒球帽，在家待了几天，感觉肤色更白了，下巴尖有一滴汗，脚上是最新款的白色球鞋，干净得没有一点灰尘。

跟尘土飞扬的工地格格不入。

"好热啊！"顾奇南抬起胳膊擦汗。

展铭看着烈日下的他，脸颊晒得红红的，额头的一缕头发被汗水打湿，垂在光洁的额前。顾奇南摘下棒球帽，将头发往后梳，再重新戴上。

"我给你带了好吃的！"顾奇南高兴地说。

他从双肩包里掏出一个很大的保温杯，将保温杯递给展铭，自己重新背上双肩包，说："你打开啊！"

展铭还没动作，他又等不及一般拿过保温杯，将盖子拧开，献宝似的给展铭看。

"你看，是绿豆汤！我妈妈放在炖锅里定时煮的，煮好了我又放在冰箱里，出门的时候才装进保温杯，还很冰！你快吃！"

展铭接过保温杯。

保温杯很重，不知道顾奇南背了多久。

"你快吃，我在家吃过了，"顾奇南催他，"休息时间是多长啊？是不是马上要进去了？"

展铭几分钟就喝光了保温杯里的绿豆汤，冰冰凉凉、甜丝丝的，将他一整天的燥热、疲惫都去掉了。

连厚重的迷彩服都不那么闷热了。

展铭一双手上都是砖石泥土的灰，在保温杯上留下了很大的手指印。展铭喝完，将保温杯在自己衣服上擦了擦，递给顾奇南。

顾奇南是很爱干净的人，此刻却没有拿出湿纸巾将保温杯擦干净，而是直接将保温杯收回包里，有点不舍地问："你是不是该进去了呀？"

展铭点头。

顾奇南看着他，皮肤在烈日下显得更白，一双眼睛又被白皮肤衬得更黑了，跟玻璃似的。

透明的，澄净的，闪动着光芒。

"你今天怎么都不说话？"顾奇南问。

展铭深吸一口气，想摸摸他的头发，又想起自己一双手都是灰尘，于是不敢动。

"去上课吧，"展铭微微弯腰，轻轻说，"小孩。"

顾奇南下午上散打课的时候一直走神，被教练骂了好几次。回家的时候，妈妈问了他好几遍，怎么喝了那么多绿豆汤，他也没听见。晚饭吃了一碗就不

179

吃了，他觉得没心情，不想吃了。自己神思恍惚地回了房间，第一次在八点后还没洗好澡坐到书桌前刷题。

他瘫坐在房间里的小沙发上，拿起手机，又放下，拿起，又放下。

手机振动了。

有新消息。

顾奇南赶紧打开微信。

是展哥问他，怎么今天没有发消息。

平时顾奇南是个下课了、坐上地铁了、到家了、吃完饭了、开始做题了都要发一遍消息的人。

今天竟然毫无动静。

顾奇南拿着手机，犹豫了半天，还是问了。

小弟3：今天怎么叫我小孩？我是不是听错了？

摇啊摇：不能叫？

摇啊摇：觉得你像个小孩。

小弟3：我十六岁了！

摇啊摇：十六岁的小孩。

小弟3：好幼稚。

小弟3：男人不能被人叫小孩！

摇啊摇：那可以叫吗？

小弟3：随便你。

顾奇南抱着手机，躺在小沙发上傻傻地笑。

突然齐一修的消息跳了出来。

呼呼溜：天啊，大八卦！

呼呼溜：你看到一中实验班的照片了吗？说是昨天发生的事，太可怕了！还好你转学了！看来这个班不正常的人真的很多！照片是我在我们班群里看见的，都转发到我们学校来了，估计全市都知道了！

呼呼溜：我们老师立刻要发照片的人赶紧撤回，不许乱传播。怎么可能啊！大家私下里都传疯了！

顾奇南点开照片，吓得手一抖，手机掉在地上。

一间无人的教室，几十张课桌上堆满了书本试卷。

是实验班，顾奇南认得出来，墙上还挂着"勤学""笃行"的标语。

只是跟顾奇南记忆中的实验班完全不一样了。

整间教室,墙壁、黑板、讲台、书桌、课本、地板,一片红色。

墙壁跟黑板上到处是红色的大字——"渣滓""垃圾""废物"等。

顾奇南把手机捡了起来,仔细看了一遍。

确实是实验班。

谁做的?

难道在他转学之后,出现了新的校园欺凌对象,实验班被报复了?

顾奇南想不出实验班谁能有这么大的胆子。

但顾奇南很想笑,幸灾乐祸地笑。

但他最终没有笑出来。

这个人,胆子比他大,却没有他幸运。他可以转学,这个人没法转,只能自己反抗。

顾奇南就发呆了一小会,实验班的照片很快就传到了七中。高二(五)班班级群已经有人转发了,底下一堆看热闹不嫌事大的。老师很快出来叫停,不允许大家再讨论这件事。

顾奇南没忍住发了消息给展铭。

小弟3:展哥,看见班级群里发的一中实验班照片了吗?

摇啊摇:看见了。

摇啊摇:他们是应该试试这种滋味。

小弟3:不会是你做的吧?

小弟3:你快告诉我,是不是?

摇啊摇:不管是谁做的,这都跟你没关系,别管那么多了。

他还想追问展哥,他爸妈却在外面敲门,叫他的名字。

顾奇南开了门,他爸妈一脸忧虑地站在门外,说:"唐德惠打电话来了。"

唐德惠是一中实验班的班主任。

顾奇南问:"是不是因为实验班的事?"

他妈妈大惊失色,道:"团仔,你知道?"

顾奇南举起手机晃了晃,道:"照片都传到实验中学跟七中了,齐一修刚刚才给我发消息说了这件事。唐德惠打电话来干吗?"

他爸爸皱眉道:"他想要问,你昨天下午人在哪里。"

唐德惠想跟顾奇南谈话,顾奇南说什么也不肯。

"我昨天下午四点就出发去文体中心游泳了,让他自己找地铁站跟文体中心要监控去!"

林蕙很赞同:"就是!他们学校出的事,和我们囝仔有什么关系?他有问题,自己报警请警察处理,凭什么来质问我们?!"

顾文辉点头:"行,我就回他,有问题请报警!我不给他打电话了,发信息就好,发完拉黑!"

顾奇南关上房间门,心里越来越不安。

他拿起手机,又看了一遍展哥的话。

顾奇南无法相信这是展哥做的,这不是他的行事作风。

那种令人毛骨悚然的控诉感,实在不像展哥的风格。

顾奇南的手机振动了一下。

摇啊摇:有人找你?

小弟3:……原来的班主任打电话来了。

摇啊摇:谁来问你,你都说不知道。

小弟3:展哥,是不是你做的啊……

摇啊摇:谁做的不重要。

摇啊摇:重要的是,不是你做的。

不过这是顾奇南疯狂想做的事。当有人嘲笑他、谩骂他,当有人在黑板上、在试卷上涂改他的名字,他都想报复这些人,让他们尝尝他的痛苦。

可他没有能力,没有办法,内心做不到。

那时候的屈辱感、挫败感、愤恨感,到现在还清晰地留在他心里的某一处,只要想起来,立刻鲜明地浮现出来。

这一夜,顾奇南睡得不大好,做了一夜的梦,醒来却什么也不记得,只觉得很疲惫。

整个早上,顾奇南爸爸的手机被一中的人轮流轰炸。他们说,请顾奇南的家长配合一下,只是去一中问几句话。

顾奇南现在的班主任张鸣说:"你们如果愿意,我可以陪你们去一中。"

顾文辉谢绝了张鸣的好意,决定和顾奇南去一趟一中。

顾奇南同意了。

他想听听一中的人想说什么。

他怕这件事真的是展哥做的……

时隔几个月，他再次来到一中。

校园里什么都没变，但顾奇南觉得很陌生，好像他没有在这里学习过一年半一样。

他对这里毫无感情。

不，还是有的。

厌恶的感情。

校长跟政治处主任在校长办公室等着他们一家，见他们到了，政治处主任立刻烧水泡茶。一中校长拿出茶叶，开始介绍正山小种茶叶有多好，他有多喜欢。他们大概想先和气一点，缓和一下气氛，以便进行后面的谈话。

可惜顾奇南一家都没有喝茶的心情。

三杯茶摆在面前，谁也没动，直到冷了。

政治处主任看了一眼校长，拿出自己的手机，递给顾文辉说："照片不知道你们看过没有。"

顾文辉接过来一看，吓了一跳。林蕙凑过来，低呼："天啊！"

"所以呢？"顾文辉问，"关我们什么事？星期四下午四点，我们顾奇南就出发去文体中心游泳了，四点多到达，游了一个多小时才离开。请你们自己去查文体中心的监控，这跟我们一点关系都没有！我们今天答应来这里，是想告诉你们，我们顾奇南已经转学了，不再是一中的学生，请你们不要一中一发生事情就头一个来怀疑他！"

林蕙还没开口，先红了眼眶。

"我们奇南如果是胆子这么大的人，以前就不会被实验班的人欺负得那么厉害！"

"别激动，别激动，"政治处主任连连摆手，"顾奇南同学我们还是很了解的，性格很温和，确实不是能做出这么过激行为的人，但是——"

政治处主任点开手机里的另一个视频。

"但是七中的学生就不一定了。据我们了解，顾奇南同学转学到了七中后，在七中认识了一些行为不是很规范的学生。我们主要是想了解一下，是不是这些人来一中闹的事呢？"

顾文辉接过手机，看了一会，又递给林蕙。

林蕙看完，瞥了一眼顾奇南，将手机递给顾奇南。

顾文辉说:"你们这种怀疑是毫无根据的,凭这么一个脸都看不清楚的视频,你们就怀疑是七中的学生?这还穿着你们一中的校服呢!你们怎么不先怀疑是你们本校的学生?!真是奇了怪了!"

顾奇南接过手机。

摄像头是架在每层楼楼道上方的,可以看见空无一人的楼道,上来了一个穿着一中校服的学生。

戴着口罩,看不清脸。

双手搬着一个纸箱,走进了实验班。

视频大概剪辑过了,下一个画面,他走了出来,纸箱不见了。

政治处主任说:"当天一中只有高三生来校上课,而那时全体高三生都在听讲座,如果有人缺席,班主任肯定知道,所以这个人不可能是高三年级的人。后来我们查看校园监控,发现他是翻墙进来的。这个人的特征很明显,身高很高,应该在1.85米左右,甚至更高。顾同学,你想一想,你在七中,是否认识这样的人呢?"

顾奇南回应道:"身高1.85米的人,不只七中有,一中也有很多。不是高三的人,那就是高二、高一的人。"

"其实——"一中校长开口,"我们掌握了一点消息。这名学生很可能就是七中的人,应该是跟你关系不错的同学。顾同学,你想一想,跟你关系好的人里面,是否有这么一个人?"

政治处主任换掉冷茶:"是,主要是想请你来好好想想,是否有这么一个人。我们知道你的个性很温和,不会有这么过激的想法,可能是身边有人怂恿了你吧。"

当说到身高的时候,顾文辉跟林蕙狐疑地对望了一眼,他们还记得顾奇南一直挂在嘴上的展哥,身高非常高。

顾文辉还未来得及开口,顾奇南便冷冷地说道:"那你们报警吧。"

政治处主任笑道:"报警的后果是很严重的,你年纪小,不清楚。做了这样的事,如果报警——"

"我很清楚,我没做过。所以就算做这样的事会有很严重的后果,也跟我一点关系都没有,"顾奇南一字一句地说,"你们报警吧。"

一中校长有点黑脸,但仍挤出笑容,劝道:"顾同学,我知道你对之前在实验班受到的欺凌很有意见,学校都明白。你们班主任处理得不好,我已经对他提出批评。老实说,经过这次事件,学校准备把实验班的班主任换掉。顾同学,只要你说出是谁做了这件事,那么我们欢迎你回来一中,回来实验班。"

政治处主任接着说:"七中的学习环境跟师资力量,是完全没有办法跟一中比的。你已经是高三生了,这一年对你来说很关键,回来一中,回来实验班,对你是有大大的好处的。"

顾文辉站起来,愤愤地道:"校长、主任,你们不用以回实验班来劝说顾奇南。我们绝对不会再把孩子送回来!与其在这里浪费时间,怀疑不相干的人,你们不如好好查一查其他人!"

"等一下!"校长也站了起来,"顾先生,我们学校是很有诚意地在跟你们沟通,希望尽快解决此次事件。在这件事之前,实验班有位同学声称无缘无故在路上突然被人套上麻袋打了一顿,导致手腕骨折!也是这位同学指出,顾同学身边有位跟他关系很好的同学,身高很高,跟视频中的人差不多。"

"既然你们不愿意配合,那请这位同学过来,跟顾同学好好对质一下。"

政治处主任走到隔壁,很快有两个人跟着他来到校长办公室。

其中一个是林士达。

林士达面目青肿,嘴角青紫,手臂还打着石膏。

那一瞬间,顾奇南的脑袋里飞速闪过了很多东西。

只有一件事牢牢占据他的大脑。

展哥绝不会做如此不理智的事,是林士达故意陷害。

顾奇南跳了起来,大喊:"又是你!你又要栽赃嫁祸!"

林士达停住了脚步,露出一脸困惑的表情。

林士达又在演了,这个垃圾。

他身后的中年人立刻出声:"怎么说话呢?请你放尊重点!"

顾奇南看向林士达身后的人,立刻猜出这大概是林士达的爸爸,中年男性,长得跟林士达有点像,一样戴着眼镜。

顾文辉将顾奇南护到身后。

政治处主任上前劝解:"别激动,别激动。两位同学以前都是实验班的,这位是顾奇南,这位是林士达。大家先坐下,现在双方家长都在,我们请林士达同学说一说。"

林士达扶了扶眼镜,开口:"我承认,班级里的同学,之前对顾奇南是有些意见,原因学校也都知道了。我可能被顾奇南当成了最仇视的人,因为当初撞见他跟黄端静的人是我,他误会了,以为是我说出去的……四月的时候,班里的人，潘鸿卓、何弘毅他们去七中找过顾奇南，那天看完视频后，他们就说，很可能就是顾奇南的那个新同学，他身高很高，有1.9米，听说是个——"

林士达的家长直接开口打断林士达的话："这还用查吗？世界上有这么巧合的事？前一天士达刚被打，第二天实验班就出了这种事！你们必须给一个说法！士达被打成这样，后面还有半个月的课，直接都上不了了。手腕骨折，练习册都做不了，整个暑假都毁了！多耽误学习！现在是什么时候？实验班又出了这种事，人心惶惶，同学们都无心上课！"

顾奇南爸妈气到发抖，顾文辉指着林士达的家长，气得声音直抖："报警，报警，现在就报警！"

林士达被打之后，立刻就报了警。但是小巷子里没有监控，路边的监控只能拍到三个人影一闪而过，根本查不到是谁。

林士达的家长看了政治处主任一眼，说："报警，警察来，问话，拘留，闹得沸沸扬扬。孩子们都高三了，多影响学习！"

政治处主任忙说："别激动，大家别激动，我们还是说回正题。孩子都是好孩子，主要是这个在教室里泼油漆的行径太恶劣了，照片都传到网上了，影响十分不好，必须揪出这个人。"

"是，我们应该说回正题。"顾奇南拍拍他妈妈，然后轻轻推开她，站到他爸妈前面，直面林士达。

"第一，实验班被泼油漆的事跟我无关，你们坚持跟我有关，那就请你们报警，我不接受除警察外任何人的问话。"

顾奇南从口袋里拿出手机，他的手有点抖，点了好几下。

"第二，有一个好玩的东西，让你们听一下。潘鸿卓、何弘毅确实来七中找过我，来羞辱我，被我同学看见了，修理了一番。从那次之后，我就留了心眼。林士达，你是不是以为我永远都那么蠢？蠢得被你一次又一次栽赃陷害？"

顾奇南点开在手机里留存了一段时间的音频文件。

林士达的声音在办公室里响起，有一点杂音，但仍然很清晰。

"……我不是故意的。"

"那时候，我只是有点害怕。"

"因为害怕，你就可以捏造我跟黄端静的事吗？就可以到处说我有精神病吗？"是顾奇南质问的声音。

"我没有捏造，你有问题，你一定有问题。你为什么把黄端静那种'奇葩'

当朋友,维护她,却对我不理不睬?"

"不是。"

林士达白了脸,他似乎想起接下来自己说了什么,突然冲上来要抢顾奇南的手机,尖叫道:"这不是我!这是你伪造的!"

然而他骨折了,绑着一只手,行动不便,顾奇南很轻松地避开了。顾文辉上前,将林士达推开。

顾奇南高高举起手机。

"顾奇南,我很想跟你做朋友……你转学不是我的错,是实验班其他人的错……他们忌妒你年纪小,数学好……"

林士达的家长疯了一般扑上来要抢顾奇南的手机,顾文辉挡住他,他怒吼:"你有精神病!我儿子才不是变态!你有精神病!这是你用电脑制作的假音频!我要告你!"

林士达回过神来,也跟着辩解:"我没说过这种话,我没去七中找过你,你不要陷害我!"

顾奇南觉得很好笑,也真的笑出来了。

"是吗?赶紧报警啊,赶紧去告我啊!让警察去调7月3号早上7点5分、七中地铁站附近那家'每时每刻'奶茶店后门的监控,你们就会看见,号称自己规规矩矩的林士达,冲上来要打我。

"把我手机抢了也没用,我电脑里还有,云盘里也有。林士达,要不要我把这个音频,还有奶茶店后门的视频,全部发到网上?这样大家都能好好看看、好好判断,是不是我自己做的假文件了。"

"不可能!"林士达大吼,"不可能!我一直盯着你!你根本没有拿出手机!你怎么可能录音?!不可能的!"

整个办公室静了一瞬。

顾奇南从口袋里掏出一支录音笔,挥了挥,笑着说:"我买了两支录音笔,一支放在书包的侧口袋,一支放在裤子口袋。从潘鸿卓他们来找我那次,我天天都带在身上,我只要碰碰书包,按一下,它就开始录音了。知道吗?我天天带着,放假出门的时候也是,就为了录你这些话。"

看形势不对,林士达的家长停了手,不再试图抢顾奇南的手机,转身拉过林士达,伸手就是一巴掌,声音响亮得其他人都愣住了。

林士达捂住脸,头都不敢抬。

林士达的家长咬牙切齿:"你没事去七中找他干吗?你是不是故意说那些话的?是不是想骗他?"

林士达扭过头,好像捞着了一块救命的木头,急忙说:"是,我是故意骗他的,我想骗他。恶作剧,只是恶作剧!那是骗他的!"

顾奇南觉得很荒诞,很滑稽,真的忍不住想笑。

顾文辉拉着顾奇南,说:"走!我们回家!校长,我们已经转学了,请不要再因为这些子虚乌有的事情来找我们!"

林蕙哭得身体都软了,顾奇南反过来扶着他妈妈。

一家三口就这么走了。

留下一地狼藉的办公室里目瞪口呆的领导,还有如遭五雷轰顶的林士达跟他家长。

等走到停车场,坐进车里,林蕙又开始哭,把顾奇南抱在自己怀里,喊:"囝仔啊,囝仔啊。"

顾文辉迟迟没有发动车,两手放在方向盘上。

顾奇南艰难地从纸巾盒里抽出纸巾,递给他妈妈,说:"妈妈,擦一擦,我没事。"

顾文辉转头看他。

四十几岁的男人了,眼眶竟然是红的,隐隐含着泪。

顾奇南也拿纸巾擦了擦自己满头满脸的汗,连连解释:"我没事,我没事。我吓他们的,真的。"

林蕙好不容易止住哭声,呆呆地看着他。

"我现在不怕了。"顾奇南说,"想想实验班,也没什么。一支录音笔,就把林士达吓得屁滚尿流了。

"爸爸妈妈,我现在就想好好读书,好好参加高考。没法参加招生计划也无所谓,我自己考。

"他们来烦我,我就继续闹。我刚刚是装的,因为他们就怕精神病人,他们不怕正常人,就怕精神病人。

"爸爸妈妈,我不改名了。我是顾奇南,'树树奇南结,家家茉莉开'的奇南,我不改名。"

顾文辉跟林蕙呆呆地看着十六岁的顾奇南,从没想到他们傻傻的囝仔,年初那个怕得将自己关在房间里的团仔，能说出这样的话。

顾文辉闷声说："爸爸支持你。这次爸爸不会轻易放过他们，爸爸会尽快收集证据，让伤害你的人受到严惩。"

林蕙放声大哭。

"我的团仔啊……"

Chapter 11
月光光

小弟3：我想吃四果汤。
小弟3：你明天带我去吃吧。
房间没开灯，只有透过窗户照进来的灯光跟月光。
顾奇南躺在床上，看着亮起的手机屏幕。
展哥还没回消息。
他在爸爸妈妈面前说，他没事，但其实回家后，他洗了个澡，就瘫在床上睡得昏沉，直睡到天色擦黑，怕爸爸妈妈担心，才爬起来吃了一碗饭。他吃完了又躺回床上，一动也不想动，觉得浑身没有力气。
力气都用光了。
一丝也没有了。
突然就很想吃冰冰甜甜的四果汤。
顾奇南看了看手机上的时间，八点四十五分了。
突然，展哥的电话就进来了。
顾奇南从床上一跃而起，飞快地按下通话键。
"到小区门口来。"展哥说。
顾奇南消化了半天"到小区门口来"是什么意思，是明天，还是现在？
展哥没有挂掉电话，在另一头安静地等着。
顾奇南手忙脚乱地换衣服，跟他爸妈说了一句"下楼找同学"，就急匆匆地出了门。等跑到小区门口，看见站在门外的展哥，他才发现自己出了一身的汗。
而展哥还握着手机，贴在耳边。
顾奇南按亮手机一看，发现他刚刚竟然忘了挂断电话，一直在通话中。

顾奇南挂断了电话，展哥将手机拿到面前看了看，还没发现顾奇南已经走到门口了。他大概是打工一结束就从工地赶了过来，身上还穿着迷彩服，实在太热，脱了外套，里头是一件黑色背心，外套随意地搭在肩上，手上还拎着一个袋子。

"展哥。"顾奇南走过去，拍拍他的手臂。

展铭转头，看见是他来了，将手里的袋子递给他，说："四果汤。"

顾奇南接过来，说："你进来啊。"

展铭摇头："没洗澡，一身土。"

顾奇南没多说，直接扯着他的手臂，将他拉进小区。

顾奇南找了个僻静处，在草地边的长椅上坐下。刚坐下，展哥就说："回家去吃吧，晚上蚊子多。"

顾奇南说："我就要在这里吃。"

展铭站了一会，看顾奇南不走，没办法，拿下搭在肩膀上的外套，抖了又抖，还拍了拍，说："有点脏，先盖着，草丛里蚊子多。"

展铭蹲下，把外套披在顾奇南膝盖上，包住他露出的小腿。

顾奇南打开餐盒盖子，吃了起来。

石花膏，阿达子，绿豆，西瓜，刨冰。

冰冰甜甜的，真好吃。

好像白天的疲惫、无奈、癫狂都随着一口糖水下肚，没了。

展铭在顾奇南身边坐下，近得顾奇南都能闻见他身上的汗味。

从早上八点到晚上八点，太累了，一身的汗水跟尘土，他来不及洗，就跑来给顾奇南送四果汤，一来一回要两个小时。

"你吃饭了吗？"顾奇南问。

展铭点头："吃了。"

"分你吃一口。"顾奇南说。

展铭摇头："你吃吧，我八点才吃饭，还饱着。"

"八点才吃饭？太晚了吧！不能换一份工作吗？这份太累了……"顾奇南放下勺子。

"钱多。"展铭简短地解释。

"你不是说读不读大学无所谓吗？赚那么多钱干吗？"顾奇南问。

"攒着。"展铭说。

"攒钱干吗？！"顾奇南突然激动起来，声音有些发抖，"你都无所谓自己的前途了，读不读书、上不上学，都无所谓了！"

展铭吓了一跳，低下头看他的眼睛，问："怎么了？"

从他奶奶走了后，再没人关心他的学习，也没人在乎他升不升学。读初三的时候，他会为了奶奶的盼望，努力考上高中。可奶奶走了，当没人再对他有期待，没人再为他的努力感到高兴，自己也变得无所谓起来。

顾奇南的眼睛红得厉害，没掉眼泪，但嗓音很沙哑，他和展铭说了下午发生的事。

"我不是说你一定要考上大学，但是我希望你不要再以这种无所谓的态度活着了。要不是林士达自己情急之下暴露了，我真的很担心你会被诬陷，怕你被送去派出所拘留，怕你被退学。"

顾奇南的眼泪终于掉了下来。

展铭想帮他擦眼泪，可还没碰到他的脸，手掌心就被他掉下来的眼泪砸中了。

灼热得令他不敢再往前。

"对不起，"展铭说，"以后不会了。"

顾奇南没说话。

展铭绞尽脑汁，又挤出一句。

"我会考大学的，一定考。"

"真的？"顾奇南终于抬头看他。

展铭松了口气，承诺："考，一定考。"

他想了想自己的分数，稍微努力一下，考个公办的大专学校还是可以的。

顾奇南吸了吸鼻子，闷声说："他们早上给我打了电话，还给我看了视频，一直要我指认是你做的。我拒绝了。林士达上次来找我，他说的那些话，都被我录音了，所以他才不敢继续陷害你。但是不可能每次都这么幸运的，你以后要小心点。"

展铭点头。

顾奇南又补充："在七中也不能打架了，在哪里都不能打架。"

展铭点头。

星期天，展铭因为跟别人换班，没有空聚会。三个小弟聚在咖啡店里，感觉这个组织失去了灵魂人物。

"展哥不在,我们要干吗啊?"顾奇南看看时间,说。

现在才下午三点,到展哥下班,还有五个小时。

天啊,五个小时。

吴渊说:"别这样,南哥,看看我们两个小可怜儿吧!我一大堆不会做的题,就等着您老人家给我讲一讲。"

林小斌说:"南哥,我就等着抄您的作业呢。您看您想喝点什么?咖啡、茶,还是果汁?再给您来点小蛋糕、小饼干什么的?"

"果汁吧。"顾奇南说着,从大书包里掏出了所有的暑假作业,"作业最好还是自己做,我给基础题、提高题、难题都做了不同的记号,你可以先把基础题做了。"

林小斌目瞪口呆:"所有的作业都做完了?所有?"

吴渊竖起大拇指:"服!"

林小斌埋头狂抄,吴渊还是问问题。

这个午后就跟每个普通的暑假午后一样,有冰果汁,有呼呼吹着的冷气,还有满桌的卷子。

四点的时候,顾奇南打包了两个三明治跟一杯果汁,要送去给展哥当点心,他们约的咖啡店就在展哥工地旁边不远。

太热了,吴渊跟林小斌都不想出去。

林小斌赞叹:"不愧是展哥的头号忠实小弟,头号家养小精灵!"

顾奇南没理他,小心地拎好果汁,出了咖啡店。

他提前给展哥打了电话,展哥已经在上次的地方等着他了。

一周的时间,展哥已经晒黑了一层,肌肤完全变成小麦色了。

"下次不用来送了,太热了,我也没时间,只能休息十分钟。"展哥说,他拿起三明治,几口就解决一个。

"反正顺路啊,"顾奇南说,"吴渊跟林小斌说,晚上等你一起吃饭。"

"太晚了,你们先吃吧。"

"我在咖啡店吃了很多东西,现在一点也不饿。"顾奇南说,"你快点结束,跟我们一起吃饭,没有你,一点都不好玩。"

展铭差点被三明治噎住,咳得脸都红了,虽然黑得看不见,他赶紧喝了大半杯果汁。

"你开学后能不能再白回来一点,就一点点?"顾奇南问。

展铭莫名："怎么了？"

顾奇南叹气："虽然男人黑一点更帅气，但是，也不能太黑，适度就好了。虽然你这么黑也很帅，但是之前更帅。"

这回，展铭差点被果汁呛着。

他想摸摸顾奇南的头，但怕手脏，只说："十六岁了，讲话还跟小孩一样。"

"没有，哪有！"顾奇南说。

他看了展哥一会，展哥也看了他一会。

两人都没再提起昨晚的事。

今天起床，顾奇南就如之前的每一天一样，继续在微信上"直播"他的每日作息。

起床了，吃饭了，读英语了，上网课了……

但顾奇南有点不好意思。

他昨天哭了，他在爸爸妈妈面前都没哭呢。

男儿有泪不轻弹。

唉。

顾奇南摸摸鼻子："我走了，拜拜。"

顾奇南想展哥会不会再喊他上次那个、那个令人很不好意思的称呼——"小孩"。

结果展哥没叫，只是挥了挥手就转身走了。

顾奇南暗喜展哥没叫，看着趴在桌上奋笔疾书的吴渊跟林小斌，反正他一点也不想被这两个人听到这个绰号。

三个人在咖啡店待到了八点。

吴渊把累积了一周的问题全问完了，觉得神清气爽。而林小斌抄完作业后，埋头打了一个多小时的游戏，边打还边问："哟，渊哥，真的洗心革面了？为了追妹子，这么认真？"

"闭嘴，"吴渊一边做笔记一边头也不抬地怒斥林小斌，"整天就知道打游戏，打打打，都高三了还打游戏！"

林小斌震惊了："你昨晚还在跟我开黑呢！"

吴渊淡定地回："昨晚是昨晚，我现在不是做着作业吗？你呢？一下午除了抄作业还干什么了？吃吃吃，你吃东西除了浪费粮食还有什么用？你少吃点，多留点给南哥吃，南哥这脑子消耗巨大，你的脑子一天消耗不了一卡路里。"

林小斌能忍吗？不能忍！

林小斌怒从心头起，愤而拿起英语书，誓要背下十个单词让吴渊瞧瞧他的厉害。

等展铭到的时候，他已经背了十二个，得意扬扬。

四个人在街上走着，走进一家小店铺，叫"陈记猫仔粥"，一人要了一碗猫仔粥，展哥要了两碗。

店铺的门面很小，里面就四张桌子，外面还支了两三张。已经过了饭点，店里的客人不多，但也把几张桌子坐满了。四个人进去的时候，刚好有一桌客人吃完走了。

煮粥的灶台就在店铺门口，一口大锅里翻滚着肉汤。他们一点好单，老板就唰唰往灶台上的大锅里加了几大勺肉汤，舀了早就煮好的米饭加进去，用大勺把米饭散开，勺子又一挥，飞速往大锅里面加鱼肉、虾仁、猪肉丝、鱿鱼丝、海蛎、香菇丝，大火一滚，搞定。

四个人没等一会，五碗粥就上来了，上面加了香菜、蒜油、胡椒粉，鲜香扑鼻。

顾奇南闻了一口，感叹："好香啊！"

然后他就开始挑碗里的香菜。

林小斌见状喊："你干吗？！糟蹋美食！"

展哥把自己的碗推过去，说："我吃。"

顾奇南把香菜都挑到展哥碗里，问："猫仔粥为什么叫猫仔粥？"

他很少到外面吃这些，都不太懂。

林小斌摇头道："猫仔粥原本是家里的剩饭剩菜煮一煮给猫吃的，所以叫猫仔粥，懂？"

"哦。"顾奇南明白地点头，把最后一根香菜夹到展哥碗里，如释重负。

"没眼看，你跟展哥真的没眼看，太不分你我了吧。"林小斌说。

他讲这话是无心的，早就已经把一中的人在 QQ 表白墙上对顾奇南的抹黑忘得一干二净。他一讲完，就大口喝起自己的粥来。

展铭闻言一顿，但也没说什么，很快埋头喝粥。

反倒是顾奇南，听了林小斌的话后，就坐立不安。喝一口粥，他就想起林小斌的话，再喝一口，就想起展哥叫他"小孩"，又喝一口，就想起展哥给他送四果汤。

一碗粥还没喝完，顾奇南已经出了一身的汗，脸也红通通的。

林小斌抬头见他满头满脸的汗，笑道："我的天，小南仔你怎么了？热成这样！"

直到出了店门，林小斌还在取笑顾奇南刚刚大汗淋漓的模样。顾奇南气得翻白眼，躲到展哥身后，表示不想再看到林小斌。

四个人吃完饭，还没到九点，都不想回家。

顾奇南说，他跟人约好了九点在附近的小广场见面。三个人也没其他事，就陪着他过去了。

林小斌问约的是谁，还约晚上九点钟。

顾奇南莫名其妙，说："不是要跟你们一起去吃饭吗？吃完饭都这么晚了。是一个学长，他要拿学习资料给我。"

林小斌表示佩服，大暑假的，竟然还跟学长拿学习资料。

学长？

展铭顿了顿，觉得"学长"这两个字似乎在哪里听过，有点耳熟。

四个人到达小广场时，和顾奇南约好的人已经在小广场的地标石碑前等着了。林小斌一看，就说："小南仔，是不是那个人？完全跟你一个气质，我的天哪，这个人是不是优等生？你就跟我说他是不是优等生！"

顾奇南点头，竖起大拇指："学长今年保送B大数学系了。"

林小斌跟吴渊都震惊了。

这难道就是QQ表白墙里那位据说保送名校的男主角？！

林小斌跟吴渊恨不得冲上前贴近这位"男主角"，用放大镜好好看看，到底是怎么样的一个人！

可是展铭抓了抓搭在肩上的迷彩服外套，在离"男主角"十米远的地方停下了脚步，说："你过去吧，我们在这里等。"

林小斌跟吴渊只好也跟着停下。

原来他就是李腾，展铭想。

在闷热的夏日夜晚，跟衣着随意的他们不同，这位李腾学长还穿着白衬衫和米色长裤，整整齐齐。他高顾奇南半个头，跟顾奇南一样，皮肤很白，是那种，人家一看就晓得是读书人的白。

他笑眯眯地跟顾奇南说话，看了他们三人一眼，说了什么，顾奇南也扭过头看他们，点了点头。

他交给顾奇南两个大袋子，很快两人就说了再见，李腾转身走了。

顾奇南跑过来的时候，展铭上前接过袋子，发现很沉。

顾奇南兴奋地说："里面全都是学长去年用的奥数资料！"

三人根本不懂奥数，没什么表情地听着他说。

顾奇南很少这么兴奋，快跳起来了。

"不能跟别人说！这是一中奥数班的内部资料，一中向来是不准泄露给外校学生的，学长偷偷给我的。一中那么可恶，我用用他们的资料也不算什么，对吧？"

林小斌说："哎，你那学长，人还挺好，大晚上给你送资料。我还以为一中没一个好人呢。"

顾奇南点头："是啊，学长很好，以前在一中的时候，经常给我解答问题，知道我转学了，主动说把这些资料送我。"

"那你也不好好谢谢人家什么的，至少请人家喝杯奶茶啊，"林小斌说，"也没介绍我们认识一下，对吧？"

"有啊，我们说好了，下周请他吃饭。"顾奇南交代得一清二楚，"哎，展哥，你等等我，走那么快干吗？"

四个人在小广场边的奶茶店又一人买了一杯奶茶，坐在广场的石凳子上，看着人家跳广场舞。

已经晚上九点多了，四个人还一点回家的意思都没有。

顾奇南的爸爸妈妈都在微信上问了两次了。

然而顾奇南一点也不想回家，就算在小广场边上喝着奶茶看人家跳广场舞也觉得好快乐。

几支激情四射的动感舞曲结束，大概是要中场休息一下，大音箱放起了抒情歌。

也不知道是谁帮自家的妈妈或奶奶下载的，在众多闽南语老歌里，夹杂了一首苏打绿的歌。

　　今阿日月娘那这呢光（今夜的月光怎么这么亮）

　　照着阮归暝拢未冻困（照得我整夜睡不着）

　　……

　　底你的心肝内（在你的心里面）

是不是还有我的存在（是不是还有我的存在）
……

在月光下，旋律轻轻地在少年的心上流淌，流过南州市的夏夜。

Chapter 12
小秘密

请李腾学长吃饭的时间定在了周三晚上,顾奇南上完散打课后。

吃饭的地点是顾奇南选的,在上次见面拿学习资料的小广场附近。餐厅是李腾挑的,一家广式茶点。

落座的时候,李腾笑着说:"不知道你喜欢吃什么,广式茶点种类多,应该能挑出你喜欢的。"

顾奇南疑惑地道:"不是我请你吃饭吗?应该选你喜欢的。"

李腾只是笑。

等餐的时候,李腾问:"十六岁了?"

顾奇南点头。

李腾解释:"你生日的时候,我还在集训,没来得及送你礼物。回来之后想补送,但想了很久,不知道你喜欢什么,就把之前的资料整理了一下,希望能帮上你。"

顾奇南诚恳地说了句:"谢谢。"

李腾犹豫了一会,问:"你转学是因为——"

他还没问出口,就被顾奇南打断了,顾奇南一边摆手一边说:"都过去了,我转学是因为不喜欢实验班,不喜欢一中,我不想再提起他们了。"

李腾识相地没再继续问。

他问了以前同班的同学,但是差了一个年级,对方对高二年级发生的事不太清楚,打听了半天,只知道高二实验班有一个人被孤立,具体是因为什么,却不太清楚。

虾饺上来了,热气腾腾。

李腾拿公筷夹了一个放在顾奇南碗里，又给自己夹了一个。

顾奇南别扭地说："谢谢，我自己来就好了。"

李腾扑哧笑了，说："稍微让我表现一下，也不行吗？"

顾奇南震惊地看着他。

李腾说："我们不是好朋友吗？"

李腾是半开玩笑的。

他认识顾奇南的时候，顾奇南认真得可爱，每天独来独往，唯一关心的事就是学习。

李腾靠着数学进入了顾奇南的世界，大概也能算是他的朋友吧？

但现在最重要的问题是——

"明年的高考、升学，你是怎么打算的？"李腾问。

他知道顾奇南的数学成绩不错，但要考全国最好的数学系还有点困难。

"我想考 B 大数学系！"顾奇南说。

很好，还挺有目标。

李腾特别希望顾奇南能考上，同在一所大学一个系，日后相处的机会也多。

但是——

李腾斟酌了一下字句，婉转地说："如果是通过高考，你的分数跟 B 大数学系的录取线还有一定的差距。如果是通过奥数，说实话，原本你在一中奥数班还是比较有希望的，但是现在……进入国家队的希望不是太大。"

进入国家队，才能获得 B 大数学系的保送名额。

想进入国家队，有时候靠的不只是自身的实力，还得有名师辅导，有每年的题库资源以及集中针对性的培训，才能在一定时间内取得显著的效果。而七中根本没有这些资源，他们连奥数班都没有。单靠自己努力，顾奇南是很难赢过别人的。

顾奇南点头。

他自己也很清楚，所以他的目标并不是进入国家队。

"我争取拿到省一等奖，"顾奇南说，"有了省一等奖，才能报名 B 大的金秋营。希望能获得签约的机会，降个几十分录取吧。"

李腾点头，这个确实比获得保送名额更有希望一点。

顾奇南补充："金秋营十月就出结果了，无论结果如何，这之后我就专心准备高考了。就算没有获得签约机会，我这一年努力点，也能把成绩提上去。"

"有希望吗？"李腾问。

顾奇南点头道："有，只要我的英语能进步二十几分。"

李腾笑道："英语有什么难的？不就是背吗？不过我没有参加过高考，提供不了什么帮助。需不需要我去问问我同学，跟他们要点学习资料什么的？"

顾奇南摇头："我已经跟实验中学的朋友说好了，他会传给我实验中学的资料。做实验中学的就够了，我也做不了那么多。"

"嗯，"李腾点头，"加油，希望明年能跟你一起上大学。这最后一年十分重要，你向来受欢迎，追你的人多，你可不要最后一年跑去谈恋爱分心了。"

顾奇南一边吃着榴莲酥，一边觉得李腾的笑容怪怪的，想了想，还是声明："谈恋爱跟认真学习是不冲突的两件事。"

李腾笑得差点被鸡骨头噎到，温和地问："难道你有喜欢的人了？！"

顾奇南别扭地否认："不是……我没有……"

手里的凤爪顿时不香了，李腾放下凤爪，这个小学弟难道要抢在他前面谈恋爱？！

顾奇南解释："只是对好朋友的喜欢，因为是很好很好的好朋友，太喜欢他这个朋友了，天天一起写作业、一起玩。我觉得谈恋爱也就跟这差不多吧，哪里会影响到学习？"

李腾无语。

李腾有点忌妒，他一直以为他是顾奇南最好的朋友，但顾奇南从来不出来跟他一起写作业，觉得出门来回这一过程纯属浪费时间。对方现在去了七中，竟然有了一起写作业、一起玩的好朋友？

但顾奇南还小，到了明年，考上大学，他跟他的朋友大概率也要分隔两地了。

李腾安慰道："不管怎么说，现在考上 B 大数学系是最重要的事，谈恋爱要先放一放，知道吗？"

顾奇南点头。

李腾又说："也许等考上大学，你就想通了。是你在七中认识的朋友吗？"

顾奇南点头，惊讶地问："你怎么知道？！"

"是上次跟你一起玩的朋友吗？"李腾回忆上次跟顾奇南见面时，跟着他来的三位同学。

一向直白的顾奇南罕见地不好意思了，连连说："你别问了，你别问了。"

两人一顿饭吃到了快八点。

顾奇南走之前,又点了炒牛河、虾饺、粉蒸排骨、龟苓膏、酥皮蛋挞,还往自己带的保温杯里灌满了普洱茶,说要带给自己的一个朋友吃。

李腾目瞪口呆:"你这位朋友这么能吃?"

"对啊!"顾奇南拎着食物,"他个子特别高,1.9米,特别强壮,特别帅气。"

李腾惊呆了,还想再问,然而顾奇南已经等不及,直奔出店门了。

一出店门,顾奇南就说:"学长拜拜!谢谢你的资料!"

他拎着东西,头也不回地往小广场跑。

李腾跟在他身后慢慢走着,很快就看见在上次的那个位置,有个大个子等着顾奇南。

顾奇南拎着东西,满脸笑容地跑到他面前,举起手中的东西献宝一样跟他说着什么。

大个子认真地听他说话,突然抬起头来,看向李腾的方向。

李腾挥了挥手,走了。

"刚刚那个就是李腾?"展铭一边吃着炒牛河一边问。

两个人坐在小广场边的石凳子上,顾奇南双手捧着保温杯,看展铭吃东西,时不时递过去让他喝一口茶。

顾奇南点头,问:"虾饺好吃吧?排骨好吃吧?"

展铭夹了个虾饺,要给他:"好吃,你吃一个。"

顾奇南摇头:"不要了,我刚刚吃得好饱。嗯……我吃一个排骨下面的芋头就好。"

展铭给他夹了块芋头,芋头蒸得软烂,被排骨的汤汁浸得油酥鲜香,好吃得不得了。

顾奇南感叹:"真好吃!他们店里的榴梿酥也好好吃,我们下次一起来吃,好吗?"

展铭一听榴梿酥就不想说话。

闷头吃了一会,展铭把打包的食物全都清空了,普洱茶也喝了大半杯。

小广场上又跳起广场舞。

顾奇南还不想回家,跟展铭两个人坐着,看人家跳广场舞。

展铭心不在焉地看着,没忍住问:"这个李腾,对你还挺好的?"

顾奇南大大方方地承认:"好像是,他对很多同学都很好。以前在奥数班,大家都喜欢向他请教，他会很耐心地解答。学习资料他也都很乐意分享给大家。有很多女生喜欢他，还给他写情书呢。"

展铭憋了半天，才说："你还小，不能学他们。"

"是吗？"顾奇南表示怀疑。

"现在考大学比较重要。"展铭说。

怎晓得顾奇南抓住他这一句不放，开始碎碎念考大学确实很重要、有多么多么重要，完了眼睛扑闪扑闪地问他："最近学习了吗？"

怎么可能呢？天天累得不行，回去倒头就睡。

"周日出来写作业吧，"顾奇南看他，"我、吴渊跟林小斌，上周出来写了半天的作业。你这周日来写作业吧，不然你的作业怎么办？"

展铭只好答应了。

两人在小广场聊了半天，一直到十点才说再见。展铭送他去地铁站坐地铁，完了自己搭公交车回去。

他到家的时候，堂弟展锐正在跟他叔吵架。

展锐今天翘了补习班的课，跟同学去吃自助餐。补习班的老师打电话来问，家里才知道他翘课了，展国强气坏了。展锐玩到晚上才回家，跟展铭就是前后脚的事。

展国强心疼补课的钱，气得大骂。

展锐喊："天天补课，天天补课，我就休息一天不行吗？！每次班级活动都不让我参加，上次游乐园没去，这次吃自助餐还不让参加，那我成什么了？！我在班级里什么活动都不参加，我能合群吗？！"

展国强骂："天天就想着玩！等你考上大学再来想着玩！去吃自助餐不用花钱啊？就你这个成绩，要是没考上二本，读一个三本，你看我们家供得起吗？！你姐已经读了一个高学费的，你再来一个，我们全家不要活了！"

"那我不读了嘛！"展锐喊，"天天说学费学费，不读了行不行？！"

展锐被骂得一肚子火，见展铭回来了，开始乱撒气。

"我不能出去玩，他怎么就能出去玩？他上次还去海边过夜！"

展国强破口大骂："人家花的是自己的钱！你有本事你也自己去赚钱！"

展锐满脸通红："天天补课我怎么打工？！他有本事，那他搬出去，天天住别人家干吗？！"

展铭拿了衣服，自顾自进了浴室洗澡，洗完直接回房间，无视还在客厅吵架的展锐跟展国强父子俩。

小南仔：展哥，真希望暑假快点结束，上课的时候才能天天跟你见面！

小南仔：你暑假也要打工，天天打工，整个白天都没空，也不能找你玩，好无聊啊。

小南仔：好想跟你一起玩啊。

小南仔：我明天晚上也去找你好不好？八点的时候，等你一起吃饭？

小南仔：好吗？可以吗？好吗？好吗？

展铭躺在床上看着顾奇南的消息，慢慢地，一条一条仔细看，感觉充斥在内心的暴戾跟烦躁被小南仔的话渐渐安抚下去。

摇啊摇：别来，太晚了，你自己吃饭。

摇啊摇：乖。

小南仔：不晚啊，才八点！

摇啊摇：小孩。

摇啊摇：听话。

城市另一头的顾奇南，躺在床上看着那个"小孩"，只觉得有什么东西随着血液流过心脏。

暖洋洋的。

周日的时候，顾奇南早上七点半就出门了。

他实在迫不及待。

前一天晚上，小弟群又开始约周日一起写作业。吴渊跟林小斌约的是下午三点，顾奇南跳出来说早上八点，把吴渊跟林小斌吓坏了，纷纷表示不参加。

只有展哥同意了。

他刚出地铁站，就看见展哥在外面等他。

展哥黑了不少，穿着一件黑色T恤，像杂志上特地美黑的型男模特，帅得不得了。

顾奇南还没走上前，就看见有个二十岁左右的女生，打扮时髦，上前笑着跟他说话，还拿出了手机。

这架势，顾奇南觉得太眼熟了。

不就是上次在海边，大姐姐们跟展哥要微信号的架势吗？！

顾奇南快步上前，站到展哥身边，展哥见他来了，忙对女生摆了摆手，说自己有事急着要走。女生一看顾奇南来势汹汹，眼神戒备，立刻收回手机，走掉了。

顾奇南跟在展哥身后走了一段，才想起来不对，拉住展哥的手臂问："刚刚那个人要做什么？加你微信？"

展哥点头。

顾奇南吃惊："现在的女生都好大胆啊！"

展哥明显不想多说这个话题，但顾奇南不放过他。

"你是不是经常走在路上，被人要微信号？"

"除了大姐姐，是不是还经常有什么小妹妹？"

"你被多少人追过啊？"

展铭无奈地道："我不知道怎么回答。"

顾奇南气愤地道："老实回答！"

展铭老实回答："偶尔会被人要微信号，也不是很多吧，只有两三次。可能看我个子高，觉得我也不像学生吧。没人追过我，要微信号不能算追吧？"

"这不是很不合理吗？"顾奇南说，"搭讪的路人那么多，可是没人追你，怎么可能？我都有六个人向我告白，我觉得你应该有六十个！"

展铭不知道怎么跟顾奇南解释，他们两个人没有可比性。

他没钱，学习不好，爱闹事，个性差。

谁会喜欢他？

只有路上偶然碰见的路人，对他毫不了解，才会被他吸引，来要他的微信号。

早上八点，咖啡店都没开门，两人又去了麦当劳。

顾奇南要了个甜筒，一大早美滋滋地舔着甜筒，看着展哥皱着眉吃麦当劳的早餐。吃完了，他们拿出作业开始做。

展哥这周果然有好好做作业，虽然做得不多，但把顾奇南标出来的基础题都做了。

顾奇南开心地问："展哥，你能不能跟我考一个城市的大学？"

展铭问："你想考什么学校？"

"B大数学系。"

展铭诚实地回答："有点困难。"

顾奇南唉声叹气："我查查啊，那个城市有哪些大学啊？"

展铭埋头做练习题，顾奇南在手机上查大学。查了一会，他又想起自己没问展哥想读什么专业，抬头想问，却看展哥认真做作业的样子看呆了。

顾奇南忍不住用手去捏展哥手臂上线条漂亮的肌肉。

展哥手上的笔没停，平静地问："干吗？"

顾奇南羡慕地说："这肌肉怎么练的，这么漂亮？"

"搬砖搬的。"展哥说。

"要不怎么老是被人要微信号呢！"顾奇南说，"看这肌肉。"

中午十一点的时候，两个人转移到咖啡店。

吴渊跟林小斌也到了，林小斌一脸没睡醒的样子。

四个人在咖啡店吃了简餐，吃完继续做作业，林小斌继续抄作业。

三点的时候，林小斌说他不行了，要睡一会。

吴渊骂："你是猪吗？早上睡到十一点，现在又困了？你还考什么大学，你考猪圈吧。"

林小斌想掐死吴渊："伤自尊了，这回真伤自尊了！"

吴渊慢条斯理地做着自己的练习题，说："马上就开学了，离高考只剩九个月，你还敢睡？"

林小斌纳闷："我为什么不敢睡？我又不像你，誓死要跟女神考同一个城市的大学。话说回来，你怎么知道你女神要考哪个地方？"

吴渊突然羞涩了。

林小斌觉得不对："我的天，你们两个该不会眉来眼去，已经好上了吧？！"

吴渊骂："乱说什么呢！就是……就是上次她不是帮忙了吗？我就在微信上跟她道谢了，就、就有时候聊一两句，她就说了想考的大学。"

"有戏啊！"林小斌感慨，"难怪渊哥今年暑假都拼成这样了。"

"现在什么都别说，高考最重要，"吴渊严肃地道，"我一定要考好！"

顾奇南点头："我们一起加油！我一定要考上B大数学系，让实验班的人吓一跳！展哥也要专心学习，考上理想的学校！"

林小斌没想到连展哥都有高考的觉悟了，见三人都望向他，只好咬牙说："斌哥我也要奋发图强！"

为了表示自己的决心，林小斌立刻把小弟群改名为"高考备战群"，群内备注名他也不叫"小弟1"了，叫"斌哥向前冲"。

吴渊也改了，不是"小弟2"了，是"渊哥一定行"。

顾奇南把自己那个"小弟3"改成了"展哥最棒"，结果被展铭抢走手机，改成了"小南仔"。

展铭刚改完，顾奇南的手机就跳出一条新消息。

李腾：那些奥数的题目怎么样？会做吗？不会可以问我，我假期挺有空的。

展铭将手机还给顾奇南，提醒他有新消息，就继续做自己那些基础题了。

四个人一起写作业写到晚上，又一起去吃了沙茶面。吃完沙茶面，几人在商业街玩了一会娃娃机、篮球机，喝奶茶，吃烧烤，消磨到晚上九点半才挥手说再见。

美好的暑假，又过了两个这样的周日，就结束了。

他们正式进入高三。

离高考也只剩下九个月。

开学后，展铭自己想了又想，最终没有再去打工。

既然答应了小南仔要好好准备高考，他是该认真一点。把晚上的时间空出来后，展铭申请了到校参加晚自习。

七中有住宿生，晚自习一直都有，并不强制非住宿生参加。但进入高三后，大部分家离学校不远的人，都会申请参加晚自习。只要跟班主任说一声，家长写一个申请，签名，就行了。

展铭去申请的时候，吴渊跟林小斌见状，也一起申请了。顾奇南也很想参加，可是他家太远了。

张鸣对此很惊喜，被展铭三人感动了，感动之余，不忘提醒："晚自习可不能在教室里说话、搞小动作，否则会被取消参加晚自习的资格。"

三人点头应下。

张鸣感慨："我看这个顾奇南很不错啊，自从他上学期转过来，坐到你们附近，你们三个人的行为就规范了许多！这个吴渊，进步了非常多，很好！展铭、林小斌，你们两个也开始收心学习了，非常好！有问题要多问老师，或者问你们周围的同学，知道吗？但是这个顾奇南，你们尽量不要去打扰他，他九月就要参加奥数比赛了，让他专心复习，知道吧？这个比赛很重要，考得好，也许可以获得高考降分录取，对他很重要的。"

三人你看我、我看你，点头说"好"。

等出了办公室，林小斌问："原来这个奥数比赛这么重要，难怪小南仔天天刷题刷得小卖部都不去了。"

吴渊说："我们最近别烦小南仔了，他这么忙，还天天给我们画重点、标基础题……"

林小斌叹气："感觉自己相当无能，南哥考这么高大上的考试，我还天天给他整一加一等于几的问题……"

吴渊赞同："你知道就好，你最大的优点，就是有自知之明。"

回到教室，顾奇南还在刷题。

他现在是抓紧一切时间，尽可能地做题。

展铭坐下，看着自己面前刚刚发下的数学卷子，一大半不会做，有的连题目都看不懂。

而顾奇南早就用下课的时间，把卷子做完了，还给他标出了基础题，让他重点做这几道题。

他想起李腾的那条消息。

他什么忙也帮不上小南仔，小南仔还得浪费自己的时间和精力反过来帮他。

展铭没说话，拿起笔，埋头算了起来。

笨鸟也要飞，能飞多高是多高。

晚上展铭回去后，拿晚自习申请表让他叔展国强签字。

展国强看完申请表，问："你要去学校参加晚自习？"

展铭点头："嗯。"

他婶在旁边听着。

展国强问："不去打工了？"

"不去。"

展国强一直让他不要去打工，免得左邻右舍说闲话，可等他真不去打工了，拿着申请表让自己签字时，展国强反而欲言又止。

婶婶一边收拾碗筷，一边装作不经意地问："你明年要考大学？"

展国强吞吞吐吐："阿铭啊，你这平时也不学习，突然说明年要考大学。当然了，能去读大学是好事，是好事。但是明年阿锐也要读大学，再加你一个，家里三个大学生，那真是支持不住。"

展铭平静地道:"学费的事,我自己能解决。"

婶婶一听这话,瞪了展国强一眼,进厨房把碗筷摔得噼啪作响。

展国强签了字,拿着那张申请表犹豫了半天,才艰难地开口:"阿铭啊,你姐这新学年开学,又得交学费了。一年两万块多钱,你叔实在是一下掏不出来,这每个月,房贷、吃穿用、水电费、你弟的补习费,真是攒不下几个钱。我想着,你暑假不是去打工了吗?工地钱多,赚了也有五千块钱吧?叔叔先跟你借五千块钱,等攒下这个钱了,就还你,你看行不?"

展铭沉默。

展国强还想说什么,展铭开口打断他:"叔,这个钱我攒着,准备读大学的。"

展国强唉声叹气:"唉,我知道,是跟你借,不是跟你拿,等你读大学一定还你!"

说是这么说,可展铭知道,交完今年的学费,明年叔叔一家就得交堂姐跟堂弟两个人的学费,情况只会越来越难,哪里拿得出钱还他?这个钱借出去,大概率就没了。

他不说话,婶婶在厨房里把锅碗瓢盆摔得越来越大声。

展锐从房间里跑出来,喊:"妈,网络卡住了,太慢了!我上网课呢!你们能不能提一下网速啊?烦死了!"

婶婶从厨房里出来,一手叉腰,一手指着展锐骂:"提什么网速?提网速不要钱啊!这个网是充手机话费送的,将就着用就好了,还挑!一年不要几百块钱吗?整天就想着花钱!当我不知道你脑袋里在想什么,还上网课,你就想着在手机上玩游戏!天天玩,天天玩,都高三了还玩!人家都晓得去晚自习,你怎么不去晚自习?在家就只会打游戏!"

展锐莫名其妙被骂一顿,顿时火大。

"这个网课还不是你报的!培训班的老师跟你说说,你就要报!我还让你不要报呢!我天天上网课、上培训课,我怎么去参加晚自习啊?!莫名其妙!参加晚自习就能考上大学啦?这么厉害啊?那大家都搬去学校里住就好了!"

展铭从叔叔手里抽出申请表,转身回了自己房间。

他有时候真的觉得好烦闷,感觉在这里多一秒钟都待不下去了。

但是走,又能走去哪里?

手机振动了一下,有新消息进来。

小南仔:展哥,今天回家也要认真学习!

小南仔：你有没有认真学习？

小南仔：怎么半天不回？

小南仔：你是不是在偷懒？！我都做完一张卷子了！

展铭觉得胸口的浊气少了点，他放下手机，看了看这个小房间。

连书桌都没有。

他从书包里拿出书本，想放在床上，他蹲在地上写。然而他个子太大了，床跟墙壁之间窄得挤不进去。

展铭叹口气，先看书好了。

摇啊摇：在背课文。

小南仔：展哥最棒！展哥加油！

摇啊摇：别吵。

小南仔：好的，展哥。

其实小南仔一点也不吵，展铭喜欢听他说话。他讲话不急也不躁，总是轻轻的，激动时也不会嚷嚷，顶多大声一点。

展铭希望叔叔一家能学学小南仔说话。

墙壁都挡不住婶婶尖厉的声音。

"你听见了没有？他说学费的事，他自己解决。大学的学费加住宿费，一年至少也要七八千吧？再加上生活费呢？人家说自己解决，他哪来那么多钱？你妈到底给他留了多少？"

展国强摔了椅子："你不是都找过了吗？没有了，就那张卡！房子也给我们了！你还想问什么？我都开口借钱了，这张脸都被你给作践没了，你还想怎么样？！"

婶婶暴跳如雷："我想怎么样？我倒了八辈子霉，嫁给你这个没用的男人！十几年了，天天在为钱发愁！你就想想，你儿子那个成绩，再考一个三本，两个人一年学费加起来五万块钱，我看你怎么拿出这个钱！"

"让他们自己去打工赚钱！阿铭都可以自己赚钱了，他们两个怎么不行？！天天就知道伸手要钱，天天就知道玩！我看那个补课都不用让他去了，浪费钱！补了大半年，多考了几分？一分都没有！"

婶婶开始哭："你儿子的补课钱你也想省？还不是怪你家遗传基因不好！我弟弟的两个孩子都考上本科了，一个一本，一个二本。哪里像你家，你看看你家有一个会读书的吗？那个考得更差！你不让儿子去补课，是不是想让他考不上本科？他要是考不上本科，我出去会被笑死！我弟的老婆那个嘴脸啊，她家孩子考上一本了不起啊？以后工作还不定怎么样呢！"

"我就跟你说，房子先不着急换大的，等孩子都大学毕业了再说。你非要换！你非要换！"

"不换怎么办？！我们家两个孩子，还多了一个你哥的，五个人怎么挤两个房间？你去睡客厅啊？阿锐怎么专心读书？！"

"吵死了！还让不让我读书？！"展锐大喊大叫。

展国强火了："读读读，你怎么读都那个熊样！天天关房间里不知道在干吗！"

展铭不想听也不行，这破墙壁就是这么薄。

然而今天情况跟平时好像不大一样，吵了半个小时，叔叔婶婶还在吵。展锐也隔一会就跑出房间大喊大叫一通，然而没人理他。

展铭听了一晚上，确定叔叔婶婶是真的没钱了，真的交不起堂姐的学费了，才这么心烦气躁。

他看着自己手机里的账户余额，犹豫着。

其实他的内心很不想给这个钱。

给了，婶婶不会谢他，反倒会更怀疑奶奶到底给他留了多少钱。

而这么一点钱，是他从高一打工到现在攒下来的，是他唯一的一点安全感。

"去跟别的亲戚借好了，不要喊了，烦死了。"展国强说。

"跟谁借啊？"婶婶问，声音都哑了，"嫁给你真是丢死人了，一把年纪了，还得跟人家借钱！"

展国强提高声音："你适可而止啊！"

"吵死了！你们到底有完没完？！"展锐突然疯了一样大喊。

展国强大概吓了一跳，起初没有声音，等展锐喊了一阵，才怒火中烧，追着要打他。

外面乱成一团。

突然，展铭的房门被踹了一脚，发出巨大的声响。

展铭把书收回书包里。

展锐在外面发疯。

"都是他害的！他为什么要住在我们家？他不能滚去学校住吗？！"

展锐阴阳怪气很久了，但这还是他第一次当面赶人。

从展铭住进叔叔家开始，展锐就对他很排斥。应该说，从小他们两人关系就不好，他跟堂姐堂弟关系一直很一般。

大概是因为奶奶只带他一个人，根本顾不上堂姐堂弟。

每次相聚的时候，奶奶总是偏心得很明显。奶奶是心疼他没爸没妈，所以偏心他。过年过节，叔叔一家来的时候，她总是把家里好吃的、好玩的先藏起来，怕堂姐堂弟给他弄坏了。她在厨房里做好吃的，卤鸡腿做好了，一定第一个拿给他。

就连走的时候，也只给他一个孙子偷偷留了钱。

"他不是我们家的人，跟我们也不亲，为什么还一直住着？！天天臭着一张脸，谁欠他的？他不会去找他妈？为什么在我们家赖着？！自从他来了，你们两个就老是吵架！这是我的家，又不是他的家，他那么大的人了，为什么要住在这里？！去学校住啊！就是因为他，同学要来我家，我都不敢让他们来！

"他是什么人？流氓！混混！我到现在都不敢让人知道他跟我是亲戚，不然全班人都要孤立我！"

展锐还在外面乱喊乱叫，展国强怒吼："别吵了！回你房间去！读你的书去，家里的事管那么多！上次期末考都考成什么样了？你哥没读书都快考得跟你差不多了，你天天补课补什么去了？你赶紧回房间去！"

展锐被骂回了房间，外面也消停了。

九月的南州，天气还十分炎热。展铭的小房间是西晒的阳台改的，到了晚上八点多，还是热得受不了。

叔叔在看电视，婶婶在厨房洗碗，争吵终于停止。展铭打开了房间门，让客厅的冷气能吹进来一点。

刚凉快没一会，客厅里的冷气就被婶婶关了。

"冷气不要电费啊？"

话是对着叔叔说的，可听起来阴阳怪气，明显是说给展铭听的。

叔叔没争辩，脱了上衣，光着膀子看电视。

看了一会，他瞧见展铭的房间门开着，就站起来溜达过去瞧瞧。看见展铭在里头背课文，自己没话找话，说："阿铭啊，读书呢。"

展铭应了声："嗯。"

叔叔就是这样，冲突过后，心里总觉得有点愧疚，就会来关心一下展铭，看看他在做什么。可下次婶婶一念叨，他又照着婶婶的话做，不是试探展铭还有没有奶奶留的钱，就是打展铭攒的那点钱的主意。

叔叔自己又道:"哎呀,你这里连张桌子都没有,怎么写作业?我给你找张桌子去。"

说完,他就进了展锐的房间。

过了一会,展铭就听见展锐的喊叫。

"你拿我的桌子干吗?你没看我上面还放着东西吗?!"

他叔叔骂:"都给你换新书桌了,你这旧的也没什么用,给你哥写作业!"

展锐也不知道往桌子上放了什么,反正一股脑被他爸清空了。

展国强将桌子搬到客厅,还拿抹布从头到脚擦干净了,才搬进展铭房间里。桌子不大,刚好摆在床尾。

展国强自己看了看,说:"挺好,这挺好。"

展铭终于有张桌子能写作业了,这才把练习卷拿出来,放到桌子上写。

写到九点多,实在热得不行了。

尽管窗户都打开了,房门也打开了,但展铭还是热得满身汗,只好再去洗澡。

他正冲着澡,展锐从房间里冲出来,见浴室门关着,骂了一句。看电视的展国强听见了,骂道:"骂谁呢?小兔崽子。"

展锐顶嘴:"每次别人着急用厕所时就在里面洗澡,狗东西。"

展国强作势要打他,展锐喊:"憋不住了,能不能快点啊?!烦死了!"

婶婶洗完碗,在擦地,头也不抬地抱怨:"我就说买那套有两个厕所的,你非不听!"

展国强摔了遥控器:"你也不看看买得起吗!换这套,到现在房贷都还没还清,还买更大的,你做白日梦吧!"

眼看外面又要吵起来了,展铭随便冲了冲,衣服套上就出来了。

经过展锐身边的时候,展锐低声骂了一句:"变态,天天占别人的东西。"

展铭愣了一下,下意识地反问:"你说什么?"

展锐冷笑,压低声音说:"听不懂?说你死变态。"

展铭沉声问:"你什么意思?"

"字面上的意思,"展锐挑衅,"装不懂?QQ表白墙都被人贴那么大张的照片了,你跟你同桌,那个年级第一,哇,跟精神病人是好朋友,你不是变态是什么?"

展铭瞬间伸手拉住展锐,力气大得展锐吃痛,他冷冷地道:"我劝你别乱说话。"

这一晚上累积的烦闷跟怒气大概到了一个顶点，展锐甩开展铭的手，冷笑道："乱说话？你心里清楚我说的是真的还是假的。展铭，装什么啊？从你用我的电脑偷偷查那些资料的时候，我就知道了，不想说而已。"

展铭愣住。

他确实用展锐的电脑查过东西，高一的时候，在他刚刚发现自己跟别人不一样的时候，他有点惶恐，有点惊慌，有点不安，而身边没有人可以倾诉。他用电脑查了一下资料，过后也清除痕迹了。

难道他忘了？

他想不起来了。

那段时间，因为发现自己与别人不同，因为银行卡被叔叔取走，他的心情非常差。

经常惹事，情绪不受自我控制。

做事情丢三落四，也许某次查完之后，他忘了清除历史痕迹。

展锐大概见终于刺激到展铭了，兴奋得很，压低声音滔滔不绝地说着。

"我可恶心你够久的了，这秘密也帮你保管得够久的了，没到处跟人说，你就得感恩戴德了。你去砸了一拳，七中人就吓得不敢再说你的事了，可我不怕。展铭，你再这么惹我烦，占我的东西，说不定哪天我就把你的秘密捅出去了，让你跟你的好朋友，好好在七中风光一把。首先，你把我的桌子还——"

展铭一瞬间脑子里闪过很多，包括展锐是过过嘴瘾，还是真的在威胁他。但是他来不及思考，身体已经冲上前，推了展锐一把。展锐惨叫一声，倒在地上。

客厅里的叔叔跟婶婶听见动静，扭头一看，愣住了，婶婶开始尖叫。

展铭被他们责备、埋怨过很多次，从未反抗过。

这还是他们第一次看见展铭如此激动，忽然意识到，展铭不再是个孩子了，他是个身材高大、强壮的少年，他很快就成年了。

"展铭，你疯了！"婶婶尖叫。

展锐倒下时撞到了，鼻血流了出来，捂着自己的鼻子，气疯了。

"展铭，你神经病啊！滚出我家！"

婶婶疯了一样冲过去拉展铭，但是惊恐地发现自己根本拉不动展铭。

"你是死人啊？快来拉住展铭！他要打死你儿子了！"

展铭正朝着展锐扑过去。

展国强连忙从他身后抱住他。

展锐吓得惨叫连连。

婶婶哀叫："疯了啊！疯了啊！"

展铭也不理他叔叔婶婶，盯着展锐说："展锐，我警告你，别乱说话。说我可以，不要扯上别人。你要是敢扯别人，让我知道了，保证打断你这只手，让你考试都考不了。"

婶婶用力捶打展铭，喊："你疯了啊！你说的是人话吗？！我要报警，把你赶出去！你敢威胁你弟弟！"

展铭冷冷地说："我不欠你们的，奶奶的钱，我也不要了。"

展铭留下客厅里乱作一团的三个人，回房间收东西。

他的东西很少，四季的衣服收拾好也不过一个行李包。他没有什么私人的东西，奶奶买给他的玩具，大部分因为太旧，而新房子没有地方放，被婶婶扔掉了。

他只留了一个。

展铭一手拎着行李包，一手拿着一个纸盒子，肩上背着小南仔送给他的书包。

这就是他的全部家当。

"阿铭，你这是什么意思？"他出门的时候，展国强问，"你弟弟说了你两句，你也没必要生这么大的气吧？还搞得他摔成这样，这万一出什么事，怎么办？你——"

展铭砰的一声摔上门。

从奶奶去世后，展铭一直觉得很累。

歇不下来的那种累。

但是今天特别累，他就是觉得，不知道怎么跟叔叔他们对话了。他听了太多他们的争吵，一直记在心里，只是不想说出来而已。

他觉得自己已经尽力不给他们添麻烦了，可为什么大多数争吵最后都会扯到他身上？

如果他们觉得他是负担，那么他就离开好了。

晚上八点多，路上散步的人还是很多。这些人不管认不认识他，最多只是好奇地看他一眼。

没有人问："展铭啊，你拎着行李是要去哪里？"

没有人拉住他，说："展铭啊，这么晚不回家，干吗呢？"

路两旁都是亮着灯的窗户，可没有哪一扇是属于他的。

奶奶说："阿铭啊，奶奶照顾不了你了，你以后跟着你叔叔啊，你得听话。虽然是你的亲叔叔，但是，毕竟你不是他亲儿子，你自己心里得记住这一点。他跟你婶婶，对你跟展锐肯定是不同的，你别放在心上，知道不？要是受委屈了，稍微忍一忍，毕竟是你叔，不然你能去哪里呢？别一个人，一个人苦，一个人累啊。"

他说："好的，我知道的，奶奶。"

展铭想，人要长到多大，才会不怕自己一个人？

他看着前面长长的路，觉得前面是黑的，后面也是黑的。

他不知道下一步要走向哪个方向。

他无处可去。

高一时的那种暴戾、愤怒又席卷了展铭的大脑。

当他发现卡里的钱被叔叔取走了，他们还怀疑他有别的卡时，他陷入了一种躁郁中，感觉自己被所有人背叛了，被全世界放弃了。那段时间他动不动就闹事，发泄身体里想破坏一切的欲望。

现在那种感觉又回来了。

太阳穴好像要炸开的狂躁感。

突然，他的手机开始振动。

展铭木然地站了一会，才想起放下行李包，拿出口袋里的手机。

屏幕上跳动着"小南仔"三个字。

展铭按下通话键，顾奇南欢快的声音立刻从电话那一头传来。

"展哥，你在干吗呢？我等你说晚安呢，你怎么不回我的消息？我都等你十分钟了，好困啊……"

展铭一下从无处可去的茫然中，被拉回吹着热风的夏夜。

其实前后的路灯都很亮，十点的街道还是人声鼎沸，甚至前面不远处快捷酒店的招牌还亮着。

"我……"展铭停顿了一下，他想装作什么都没发生，跟平常一样说晚安，却发现说不出口。

顾奇南还在电话的另一头等着他说晚安。

原来这世界上还有人需要他说晚安，说完了才能睡觉。

"我搬出来了，"展铭说，"跟我堂弟吵了一架，烦，搬出来了。"

四十分钟后，顾奇南背着他的大书包，气喘吁吁地站在快捷酒店单人间的房门前，对展铭说："我爸妈在下面等着，想请你晚上先去我们家住。"

有什么东西堵住了展铭的喉咙，让他说不出话来。

他一说搬出来了，顾奇南就很着急。他只好简单地解释了一下，叔叔婶婶为了他的钱争吵、展锐阴阳怪气、他没忍住跟展锐吵了一架。他没告诉顾奇南展锐说的那些话，没必要让顾奇南知道。

没必要增加顾奇南的困扰。

顾奇南很激动，立刻说要来找他。他说不用，但是顾奇南挂掉了电话，十五分钟后说已经在路上了。

他爸爸开车送他过来的，为了儿子的一个同学，大晚上开车来回奔波，还邀请展铭去他们家住。

果然是小南仔的爸爸妈妈。

可是他不想去，也不能去。

他想自己待着，不想成为别人的麻烦。

顾奇南没等到回答，自顾自说："我跟他们说了，你房间都开了，不住不是浪费钱吗？明天再去我家吧！"

说完，顾奇南直接走进展铭的房间，顺手把门关上，掏出手机给他爸妈打电话，说他晚上跟展铭一起住。

顾奇南做得那么快，展铭还没反应过来，他已经跑到酒店房间门口了，又让他爸妈回去了。

展铭入住后，只开了廊灯跟顶灯，放下行李，发了半小时的呆。

顾奇南一来，先把所有灯都打开了，房间里顿时明亮许多。他好奇地东张西望，把自己的书包放在唯一的茶桌上，在小软椅上坐好，问："怎么回事？他们是不是欺负你了？"

顾奇南一出现，展铭就觉得心里的沉重减少了许多。

他觉得顾奇南用"欺负"这两个字很好笑。

欺负？

除了奶奶，这还是第一次有人担心身材高大的他被人欺负。

展铭摇头："没。"

顾奇南急得站起来："肯定欺负你了，不然你怎么会气到搬出来？他们都拿走了你奶奶的房子，怎么还想要拿你的钱？那是你打工赚的，很辛苦的！他们是大人了,他们、他们怎么那么可恶?!对你那么坏,我要去告他们!"

顾奇南气到说不下去。

展铭却笑了:"别气了。"

顾奇南惊讶地道:"你不生气吗?"

展铭摇头说:"谈不上生气,不知道怎么说。"

因为这样的争吵已经发生过太多次了,从他叔叔取走他卡里的钱开始,展铭已经不会太生气了,只是觉得疲倦。

顾奇南不理解:"可是他们太可恶了!我爸爸说,你奶奶的房子跟钱,你也属于继承人,有权利继承。我们可以去告他们,拿回属于你的东西!"

展铭走过来,按着顾奇南的肩膀,让他坐在软椅上。展铭蹲下来,平视顾奇南的眼睛,说:"别生气,很多事是说不清的。"

"这有什么说不清的?到了法庭上,法律条文清清楚楚、明明白白!现在你读高三了,没时间打官司,我们可以等明年高考完了再去告他们!明年你也成年了,不需要监护人了!"

"我都已经搬出来了,算了。"展铭简单地说。

顾奇南还是很生气:"为什么算了?不能算了!他们太欺负人了!"

展铭看着他气得微红的脸颊,缠绕了自己一晚上的郁闷突然一扫而空。

有人这么在乎他。

展铭嘴角微微上扬,顾奇南快气坏了:"你还笑!"

"小孩,"展铭轻声说,"你很幸福,没为钱发过愁,不明白这种感觉。"

很快,展铭站了起来,退到床边坐下。

"很多事是说不清的,我奶奶把我从小带到大,确实在我身上花了大部分时间、精力跟钱。她只有一点退休金,基本都花在我身上了,买好吃的,买玩具……"

展铭停了一下,拿起放在床头柜上的纸盒子,打开来。

里面是乐高积木,有点旧的样子。

展铭拿起积木,看了看,继续说:"乐高很贵的,我很喜欢,但光是买这套,就花了我奶奶快一个月的退休金。她攒了很久,我生日的时候买给我的。她没给展锐他们买过,每次展锐来,她都收起来,怕展锐给我弄坏了。

"奶奶生病的时候,医药费跟住院费都是叔叔拿的,医保可以报销,但他们还是花了几万块钱。所以后来他拿走了我的卡,我其实并不在乎那笔钱,我只是……希望他能自己开口跟我要,而不是偷偷去取了,再跟我说……"

顾奇南站起来，走到展铭身边坐下。

"他们为了我的事，还有钱，吵过很多次。我觉得很累，但没有生气。我明白为钱发愁的感觉，很难受。"展铭慢慢地说着跟年龄不符的感悟。

"奶奶走的时候，亲戚们说要帮我联系我妈，让她来接我。是叔叔站出来说，奶奶嘱咐他了，要把我带到成年，让我跟他回家。

"我很谢谢他，真的，到现在还谢谢他。

"每个人都有自己的一摊子事，谁会管别人啊？连我亲妈都不管我。我爸去世，她就走了，从此没来看过我。奶奶说她可能改嫁，又有孩子了，让我别去找她，靠不住。

"后来我跟人起冲突，对方闹着要报警，也是我叔叔赔了对方医药费，又送了许多补品和礼物，这事才没闹大。所以他们也不算真的拿走了卡里的钱，毕竟又花在我身上了。从那次之后，婶婶就对我很有意见，觉得我就是个小混混，怕我带坏了展锐……"

展铭一句一句，慢慢地说着他从来没跟任何人说过的话。

这些话压在他心里，压得他透不过气。

顾奇南没想到酷酷的展哥，厉害的展哥，什么都会的展哥，心里竟然藏着这么多话。

顾奇南还是觉得展哥叔叔一家很可恶，因为他们是成年人，是大人了。而展哥虽然很酷，但只是一个十七岁的学生啊。

顾奇南忍不住念起了童谣："惜啊惜……"

展铭也轻声附和着："摇啊摇，惜啊惜……"

过了一会，展铭笑着说："把我当小孩了？"

顾奇南没有回答，转头说："那你怎么办啊？没有地方住了。"

展铭不以为意："明天我去跟老张申请住宿，住学校吧，住到高考结束。"

顾奇南睁大眼睛："你要住宿？"

"学校住宿便宜，一个学期才两百块钱，"展铭说，"条件还可以。"

顾奇南闻言，问："你身上还有钱吗？我可以借给你，不着急还。"

展铭摸摸他的头："有，我攒了一点，不多，但支撑到明年没问题。"

"哦。"顾奇南放心地点了点头，看看时间，已经快十一点了，惊呼道，"天啊，快十一点了！我好久没有这么晚睡了！可是我现在一点也不困，太激动了，怎么办？"

顾奇南一接到展铭的电话，就收拾好书包，要打车奔过来陪展铭。他从来没有这样过，把他爸妈吓了一跳，问清了情况，他们当即说开车送他过来，还说让展铭到他们家里住几天。

一路奔到酒店，顾奇南一直在紧张、担忧的状态中。

现在时间晚了，困意反而没了。

"叫个外卖吃吧，我有点饿。"展铭说，打开手机。

顾奇南不饿，但他从没有在临睡前叫过外卖，新奇地凑过去，看了半天。

展铭点了手抓饼跟奶茶。

外卖到的时候，手抓饼热乎乎的，一打开袋子就闻到香味。展铭分了一半给他。

顾奇南一边说"我不吃了，不吃了，等一下睡不着"，一边眼巴巴地看着展铭吃手抓饼，看得展铭都吃不下了，又递给他。

顾奇南挪到他边上，小声问："渊哥跟斌哥知不知道啊？"

"还没跟他们说。"展铭回答。

顾奇南很开心，知道不对，但在黑暗中偷偷笑了。

展哥第一个告诉了他。

在展哥的"好朋友列表"上，他排在第一位。

Chapter 13
找住处

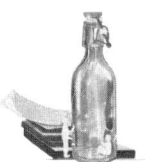

翌日,顾奇南的生物钟准时在早上五点半把他叫醒。

房间里很黑,睁开眼睛的时候,他忘了自己身处哪里。他房间里的窗帘是深蓝色的,遮光度不是百分百。这个季节,通常他五点半醒来的时候,房间里已经微微亮了。

顾奇南躺了一会,才慢慢坐起来。

他拿起手机,找到了小台灯的开关,打开了。他不敢去洗漱,怕吵醒了展哥,准备先看一会书。

然而台灯打开的时候,躺在沙发上睡觉的展铭也醒了。

"几点了?"展铭问。

"才五点半,你再睡一会吧。"顾奇南说。

昨晚他们十二点才躺下,说了一会话,不知道几点才睡着。他怕展哥睡眠不够,心情更不好。

"你不睡了吗?"展铭看着他问。

顾奇南把床上铺着的展铭的衣服叠好,放在一边,说:"生物钟,我睡不着了,起来看一会书。"

展铭闻言,走到窗户边将窗帘拉开。

房间里亮了起来,但太阳还没完全升起。

展铭说:"我也起来读书。"

顾奇南惊奇地看着他。

展铭大概注意到他的眼神,笑着说:"从今天开始,认真读书,希望能跟小南仔考一个城市,不然也考个周边地区的。"

"真的吗？！"顾奇南高兴起来，跟在展铭身后进了浴室，"你想考哪所大学？什么专业？"

展铭拿着牙刷，摇头："不知道。"

想了想，他补充道："跟人家借本志愿书，研究一下B大附近有什么学校吧。我估计那些学校我都考不上，看看那个城市周边地区有没有我能考上的。"

"哦，"顾奇南闻言，有点失落，"你一定考得上的。"

展铭笑道："别盲目乐观，实际一点，有我能读的大专就不错了。现在高铁也很快，我可以放假去找你玩。"

顾奇南听了又有一点开心。

两个人看了一个小时的书，出门准备上学，顺便在路边的早餐店吃了早餐。

顾奇南先去了教室上早读课，展铭直接去办公室找班主任申请住宿。

吴渊跟林小斌这一天到得挺早，看见顾奇南一个人进教室，问："展哥呢？他不是天天去地铁站接你吗？"

顾奇南坐下来，放好书包，严肃地说："现在有一件重大的事，告诉你们两个，你们不许一惊一乍。"

等顾奇南说完，展铭也回教室了。吴渊跟林小斌两个人震惊地看着展铭，展铭没心情理会。

顾奇南问："怎么样？张老师同意你住宿吗？"

展铭摇摇头："宿舍没有床位了。"

顾奇南从没想过学校宿舍还会满员。

吴渊问："去年听王越说他们宿舍还剩一个床位，怎么这学期就满了？"

林小斌在一边喊："笨啊！这学期有高一新生入学，而且很多原本没有住宿的高三生，为了节省时间好好学习，这学期都申请住宿了。现在都开学一周了，人家暑假的时候就申请了。老张前两周还在群里问过，你忘了？"

"现在怎么办啊？"顾奇南呆呆地问，"不然去我家住吧！"

"没事，在外面租房就行了。"展铭说。

"是，"林小斌搭腔，"学校外面这一圈小区，很多都租给了陪读的家长，还有一些高三生只租来中午午休时用。再过去一点，城中村，也有很多房子出租的。"

展铭点头："我今天在租房软件上看一看，晚上再去附近找找。明天刚好星期天，可以去看房子。"

高三年级的双休日已经没了，变为一周休息一天。但这也比一中跟实验中学好多了，齐一修哀号他们是半个月休息半天。

"展哥，你这两天先住我家吧，我家离学校近，"林小斌说，"小南仔你家太远了，明天来找房子不方便。"

"嗯，"展铭没跟他客气，点点头，"中午先去退房，我行李先放你家，小电摩也先放你那里。"

中午放学，吃完饭，展铭就跟林小斌去退房拿行李了。

顾奇南跟吴渊从食堂往回走，心事重重，不时还叹气。

吴渊笑着问："你怎么比展哥还烦心的样子？"

顾奇南叹气："展哥怎么办啊？会不会影响到他高三的学习？房子好找吗？一个月房租要多少钱？"

吴渊猜测："学校附近这一圈都不贵，一个月五六百块钱吧，要看新旧、大小，还有小区环境。你还用担心展哥？展哥的独立能力是你跟我的十倍不止，你放心好了。他晚上在奶茶店打工，一个月有一千六百块钱，足够付房租了。"

顾奇南紧张地道："五六百块钱？那住到高考——还有九个月，要五千块钱左右！除了房租，还有生活费……不能打工，都高三了，晚上再去打工，就真的没有学习时间了。"

吴渊叹气："那怎么办？学校住宿倒是便宜，可现在也没地方了。不然只能等到下学期，提前跟老张申请看看。吃饭这个好办，我们三个人，可以轮流请展哥吃饭。问题是，展哥不会同意的，他很好强。"

顾奇南叹气，再叹气。

快走到教室了，走廊上有不少人刚吃完饭，正在聊天打闹。

吴渊说："别发愁了，等展哥房子租好了再说。真到了没办法的时候，我们帮一帮，你多劝劝展哥，展哥听你的，肯定同意。"

顾奇南觉得吴渊的用词很奇怪："为什么这么说啊？"

吴渊理直气壮："不是吗？你不觉得展哥很听你的吗？"

顾奇南突然觉得有些道理，毕竟自己也是第一个知道展哥搬出来的，他正想着呢，突然从六班跑出来一个人，叫住了吴渊。

"吴渊，这个——"

是邱然颖。

顾奇南新奇地看着邱然颖递给吴渊一瓶饮料,轻声细语地说:"刚刚在食堂,王越扔在我位子上的,我不想要!他还没回教室,你帮我拿去放到他位子上。"

吴渊接过饮料,笨拙地应了声:"好。"

邱然颖低低地说了声"谢谢",就回自己教室了。

顾奇南看看吴渊,又看看吴渊手里的饮料,再看看吴渊。

吴渊别扭得左右脚都迈不清楚了,飞速回了教室,将那瓶饮料扔在王越桌上。

顾奇南知道吴渊为了QQ表白墙加了邱然颖微信的事,吴渊自己说过,加了后就聊了那么一次。顾奇南没想到,邱然颖竟然会找吴渊送回饮料。

怎么不找他呢?

他还跟邱然颖说过话呢!

顾奇南不是八卦的人,因此他不会像林小斌那样开口问吴渊。可吴渊被他盯得浑身不对劲,自己先交代了:"你别跟林小斌说,知道吗?他大嘴巴,没什么事又嚷嚷得全世界都知道。"

"哦。"顾奇南点头。

吴渊开始此地无银三百两:"我跟她不是经常聊天,就是偶尔问一下问题。"

"哦,"顾奇南点头,想起来似的说,"我觉得她刚刚的语气好像跟你很要好。"

吴渊瞬间红了脸:"你不要乱说!"

等展铭跟林小斌回来时,王越也回教室了,嚷嚷起来:"然然怎么把饮料还回来了?"顾奇南立刻在高考备战群里,把吴渊出卖了。

吴渊一通手忙脚乱,不仅没解释好,还把邱然颖送自己创可贴的事不小心说出来了。

林小斌一通刷屏围观。

前面正闹着呢,顾奇南偷偷凑近了,跟展铭说悄悄话。

"展哥,我中午突然想到,我跟你一起租房子好不好?我家太远了,中午回不去,学校里太吵了,趴着睡也不舒服。刚好,我跟你一起租,这样我就有地方午休了。我就中午睡觉,你不用租太大的房间,我们两个平摊房租,刚刚好,我也省得去找房子!"

展铭没说话。

顾奇南睁着黑漆漆的双眼看他,问:"不可以吗?不可以吗?我中午没地方睡觉呀。我自己租一个房间多浪费,跟你合租可以省钱。展哥,哥,不行吗?哥。"

展铭过了一会才说:"可以,我先把房子租了,你看看再说。"

顾奇南高兴地点头。

下午放学后,顾奇南依依不舍地跟展哥在校门口说了再见,看着展哥开着小电摩载着林小斌走了。

他自己一个人慢慢走到地铁站,刚上地铁,就想不知道展哥到了没有,现在在干吗。

他给展哥发了消息,展哥没回。

顾奇南做了一张卷子,展哥才回了他消息。

摇啊摇:在小斌家的店里,跟着他看店。

小弟3:看到几点?

摇啊摇:他们家在店里吃饭,等吃完饭,小斌带我去他家。

小弟3:哦。

小弟3:那你晚饭多吃点。

摇啊摇:我找找租房信息。

小弟3:好,我继续看书。

等到顾奇南吃完晚饭,洗完澡,坐在书桌前写了一会作业了,高考备战群才活跃起来。

斌哥向前冲:报告南哥,展哥已在我家洗好澡!我的天哪,男神!展哥这肌肉!这身材!

斌哥向前冲发了一张图片。

顾奇南打开一看,是展哥洗完澡的照片,光着上身,只穿着一条运动短裤,正在擦头发。林小斌新换的手机,拍得还不错,展哥的六块腹肌拍得十分清楚。

小南仔:展哥会打你的!

斌哥向前冲飞速按了撤回。

斌哥向前冲:我跟展哥要打游戏了,没空理你们了!

斌哥向前冲:天啊,展哥说他要写作业!明天是星期天啊,展哥!你怎么现在就要写作业了?!你是不是被顾奇南毒害了?!

斌哥向前冲:展哥真的拿出了作业……

斌哥向前冲:渊哥,我们打游戏吧!

渊哥一定行:滚。

顾奇南正笑着呢,展哥给他私发了消息。

摇啊摇：我写作业了。

小弟3：好的。

斌哥向前冲：渊哥！跟你报告！小南仔跟展哥竟然在私聊！他们两个竟然偷偷摸摸避开我们私聊！！

斌哥向前冲：我刚刚偷看到的！

斌哥向前冲：大家都是好兄弟，有什么不能公开在群里说的？！为什么要私聊？！

渊哥一定行：我劝你闭嘴。

渊哥一定行：我怕你再说下去，晚上要被展哥毒打。

斌哥向前冲：对不起，我道歉。我想撤回，可是超过时间了。展哥，对不起。南哥，对不起。

然后林小斌就消失了，估计被展哥修理了。

其间展铭问了顾奇南几个问题，没多说什么，十点的时候，准时跟顾奇南说晚安。

小南仔：你晚上跟斌哥一起睡吗？

摇啊摇：我睡地板。

小南仔：啊？为什么？

摇啊摇：他床太小，挤。

小南仔：哦。

小南仔：你明天早上就去看房子吗？

摇啊摇：九点半出门。在手机上看了三间，明天再去学校附近找找看，有的招租信息直接贴在墙上。

小南仔：我明天跟你去看房子吧！反正明天放假！

摇啊摇：明天林小斌跟我去，你在家待着，好好读书，不是马上要奥数比赛了吗？

小南仔：是……可是不差这一天啊！

摇啊摇：太晚了，快睡。

顾奇南只好躺下睡了。

有时候他知道求求展哥，展哥会同意；有时候他又知道，怎么求都没用，展哥不会同意。

展哥的房子找得很顺利，一天的时间就找好了。

　　从起床开始，顾奇南就不停地发消息，询问房子的情况，展哥一直没回。高考备战群也安安静静的，林小斌竟然没播报，真的很奇怪。中午的时候顾奇南打电话给展哥，展哥跟林小斌正在吃沙茶面。

　　展哥说，早上没看到满意的，吃完面继续看。

　　刚挂掉电话，林小斌就在群里跟顾奇南说，展哥不让他发，不是他不发！顾奇南问为什么。

　　林小斌跟他私聊。

　　文武哥：大概怕影响你学习吧，怕你担心这担心那的，什么都不允许我说！

　　文武哥：我的天哪，你可真是展哥的小团仔！

　　文武哥：不说了，等一下被展哥发现，我选择死亡。再见！

　　下午四点多的时候，展哥发了消息，说已经找好房子了，立刻就能搬进去住。

　　林小斌跟吴渊都过去帮忙打扫卫生，顾奇南也想去，展哥不让他来，让他好好准备即将到来的奥数比赛。

　　到了晚上九点，展哥才给他发了一张照片。

　　一个小房间，白墙，靠墙摆着一张双层床，床边是一张书桌，桌子上放着展哥的书包。除此之外没有别的家具了，但好在看上去整齐干净。

　　小弟3：好像什么东西都没有？杯子、水壶、被子、枕头……都没有？

　　摇啊摇：我现在去超市买。

　　小弟3：你别买枕头和被子，我家里有好多！等一下，你先别买，我看看我家里有什么，明天带过去。

　　摇啊摇：超市不远。

　　小弟3：别浪费钱！我妈妈好喜欢买东西，杯子家里都有一二十个！真的！她双十一还买了十几双拖鞋，我现在去找找。没有的话，我们明天一起去超市买。

　　小弟3：要等我一起买！

　　小弟3：我现在去问我妈妈！

　　摇啊摇：嗯。

　　顾奇南跑去问他妈妈，需要准备什么东西。他爸爸妈妈放下手里的事，在家里各个柜子，翻出了无数闲置的东西。

隔天早上，展哥骑着小电摩到地铁站接顾奇南，发现顾奇南拖了一个巨大的行李箱，成为地铁站的视线焦点。

谁上学会拖一个二十四寸的行李箱啊！

展铭无语。

顾奇南抱着二十四寸的行李箱，坐在小电摩后座，兴奋地跟展铭念叨他们昨晚收拾了多少东西出来，宣布他今天晚上要在展铭那里住，已经跟他爸妈说好了！

展铭先把行李箱提进房间，怕上课迟到，没让顾奇南上楼。

顾奇南学习都有点走神了，一直兴奋得不得了，想冲去整理行李箱。中午在食堂吃完午饭，顾奇南拉着展铭，迫不及待地跑了。

展铭的小电摩没骑过来，租的房子离学校只有五分钟路程，不在学校对面的几个小区，而是在城中村里。

展铭一边带着顾奇南绕着小路走，一边说："这里你一个人的时候别来，特别是晚上。这里跟学校对面的小区不一样，房租便宜，住的人员比较复杂。有上班族，有务工人员，可能还有无业人士。"

顾奇南担心地问："那你呢？"

展铭揉揉他的头发："没人敢欺负你展哥。"

顾奇南还是担心："那这里会不会很吵？为什么不租在学校对面的小区？"

展铭回："不吵，白天的时候甚至很安静。我想你只有午休的时候过来，就无所谓了。这里……房租便宜点，房子也比较新，是去年盖好的。"

学校对面的小区，环境好的，房租都要一千块钱以上，房租便宜的，房间又都很破旧了，而且大部分好的房子，在开学前就已经被租走了。

展铭权衡一下，租了城中村的。

他不怕人员复杂。

小南仔过来的时候，他肯定是跟小南仔一起的。

展铭拐了几个弯，停在了一幢七层的楼房前，掏出钥匙，打开防盗门。一楼楼梯间还挺宽敞，此时只有展铭的小电摩跟几箱杂物放着。

展铭带着顾奇南上了三楼。

每层楼隔成六个房间，楼道里甚至摆着小孩的三轮自行车。

展铭停在中间的一扇门前，开门。

顾奇南问："这里还有小孩子啊？"

展铭回:"最东面好像住了一家人。这里基本住满了,晚上会比较吵。但是我在学校上晚自习,下了晚自习回来也晚了,过了最吵闹的时候。"

展铭一边说着,一边推开门。

照片上房间看着小小的,但实际更小,只有八九平方米。

房间四面白墙,地上铺着便宜的浅灰色小瓷砖,一张双层床、一个原木色的小衣柜、一张书桌跟一把椅子,没了。好在看上去还很新,有空调,小浴室里还有热水器,干干净净,没有霉斑,没有污渍。

顾奇南的大行李箱孤零零地放在房间中央。

这跟顾奇南想象中的租房有点不一样。

他很少看电视剧,但瞄过几眼妈妈看的电视剧,里头已经工作的年轻男女,租的房子至少有客厅、厨房、阳台,还有沙发、餐桌。

可这里什么都没有,空空荡荡。

好在顾奇南理智尚在,明白实际生活跟电视机里的不一样,忍住了惊呼。

他走过去,打开行李箱,尽量装作高兴地说:"枕头和被子都是干净的,马上就可以用。"

顾奇南从行李箱里拿出了两条空调被,1.8米的,铺在床上有点大了。

顾奇南自我安慰:"没事,被子大一点,盖得更舒服。"

展铭也过去整理。

不一会,两条绣着恐龙的卡通空调被,跟两个同样有着小恐龙的枕头就分别摆在了上下铺。书桌上摆了热水壶,两个马克杯,一个灰蓝的,一个米白的。两双拖鞋被摆在门边,也是灰蓝的跟米白的。

顾奇南打开衣柜,把自己的睡衣挂在里面。

衣柜很小,但展哥的东西也少。他的衣服只不过摆了两个小格子,柜子里扔着一件薄外套。

顾奇南甚至带了十几个衣架过来,把展哥的外套也挂了起来。

他往浴室里挂了一条自己的毛巾,摆了两个牙杯。

顾奇南解释:"我先准备好牙刷和牙杯,万一我有时候晚上来玩呢。"

他甚至从大行李箱里掏出几块黑色塑料板子,说:"这是我妈妈双十一买的简易置物架,本来要买回去摆花的,结果买太多了,又闲置了。拼起来,在房间里可以放东西。"

展铭看着他忙了半天,低声说:"好了,你该做题做题去,我来拼置物架。"

顾奇南哪有做题的心思啊，不过他怕他不好好做题，展哥下次不让他来了，就乖乖拿出奥数练习题，做了起来。

置物架拼起来很快，是一个三层的小架子，还挺稳固。

展铭把烧水壶放在上面。

一转眼，原本空空荡荡的小房间，多了不少生活气息。

顾奇南做了一会题，见置物架拼好了，竟然从行李箱里拿出一袋子水果跟牛奶，一样样在置物架上摆好了，说："好了，给你饿肚子时吃！"

展铭没说什么，去浴室里洗了手。

出来的时候顾奇南已经换好睡衣，爬到上铺准备睡午觉了。

展铭没说什么，换了件黑色背心，在下铺躺好。

顾奇南突然嘿嘿地笑了。

展铭问他怎么了。

顾奇南说："我从来没租过房子，真好玩。"

展铭知道顾奇南是想安慰他。

其实谁都知道，一点也不好玩，这么小的房间，没有物业的民房。这恐怕是顾奇南这辈子第一次接触这种环境，他本不需要租房子，不需要跟人分摊租金。

他只是想帮展铭分摊点，想让展铭开心点。

顾奇南说："我要睡了哦。"

展铭轻声应道："嗯。"

半个小时后，顾奇南准时醒了。

他睁眼，问展铭："你睡着了吗？"

展铭应："嗯。"

"躺在床上睡觉真舒服。"顾奇南高兴地说。这他倒是没说假话，不管怎么说，跟展哥在小出租屋里午休，让他感觉很好玩。

两人收拾好，出门上课，五分钟就到了学校。

林小斌一见他们两个，就哀怨地说："你们两个走了，我好孤独，好寂寞。吴渊连午休时间也在疯狂学习，打一把游戏都不愿意！"

吴渊无情讽刺："说得好像南哥在的话，就愿意跟你打游戏似的。"

展铭坐下，也无情发问："你下午的生物作业写完了吗？"

哪知林小斌早有准备，掏出练习卷，得意地抖脚："抄完了！唉，你们三个都去学习了，没人陪我玩，我只好抄作业。我感觉这段时间我抄作业抄得特别认真，这次月考我肯定要进步了！"

顾奇南："……"

下午放学后，四人一起去食堂吃了晚饭。吃完晚饭，离晚自习开始还有一小时。顾奇南马上要参加奥数比赛了，一吃完饭就到教室自习，展铭陪着他。

吴渊跟林小斌溜达出学校，买了六杯奶茶。

林小斌不解地问："你为什么买六杯奶茶？就算你要请邱然颖喝，那也才五杯啊，难道我小学数学都不会算了吗？"

吴渊鄙夷地道："你智商没救，情商也没救了。"

林小斌满头问号。

等走到六班，吴渊拎了两杯奶茶，站在窗户边，拉开窗户，悄悄递了进去，放在邱然颖桌上。

这周轮换座位，邱然颖跟她同桌搬到了靠教室走廊这一排。

邱然颖跟她同桌感情好，一起吃饭，一起自习，现在早就两个人坐在教室里埋头写作业了。冷不防两杯奶茶摆在了桌上，邱然颖以为是王越，正想发飙，抬头却看见是吴渊。

吴渊小声说："请你跟你同桌喝。"

邱然颖小小声说："哦。"

吴渊关好窗户，走了。

邱然颖同桌轻轻碰了一下她的胳膊，促狭地笑了。

邱然颖红了脸，站起来把窗户锁上，以防王越出现递饮料。

一坐下，林小斌就"哦哦"叫，跟人猿泰山似的。

展铭一个死亡眼神抛过去，让他闭嘴，别吵顾奇南。林小斌赶紧收声，小声地八卦道："你们知道吴渊这货有多狡猾吗？他竟然买了两杯奶茶给邱然颖跟她同桌喝！服！王越必须服！王越想都想不到，除了脸，他还哪里输给我们渊哥！智商啊，是智商啊！"

吴渊一声不吭，埋头写作业去了。

林小斌评价："不好意思了，渊哥不好意思了。不是，你们两个什么时候发展到请喝奶茶的地步了啊？你天天在我眼皮底下出没，怎么回事啊？我怎么什么都不知道呢？"

展铭一个拳头伸过去，威胁地晃了晃。

林小斌做了个拉上嘴巴拉链的动作,不敢说话了。

顾奇南闷笑道:"没事,我不怕吵。而且我明天请假了,这周末考试,这周请假在家自我集训。"

林小斌惊呼:"这么爽?"

吴渊抬头问:"那你今天怎么来了?这比赛很重要吧?我听别人说,好像一中跟实验中学都是赛前一个月就集训了,种子选手课都停了。"

顾奇南说:"来看展哥的新住处啊!"

展铭:"……瞎胡闹,你时间多宝贵。"

顾奇南嘟哝:"我不是一直在做题吗……"

晚自习的上课铃声响了,王越才拖拖拉拉进了教室。他坐在第四组,展铭他们是第一组,经过展铭他们身后时,王越大大地冷哼了一声。

林小斌翻了个白眼,觉得王越真是有病。

直到王越往自己桌上放了两杯奶茶,有人笑他:"人家又不收你的奶茶啊?你速度太慢了,现在都几点了,被别人抢先了吧。"

王越阴阳怪气地道:"我又没有小弟,怎么有办法刚吃完饭就派小弟送奶茶啊?"

展铭四人:"……"

吴渊赶紧在群里发消息。

渊哥一定行:展哥,明天您还喝奶茶吗?您看金橘柠檬行吗?还是百香果双响炮?

斌哥向前冲:哎呀,说王越有智商真的是侮辱"智商"这个词。我居然跟他一个考场?不行,我必须认真学习了,誓死不能跟王越一个考场!

说完,林小斌还真的学习了一节课,虽然第二节课坚持不住睡倒了。

七中晚自习是九点半下课,下课后,仍然有一部分人选择在教室继续自习,有的住宿生会一直自习到十点半才回宿舍。

展铭四人出了校门口就各自说再见了,展铭带着顾奇南往住处走。

他原本想把顾奇南送到地铁站,让顾奇南回家,专心复习奥数,免得浪费时间。

但顾奇南不肯,拉着他的衣角不放,求他:"现在回家都超过睡觉时间了,太困了,等一下我会在地铁上睡着的!我明早回家做题,不是一样吗?"

展铭拗不过他,只好答应让他住下。

晚上城中村的路更难认了，明明只有五分钟路程，却拐来拐去，而且许多民房长得都差不多，顾奇南走了几分钟，完全混乱，想不明白展哥怎么记得路。

晚上九点多，住处的一楼楼梯间，多了许多辆电动车，想是白天出去打工的人晚上回来了。

上楼时，每一层楼都传出说话声、电视机播放声，很热闹。

三楼的小孩正在尖叫大哭，喊着要吃棒棒糖，声音之尖利，使顾奇南差点昏倒。展铭打开门，两人赶紧躲进房间，关起门来，那尖厉的声音才小了一点。

"这里晚上太吵了吧！"顾奇南说，"这样你回来怎么学习，怎么休息？"

展铭换鞋，顾奇南带来的拖鞋正好是他的码数。

也不知道他们家为什么会准备1.9米的大个子能穿的拖鞋。

"你在，我才早回来。以后可能会跟着其他人，晚自习到十点半才回来。"展铭说，"那时候小孩都睡了。"

展铭放下书包，将带回来的几本书在书桌上放好。

他高中三年的书跟练习册全都放在教室里，有的是塞在林小斌他们的课桌里，现在终于有地方放了。

"自习到十点半啊？"顾奇南惊讶。

展铭翻翻书："不会的太多了。"

顾奇南又有点高兴："没事，还有一年，慢慢复习。"

"去洗澡吧，"展铭说，"你不是十点就要睡觉了？"

"哦哦！"顾奇南拿了自己的衣服进浴室，进去就傻眼了，找了半天，只好叫展哥。

"展哥，衣服要放在哪里？"

展铭才想起来，拿了两个挂钩，粘在浴室的门背后，让顾奇南把衣服挂在上面。

顾奇南洗漱完毕，很快就出来了。

换展铭洗澡，顾奇南拿着习题册，趴在床上看。看了一会，有人给他发消息。顾奇南拿起手机看，发现是李腾学长给他发了一道题，说题目挺有意思的，让他看看。

顾奇南看起题目来。

题目不难，但确实很灵活新奇。

李腾拨了个语音通话过来，问顾奇南会做吗。顾奇南跟他聊了一会这道题，挂断的时候，展铭已经在浴室洗好两个人的衣服出来了。

顾奇南有点不好意思："你怎么把我衣服也洗了？我明天带回家就好了呀。"

房间没有阳台，但有个挺大的飘窗，上面有根不锈钢的横杆，就是预留给人晾衣服的。展铭一边晾一边说："顺手就洗了，空调吹一吹，明早就干了。"

展铭突然问："刚刚跟谁打电话？"

顾奇南没多想，直接回答："李腾学长，讨论问题，他最近看到有意思的题目都会发给我做。"

展铭突然把灯关了，说："睡觉吧。"

这灯关得猝不及防，顾奇南喊："我还没喝水呢！我要喝一口水！"

展铭只好又把灯打开，给顾奇南烧水。

顾奇南躺在床上等着展哥给他端水喝，还抱怨："晚上奶茶喝多了，我现在觉得口好渴。"

刚烧好的水滚烫极了，展铭只好拿两个杯子，把水倒来倒去，快点弄凉。

等了半天，顾奇南才喝上水，一口气喝光了，满足地躺下。

展铭又给他倒了一杯，放在桌上，怕他半夜口渴。

折腾了半天，终于可以睡觉了。

等顾奇南躺好，展铭便把灯关了。

已经十点多了。

顾奇南躺床上，还想跟展哥说话，说什么呢？

黑暗中，周围的一切声音更加清晰了。

楼道另一头的小孩在尖叫"我不想睡觉"，声音越来越小；有人在看电视，是古装剧，背景音乐放得好大声……

Chapter 14
好兄弟

　　早上五点半的时候，顾奇南照着平时的习惯，坐到书桌前，打开习题册做了起来。

　　展哥进浴室洗漱，出来的时候，给顾奇南倒了杯水。

　　展哥拿出了英语书，在旁边背了起来。

　　六点半，两人出门吃早餐。

　　展哥骑着小电摩，带顾奇南去吃了锅边糊跟萝卜糕。六点半的小摊子上坐满了人，热气腾腾的锅边糊喝得顾奇南额头都微微出汗了。

　　吃完早餐，展哥又送顾奇南去地铁站坐地铁回家。

　　从今天开始，顾奇南要在家自我集训到周末参加比赛。

　　两人有一周的时间见不到面。

　　南州九月的清晨，热气已经渐渐弥漫开了。

　　顾奇南坐在小电摩的后座，看着展哥宽阔的背部，和被风吹得鼓起的白色校服。

　　很快就过了一周，周一早上，展铭一如既往地骑着小电摩来接顾奇南。

　　顾奇南背着书包，傻笑着坐上后座，说："展哥，我今天有话跟你说。"

　　展铭的声音闷闷的，从前面随风传来："马上上课了，别说了，等一下迟到。"

　　"哦。"顾奇南觉得展哥说得有道理。

　　等到了教室，林小斌跟吴渊就凑上来了，问他考得怎么样。

　　"还行，跟我预料的差不多，"顾奇南说，"过几天结果就出来了。"

　　整个上午，上课下课，四人组一直聚在一起。连做课间操也是四个人一起去的，顾奇南一直没有找到跟展铭单独说话的机会。他其实就想问展哥，要不要大学考到一个城市，经历了这么多，以后做一辈子的好兄弟。

他就像发现了新世界的冒险者，心里真正认可一个人，世界便突然变得不一样了，展哥的一言一行也变得不一样了。

教室里有好多人，可他只注意得到展哥一个人。

展哥动一下，他都能感觉到；展哥听数学听得走神了，他也能立刻察觉。下课的时候，林小斌他们跟展哥在聊游戏最新的皮肤，而他趴在桌上看着展哥，根本没听见他们说了什么。

连林小斌都发出疑问："不做题你干吗呢？"

顾奇南觉得自己可能是疯了，从走进城中村的小巷子，周围只有他们两个人开始，他下定决心开口："展哥，我有话跟你说！"

展铭沉默地换鞋，放好书包说："你说吧，是早上就想说的那件事吗？"

"嗯，是的，"顾奇南说，"我想以后我们一定要考到一个地方上大学，这样才不至于因为距离关系疏远了，我们要做一辈子的好兄弟！"

顾奇南等了两分钟，没等到展哥的回答。

展哥背对着他，站在书桌前。

顾奇南走过去，凑近看他，问："你怎么不回答？你听清楚了吗？一起去……"

"听清楚了，"展哥打断他的话，"别胡闹了。"

顾奇南莫名其妙地道："我没胡闹啊。"

展铭慢慢说："我确实想好了要好好学习，也想考个好大学，但是有些事情我们是没法掌控的，去哪所大学还是得根据成绩来，不能因为要去同一个地方，让你降分去一个不是很好的大学。"

顾奇南解释："我没有胡闹，很确定的，我又不是傻瓜，我相信会有适合我们一起读书的城市。"

"李腾不是也帮了你很多吗？"展铭问。

"关李腾什么事啊？！"顾奇南有点气，展哥怎么扯这些有的没的？

展铭又沉默了。

顾奇南后背的汗水都出来了，他才发现他们进了房间，空调都忘了开。顾奇南从书桌上拿起空调遥控器，打开空调。

空调发动机嗡嗡作响，让房间里的寂静稍微不那么尴尬了。

等了好一会，展铭才开口，看着他问："那耽误你的前程怎么办？"

顾奇南忙说："不会的，你相信我。"

他盯着展铭，眼里的光几乎让人无所遁形。

展铭咬咬牙，平静地说："大学是影响人生的大事，不是你觉得不影响就不会影响，你得想清楚。"

顾奇南打开书包，从书包里小心翼翼地拿出了一本写满学习要点的习题纠错集，递给展铭，扬起一张笑脸说："我想清楚了啊！不过为了实现这一目标，你的学习成绩还需要很大的提升。"

展铭看着那本纠错集，有些无奈，问："你什么时候准备的？"

顾奇南硬是把纠错集塞到他手里，说："这是整理了一周的容易做错的习题集，我以后每周还会抽时间准备，直到你答应和我考到同一座城市。"

"别，"展铭说，"这肯定会影响你的学习成绩。而且，从明天开始，你也不许再来这里午休了。"

"什么？！"顾奇南如同遭遇晴天霹雳，"我跟你合租的！"

"谁说你跟我合租的？我没答应你。"展铭将纠错集放到书桌上，坐下来开始做作业。

顾奇南没椅子坐了，只好站在一边，可怜兮兮地说："你明明答应我了啊。"

展铭翻开生物练习卷，一边翻书一边头也不抬地说："我答应你来午休，没答应跟你合租。现在我不同意你来午休了，你明天不许来了。"

"你这题错了。"顾奇南忍不住指了指展铭刚写好答案的选择题。

展铭沉默了一会，改掉了错误的答案。

顾奇南见他不理会自己，先去换了睡衣，又拿出练习册，盘腿坐到床上，问："我东西都搬过来了，你怎么能不同意我来午休啊？吴渊跟林小斌都知道我要来你这里午休了，现在你不让我来了，我多没面子啊。"

展铭没停笔，说："那吴渊跟林小斌知道你——你想要我和你考到同一个城市的事吗？"

顾奇南摇头，说："还不知道，我现在就可以告诉他们！"

展铭停下笔，转头认真地看着顾奇南，一字一句说道："这真的不是那么容易的事，也不是那么有必要的事。即使我撞了大运，超常发挥，能够跟你考到同一个城市，但有时候同一个城市的不同大学，可能比两个城市之间的距离还远。懂吗？"

顾奇南摇头。

"我们没有必要做这种毫无意义的约定,你能考上最好的大学,你就去,不要考虑我。"

展铭说完,又转回去继续写作业。

留下愣住的顾奇南。

过了一会,顾奇南才激动地从床上站起来,挥舞双手,道:"这怎么是毫无必要的约定呢?我不承认!我就是想跟你做一辈子的好朋友,不行吗?!"

展铭头也不抬,依然在翻书,不理会他。

顾奇南有点泄气:"我觉得,我是你最好的朋友,你怎么会不想和我到同一个城市上大学呢?可能突然跟你提出来,你觉得考到同一个城市压力很大。没关系,你可以慢慢考虑。这也是给自己定一个目标啊……"

顾奇南在床上侧躺着看他学习,有点不甘愿。

难道自己的想法是错的吗?顾奇南翻了个身,想了想,觉得自己确实太心急了。

这个约定提得太仓促,没有任何铺垫。

要求展哥立刻答应也太心急了,没有给他留好好想一想的时间。

而且还顶撞了展哥……

顾奇南躲在被子里偷偷笑。

好吧,让展哥好好想一想吧。

顾奇南想着想着,不知不觉睡着了。

展铭果然不让顾奇南去出租屋里午休了,连自己也不回去了。展铭跟吴渊、林小斌说,这周末要月考了,考试很重要,老张说过了,中午的时候,他跟数学老师都在办公室,随时欢迎他们去问问题,所以展铭准备这几天每天中午都要去问问题。

然后果然,每天中午,展铭都带着课本跟练习册往办公室去。

吴渊跟林小斌十分震惊,林小斌甚至有了几分危机感,也拿出了课本开始看。

顾奇南只好接受了不能去出租屋的事实。

因为中午不能去出租屋,他这周也准备了一些习题集。但是现在这种情况下,两人也没法一起讨论,一起纠错了。

展哥回到教室后,顾奇南可怜巴巴地嘟哝:"我准备了好久的,这些题都没时间让你看了,晚上回去你自己琢磨吧,解不出来再和我说。"

晚上的时候,顾奇南发消息给展哥,展哥不像以前那样,每条必回,而是选择性地回一两句。

小弟3：你把纠错的习题集看了吗？

小弟3：不许扔掉啊！我花了好多时间整理的！

摇啊摇：那你的作业做完了吗？上周落下的也补完了？

小弟3：没有……

摇啊摇：快去做。

然后展哥就不理他了，直到顾奇南十点要睡觉的时候，给他刷屏发了二三十条"哥哥"，他才终于说了一句"晚安"。

顾奇南好惆怅啊。

月考的时间为周五、周六，还是两天。进入高三了，七中还是松松散散考两天，一点也没有压缩考试时间的打算。一中跟实验中学只考一天，周六考完，周日早上还到校自习，下午才休息半天。

齐一修在微信上刷屏抱怨了好几页，然后按照约定好的，把周末发的练习卷全部拍照发给顾奇南。

呼呼溜：顾大神，您这么多作业，真的做得完？不是，七中布置的就已经很多了吧？

小弟3：七中的卷子难度不大，我都跳着做。

呼呼溜：那您也是神人了……

小弟3：我把这几张数学卷子的类型题都给你标出来了，你看看。

呼呼溜：你太厉害了！我感觉我这次月考数学能进步！真的！

呼呼溜：对了，你奥数成绩怎么样？我拿了个三等奖……

小弟3：省一等奖。

呼呼溜：哇！自己一个人做题也能拿到省一等奖！太强了！

小弟3：有什么用，离B大还是长路漫漫……

呼呼溜：要是金秋营能签上约，降分录取，你再补补你那英语，就很有希望了。

小弟3：在补了……

顾奇南狂做了两张卷子。

卷子做完后，也快到晚上十点了。

他边刷牙,边看手机,展哥还是没回他。

算了,反正四人已经约好了,明天考完后一起到展哥的小出租屋里吃饭过夜。林小斌还特地叮嘱了顾奇南记得跟爸妈说好,怕他乖乖牌,爸妈不让他在外过夜。

不过是月考考完,林小斌却激动得不得了,不好好复习,一晚上都在群里瞎嚷嚷,说他要带一堆饮料零食过去,准备明晚尽兴地吃喝。

搞得像高考考完了一样。

小南仔:我的睡衣一周没穿了,牙刷也一周没用了,肯定都是灰尘。你有没有给我收起来?

摇啊摇:洗干净,收好了。

小南仔:你明天不用来地铁站载我了,我自己走过去。

摇啊摇:嗯。

第二天早上,顾奇南自己一个人去上学。

从地铁站到七中的路上有很多穿着七中校服的学生,三三两两的。有两个女生手挽着手,一直在顾奇南身后不远的地方嘻嘻哈哈,几次走到顾奇南身边,又停住脚步让自己落后。

连顾奇南都注意到了这两个女生。

快到七中校门口时,终于其中一个女生拉着另一个女生的手,快步走到顾奇南身边,搭话道:"学长,你今天怎么没跟你那个很吓人的同桌一起走啊?"

顾奇南低头看她们一眼,纠正:"我同桌不吓人。"

然后心里惊奇地发现,他竟然需要低头看人了!

这两个女生个子不高,即使穿着蓝白校服也掩不住她们的青春可爱,一个留着齐耳短发,一个梳着两根辫子,都夹着带蝴蝶结的发夹,书包上还挂着小玩偶。

短发女生明显胆子更大,又说:"吓人呀!听说他经常闹事呢!"

顾奇南再次纠正:"他现在不闹事了。"

辫子女生扯扯短发女生的袖子,短发女生看了她一眼,笑,又说:"学长,听说你读书很厉害哦,是年级第一,可不可以教教我们怎么学习呀?"

说完,自己先嘻嘻哈哈笑了起来,拿过辫子女生的手机,打开微信,说:"学长,可以加你的微信吗?问你问题!"

顾奇南疑惑地道:"你们认识我?怎么知道我的年级排名?"

"你是七中的好学生,很有名啊,我们都知道。"两个女生又笑起来。

顾奇南不傻,他也是被告白过好几次的人了,自然知道是怎么回事。

"我没带手机,"顾奇南摆手,"学校不允许带手机的。"

两个女生你看我、我看你,有点失望地说:"那下次你带手机了,一定要加我们微信哦!"

顾奇南点点头,挥挥手,快步离开。

这一个早上考完理综,到中午吃饭的时候,四人组才碰头。

展哥在人群中端着两个餐盘,在最挤的小窗口,帮顾奇南打了他最爱吃的咖喱炒饭。

"你是不是提前交卷了啊?"顾奇南问。

早上考的是理综,展铭跟林小斌都提前交卷了,到食堂先给顾奇南跟吴渊打好了饭。

展铭点头:"会做的都做了,能写的也都写了,就提前了五分钟出来。"

林小斌叹气道:"我把背下来的物理公式全写上了,虽然我也不知道那公式是干吗的。"

吴渊突然笑了起来。

林小斌怒目道:"笑什么!"

吴渊笑得无法抑制:"真没想到,我们展哥跟斌哥,有一天竟然如此认真地学习、考试。我觉得我们这个四人组的老大好像得换人。南哥进入高三以后,气势如日中天啊!"

"那可不!"林小斌感叹,"南哥最近嚣张得不得了,我看很快连展哥他都不放在眼里了!昨天展哥做错了一道题,嘿呀,被他骂得啊,太惨了,人间惨剧。七中昔日著名不良学生,如今为何沦落到在题海中苦苦挣扎、被人辱骂分数的境地?"

"我没骂他!"顾奇南辩解。

他只是讲题的时候,声音大了一点而已!

他转头看展哥,说:"展哥,你说,我有骂你吗?"

展哥没说话,拿出手机,翻了半天,截屏一张发到高考备战群里。众人纷纷拿出手机细看,只见截图上是一溜消息。

小南仔:展哥,这几道题我给你标出来了,都是基础题,必须弄懂。

小南仔：展哥，今天英语小测错的那几个单词你背了吗？单词是基础，必须背下来！

小南仔：展哥，还有，今天的错题集别忘了写。

小南仔：今天的作业做完了吗？

小南仔：你别偷懒啊，不许玩手机啊！

小南仔：在试卷上改正错题，必须用红笔，记得啊！

吴渊跟林小斌发出惊天爆笑。

顾奇南："……"

下午考完英语后，大家纷纷回教室集中。

老张把几位科任老师叮嘱的练习卷都发下去了，无视他们的哀号声，慢悠悠地说道："晚上就开始改卷了，昨天的语文跟数学，成绩差不多要出来了。不要松懈，你们现在是高三生了，时间是很紧迫的。明天回去，好好把作业完成了。还有，我们班的顾奇南同学，在这次的奥数联赛中，取得了省一等奖的好成绩，非常不容易，大家祝贺他！"

整个五班的人倒抽一口冷气，纷纷看向顾奇南。

顾奇南一副宠辱不惊的模样，慢慢整理试卷。

下课后，有几个平时跟吴渊、林小斌关系还行的人跑过来，感叹："顾奇南，你太牛了吧！"

顾奇南腼腆地笑了。

大家开始跟他请教学习数学的方法。顾奇南尽量简单易懂地说了，但还是听得大家一脸迷惑。

林小斌大声道："别问了！我这种差生都知道，学习，靠的是智商！在智商足够的情况下，一个字，就是干！知道我们南哥平时怎么学习的吗？游戏，那是一分钟都不打的，除非我求着他上号；电视剧，那是一分钟都不看的！把有限的时间，投入无限的学习当中！每天晚上十点，准时睡觉，早上五点半起床，先做一张英语卷子清醒清醒。你们行吗？先把作业做完了，有这个勤奋的劲，再来问我南哥的学习方法，知道不？"

有人笑骂："哎哟！林小斌你跟好学生待久了，讲起学习还一套一套的了！"

"那是！"林小斌得意扬扬，主动拿起顾奇南的书包，"也不看看在我们南哥的带领下，我跟展哥都背起了书包！嘿！你别说，这背书包的感觉真不错！"

吴渊推着他出门，骂："废话还挺多。"

四人直奔小出租屋，全靠展哥带路，其他三人不管来了几次，没一个能记住路的。

吴渊跟林小斌各自拎了一个大袋子，到了出租屋里，掏出来，一个里面是电磁炉跟迷你电饭锅，另一个里面是一张折叠小矮桌。

林小斌拿着电磁炉张望，问展哥："这个放哪里？放这个架子上行不？我家里多的，买冰箱送了这两个东西，没用。"

展哥无语地道："你看我这里有厨房吗？你拿电磁炉有什么用？"

"备着啊！"林小斌把东西放到置物架上，"放假在家怎么办？吃快餐？那下大雨呢？台风天呢？过年人家关店了呢？反正你留着，我家也用不着。"

吴渊把折叠小矮桌打开，放在小房间中央，说："下次我再带个锅来，有了这些，冬天我们可以来这里吃火锅！"

四个大男生把一间小出租屋挤得都快没走路的地。

展哥打电话订了烤鱼外卖，挂掉后无语地看着这一屋子的人。

顾奇南坐在椅子上笑，林小斌一屁股就要往床上坐，被顾奇南一声喝止："不许坐床上！"

林小斌吓了一跳，弹了起来。

顾奇南把椅子让给他，说："你都没换睡衣，怎么能坐床上？！"

"大男人，要不要这么讲究啊？而且这是展哥的床吧，你还管上了？我说，这个小学生风格的被子跟枕头，是小南仔拿来的吧？"林小斌啧啧道，"真不愧是家养小精灵，想得挺周到的。"

顾奇南嘿嘿地笑了。

笑得林小斌毛骨悚然："这孩子，笑得真傻。"

过了四十分钟，烤鱼外卖来了。

木架子上三层的大铁盘子，上面一层放烤鱼，中间的放木炭，最下面放水，免得底部太热。送来之后，烤鱼店的小哥把木炭点上了，开始吱吱烤着热着，香味扑鼻。

一整条鱼上面整整齐齐铺满了食材，海鲜有花蛤、鱿鱼、大虾，素菜有土豆、萝卜、白菜、木耳、粉丝，上面撒满了花椒、蒜末、辣椒、香菜，花花绿绿，香气扑鼻。

林小斌迫不及待地拆筷子，道："这家店生意可好了，周六晚上去肯定没位置,所以叫了外卖。"

展铭拿了奶白色的马克杯,给顾奇南倒了一杯冰可乐。

吴渊和林小斌举着一次性杯子喊:"我也要!"

四个人一人一杯冰可乐,围坐在小矮桌前面,空调开到16摄氏度,窗户开了条缝通风。他们就着米饭,吃起烤鱼来。

小矮桌很小,一大盘烤鱼加上几个杯子,就放满了。四个人席地而坐,把整个小出租屋都挤满了。

林小斌喝一大口可乐,感叹:"爽!太爽了!"

吴渊一边吃一边还关心考试成绩出来没,时不时看一下手机。

林小斌说他:"吃饭不积极,思想有问题!"

吴渊冷冷地道:"滚。"

林小斌不慌不忙地剥虾,道:"渊哥,生平第一次如此紧张成绩吧?不知道这次能不能靠近然然'女神'一点点呢?"

"语文跟数学成绩出来了!"吴渊突然激动地大喊,筷子都掉到地上了也来不及捡,赶紧打开老师发的成绩表。

吴渊憋着一口气,直到看见自己的分数,才吐出来。

都考得还行,有进步。

吴渊再去看其他人的分数,顾奇南就不说了,还是一骑绝尘,数学满分,语文128分。展铭跟林小斌两人也都有进步,特别是展铭,数学进步挺多的,上次期末考试数学满分150分,他考了50分,这次数学考了81分,很不错了。

顾奇南激动得差点把桌子都打翻了,拿着手机,抓着展铭的手臂拼命摇:"展哥!81分!进步了31分!"

展铭赶紧拿开他的可乐,免得被他打翻在地。

顾奇南还在激动地说:"这次的总分一定会进步!"

展铭看着他,笑了,笑得很浅,说:"看把你乐的。"

顾奇南愣愣地看着展铭的笑,他扭过头,拿着筷子去夹鱼肉,嘴上还念着:"替你高兴嘛……"

林小斌见状,又演上了,一把鼻涕一把泪地道:"这是多么真挚的情谊啊!我们的年级第一小南仔同学,说数学考满分很简单的小南仔同学,奥数拿了省一等奖的小南仔同学,竟然为了一个80分如此开心!是什么让年纪第一降低了标准?是什么让年纪第一激动到打翻冰可乐?是感人的兄弟情!敬感人的兄弟情一杯！"

林小斌高高举起手里的冰可乐，吴渊也举起杯子，说："庆祝一下，小南仔奥数拿奖了，我还是第一次认识读书这么厉害的人。"

展铭没说什么，直接举起了杯子。

顾奇南也举起了杯子，跟大家的杯子碰在一起，跟着大家喊："干杯！"

四个人把最后一点烤鱼就着可乐吃完了，将盘子搬到门外放着，烤鱼店的外卖小哥晚点会来收走。

展铭把大窗户打开了，通通风，不然满屋都是烤鱼的味道。

屋外的热风很快涌了进来，吹得人热汗淋漓。

展铭在窗台上坐下，背靠墙壁，看着窗外的黑夜。

林小斌过去给他倒可乐，问："展哥，玩什么深沉呢？"

展铭喝了一口可乐，没说什么。

林小斌在他脚边坐下，自己给自己倒可乐，说："展哥，哥们不说那些虚的。你搬出来了，手头有困难，一定要跟我们几个说，千万别死要面子，好吧？都高三了，好好学完这一年，其他的事，等高考完了再说。"

吴渊点头道："我们三个，没什么花钱的地方，每个月的零花钱，也就交交话费、喝喝奶茶，顶多不喝了。"

顾奇南也挪到展铭脚边坐下，把自己的马克杯递过去，让林小斌再给他倒可乐，说："我的卡里还有好多钱，展哥，我可以借你。"

展铭沉默，而后一口喝光了杯子里的可乐，说："展哥我还有钱，打工存的，管够一年，别瞎操心了。"

顾奇南拉拉他的衣角，问："房租也够吗？"

"够。"展铭说。

吃饱喝足，情绪上来了，几人开始说胡话。

林小斌说，他上了高中后，做什么都沉迷，就是不沉迷学习，快把自己搞到年级倒数第一去了，他爸妈对他很失望，他决心高三这一年跟着南哥好好学习，考一个好点的大专读。

吴渊说，他想跟邱然颖考同一所大学，他知道现在是痴人说梦，但是他想试试。

顾奇南说，他来到七中，才交到了真正的朋友，是他们鼓励了他，是他们帮他出了气，他必须说一声"谢谢"。

林小斌一听，动情地说："你们三个，是我高中最好的哥们！来！碰一个！"

喝完饮料，展铭把他们一个个赶去洗澡，除了顾奇南跟展铭有睡衣，林小斌跟吴渊洗完澡穿着背心、短裤就出来了，根本就没带换洗衣物。

展铭无语，跟顾奇南一起嫌弃地看着他们两个。

林小斌理直气壮地说："怎么了？我们洗澡了啊。衣服明天回家再换就好了嘛！我们没那么讲究！"

顾奇南有些佩服林小斌，虽然讲的话好像没一句靠谱的，但是仔细一想，又都挺有道理的。

展铭最后一个洗澡，等他把浴室收拾好出来，林小斌跟吴渊已经躺在地垫上呼呼大睡了。顾奇南缩在床上被子里，特别兴奋地傻笑着。

展铭给他倒了满满一杯水让他喝，他一口气喝光了，问："我刷牙了吗？我是不是没刷？不行，我得起来刷牙。"

展铭哄他："刷过了。"

"不可能！我的牙刷被你收起来了！"

"我拿出来了，你刚刚已经刷好牙了。"

"哦，那你记得把我的牙刷收好，"顾奇南嘟哝，"你又不让我来住，我的东西都会落灰的。"

展铭沉默，关了灯。

顾奇南轻声说："我觉得这次考试，你肯定能考好。只要再努努力，进步一点，我们是能考到同一个地方的啊。"

展铭继续沉默，顾奇南不知道自己是否给展哥太大压力了。

顾奇南也不知道躺了多久，先是觉得有点委屈，接着觉得有点伤心，再后来，不知不觉中睡着了。

第二天，顾奇南是被手机吵醒的。他爸妈给他打电话，问他中午回不回家吃饭，他迷迷糊糊地坐了起来。

吴渊跟林小斌还在睡，展铭已经起来了，背对着他，坐在书桌前，好像在看书。

顾奇南猛地想起昨晚的事，那种郁闷又充斥胸口，就说等一下回去。

展铭没回头看他。

顾奇南下床洗漱，换好衣服，想起展铭不让自己来小出租屋了，又不想让展铭洗他的睡衣，愤愤地把自己的睡衣卷吧卷吧塞进书包里。

展铭这才站起来，打开门，自己先走了出去。

顾奇南出了门，见展铭走在自己前面，语气有点冲地问："干吗？！"

出租屋的楼道很挤，展铭都没法跟他并排走，听见他问话了，停下脚步转过头低声解释："我带你出去，你不认得路。"

好像确实是他做错了事，而不是顾奇南。

顾奇南一听他的语气，就有点气不起来了，只好闭上嘴，安安静静地跟在展铭身后。

到了一楼，展铭去牵了小电摩，一直把他送到地铁站，还给他在早点摊买了紫米糕跟豆浆。

顾奇南下了车，头也不回地挥手，硬邦邦地说："拜拜。"

直到坐上地铁，顾奇南才想起来，今天的习题集还没有送出去。他本来打算今天一起多看看这些题的，可惜一生气，都给忘了。

可他生什么气呢？

是他想要展哥考到 B 大所在的城市，怎么能遇到一点挫折就退缩？

顾奇南拿出手机，想跟展哥说点什么，又不知道说什么，抱着手机苦思冥想。

这时班级群突然热闹了起来，顾奇南点进去一看，原来是成绩排名已经出来了。年级第一又是他，领先第二名 30 分。群里的人开始喊他，希望年级第一的光辉能笼罩自己。

顾奇南顾不上理会这些人，赶紧点开成绩表，想看看展哥考得怎么样。

班级第 30 名，年段第 658 名。

进步了！

七中高三年段共有 800 人左右，去年高考，上了本科线的有 492 人，因为本省去年的一本线是全国最低的，所以上一本线的人还挺多，有 189 个人，但这里面能上 985、211 大学的也就 20 多个而已。

上次期末考，展哥在年段 700 多名，进步了快 100 名！

顾奇南默默在心里算着，如果展哥能进步到 500 名以内，就很有希望上本科！就展哥现在的成绩来看，也不是不可能嘛！

顾奇南算了一会，心里不那么难受了，接着去看吴渊跟林小斌的，发现都进步了。林小斌前进了一个考场，吴渊从班级第 21 名进步到第 16 名，从年段第 406 名进步到第 307 名，是三人中进步最大的。

他们两个大概还没起床，高考备战群都没动静。

顾奇南这下有点后悔了，早上不该对展哥甩脸色，不该闹脾气先走，不然中午就可以庆祝大家进步了。

顾奇南现在想给展哥发条消息祝贺他，又有点不好意思。

唉。

展哥还送他来地铁站，还给他买了早餐。

顾奇南掏出湿纸巾擦了擦手，吃起了紫米糕。紫米糕还是热的，香甜软糯，真好吃。

他正吃着呢，手机振动了一下。

他也顾不上手脏了，赶紧解锁手机，是展哥！

摇啊摇：对不起，昨晚不该不理你。

摇啊摇：你昨晚睡太晚了，今天要是不舒服，回去就多休息一会，不用赶着做题，别熬坏身体。

展哥先认错，但是顾奇南仍不好受。明明错的人是他，闹脾气的人也是他，展哥却先道歉。

提出要求的是他，在对方没有答应的情况下生气的也是他。

班级群的人还在吵闹，烦人得很。

顾奇南不知道怎么回复展哥，先点进班级群，设置了免打扰，设置好之后，看见王越在里头嘻嘻哈哈地跟其他人开玩笑。

他突然想起王越的日常言行，觉得自己最近的行为也很不好。单方面自说自话，别人不给回应、不同意，他就胡搅蛮缠，还发脾气。

顾奇南越对比越觉得像，心渐渐往下沉。

唯一不同的大概是，展哥是个好人，所以不忍心直白残忍地拒绝他，还照顾着他的心情，一再容忍他。

顾奇南眼眶发酸。

手上的紫米糕突然不香也不甜了。

心里沉甸甸的，好像压了一块石头，让人呼吸困难。

好难受，难受得不得了。

摇啊摇：小孩。

摇啊摇：还在气？

顾奇南看见"小孩"两个字,觉得眼泪都要掉下来了。

小弟3:展哥,如果我们约好,等高考结束看成绩,如果有机会就尽量考到同一个城市,这样可以吗?

展哥过了好长时间才回复。

摇啊摇:不在一个城市不行吗?

摇啊摇:现在通信这么发达。

摇啊摇:你的未来还很长,多的是想跟你做朋友的人。

小弟3:可我就是想要你当我最好的朋友。

一直等顾奇南到家了,展哥都没回复。

顾奇南觉得自己大概把一切都搞砸了。

顾奇南在家心情低落了一天,只能疯狂刷题来转移注意力,连微信消息都没给展哥发。一直到了睡前,他拿起手机,展哥还是一条消息也没有。

等到晚上他洗漱完毕,躺在床上了,展哥才发了"晚安"两个字过来。

顾奇南第一次不想回展哥的消息,只要想到展哥说"不在一个城市不行吗?"就觉得心里很难受。

或许展哥觉得他们之间的友情还没有深厚到需要考虑未来四年吧。

顾奇南想到这里还是发了"晚安"两个字过去。

周一早上,展哥还是出现在了地铁站前,等着顾奇南。

顾奇南觉得自己永远怪不了展哥,展哥对他太好了。他忽然觉得自己是不是不该给展哥那么大的压力。

"展哥。"顾奇南走过去,低低叫了一声。

平时展哥都是头也不回地让他上车,今天却扭头看了他一眼,好像在打量他的神情,然后说:"上来。"

顾奇南正要上车。

"学长!"

"顾奇南学长!"

顾奇南转头看向来人的方向,又见到了上周那两个女生。大概怕迟到,短发女生说得很快。

"学长,我们在这里等你好一会了。你今天有带手机吧?不是答应了要加我们的微信吗?"

顾奇南只好说:"我没带,我平时都不带手机到学校的。"

"真的吗?"短发女生怀疑地问,"不会是在骗我们吧?"

辫子女生拉拉她的袖子,短发女生又说:"好啦,没带手机也没关系,还好我早有准备。这是她的微信号,记得加哦!"

短发女生递过来一张粉红色的小卡片,顾奇南只好接了过来。

上面写着一串手机号。

短发女生说:"一定要加!男生要有风度哦!"

说完两个人偷笑着跑开了。

顾奇南把小卡片装进书包,坐上小电摩后座。

展哥却没启动,扭过头问:"你认识?"

顾奇南摇头道:"不认识。上周拦住我,说想加微信,我说没带手机,没想到今天又来了。"

展铭启动了小电摩往学校开去。

等停好小电摩,展铭说:"别影响学习。"

走到校门口了,顾奇南才反应过来展铭指的是加女生微信的事,连忙小声说:"我不加她们的微信,不想在路上说,免得让她们没面子。"

又过了一周,很快就到了他参加 B 大数学营的日子。

他早就报好名了,拿到省一等奖,才有报名的资格。报名后,他还要到 B 大所在的城市去参加数学营的考试。

顾爸爸请了两天假,准备跟他一起过去。

顾奇南跟展铭三人说自己明天要出发去参加数学营时,三人都祝他成功。

林小斌问:"哎,你不是有一个学长是 B 大数学系的吗?他能不能给你透露点内幕啊?"

顾奇南认真地摇头道:"不行,不可能的,他又不知道题目。不过学长给了我很多他搜集到的资料跟习题,帮了我很多。"

"你这个学长还挺热心,"林小斌感叹,"跟一中的那些垃圾不一样。"

顾奇南同意:"他人是挺好的,还说要带我去他们食堂吃饭。"

"行吧,"林小斌点头,"到了 B 大还有熟人带你,我们就放心了。"

Chapter 15
台风天

"希望同学们在接下来的复习期间,能够认真、努力,为考上理想的大学奋斗!"

班会课上,老张最后一句话掷地有声,自己说得都激动了,仿佛明年参加高考的人是他。五班响起稀稀拉拉的掌声,勉强给了激动的老张一点面子。

下课后,几个平时经常跟林小斌、吴渊一起打球的人都凑过来,纷纷喊:"斌哥,可以啊,你都进步了!那个年级第一太强了吧,连斌哥这种歧途少年都能拯救回来。"

林小斌摇头道:"那是,也不看看我们南哥什么本事!看,这几天又出去参加什么什么营了,反正很高大上,我也弄不懂。"

"不是,斌哥,他给了你们什么参考资料,你们得共享一下啊。年级第一这种珍贵的资源,是全班共有的,你们三个——"说话的陈宏义瞄了展铭一眼,越说越小声,"不能独占年级第一的学习资料啊。"

林小斌挠头道:"这你还是问渊哥吧,我、我就是抄南哥的作业抄得进步了,我也不晓得怎么回事……"

众人无语。

吴渊无情地指出真相:"你那是起点太低了,随便抄抄背背几个知识点,就进步了。南哥没给我们什么资料啊,就是他会把基础题、难题标出来,大家根据自己的能力,重点掌握对应的题型就行了。以后南哥给我们发,我就发到班级群,给大家看看吧。"

霎时间,众人感动得涕泪交加,如果顾奇南在,怕是会被抱住大腿。

"哎,等一下,"林小斌突然说,"发到班级群?我们南哥的心血,怎么能发到班级群？有的人相当看不起我们南哥呢，怎么能让这些人白白抄走年级第一给的资料啊？上次是谁在黑板上乱写我们南哥的名字？让我知道了，打得他妈都不认识他。"

"那也要他看得懂题目啊。"吴渊说，讽刺人的话，说得音调平平，仿佛在说什么不起眼的小事一样。

众人你看我，我看你，都知道这两人大概在说王越。

王越这次考了倒数第一，但没影响心情。老张一走，他也没书包可收拾，课桌里的手机一抓，就要去吃饭。

经过林小斌他们附近时，听见了林小斌的话，他对着空气大声骂了一声就出去了。

展铭三人跟班里其他几个男生也出了教室，准备去食堂吃饭。

陈宏义走在林小斌身旁，说："斌哥，其实那次黑板上的名字，真不是王越写的。"

林小斌偏头问："真的？"

"我来教室的时候，黑板上已经那么写着了，王越在我后面来的，"陈宏义压低声音说，"我怀疑是魏文光写的。"

"怎么说？"

另外一个叫丁博明的接话道："斌哥你不知道？魏文光喜欢高琳琳，高琳琳好像喜欢顾奇南，魏文光因爱生恨，所以……"

"喀喀喀！"林小斌差点被自己的口水呛死，"高琳琳喜欢顾奇南？！"

吴渊发出惊天大爆笑。

丁博明满脸疑惑："对啊，怎么了？高琳琳好几次在班里说顾奇南又帅又会读书，每次你们还没来，她就在班里大讲顾奇南在地铁上刷题如何如何专心，她有多么多么钦佩。"

"高琳琳这么高调？"林小斌错愕。

可可爱爱的一个女孩子，这么大胆？

"就是这么高调，"陈宏义说，"你们居然都不知道？她还在班里拿着手机骂那些在表白墙上跟顾奇南表白的人，说她们是要影响顾奇南的学业，也不看看自己的数学分数考到顾奇南的尾数了吗就想喜欢顾奇南，还说数学没考到 130 分的都没资格喜欢顾奇南。"

吴渊忍笑道："那她数学考到 130 分了吗？"

丁博明摇头说:"没有,所以天天宣誓自己要认真学数学。"

"表白墙是怎么回事?"展铭终于开口说了一句话。

林小斌反应过来,问:"对啊,表白墙不是早就被删掉了吗?"

丁博明无语地道:"看来你们三个人真的跟着好学生一起学习得两耳不闻窗外事,一心只读圣贤书啊!这个表白墙是新的,这学期才出现的,应该是高一新生搞出来的。新生嘛,不知道……展哥的厉害,又搞了一个表白墙出来。不过这个表白墙是真的表白墙,不贴那些乱七八糟说别人坏话的,只贴表白的。"

"赶紧发过来我看看,"林小斌说,"给我们南哥表白的在哪里?"

丁博明把表白墙的账号发给林小斌,林小斌津津有味地翻了起来,一直翻到吴渊把他的鸡腿饭打来了,终于翻到了给顾奇南表白的,还不止一条。

"哇!"林小斌惊呼,"怎么会这么多条?!"

林小斌截了图,发到高考备战群里。

"顾奇南学长,你真的好帅啊!"

"顾学长,你有没有女朋友?你选女朋友是什么标准?需要年级第一吗?还是数学要考130分以上?我会努力学数学的,请把位置留给我好吗?"

"高三(五)班的顾奇南,你为什么那么帅气?!那么可爱!读书还那么厉害!我好喜欢你啊!"

"顾学长,你怎么会连证件照都拍得那么好看啊?大家快去荣誉墙看顾学长的证件照!天哪,蓝白校服在我身上就是一件廉价运动服,在顾学长身上就是夏天的云,是蓝色的天空,是青春的风,是我的怦然心动。"

渊哥一定行:……

斌哥向前冲:……

摇啊摇:……

小南仔:?

小南仔:这是什么?

斌哥向前冲:你的粉丝团。

林小斌看了半天,竟然还看到一条跟吴渊告白的,一边感慨一边拉着吴渊看,还念出来:"'在顾奇南学长身后的那个帅哥是谁啊?他也很帅呢,看上去脾气很好。不是那个脸很臭、1.9米的大个子哦,也不是那个小混混一样的,是斯斯文文的那个。'夸你就算了,为什么'踩'我?!"

"怎么回事啊?"林小斌放下手机,"小南仔怎么突然这么受欢迎了?"

陈宏义一边吃饭一边回答:"因为长高了吧。"

林小斌错愕地道:"什么?"

"今年顾奇南至少长高了5厘米,去年1.6米多,那魅力出不来。今年学妹一来,1.7米多的学长,还是年级第一,那简直了。"

"是啊,"林小斌仔细一琢磨,"小南仔好像这学期确实高了不少,原来如此。不过你们都不知道吧,我南哥,那是一直就这么受欢迎,从小到大,跟他表白的就没断过,知道吗?我真想跟我南哥讨教一下,怎么才能像他这么受欢迎啊。"

吴渊无情地指出:"斌,照照镜子吧。"

吃完饭回教室自习,展铭拿出手机,没有顾奇南的消息。

顾奇南很优秀,展铭知道。

上学期刚来的时候,大概是饱受校园欺凌的折磨,顾奇南整个人就跟蔫了的植物一样,没有光彩。过了一个学期,他走出了那段阴影,重新焕发光彩。于是大家开始注意到他,越来越多人喜欢他,这很正常。

但优秀的人应该跟一样优秀的人当朋友,他们有相似的成长环境、相似的求学经历,才有共同话题。

不像他,只是一个毫不起眼的普通人。

下午放学前,顾奇南在群里发了条消息。

小南仔:结果出来了,高考B大数学系可以降三十分录取。不是很理想,不过跟我预料的差不多,毕竟我只拿了省一等奖。

斌哥向前冲:恭喜南哥,南哥你可以的!

渊哥一定行:明天回来?

小南仔:嗯嗯!明天早上的飞机。

渊哥一定行:回来给你庆祝。

小南仔:别了,降三十分我也不一定考得上,嘿嘿。

摇啊摇:你行。

展铭把手机收了起来。

顾奇南成功签约了,可以降三十分录取,是好事。

可他有点自私,没那么替顾奇南感到开心。

顾奇南越优秀,就离他越远。

虽然早就知道，但每一次的提醒都让他不好受。

明天是周日，晚上没有晚自习。展铭在外面随便解决了晚饭，回到小出租屋。

白日还是很长，吃过晚饭回来，天还是亮的。

展铭懒得开灯，先开了冷气，进浴室洗澡。

水声哗哗，他什么也不想思考。

人如果可以什么都不用考虑就好了。

未来、前途、学业、家人、朋友……

洗完澡出来，屋子里已经暗了。展铭知道该去做作业了，可现在他提不起劲，也不想开灯。他躺倒在床上，静静躺了一会。

小小的房间，只有四面墙，跟一个孤单的他。

手机响了一声。

有新消息。

晚上回来后，他会把手机调成响铃模式，这样就能第一时间听见新消息的提示音。

展铭终于坐起来，开了灯，去拿手机。

小南仔：展哥，我明天回来，给你带特产好不好？你喜欢吃什么口味的馅饼？

小南仔发了一张照片。

小南仔：他们有这么多，你喜欢哪种？

小南仔：你是不是在做作业？我自己看着买好了。

顾奇南发过来的照片上，是玻璃橱柜里各色的馅饼。有两个人站在橱柜前，正在看，一个是顾爸爸，另一个看背影展铭就知道是谁，是李腾。

顾奇南有很多成绩优秀的朋友，展铭知道。展铭还知道，这些人也都很照顾顾奇南，欺凌他的本身就是少数。

大概因为他是顾奇南转学后遇见的第一个人，第一个在他被欺凌了大半年后伸出援手的人。顾奇南很崇拜他，他知道。但这种因崇拜而来的友情又能坚持多久？

毕竟他什么都没有，除了一身蛮力，什么都没有。

顾奇南乘坐的飞机一落地，就在群里发消息，说自己回来了。

他不敢单独给展铭发消息，昨晚发的消息，展铭到今天还没回他。

他把昨晚的消息看了好多遍，都看不出那几句话有什么过分的地方。展铭会觉得这是在被施舍吗？

为什么不回他？

还是觉得他什么事都要私聊很烦？

也是，林小斌说过的，自从有了这个群，他们三个人没有私聊过，都是在群里说。

可是之前明明他们两个也经常私聊，展哥都愿意回复他啊。

到家之后，妈妈很开心，说："本来还担心台风会影响到航班，还好没有。"

"十月了还有台风？"顾奇南问。

"今年最后一场台风了吧。"顾爸爸放下行李。

到了晚上九点，台风预警出来了，台风路径朝南州市来，今年第十三号超强台风，将在明天晚上九点登陆南州沿海一带，全市停班停课。

七中的班级群很快通知停课两天，要求每个人立即回复"收到"，班主任要统计。

顾奇南回了"收到"两个字后，很快就看见展哥在他后面也发了"收到"。

明明拿着手机，就是不回他消息。

顾奇南气闷。

林小斌跟吴渊都在群里发了消息，欢迎他回来，还说明天要帮他庆祝，只有展铭一个字都没说。此时老师发了停课的通知，两人又在群里讨论停课两天做什么，展铭依然一个字都没说。

斌哥向前冲：展哥，怎么一声不吭？哪里去了？

渊哥一定行：兄弟们，打一把游戏吗？

斌哥向前冲：我眼睛花了吗？渊哥居然要打游戏？渊哥不是要朝好学生发展吗？

渊哥一定行：我作业都做完了，突然通知停课两天，我做什么呢？我没的做啊，只好打游戏！

斌哥向前冲：滚！

摇啊摇：刚刚买东西去了。

斌哥向前冲：给台风天准备的？

摇啊摇：嗯，以防万一。

斌哥向前冲：打游戏吗？

摇啊摇：好。

南州市每年都有台风预警，有时候台风会来，有时候不一定。现在的路径显示在南州市登陆，但到明天，可能路径又变了，放了台风假，大家也不会多紧张。

但是如果真的登陆了，超强台风的威力不是开玩笑的。展哥租住的那一片是城中村，水电线路都不晓得规不规范，万一停水停电怎么办？再万一，道路受损，房屋受损，怎么办？

顾奇南着急，但群里的其他三个人好像一点也不着急，真的打起游戏来了。

顾奇南查了查交通，公交跟地铁明天早上还有运营。他想了想，快熬到睡觉时间了，终于忍不住给展铭发了消息。

小弟3：你来我家住两天吧，万一明天停水停电呢？

摇啊摇：买了泡面、面包、矿泉水，没事。

摇啊摇：晚安。

展铭一句话强行结束话题。

顾奇南生气极了。

从昨天到现在，没有欢迎他回来，没有问他心情如何，他关心展铭，让展铭来家里住两天，展铭却一句话直接结束话题——

他不就是想让展铭多努力努力，和自己考到同一个城市吗？！

顾奇南气得也不想说什么了，直接躺平，准备睡觉，然而翻来覆去的，一直睡不着。

顾奇南忍不住，拿出手机，在网上搜索一些奇奇怪怪的东西，比如"如何维护友情""好朋友拒绝读同一所学校说明了什么""友情不对等怎么办"之类的问题。

顾奇南第一次躺在床上玩手机，看得眼睛都要花了。

其中有条点赞数很多的回答是这样的。

"想跟好朋友读同一所学校？不是吧？醒醒吧，孩子，这是你的同学、你的朋友，和你是同龄人，不是你爹妈！还得跟你读同一所学校啊？咋的，需不需要给你铺床叠被，给你换纸尿裤、泡奶粉？该断奶了！您可不是三岁小孩了，快十八周岁的人了，怎么还问出这种问题？！大家努力学习，考多少算多少，报什么志愿好，各人为各人考虑。千万不要幼稚地说'不行，我要跟你读同一所学校，你得填某某学校的某某专业才行'这样的话，别人的人生你决定不了，你也承担不起这个责任。"

顾奇南："……"

因为看一些奇奇怪怪的情感咨询看到半夜，隔天早上，顾奇南难得地睡过头了，八点才起床。

睁眼的时候，他以为还是早上五点半。

他拿过手机一看时间，八点了。

他赶紧起来，跑到窗前，果然外面天空阴沉，乌云压顶，雨已经不知道下了多久。

风呼呼地吹着，隔着窗户都听得到。

雨势不算大，但顾奇南知道下午肯定会变大的，到了晚上就是狂风暴雨了。

顾奇南一急，忘了昨晚生气的事，赶紧给展哥发消息。

小弟3：天气好差，下雨了，晚上台风肯定会登陆的。你来我家住两天吧，现在公交跟地铁还没停。

摇啊摇：没事。

小弟3：很危险的，新闻都说了是超强台风！可能中午公共交通就停了，你抓紧过来！

摇啊摇：真的没事，吃的我准备了，充电宝也准备了。

小弟3：你就当来我家陪我玩。

摇啊摇：真的没事。

小弟3：你现在是不是不把我当朋友了？是不是?

小弟3：台风天这么危险，让你来我家住，你就是不愿意，你有把我当朋友吗?

摇啊摇：别生气。

小弟3：给你发消息也不回，你是不是觉得我很烦，觉得我很讨厌?

摇啊摇：没有。

小弟3：你放心！我不会要求你和我考到同一个城市了！

顾奇南气到快要爆炸。

他去刷牙，洗脸，上厕所。

洗漱完之后看手机，展铭没回他。

顾奇南差点摔手机。

他无精打采地喝水，吃饭，刷题。一道题都做不了，他没心思做，眼睛看着题，可脑子里没有思考任何东西。

顾奇南拿出手机看最新消息，台风越来越靠近南州市了，窗外的风感觉也越来越大。

好像有一个气球在顾奇南的胸口，越来越大，越来越大，快要爆炸了。

跟展铭说一些气话并没有让他觉得好受，反而更难受了。

他心里清楚，展哥没有错。

展哥已经对他很好了，连大学都要求考同一个城市的，确实超出了朋友的界限，可以算是无理要求了。换作是他，如果有人要求他考某个大学，他肯定也会觉得很困扰。他的目标就是 B 大数学系，为什么要为了别人换目标啊？

顾奇南猛地站起来，跑到客厅找他爸妈，他爸妈正在看电视上有关台风的新闻。

顾奇南问："爸爸，妈妈，我可不可以让我同桌，就是展哥，来我们家住？台风天，太危险了。他租住在城中村，民房都不知道盖多久了，不牢固。万一停水停电，连吃的都没有。"

顾妈妈赶紧说："快让他过来，多危险啊。"

顾奇南打开玄关的柜子找雨伞，说："我去接他，他不好意思麻烦别人，怎么说都不愿意过来。"

"那我开车带你过去吧！"顾爸爸说。

"不用了，搭地铁更方便！外面只是风大，雨还好，我马上就回来，没事的。"顾奇南打开门冲了出去。

顾奇南从地铁站出来，迎面而来的狂风一下把他的伞吹翻过去。顾奇南手忙脚乱地把伞面翻回来，赶紧往出租屋的方向走。

这种刮风下雨的恶劣天气，虽然雨不大，但是风太大了，几乎把雨水吹成横的，打伞根本没有用。

等顾奇南进了城中村，已经湿了半个身子。

顾奇南走过好几次这条小路了，他以为自己肯定记得。哪知一进城中村就蒙了，几乎每十米就有分岔的小巷子，他完全忘记该往左走还是往右走。

等在里面绕得全身湿透了，他放弃了，只好打电话给展哥。

展哥很快就接起电话。

顾奇南不开心地嘟哝:"我迷路了,你来接我。"

电话那头的展铭没反应过来:"什么?"

顾奇南提高声音:"我一进城中村就迷路了!现在找不到去你那边的路了……"

顾奇南越说越小声,越说越觉得自己没有面子。

原本在他的想象中,他一脸冷酷地到达小出租屋,冷冷地把展哥带到自己家,冷冷地不理他,表明自己就是担心他的安全而已,一句话也不跟他多说!

结果事与愿违……

展铭很着急,立即问清了他所在地的特征,还让他发了定位过去。不到十分钟,展铭就出现在了顾奇南面前。

顾奇南很狼狈,全身湿透了,头发湿淋淋的,刘海都紧贴在额前,看上去一定很傻。

顾奇南伸手把刘海往后拨,尽最后一点努力让自己看起来不那么傻。

展铭沉默地看着他,把他带到了小出租屋。

进房间以后,展铭跟隔壁借了电吹风。

顾奇南上次生气,把自己的睡衣都带走了,这里一件他的衣服也没有。展铭拿了自己的衣服跟裤子给顾奇南,让他把湿衣服换下来。

展铭的衣服和裤子太大了,黑色的T恤穿在顾奇南的身上,跟小孩穿大人衣服一样。五分裤也太大了,顾奇南一站起来就往下掉,顾奇南只好一直坐在床上。

展铭沉默地拿电吹风吹他的湿衣服。

顾奇南又开始生闷气。

他拎着裤子站起来,随便拿了个放在置物架上的塑料袋,开始收拾房间里自己的东西。

他在这里没多少东西。

一个马克杯,一双拖鞋,一个牙杯。嗯,他的小恐龙枕头。

全都随意地塞进塑料袋里。

令人窒息的沉默一直延续到衣服吹干,展铭关掉电吹风,说:"好了。"

他看着顾奇南手里的塑料袋,不发一语。

顾奇南解释道:"我来把我的东西拿走。"

展铭沉默,过了一会才说:"怎么这种天气过来?太危险了。"

顾奇南在房间里转来转去，试图再找出一点属于自己的东西，气急败坏地道："因为我太生气了！"

顾奇南气得忘记自己已经把睡衣拿走了，一把拉开衣柜门。展铭还来不及阻止他，他已经在里头翻找起自己的衣服，很快他就发现了一个放在衣柜里的纸盒子。

纸盒子的盖子没盖。

顾奇南清清楚楚看见，盒子里放着一大堆习题册、便笺、练习卷等学习资料。

每一本、每一张都整整齐齐放着，跟顾奇南刚整理完时一样整齐。

顾奇南下意识把盒子拿起来，展铭好像很紧张，解释道："没地方放，就先收着了。"

顾奇南的智商突然开始起作用了，问："你觉得自己学习不好，还收着这些干什么？"

"准备扔，放在那里忘记了。"展铭说。

"哦，"顾奇南抱着盒子，"你知道这些习题册里面有什么吗？"

顾奇南抱着盒子坐到床上，将盒子放在自己的膝头，拿起一本慢慢翻看。

习题册都认认真真做完了，上面写满了笔记。

展铭看着顾奇南，脸上的神色好像想当场抢回习题册。

顾奇南观察展铭的神色，说："我在网上看了很多朋友之间如何相处的帖子，我觉得人家说得很对。再好的朋友，也应该给彼此留空间，不去干涉对方的决定。读什么大学、选什么专业，都应该按实际情况考虑，不应该孩子气地说'我们是好朋友，我们一定要考同一个地方'这种话。"

"没错，"展铭说，"我们成绩差距这么大，考同一个地方不现实。我不想因为这个影响你，这些习题册都是你花时间整理出来的，我不想浪费你的时间——"

展铭话还没说完，就被顾奇南打断，顾奇南不想听他说这些。

"整理这些习题册又不需要花什么时间，我本来就需要复习，复习的时候随手一勾一画的事而已。你为什么要说得这么严重？什么浪费我的时间？如果成绩出来后，实在没有办法，我也不会强求你放弃好专业，跟我考同一个地方啊！"

展铭张了张嘴唇，想说什么，又合上。

他痛苦地抓了抓自己的头发，专注地看着顾奇南。他想说，又不知道怎么说。

两人间的沉默是被一阵手机铃声打断的。

最后是展铭帮顾奇南找出手机，拿到他耳朵边，示意他接电话。

是顾奇南的爸妈,问他接到同学了没有,赶紧回来,风雨越来越大了。

顾奇南这才记起自己的来意。

现在的他已经不是十几分钟前的他了,他突然理直气壮了,虽然说出口的话声音很小,还有点沙哑,但已经是命令语气。

"你现在跟我回家,赶紧收东西,再晚,台风登陆,就真走不了了!"

最后顾奇南没有带走那个塑料袋,还是把他的东西留在了小出租屋。

展哥简单地收拾了课本跟衣服,背上书包跟着他走。

直到坐上地铁,顾奇南还晕乎乎的。

从小出租屋到地铁站,几分钟的路,两人湿了半个身子。顾奇南还好一些,出门的时候,展哥拿了一件自己的冲锋衣让他穿上。

展哥一直沉默,一句话都没说。

顾奇南也没说话,但他的大脑一直在飞速运行。

到现在,他已经大概猜到展哥的想法了。他的感觉没有错,展哥是想努力,想跟他考到同一个城市的。

跟木头一样沉闷的展哥,不知道在瞎想什么,觉得他们约定考到同一个城市,会影响顾奇南的前途,觉得他们一起学习,会浪费顾奇南的时间。

但是现在这些都不重要了。

顾奇南看了展哥一眼。

展哥一脸严肃,还皱眉,心情不是很好的样子。

顾奇南觉得展哥想太多了,考虑太多了。他才十七岁,为什么要替朋友考虑那么多?

顾奇南低声问:"展哥,现在我们和好了吧?"

展铭偏头看他,张了张嘴,似乎想说什么。

顾奇南不给他机会,立刻接着说:"和好了!我给你的习题册你都做了!我们要一起好好学习!"

展铭默然,真是拿他没办法。

进家门前,顾奇南深呼吸,再深呼吸,做足心理准备。他怕自己一进门就笑得太开心,显得过分奇怪。

他偏头去看展哥,发觉展哥也有点紧张,扑哧笑了,问:"你紧张什么?"

展铭说了一句顾奇南万万没想到的话："我怕你爸妈不喜欢我。"

顾奇南错愕地道："为什么？你人多好呀！他们一定会喜欢你的，不是，他们已经很喜欢你了！因为我天天跟他们说你的英勇事迹！"

展铭站在那里，像在寻找浮木一样问："我有什么英勇事迹？"

"很多啊！"顾奇南数着，"王越欺负邱然颖的时候，你帮邱然颖抢回了她的发夹。王越欺负我，你也修理他了！上体育课跑一千米的时候，你怕我一个人跑最后一名，故意放慢速度陪我……很多，数不清。"

展铭有点无奈："都是跟别人起冲突……"

顾奇南纠正："但是正义的。还有好多英勇事迹，等吃完饭我再说给你听吧！"

顾奇南开了门，他爸妈已经做好饭在客厅等着他们。

展铭一进门，有些手足无措，先问了声好。

"叔叔好，阿姨好。"

顾妈妈见他们两人衣服都湿了，忙说："外面风雨大吧？先去把湿衣服换了，然后赶紧来吃饭。"

顾奇南一边答应着，一边拉着展铭往里走。

这是展铭第一次进顾奇南的房间。

一个典型的十六岁男生的房间，清爽干净，奶白的墙、浅色胡桃木家具、灰蓝色窗帘。他的房间很宽敞，大书柜上摆满了书，还有几个模型玩具。书桌上都是书，还有摊开的练习册。床上的寝具收拾得整整齐齐，一点没有起床后什么都不管的懒散模样。房间里甚至摆着一个灰蓝色的懒人沙发。

他房间里的顶灯是火箭的造型，很可爱。

顾奇南打开衣柜，翻找出一条干毛巾，递给展铭。

他的衣柜里满满都是衣服，多得令人想不到。

顾奇南平常在校只穿校服，一周在校六天，哪有什么时间穿常服？

幸福的小孩，家境优渥，有宽敞的房间、玩具造型的灯、很多的衣服。

展铭沉默着换好了衣服，跟着顾奇南到饭厅吃饭。

顾奇南爸妈都很热情。台风天，儿子跑出去接一个不相干的同学回家来住，他们还做了一大桌的菜，一直招呼展铭吃这个吃那个，却闭口不提展铭为何独自居住。

饭后，展铭想帮忙收拾碗筷，被顾妈妈摆手赶走，说："等一下洗碗机洗就行了，你们进房间吧！知道你们同龄人喜欢一起玩，要玩游戏还是干吗，尽管去！"

"我要做题，"顾奇南说，"早上都没做。"

顾奇南拉着展铭进房间，真的刷起题来。

展铭没事做，只好也拿出书来看。

到了一点半，午休时间，顾奇南停下笔，才想起来展哥一直在旁边等他，他竟然只顾着刷题了。

"你怎么不叫我？"顾奇南责怪。

"叫你干吗？"展铭问。

"我都忘了先跟你商量好怎么提高成绩的事，"顾奇南认真地说，"我是很严肃、很认真的，你一定也要认真对待，知道吗？"

展铭今天一直很沉默，此时叹了口气，低声说："那我也要提出我的要求。"

顾奇南大方地同意："你提吧！"

顾奇南还坐在椅子上，展铭走过去蹲下，盯着他的眼睛，认真地说："我们可以先约好考到同一个城市，我也会努力学习。但是，前提是不能影响你，这个约定也不能影响你高考填志愿。"

顾奇南自信地道："绝对不会的！我会更加认真学习，真的！"

展铭看着他，自信蓬勃的可爱少年，感觉被人在乎的暖意一点点从自己的心里漫延出来，快要把他淹没了。

展铭压低声音："还有，如果哪天你不需要我这个朋友了，就告诉我，我会自己离开的。"

顾奇南瞪大眼睛："不会的，我永远需要你。"

天真的小孩不知道自己说出了什么样的话，也不知道这样的话需要用一辈子去证明，他轻易地就说出口了。

展铭很怕听，因为他会当真，会把这当成坚持下去的动力。

"展哥，我好喜欢你这个朋友啊。"

然而小孩还在说。

"你是全世界最好的展哥，你有一千个一万个优点，数也数不清。我喜欢你当我的好朋友，我好开心。这就是有好朋友的感觉吗？晕乎乎的。"

展铭也有点晕。

因为有一个这么在乎他的人，感觉真的很好。自从奶奶离开后，这是第一次他觉得有个人可以让他安心、让他平静。

他克制了很久，他怕自己太吓人了，怕自己把顾奇南的友情当成溺水时的浮木，紧抓不放，会吓坏顾奇南。

可现在忍不住了，他再也不想放开。

两天台风假，两个人窝在顾奇南的房间里，做题、读书、聊天，怎么聊都聊不够。

台风假结束，学校恢复上课。吴渊跟林小斌发现，展哥好像疯了，疯了一般地学习。

怎么说，原本上了高三，比起以前，展哥就挺认真了。

可现在的展哥更加可怕。

十分钟的课间，除了上厕所，他都在位子上刷题、做作业。吃完晚饭后，展哥立刻回教室自习，一直到超过下课时间，晚上十点半的时候才回去。

林小斌怀疑道："展哥，你是不是被吴渊传染了，喜欢上哪个好学生了？这样拼了命地学，要吓死人啊。"

展哥不回答，手上不停地抄着英语短语。

吴渊摇头道："斌，你傻啊，展哥天天跟我们在一起，就连午休也被小南仔黏着，他能有空喜欢谁？"

顾奇南笑嘻嘻的，因为展哥的叮嘱，他一个字也没说。但其实他真的好想告诉吴渊跟林小斌，展哥是为了他而认真学习呀！因为展哥想跟他考一个城市的大学，所以必须加倍努力！

到出租屋里午休的时候，顾奇南忍不住就要去逗展哥，被展哥勒令如果不好好看书，以后不许他来了。

周末放假的时候，顾奇南想留宿，总是被展哥拒绝，顾奇南真不明白为什么。为什么展哥周末还不许他留宿？他想留下来跟展哥一起做作业，一起说话啊。

展哥总是喘着气，说顾奇南只会打扰他学习。

顾奇南只好在微信上找展哥聊天。

小弟3：展哥你在干吗？

摇啊摇：做物理。

小弟3：哦，这几道题你特别注意一下，都是很基础的。

摇啊摇：嗯。

小弟3：你做题的时候会不会想找人聊天？

小弟 3：我超级想聊天！

摇啊摇：别闹。

小弟 3：那你专心学习了吗？自拍一张让我看看你在干吗！

小弟 3：拍啊！

小弟 3：不拍我都无心做题啦！会影响我的学习！

摇啊摇发了一张图片。

顾奇南点开一看，是一张对焦失败的自拍照。照片上的展哥紧皱眉毛，瞪着摄像头，好像想打对面的人一样，面前的桌上摊着好些试卷跟书本。

顾奇南忍不住笑，笑完又忍不住发消息骚扰展哥。

很快，十月的月考又到了。

每一次月考，顾奇南都会给自己定下两个目标，一个是英语必须进步，一个是总分必须进步，哪怕进步一分，也可以。

展哥很担心他，其实顾奇南觉得不怎么有压力。因为高一、高二那两年，他把很多时间花在奥数上，现在高三了，可以收心，把所有的时间放到学科学习上。顾奇南翻了翻书，对自己还是有一点信心的。

但是展哥很紧张。

紧张到考前两天，他连顾奇南的消息也不回。

晚安也忘记说了，一直到十二点，才发了一条消息问顾奇南睡了没，他刚刚读书读到忘记了。

顾奇南无语。

顾奇南说，十二点才睡觉会影响精神，精力不足，怎么能读好书？展哥却说没关系，他睡眠少，不需要睡那么久。

最后一科考完之后，四人跟往常一样，一起去吃饭。

在路上溜达了半天，他们最后决定去吃冒菜。一人点了一大碗，热气腾腾，红彤彤，辣椒香味扑鼻。

展哥吃一口，突然问："英语的第五道选择题，选 C 吗？"

吴渊跟林小斌一脸蒙。

顾奇南想了想，说："A 吧。"

展铭竟然放下筷子，马上从书包里找出英语笔记，翻了起来。

吴渊跟林小斌都震惊了。

林小斌放下筷子，说："不是，展哥，有必要吗？你受什么刺激了？你这样搞得我们都吃不下了。"

展铭不理他，仍然在翻。

翻到答案，发现自己确实做错了，黑了脸，合上本子，吃饭。

吴渊在看手机消息，问："南哥，数学倒数第二道大题，答案是多少？"

顾奇南说了自己的答案。

吴渊点头道："那我做错了，唉。"

他边说边发消息，等他放下手机，林小斌死死盯着他。

吴渊毛骨悚然，说："你干吗？"

林小斌阴沉沉地道："你老实交代，跟谁发消息讨论考试答案呢？我都看见头像是粉红色的了！"

吴渊咳了一声，有点不好意思地说："就……邱然颖。"

林小斌以迅雷不及掩耳之势，抓住吴渊的领子前后摇晃，喊："你跟女神怎么回事？！你俩什么时候这么要好了？！上次送奶茶的事你还没老实交代！"

吴渊被他摇得差点把一碗冒菜打翻了，挣扎着喊："傻瓜！快放开！"

林小斌哼哼两声放开了，说："身为兄弟，你跟'女神'这么要好了竟然一声不吭，你这样对吗？！"

顾奇南："……"

吴渊赶紧保护好自己的冒菜，解释道："你乱说什么，没有的事！只是在微信上聊天而已，也不是聊天，是探讨学习，探讨学习！"

林小斌摇头，感慨世风日下，好兄弟之间也有秘密了。

顾奇南："……"

吴渊涨红了脸，辩解道："真的没有！你不要乱说！是她让我问小南仔数学答案的，真的，你自己看。"说着，他还把手机递过去，要让林小斌看。

林小斌捂住眼睛喊："我不看我不看，看了会长针眼！"

吴渊真想打死他。

吴渊咬牙道："你就敢跟我闹，你敢跟展哥闹吗？"

展铭闻言抬头问："跟我闹什么？"

吴渊小声说："你最近学习那么认真，肯定有鬼……"

展哥脸色一点没变，淡定地回答："高三了，我想考好一点的大学，有问题？"

吴渊摇头道："没有！那绝对没有！"

林小斌看着顾奇南纳闷："我们问展哥问题，你激动个什么劲？小脸蛋都快扭曲了。"

顾奇南："……"

林小斌摇头道："可怜孩子，看高三压力大的，把孩子摧残成什么样了，奇奇怪怪的。"

顾奇南憋红了脸，真的很想大声告诉他们，展哥要跟他考一个城市的大学，展哥是为了这个认真学习！

四人吃完饭，去打了一个小时台球。

他们打完球在商业街的小广场乱晃。

小广场上有一堆儿童游乐设施，旋转木马、玩具车、小火车等。到处都是五颜六色的彩灯，夜里的小广场，亮得方圆十里都看得清晰，简直要闪瞎双眼。

四人在小广场旁边一家奶茶店点了四杯饮料，在户外小圆桌坐下，吹着夏末的风，喝着奶茶、柠檬水，打游戏或玩手机，有一搭没一搭地聊天。

十月底了，南州的夏天终于到了末尾。大家都还穿着短袖，只是室内不需要开冷气了。

四人在玩游戏，顾奇南不出意外地第一个输了。他挪到展哥身边，佩服地看着展哥玩游戏，心想，展哥做什么都好厉害，就是学习差了一点点，这是为什么呢？

奶茶店的下一首歌响了起来。

"你笑起来真好看，像春天的花一样……"

顾奇南看着展哥的侧脸，傻笑。

展哥真帅，真好看……

林小斌也打输了，抬头见顾奇南笑成这样，打了个哆嗦，问："小南仔，你看着展哥笑什么呢？怪吓人的。"

吴渊也输了，只剩下展哥。

顾奇南感慨："看展哥帅啊。"

展铭手一抖，也输了。

"你笑起来真好看，像夏天的阳光……"

"把所有的烦恼所有的忧愁，统统都吹散……"

十月的月考成绩出来后,大家都震惊了。

整个高三年级都被展铭震惊了。

从年级第 648 名,进步到第 436 名,前进了 200 多名,从专科线一举冲到本科线。

四人组里每个人都有进步,顾奇南的英语进步了 8 分,吴渊继续稳步前进,连林小斌的年级排名也前进了 12 个名次。

但是展哥有点惊人。

周一上课的时候,老张表扬了四人组,着重表扬了展哥,说他是浪子回头,是迷途知返,为时不晚;还表扬了顾奇南,说他热心助人,无私奉献,帮助同班同学共同进步。

老张把展哥说得越来越无语,说得五班的其他人恨不得踢走展哥,自己来当顾奇南的同桌。

下课后,林小斌感慨:"展哥,你这浪子开始发力了,有些吓人啊,上次进步 100 名,这次进步 200 名。再让你考几次,你不会要冲击南哥的地位吧?"

展铭鄙夷地看了林小斌一眼,冷冷地说:"吊车尾的想挤进中游,很简单;中游的人想挤进上游,很难。"

吴渊拍拍林小斌的肩膀,说:"斌,认真读书吧。只要付出了努力,你就会发现,原来读书这事真的要靠智商。"

林小斌不服:"我也进步了,老张也表扬我了!怎么回事?我们原本不是差生组合吗?现在怎么要靠成绩说话了?!"

成绩进步这事,有的人替你高兴,有的人却忌妒。王越几次在班里说展铭的成绩肯定是作弊得来的,他还说自己听见办公室其他老师在讨论展铭成绩的真实性。

老张已经在班会上肯定了展铭,说明老师是相信展铭成绩的真实性的。但王越还是要说:"作弊也不看看自己的水平,差不多得了。"

这话传到林小斌耳朵里,林小斌当场就想去揍王越一顿。林小斌就想不通了,怎么会有王越这么叽叽歪歪的人,被展哥修理了一顿,还不晓得收敛一点,单方面把展哥当成假想敌,什么都要跟展哥对着干。

吴渊提醒他:"王越到现在还以为,展哥喜欢邱然颖……"

林小斌:"……"

顾奇南问:"你还不表白吗?要等到什么时候?"

吴渊紧张地道："现在表白？影响了人家的学习怎么办？还有，现在好不容易才加上微信，有时候靠南哥标的重点才能说上几句话。万一我表白被拒，人家把我拉黑了，怎么办？一点机会都没了！"

顾奇南："……"

顾奇南这才想起，他一直没有告诉吴渊，邱然颖已经知道他喜欢她了。

吴渊叹气："你个小孩子不懂，追人很难的。现在是关键时刻，大部分人不想谈恋爱，就算喜欢，也很可能拒绝。至少也要等明年考完，跟人家考到同一个城市，成功的可能性才比较大。"

顾奇南："……"

中午回到小出租屋，只有两人的时候，顾奇南坐在展铭身边，看着展铭剥葡萄皮，问："我是不是影响你学习状态了啊？"

展铭点头："影响了。"

顾奇南顿时紧张，正要开口问，展铭递过来一颗大葡萄。

展铭接着说："我被你影响得一下进步了几百名。"

顾奇南嘿嘿笑了。

展铭继续剥葡萄："但是吴渊那事，你还是别跟他说邱然颖已经知道他喜欢她了。不管最后结果如何，被邱然颖拒绝，还是跟邱然颖谈恋爱，都会影响吴渊的学习状态，我太了解他了。而且吴渊说得有道理，邱然颖可能也会被影响。他们两个现在这样是最好的，其他的事等高考结束了再说吧。"

"哦，"顾奇南闷闷地点头，"渊哥考虑得真多。"

展铭又给他一颗葡萄，漫不经心地说："吴渊成绩不错，拼一把很有可能跟邱然颖考同一个大学。不像我，跟你成绩差距太大，连考同一个城市的学校都够呛。"

葡萄甜得很，顾奇南唇齿间都是葡萄汁的香气。他看着展哥的侧脸，说："不会的，你一定可以！"

"赶上你的水平是不可能的，我只希望能尽量考得离你近一点，"展哥说，"但是，你千万不能被影响到。如果你学习退步了，那我们就暂停一起学习，知道吗？"

顾奇南闻言，赶紧保证："我绝对不会退步的！"

顾奇南说到做到，十一月和十二月的月考，他都进步了，总分一直在提高。虽然十二月的总分只提高了五分，但反正进步了。

展铭也在进步,但是速度变慢了,两次月考过后,已经进步到年级第318名。

吴渊进步到两百名内了。

为了这个里程碑式的进步,邱然颖还悄悄买了小蛋糕送给吴渊吃。

林小斌见四人组里的其他三人都学得那么认真,他也不能落后啊!虽说没有多认真,但也好歹读了一点,竟然考进了前六百名。

元旦很快就到了,七中没有任何庆祝活动,放假一天,很快就过去了。

假期的时候,齐一修跟顾奇南见了一面。

元旦假期是除了台风假,齐一修整个学期唯一完整的一天假,除此之外,都是半天。

一见面,他就唉声叹气,说自己被摧残得都瘦了好几斤,憔悴了不少。

他仔细看了看顾奇南,疑惑道:"你怎么容光焕发的?七中的日子太轻松了吧?你可得注意啊,虽然降了三十分,但是B大真的很难考。"

顾奇南有点小得意:"我最近每次考试都有进步。"

齐一修坦率地说:"七中的竞争强度太低了,你别被麻痹了。"

顾奇南从书包里掏出几套卷子,递给齐一修,说:"这是你们学校的月考卷子,我让我爸爸把你的答案抹掉,打印出来自己做了一遍,结果还行。"

齐一修拿起来仔细看了一遍,感叹:"牛啊,顾奇南,你是真进步了。怎么回事啊,你的脑子到底怎么长的?"

顾奇南喝了一口果汁,看似不以为意地说道:"我读得都快没半条命了,没办法。"

齐一修同情地道:"七中的教学不行,你只能靠自己了,很辛苦吧?"

顾奇南说:"不辛苦啊!跟我好朋友一起认真读书很开心!"

齐一修惊呆了。

齐一修好心来送实验中学的学习资料,竟然还要遭受顾奇南的炫耀攻击,气得当场拜拜走人。

可顾奇南说的是实话。

班上的其他人,天天都在哀号快坚持不住了。微信朋友圈每天都有人发"学不下去了"的表情包,还有人经常发小短文抒情痛哭。

可他每天都很开心,上学开心,因为可以见到展哥;午休开心,因为可以跟展哥一起写作业;晚上也开心,因为展哥会送他到地铁站,给他买一杯奶茶。晚上做一会作业,可以给展哥发微信消息,展哥看到了就会回他。他们没有时间聊很多的话,有时候只是说一句"我做完了物理作业",然后展哥回他一声"乖"。

仅仅一个字,就觉得好快乐。

高三的上学期,就在这样的快乐之中飞速过完。

在期末考试到来之前,展哥的生日先到了。

Chapter 16
离不开

展哥的生日在期末考试的前两天。

第一轮复习已经结束了,结果如何,都体现在这次期末考试,因此大家都很紧张。

以前顾奇南还没来的时候,三人组过生日就是去外面吃一顿庆祝,因为他们平时根本不学习,就算不是周末也照常出去吃饭玩耍。

但今年情况特殊,除了林小斌,其他三人真的是头悬梁、锥刺股。搞得林小斌下课了也不敢把手机拿出来打游戏,只能跟着装模作样地看书,竟然也进步了一些。

其他人还没提,展铭就主动说将聚会推迟到期末考试考完,不要因为过生日浪费时间了。

大家没意见。

但顾奇南还是偷偷跟吴渊、林小斌商量,饭可以先不吃,生日蛋糕总要吃的吧,而且必须当天吃。

林小斌纳闷了:"为什么一定要吃生日蛋糕?"

顾奇南坚持道:"过生日当然要吃蛋糕,吃蛋糕才有仪式感!而且生日礼物也必须当天给,才有意思啊。"

林小斌:"我们过生日不吃蛋糕。"

吴渊:"只吃饭。"

林小斌:"是。"

顾奇南:"你们上次不是给我买蛋糕了吗?"

林小斌:"那是你的展哥买的,不是我们。"

顾奇南:"……我不管,我已经订好蛋糕了,当天晚自习下课后送过来,你们不参加也得参加。"

吴渊跟林小斌当然不敢不参加,只是为礼物发愁死了。

三个人临时拉了个小群商量生日礼物的事。

文武哥:要不我们仨凑钱买双球鞋?

小弟3:我已经买好礼物了。

文武哥:不是吧!以前我们三个从来没有互相送过礼物啊,请吃饭就完事了,怎么南哥你的规矩这么多?

小弟3:要你管。

文武哥:行,是我造次了。

渊:送个游戏皮肤?新出的英雄皮肤很好看啊!

文武哥:我看行!

小弟3:……展哥都几个月没玩游戏了。

文武哥:……我选择死亡。

渊:我也是。

展铭生日前一天,顾奇南晚上11点就开始打瞌睡。他躺在床上,手机定了11点59分的闹钟,准时起来数着零点倒计时,给展铭发了祝生日快乐的信息。

小南仔:生日快乐!

摇啊摇:还没睡?

小南仔:我定了闹钟起来的!我是不是第一个跟你说生日快乐的人?

摇啊摇:是。

摇啊摇:吴渊跟林小斌不会特地等零点的,你明天早上说一样是第一个。

小南仔:我不,我就要在零点说!

摇啊摇:嗯,快睡。

小南仔:好的,晚安。

摇啊摇:晚安。

第二天一见面,顾奇南就塞给展铭一颗巧克力,笑着说:"生日快乐。"

巧克力很甜。

展铭一下不知道说什么,等巧克力融化在嘴里,才想起还要上课。

这一天,每次下课,顾奇南都塞给展铭一颗巧克力。

巧克力有很多种口味，抹茶、松露、榛子……

林小斌看见了，也想吃。

顾奇南不给他，说："这是过生日的展哥才有的。"

林小斌打了个哆嗦："不愧是家养小精灵！"

下午放学的时候，顾奇南才说自己要留宿。展铭怕影响他复习，不让他留。顾奇南求了半天，才让展哥同意他留下来。

晚自习的时候顾奇南还是很认真的。四人组都专心学习，除了林小斌有时候坐不住，扭来扭去，跟蚂蚁钻进衣服里一样。可他不敢拿出手机打游戏，展哥盯着，渊哥也盯着。他叹口气，只能继续学习。

九点半晚自习下课，展铭一般留到十点半才回去。但今天顾奇南一下课就拉着他要走，吴渊和林小斌也一直跟着。

出了校门，蛋糕店的外卖小哥已经拎着蛋糕等着了。

顾奇南兴高采烈地接过蛋糕，喊："生日快乐！就吹一下蜡烛、吃一下蛋糕，不会浪费很多时间的！"

展铭已经好几年没有吃过自己的生日蛋糕了，此时见顾奇南那么开心，也不好再说什么了。

到了小出租屋，四个人把小桌子搬出来，将蛋糕放在上面。

打开盖子的时候，除顾奇南外的三人都愣了愣。

这是一个奶油蛋糕，造型很简单，纯白的奶油层一点褶皱都没有，跟镜面一样平整，旁边用黑巧克力写着："哥哥，生日快乐。"

好一会，林小斌才啧啧感叹："小南仔，我服气，好朋友，一辈子。"

展铭无奈，但心里是开心的。

顾奇南插了一根"18"形状的蜡烛，站起来关了灯，第一个唱起《生日快乐歌》。

很快，吴渊跟林小斌加入了，稀稀拉拉、开开心心地唱完了整首歌。

顾奇南严谨地按着生日流程走，非要展铭许愿，许完愿吹蜡烛、切蛋糕。

吃蛋糕前，吴渊跟林小斌送出礼物，一双球鞋。展铭一看，国牌的，不算特别贵，知道他们想帮他，又怕他不收。展铭只说了一声"谢了"，没多说什么，收下了。

顾奇南蛋糕都顾不上吃，兴奋地从自己的书包里掏出礼物，竟然还特地用包装纸包好了，一份标准的生日礼物。

三人围着展铭，期待地看着展铭拆礼物。

林小斌说："这个小南仔，老早就说准备好礼物了，让我看看到底是什么神仙礼物。"

展铭从纸盒里拿出一个纯白色的小方块。

吴渊："这是什么？充电宝？"

顾奇南开心地摇头道："不是！是迷你打印机，只需要用手机拍照，连接后就能把题目打出来了！这样整理错题集可以节省好多时间！"

展铭三人："……"

林小斌佩服地道："所以这是你用过了觉得好用？"

顾奇南否认："不是，我没有用过，我的错题比较少，用不上。"

林小斌跟吴渊爆发出一阵惊天大笑，把顾奇南都笑蒙了。

直到那两个人离开了，顾奇南还有点闷闷不乐，一再追问展铭："我的礼物是不是很傻？你是不是不喜欢？"

展铭告诉他："我很喜欢。"

顾奇南不相信。

展铭发誓："我明天就用上，真的。你送的东西我都喜欢，所有的都喜欢。"

顾奇南勉强相信，他觉得自己送的礼物很实用、很好呀，为什么嘲笑他？

他又把自己的书包拉过来，说："我还有一份礼物，刚刚他们在，不好意思拿出来。"

顾奇南从书包里拿出一个不大的圆鼓鼓的袋子，将抽绳拉开，拿出来后展铭才发现是一件黑色的短款羽绒服，又轻又薄，几乎没有重量。

顾奇南笑着说："我有一件一模一样的。"

展铭试了一下，很合身。

羽绒服很轻，很适合南方的冬天，像这种天气，一件外套加一件长袖 T 恤就够了。

顾奇南太想给展哥买衣服了。

他见过展哥的衣柜，里面除了两季四套校服，就只有零星几件衣物。虽然每周都在上课，穿常服的机会并不多，但他很想看看不穿校服的展哥，很想给他买很多很多的衣服。

跟妈妈逛街的时候,他一直想这件展哥穿着好看,那件穿着肯定也好看。

最后自己又跑回商场,买了一件一模一样的羽绒服。

他不敢买太多,怕展哥不收。

他还有好多好多礼物想送给展哥,但是他怕吓到展哥,只好一样一样慢慢送。

展哥将羽绒服脱下来,珍惜地挂进衣柜里。

装着习题册的盒子收在衣柜里,每一本都做满了笔记。

顾奇南从书包里拿出今天的第三份礼物——一本亲手整理的习题册,放到展哥的手上。

展铭捏着那本习题册,低声说:"团仔,你给我太多了。"

顾奇南笑道:"我还想给你很多很多。"

展铭把衣柜里的另一个大纸盒拿出来,打开盖子。

里面是乐高积木。

展铭已经很久没有收过礼物了。

他本来就不常收到礼物。

从前奶奶在的时候,会给他买点小玩具。过生日的时候,一个生日蛋糕就是最大的礼物了。小玩具早就玩坏了,不知到哪里去了,除了那盒很贵的乐高,展铭没有留下任何礼物。

住在叔叔家的时候,他一直把乐高收在盒子里,没有拼起来。

因为没地方放。

但今晚不知为什么,他突然很想把乐高重新拼起来。

把乐高跟他的迷你打印机、羽绒服,放在一起。

一月底,南州市的冬天已经挺冷了。顾奇南早晨出门的时候,校服里穿了一件加绒卫衣,校服外还套着薄羽绒服。

出了地铁站,展铭已经在等他了。

今天降温,一直校服套卫衣的展铭,终于把同款羽绒服也穿上了。顾奇南开心地走过去,小声说:"我们今天穿的一样呢。"

展铭伸手拉上顾奇南的卫衣帽子,说:"风大,上来。"

顾奇南坐上小电摩,第一千零一次感叹展哥真的好酷,又酷又帅。

又酷又帅的展哥心里很紧张,但是脸上一点表情也没有,进了学校后,照常跟顾奇南挥手告别,走向自己的考场。

顾奇南永远在第一考场的第一个座位。

每当这时候，展铭就能特别强烈地感受到顾奇南跟自己的不同。

他走进自己的考场，找到座位坐下，深呼吸。

今、明两天考完，高一、高二的学生就正式进入寒假了。高三的学生还要补课，补到农历十二月二十八，放假一周，正月初六又开始上课。

到一月底，第一轮总复习刚好结束。所有学科的知识点，都完完整整复习了一遍。对展铭来说，也相当于从头学习了一遍。

老师说，这次期末考试，正好考查一下复习情况。

展铭觉得自己这辈子没有这么紧张过，考试的前一天，他竟然梦见自己作文来不及写完，早上六点就吓醒过来，把自己准备好的作文模板再次背诵二十遍。

他没跟顾奇南说，也没跟其他两个小弟说，太没面子了。

当然他的作文还是很及时地写完了，甚至剩余了十分钟。

其他科目的考试除了不会做的，他也都来得及做完。

最后一科考完的时候，他都有点回不过神了。三个小弟在讨论晚上去哪里吃饭时，他一直控制不住地想把课本跟笔记拿出来翻找答案。

晚上四个人吃了热腾腾的火锅，顾奇南辣得脸颊红通通的，特别可爱。

十六岁的少年，还跟小孩一样，明明不太会吃辣，非要吃辣锅，被辣得一直喝冰可乐。

整个晚上，展铭一直忙着给他烫牛肉片、煮虾滑、捞豆皮、倒可乐。

吃完火锅，四人本想去看电影。但年末了，没什么好片子，大片都排到大年初一上了，于是四个人约好了大年初一再来看电影。玩了一会娃娃机、投篮机，展铭说要写作业，于是几人各自告别回家。

展铭领着顾奇南走，林小斌跟吴渊一起走。

等公交车的时候，林小斌突然说："我就奇怪了，大家一样是小弟，为什么展哥就对小南仔那么好？他那小破出租屋，小南仔都住过多少次了！好像每次月考考完吃饭，小南仔都去留宿。为什么不让我们两个跟着呢？"

林小斌上次想跟过去，被顾奇南以没有多的被子为理由拒绝了。

吴渊想了想，说："斌，我觉得有蹊跷。"

林小斌点头："我也觉得。你看他们两个今天穿的外套是不是一模一样的？"

什么时候买的？不够兄弟，为什么只有他们两个有一样的，我们没有？"

吴渊转过头看他："我觉得……他们可能……"

林小斌一拍大腿："他们两个不会想搞小团体吧！偷偷把我们排除在外！然后两个人去吃消夜、玩游戏！"

吴渊："……"

周一，考试成绩跟年级排名出来了，顾奇南的总分又进步了一点，上了640分。吴渊跟林小斌没怎么变，展铭则退步了。

原本已经进步到第318名，这次考试退到了第379名。

考试的时候，进进退退很正常，退步几十名也不是特别严重的事。

展铭没说，但其他三人都看得出来，这次退步对他打击特别大。从成绩公布的那天起，展铭的心情就不太好。

他没抱怨，没诉苦，好像更用功了。

他跑去问老张，为什么已经很认真了，还会退步，问题出在哪里，需要怎么做。

他一个人住在小出租屋，不知道晚上几点睡觉。但从这次期末考过后，其他三人明显感觉到白天的展铭没有以前精神了。

顾奇南问他到底晚上几点睡觉，展铭告诉他："一点。"

"怎么那么晚睡？！"顾奇南急了，"早上那么早起，晚上那么晚睡！睡眠不足不利于提高白天的效率，你得保证充足的睡眠。"

展铭不听："现在没有时间了。"

距离六月七号，只剩下四个月的时间了。

顾奇南安慰他："你这个学期已经进步很多了，你不能给自己施加太大压力，慢慢来。"

所有的安慰话语都如同投石入海，一点用都没有。

展铭表面上点头说自己清楚、自己知道了，其实心里的紧张感一点也没有缓解。

从答应跟顾奇南考同一个城市的学校那一刻起，巨大的压力就如影随形。

他想得很多。

如果没跟顾奇南在同一个城市读大学，四年的异地，很可能两个人会很快成为陌路人。

如果他没有尽力追赶顾奇南的脚步，努力成为一个稍微跟优秀沾点边的人，他们也可能最终成为陌路人。

　　身处高中，顾奇南尚未发觉，他跟展铭其实是两个不同世界的人。等到了大学里，他们所待的环境不同，接触的人不同，他们的眼界、认知、价值观，都会变得不同。

　　到那个时候，怎么办？

　　顾奇南那么爱数学，在他的人生规划里，他会继续深造，读硕士，甚至读博士。

　　而他呢，不更努力的话，可能只是一个大专生。

　　虽然早就跟小南仔说了，等小南仔不需要他这个朋友了，他会自己离开。

　　可那只是装酷的话。

　　他不想离开小南仔。

　　在他拎着行李离开叔叔家的那个晚上，他孤身一人站在路口，不知从何处来、往何处去，不知自己生存为何、呼吸为何。

　　那是一种可怕的孤独感。

　　他没有奶奶了，妈妈不要他，唯一的亲人家里也不欢迎他。

　　就像脚下踏着的地没了，只剩虚空，人快坠入黑暗了。

　　这时候，小南仔出现了。

　　他的小南仔，是他的家、他的依靠。

　　他离不开，无法离开。

Chapter 17

放寒假

农历十二月二十八,街上的车跟行人明显减少了。

最后一节课上完,老张嘱咐完假期事项,走人。五班爆发出一阵欢呼,令人窒息的补课终于结束了,放假了。

每个人都在整理假期作业——刚刚发的几十张卷子。

林小斌将卷子摞整齐了,也不排好前后顺序,一对折,全都塞进书包,感叹:"这是人布置的作业吗?放假七天,几十张卷子,写得完吗?我不吃年夜饭了,就写着这些卷子跨年好了!"

吴渊骂:"废话真多。"

林小斌委屈地道:"现在连作业多都不能抱怨了?"

吴渊转过头问顾奇南:"南哥,明天一起写作业吗?"

顾奇南正在用小订书机把卷子一份份订好,头也不抬地说:"明天早上不行,我要上英语的网课。明天下午可以吗?"

林小斌竖起大拇指:"刚放寒假,网课就安排上了,服!"

吴渊又问展铭:"展哥,你放假什么打算?"

"学习。"展哥的回答十分简短,十分冷酷。

吴渊欲言又止。

林小斌说话不经大脑,直接开口:"不是,你吃饭怎么办?学校食堂都关了,过年期间,外面的店也关得差不多了吧?你这几天到我家吃吧!"

展铭把书都装进书包,说:"还开着不少店,没地方吃饭了,我再给你打电话。"

"行。"林小斌干脆地点头。

四人在校门口挥手告别，没有约饭。

今年顾奇南老家的爷爷奶奶来南州市过年了，顾奇南得回去陪老人家吃晚饭。

展铭用小电摩载着顾奇南往地铁站走，顾奇南在他身后喊："你来我家过年吧。"

顾奇南抓住他的衣服，尽量贴近他的耳朵说："大年三十那天来我家吧，我都跟我爸妈说好了。我爷爷奶奶脾气特别好，喜欢小孩，还说要看看我的好朋友。"

地铁站到了。

展铭停下小电摩，顾奇南跳下车，等着他的回答。

展铭摇了摇头，说："我叔给我打电话了，让我去他家吃年夜饭。"

"不去！去他家干吗？！"顾奇南气道。

"快回家吧，天快黑了。"展铭说，"吃一顿饭而已，如果我这都不答应，就真断绝关系了。没事，我跟吴渊、小斌，哪天约好了一起去你家看你爷爷奶奶。"

顾奇南还想说，但是忍住了，跟展铭说了拜拜。

当天晚上，顾奇南就在群里邀请大家。顾奇南说，他爷爷奶奶特别想见他们三个人，请他们明天来家里吃午饭，吃完了他们下午可以出门找个地方一起写作业。

三个人都说"好"。

隔天早上，展铭三人在地铁站碰头，一起往顾奇南家去。为了下午写作业，三个人都背了书包。

林小斌说："我说跟同学约好了出门写作业，嘿，我爸妈不信，还怀疑我是不是谈恋爱了，出来约会。当下两个人以迅雷不及掩耳之势，抢下了我的书包，一通翻查，发现里面果然全部是作业。他们还闹着要看我的手机，我把跟南哥的聊天记录翻给他们看，跟他们说这是我们年级第一的大哥，他们才相信。我真不容易！"

吴渊已经快笑疯了。

林小斌又转阴为晴："我爸特别激动，说这可是年级第一名啊，竟然愿意带我一起学习！出去写作业了，得好好请人吃点喝点，又给了我几百块钱！哈哈，我的游戏新皮肤有望了！"

展铭看了他一眼，林小斌立刻认错："不，我还是得留点，请南哥喝饮料。南哥带我学习，确实辛苦，确实辛苦。"

到了顾家楼下，展铭特别叮嘱："在老人家面前不要乱说话，知道吗？"

吴渊点头。

林小斌犹犹豫豫地问："请问……什么叫乱说话？比如南哥走在路上被学妹搭讪要加微信这种吗？"

展铭一个杀人的眼神抛过来，吴渊直接说："斌，你别管，你就什么都不要说，除非爷爷奶奶问你问题，懂？"

林小斌举手，给自己嘴巴拉上拉链："懂！但吴渊你真是展哥肚子里的蛔虫，展哥什么意思你都猜得出来！"

吴渊："……你能别比喻得这么恶心吗？还有，进门不要说粗话。"

林小斌再次拉上拉链，还缝针，缝了两遍。

他们上了楼，顾奇南早就打开大门等着他们了。

顾奇南把他们三个让进来，喊："爷爷奶奶，这个是展铭，这个是吴渊，这个是林小斌。"

顾奇南的爷爷奶奶长得特别和善，即使在家，头发跟衣着仍然一丝不乱，整整齐齐。三人都有点紧张，齐声说："爷爷奶奶好。"

顾奶奶连声感叹："这孩子长得真高！怎么长的，喝牛奶吗？"

顾奇南还是第一次见展哥手足无措、答不出话的样子，觉得好玩极了，替他回答："他长这么高是天生的，不是喝牛奶喝的，你别问了，奶奶。"

顾奶奶轻轻拍了他一下："我看你是为自己不喝牛奶找借口。"

顾奇南的爷爷奶奶亲自下厨，做了一大桌家乡菜请三位小朋友吃。他们一家热情得不得了，从展铭三人坐下来，就开始拿公筷替他们夹菜夹肉，劝他们多吃点多吃点。展铭三人吃得肚皮快撑破了，把一大桌的菜都吃完了。

吃完后，四人就被赶到客厅去打游戏，老人不让他们帮忙收拾。

林小斌觉得新奇："南哥，你居然买了游戏机？！"

顾奇南摇头："我爷爷买的。"

林小斌更惊奇了："你爷爷太好了吧！我家里人看我打游戏，都要把我打死了！"

顾奇南嘘了一声，低声说："那是去年为了哄我高兴买的，我一次也没玩过，今天刚拆开。"

顾爷爷和顾奶奶端着一大盘切好的水果过来了，四个人不再聊游戏机的事。

顾奶奶问："在学校你们四个人关系最好吗？"

顾奇南点头："我跟展铭是同桌，他们两个坐在我们前面。"

顾奶奶觉得奇怪："你跟展铭个头差这么多，怎么会坐到一起去？"

顾奇南笑了笑，说："因为我是转学生啊，班级里没有其他座位了，只有展铭身边有座位。"

他看了展哥一眼，眼睛里都是笑意。

"那还真是有缘，"奶奶说，"要是没坐到一起，关系都不能这么好。"

"没错。"顾奇南点头。

奶奶又说："我们南南跳过两次级，你们知道，他年纪小，一直没听说他在学校里有关系特别好的同学，我们都有点担心。没想到转了学，他反倒认识了你们，跟你们特别合得来，我们太开心了。"

吴渊跟林小斌只会傻笑，展铭是硬扯着笑。

顾爷爷跟顾奶奶就在旁边乐呵呵地看着他们打游戏，顾奶奶时不时问两句学校里的事。展铭话少，林小斌不靠谱，大部分是吴渊答的。

玩了半个小时，老人家容易困，先进去午休了。

老人家进去前问他们下午去哪里玩，顾奇南说："我们不玩，下午准备出去写作业。"

顾爷爷说："写作业还出去干吗？在家写啊！等会起来，给你们再蒸个米糕吃，就在家写。"

四个人只好乖乖说"好"。

林小斌先打瞌睡的，他昨晚不知道打游戏到几点才睡。于是顾奇南说大家先午休一会，等会起来再写作业。

吴渊跟林小斌在书房的沙发床上睡，展铭跟顾奇南一起回房间。

顾奇南在衣柜里翻翻找找，竟然找出一套大码运动服，让展铭换上。

展铭接过那套明显不是顾奇南尺寸的运动服，问："你怎么有这么大的衣服？"

顾奇南嘿嘿笑："我给你买的啊。"

那么理所当然，好像他早知道今天用得上一样。

运动服是套头的，棉质的，跟家居服一样宽松舒服。展铭穿上刚好，完全是照着他的尺寸买的。

展铭摸摸衣服，质量很好，知道价钱必然不低。

"以后别给我买衣服了,穿不了这么多。"

顾奇南也换上了同款的运动服,只是颜色不同,展铭的是黑色的,他的是深灰色的。

顾奇南轻声说:"不要,我就想给你买。"

展铭无奈地道:"睡吧。"

过了一会,顾奇南小声问:"哥,我问你,你说实话。"

"嗯。"

"你还剩多少钱?够不够花?"顾奇南轻声问。

这话他已经憋了很久,怕伤了展哥的自尊心,又怕展哥没钱花,在小出租屋里挨饿受冻。

"够。"

"你这学期都没打工,真的够吗?"顾奇南不相信,"我、我可以先借你钱,我的零花钱都没有花,真的。"

展铭只好拿出手机,打开手机银行,让顾奇南看账户余额。

"还有一万多块钱,真的。"

顾奇南终于放心了,但又有点好奇:"你怎么还有这么多钱?都半年没打工了。"

展铭解释说:"之前打工攒的,暑假攒得多。而且以前吃住都在我叔叔家,后来闹翻了,我才到外面吃饭,没花多少钱。"

"哦,"顾奇南点点头,"那你寒假要好好吃饭,不能随便应付,知道吗?我这个寒假可能不能经常去找你玩,我爷爷奶奶来了,我得多陪他们。"

展铭说知道了。

顾奇南惬意地说:"我爷爷奶奶特别喜欢你们,昨晚问了我好多好多问题,把你们的学习成绩都问了个遍。"

展铭顿时紧张起来,道:"学习成绩?"

"怎么了?"顾奇南问。

"你都照实说了?"

顾奇南点头。

展铭沉默。

顾奇南:"怎么了?"

展铭只好说:"我成绩不好。"

顾奇南疑惑地道:"那怎么了?再说了,你成绩没有不好,一直在进步。"

展铭不说话了。

顾奇南没想到酷酷的展哥这么在乎成绩,甚至不想让别人知道。他刚转学到七中的时候,考班级倒数的展哥并没有这么在乎成绩啊。

顾奇南缠着展铭,非要他说为什么。

展铭没办法了,只好说实话。

"想让你们家的人,对我印象好点。"

顾奇南更困惑了:"我们家的人,对你印象都非常好,非常非常好。"

展铭说不下去了。

过了好半天,顾奇南才领悟过来,问:"你说的印象,是指家人对我朋友的印象吗?是吗?是吗?"

展铭沉默,最后才说:"我想,尽量考个好一点的大学,虽然比不上你的,但也不要太差。至少我得再优秀一点,不能是一个一事无成的人,不能是一个你们家觉得没法当你朋友的人。"

顾奇南呆住了。

展铭说的,他从来没想过。

顾奇南忍不住说:"哥,哥哥,你是世界上最好的展哥。你已经很优秀了,你已经很好了。我们家的人会喜欢你的,因为你好得不得了。"

他知道的,这些在刚认识的时候,顾奇南说过。

顾奇南觉得展铭很好,即使成绩差,不讨老师喜欢,寡言少语,他还是觉得展铭很好。

展铭明白不是所有人都是这样认为的。

顾奇南一家,包容、宽和、富有同情心。

只有一个极其幸福、美满、宽容、善良的家庭,才能养出这么好的顾奇南。

他不知道要怎么做才配得上这么好的顾奇南。

顾奇南太好了。

他只能努力,再努力。

四人午休结束之后,一起在饭厅的餐桌上写作业。

顾爷爷和顾奶奶把桌子擦得干干净净,还蒸上了米糕。老人家一会切水果,一会端点心,一会泡花茶给他们喝。

整张餐桌倒是被吃的占满了。

写了一会,除顾奇南外的三人都倍感压力。特别是林小斌,他本来打算来抄作业的,没想到场地从外面的咖啡店换成了顾奇南家,还有顾奇南的爷爷奶奶一直笑眯眯地看着,他一个字都不敢抄。

他倒是吃了一肚子香香甜甜的米糕,还喝了三大杯花茶。

就这么煎熬到下午四点半,三人看看时间差不多了,再留下去,人家连晚饭都要管了,赶紧收拾东西走了。

临走时,顾爷爷和顾奶奶给他们三个一人塞了一袋子特产,说是从老家带来的,让他们拿回家。

出了顾家,在电梯里,三人一人拎着一袋子特产,不约而同地沉默了。

等走出小区,林小斌才叹口气:"这绝对是我人生中第一次在同学家这么受重视,太热情了。我简直愧对南哥一家人,我、我除了抄南哥的作业,什么事也没干啊!"

吴渊认同地点头:"斌,你知道就好。"

林小斌跳起来骂:"你除了抄南哥的笔记跟重点,你也什么都没干!"

吴渊理直气壮地说:"我们一起认真学习,共同进步,相互督促,怎么能说我什么都没干呢?"

展铭:"……都闭嘴。"

顾奇南的爷爷奶奶给的都是上好的香菇、松茸、莲子、金线莲等干货,特别适合过年的时候炖汤。

展铭一人住,不开火,用不上这些,大年三十的时候,便拎去他叔叔家了。

年三十早上,他叔叔又给他打了个电话,让他一定回去过年围炉,说不管怎么吵吵闹闹,一家人,过年了,总得一起吃一顿饭。

展铭没说什么,答应了。

有点尴尬的一顿饭。

先前闹得厉害,他还推了展锐。现在回来了,大家闭口不提上次的事,装作无事发生,维持表面的和平。

吃饭的时候,叔叔说:"都放假了,在家住两天吧?春节的时候,亲戚朋友都会走动,你在家,也好见见大家。"

展铭知道他的意思,说:"高三了,时间紧,作业都写不完,我就不住了。

回头亲戚问起来，就说我怕吵，住在学校附近。"

展铭明白，对叔叔婶婶来说，能够维持表面上的客套礼貌就够了。

果然叔叔听了点头："说得是，还有几个月就要高考了。上次你班主任打电话说，你最近进步很大，表扬你了呢！展锐，你学学你哥！本来考得比你差，人家这一学期认真学了，现在都考得比你好了！你天天关在房间里，也不知道是真的在学习还是假的！我看你那手机，我早晚得给你砸了！"

展锐在班级群里抢一分钱的红包抢得正开心，一听展国强的话，脸马上黑了，觉得好好的年又给毁了，满心不爽，顶嘴道："至少我考出来的都是真的。"

展国强听出他话里话外的阴阳怪气，纳闷："你这话什么意思？"

"什么意思有人心里清楚。"展锐说。

一个年级倒数、只会闹事的混混，现在能考到三百多名？

展锐一个月花那么多钱补课，考试的时候千辛万苦带小抄、抄别人的答案，才考了四百多名，展铭能比他强？谁考得比他好，他都信，唯独展铭是绝对不可能的，一定是作弊了。

他婶接着说："有进步当然好，但是这个进步要承受得住高考的检验，是吧？"

"是，"展铭懒得听他们阴阳怪气的，"高考完就知道了。"

展国强拿起高粱酒自斟自饮，一抬头，看见自己一双儿女大过年的在饭桌上都抱着手机不放，按个不停，酒气上涌，就开始啰唆。

"这么大的人了，不知道争气点，多考几分，考个公办的本科学校，我跟你妈都不用累成这样。你姐是没办法了，阿锐，你给我争气点，考个好学校。你看看你哥，你问问他怎么学的。"

他还念了一大堆，念得展锐姐弟都不爽起来。

展锐吃了两口菜，终于把手机放下了，挥舞着筷子说："我可学不来，他可是抱上了大腿的！"

饭桌上都静了。

展铭脸黑了。

一瞬间，展铭脑子里闪过"看来除夕这天还是得把展锐打一顿"的念头。

他正想着，展锐嗤笑："展铭现在和好学生走得这么近，想跟人家考一个地方，抱人家大腿，当然得努力学习了。"

展铭站了起来，表情很不好，展锐喊："你想干吗？！全校都知道你喜欢邱然颖，我还不能说了？"

展铭："……"

展国强赶紧劝："大过年的，你们两个干吗呢？阿铭你坐下！阿锐你也是，不要乱说话！你们还在读书，说什么乱七八糟的！"

展铭冷冷地扫了展锐一眼，坐下了。

展锐冷哼了一声，不说话了。

熬过一顿饭，展国强一家打开电视，泡茶，看春晚。

展铭喝了两杯茶，起身说要走了。

他婶婶看了他拿来的那袋子干货，脸色好了点，留了他一下。

展铭坚持，展国强有意让展锐跟他和好，就示意展锐送他下楼。展锐一万个不情愿，被展国强踢了一下小腿，只得起来。

展铭理都不理展锐，径自出门走了。

展锐没跟下来。

打开了小电摩的锁，展铭才掏出手机看有没有新消息。

小南仔：展哥，你吃完饭了吗？

小南仔：哥，你叔叔家的年夜饭好吃吗？你吃了什么？

小南仔：他们家的肯定不好吃，肯定没有我们家的好吃。

小南仔：你明天来我们家吃饭，好不好？我们家年初一很少有客人的，在这里没有什么亲戚。你来吧！

小南仔：我妈妈说明天做盐焗鸡！超级好吃！你来吧！

小南仔：要不我明天下午出去找你玩？

摇啊摇：刚吃完，现在准备回去了。

小南仔：你明天来我家吗？或者我去找你玩！

摇啊摇：你好好陪爷爷奶奶，他们难得来。等有空了，我再去找你。

展铭收起手机，坐上小电摩。

街道上没什么人，大多数人还在吃年夜饭，或者吃完了正在看春晚。偶尔有几个年轻人嘻嘻哈哈地打闹着经过，是约出来玩的朋友、同学。

十分钟后展铭就到了小出租屋楼下。

这幢民房有七层，此时只有一两扇窗户亮着灯。

展铭住的三楼，一个人都没有，连平时有小孩哭闹的那家，也早就没了声音，都回老家过年去了。

展铭开门，小出租屋里空荡荡的。

他洗了个澡，坐在书桌前，把作业拿了出来。

手机时不时就振动一下，全是小南仔发来的消息。高考备战群里静悄悄的，林小斌跑到班级群里跟大家一起吐槽春晚节目了。

展铭专心做作业，偶尔拿起手机回复小南仔的消息。

全都是对春晚节目的吐槽，他正陪着爷爷奶奶看春晚，大概怕展铭一个人无聊，隔几分钟就要发条消息。

展铭看到了，就回他一个"嗯"，或者一个表情包，表示自己看到了。

展铭做完一份理综卷子，刚好十点半。

群里已经刷了一大堆消息。

展铭从头到尾翻了一遍，才发现半个小时前林小斌在群里约大家明天下午出门看电影，顾奇南跟吴渊都同意了，顾奇南还代展铭同意了。

过了一会，吴渊上来紧急求助。

他跟邱然颖聊天，说起明天要看的电影，邱然颖说她跟她同桌也约好了要看这一部。

吴渊问怎么办。

他着急地打了二十三个感叹号。

顾奇南以一种很可信的语气说了一大堆指导意见，让吴渊立刻约邱然颖跟她同桌看电影，告诉她们，明天他们四人也会去，以免邱然颖尴尬。

人一多，就变成了同学一起看电影，有男有女，很正常的，邱然颖绝对不会拒绝。

然后吴渊再立刻上网订电影票。

明天下午两点半的电影，看完还可以一起喝下午茶，不像吃饭那么正式，又可以多点聊天的机会。

订座位，一定要订六个连在一起的，把中间的两个座位给女生坐。到时候看邱然颖坐哪一边，无论左边还是右边，吴渊都有坐在她旁边的机会。

看完电影，顾奇南就可以说电影是吴渊请的，他请大家喝下午茶。

这样非常自然，女生一点也不会尴尬。

吴渊跟林小斌都惊呆了。

林小斌说，没想到南哥在这方面竟然如此老道。

顾奇南很得意，私聊展铭。

小南仔：我厉害吧？聪明吧？

小南仔：那我们明天下午一起去看电影吧！

小南仔：爷爷奶奶说我可以跟大家出去玩！

展铭以为除夕夜可以一个人好好过的，写两份卷子，就跨年了。

但他现在其实很想和顾奇南一起跨年。

回过神的时候，他已经抓起手机和钥匙，到了地铁站入口。

地铁车厢空荡荡的，只有零星几个人，都是结伴出行。

有的是朋友约好一起出去玩，有的可能在外面刚吃完年夜饭要回家，都是成群结队的。

只有展铭是自己一个人。

已经快十一点了，群消息振动个不停。林小斌在里面提议大家出门到街上逛逛，放放烟花。

林小斌、吴渊、展铭三人离得近，骑着小电摩十分钟内就能到，只有顾奇南家在市中心，太远了。

小南仔：我也想跟你们出去玩，我还没跟好朋友一起跨过年。

斌哥向前冲：你家太远了，拉倒吧。我们三个离得近，我跑过去找展哥，一会就到了。

渊哥一定行：你好好陪你爷爷奶奶吧。

小南仔：我爷爷奶奶已经去睡觉了，老人家睡得早。

斌哥向前冲：别，你家那么远，坐地铁都要一个小时。展哥肯定不让你过来，到时拎上我们两个小弟一起去找你，来回两个小时，你饶了我吧。

渊哥一定行：展哥怎么不说话？不会睡着了吧？

展铭还在想怎么跟林小斌他们说不用来找他了，吴渊的电话就来了。

展铭一接起来，吴渊就说：“展哥？出来逛逛？"

展铭还没开口回答，地铁车厢里就响起了报站声。

吴渊马上问："你出门了？"

"嗯。"

吴渊沉默了一会，很短暂的一会，然后轻声问："去找小南仔？"

展铭也沉默了一小会，承认："是。"

吴渊没多问，只说了一句："行，那我挂了。"

吴渊很快就在群里说展哥不出来了，让林小斌在家安稳待着，别乱跑，明天还要跟女孩子看电影，敷点面膜什么的还来得及。

顾奇南给展铭发了好多条消息。

小弟3：展哥，你不跟斌哥他们出去玩？

小弟3：你在干吗呢？还在写卷子？还是准备睡觉了？

摇啊摇：没。

小弟3：哦！那你跟我聊天吧，撑到十二点，我就去睡觉了。

摇啊摇：困了就去睡。

小弟3：不行！我要当第一个跟你说新年快乐的人！

摇啊摇：嗯。

小弟3：你明天早上做什么呢？

摇啊摇：写作业。

小弟3：哦，那我也写作业，我们开着视频一起写作业吧。

摇啊摇：嗯。

小弟3：我们一起跨年吧，等会跟你视频倒计时。

摇啊摇：行，等一下。

小弟3：好。

顾奇南等到十一点半，展铭发了条消息，问他现在能下楼吗。

他回了个"能"，抬起头跟他爸妈说："我同学出来玩，叫我下楼。"

他妈妈惊讶地问："现在？你同学？"

顾奇南镇静地点头："说出来跨年，放烟花玩。"

他妈妈看了看时间："都快十二点了，再说了，市区也不能放烟花呀。"

顾奇南努力回忆刚刚林小斌发在群里的跟亲戚小孩玩耍的照片，说："就是仙女棒跟摔炮之类的小玩意而已。"

他妈妈还想问，被他爸爸制止了："团仔都几岁了，男子汉，十一点出个门怎么了，还有同学呢！就是别跑太远，在这附近玩一玩就好，手机要带。"

顾奇南抓了件外套，冲出门。

他抓起手机给展铭发消息。

小弟3：我在电梯里了，马上下来。

摇啊摇：嗯，我在门口，东门。

门口!

他在黑夜里跑得呼哧带喘,跑得头脑发热、脸颊通红。

他刷卡出了东门,看见穿着黑色卫衣的展哥,兜帽戴在脑袋上,双手插袋,酷酷地站在空无一人的路边等着他。

顾奇南飞奔到展哥面前站定,傻笑。

马路上只有稀稀拉拉几个路人,小区的保安在门卫室里看春晚,热闹的歌舞声隐隐传出来,给寂静的黑夜增添了几分热闹。

突然,四面八方响起了欢呼声,有人高喊"新年好",还有人跑到阳台放起了电子鞭炮。

到处都是噼里啪啦的电子响声。

还有电视机里的歌声、问好声。

它们汇成一片细微嘈杂的声音,在温暖的冬夜轻轻地传到两人的耳边。

"新年快乐。"顾奇南说。

"新年快乐。"展铭说。

过了一会,展铭说:"我得走了,地铁最后一班,零点十分。"

今天是除夕,地铁推迟了末班车的时间。

顾奇南脱口而出:"你别回去了。"

展铭沉默了一会,最终还是以除夕夜不好留宿的理由拒绝了,顾奇南没强留他。

展铭回到小出租屋的时候已经一点多了。

小出租屋虽然小,却空荡荡的。

他不想睡,把衣柜里的盒子拿了出来。

他翻出里面的旧乐高,开始拼。

手机振动了一下。

他拿起来看。

小南仔:到了吗?

小南仔:我好困啊,困得不行了。

摇啊摇:到了,赶紧睡。

小南仔:你也赶紧睡,明天要出门玩。

顾奇南发了一段二十秒的语音。

展铭点开听。

  摇啊摇，困啊困，一暝大一寸。
  摇啊摇，惜啊惜，一暝大一尺。

顾奇南的南州话没那么标准，有点磕磕巴巴的，很可爱。
在童谣声中，展铭把乐高拼好了才去睡觉。

Chapter 18
做检讨

大年初一下午,四人组在电影院前集合。

四人提前了十五分钟到,两个女生还没来。顾奇南作为活动指导人,严肃地进行了观影前的最后一次培训,林小斌跟吴渊听得肃然起敬。

林小斌感叹:"被那么多人表白过的南哥果然有大佬的气质。"

展铭听了想笑。

十分钟后,邱然颖跟她同桌林华婷到了。

一见到两个女生,林小斌跟吴渊就倒抽一口冷气。

虽然天气很暖和,但毕竟是冬天,男生们都穿了两件衣服加长裤。邱然颖跟林华婷却穿了卫衣和连衣裙,一个粉色,一个白色,脚上穿着一模一样的小白鞋,都光着又细又长的小腿。

可爱是很可爱,就是看着腿冷。

林小斌张口就问:"你们两个不怕冷啊?"

顾奇南站在两个女生身后,朝林小斌翻了个白眼,双手在嘴巴上打了个叉,让他闭嘴。

林小斌赶紧补救:"我就问问,很可爱,很可爱。"

两个女生笑嘻嘻的,邱然颖低声说:"我们穿了袜子的。"

林小斌竖起大拇指:"这袜子厉害了,隐形的。"

林华婷扑哧就笑了。

进了放映厅,两个女生坐中间,吴渊坐到邱然颖身边,手脚都僵硬了,连爆米花都忘了递给人家,紧紧地抱在自己怀里。

顾奇南跟展铭在另一边坐下。

趁着电影还没开始，顾奇南拿出手机。

小南仔：把爆米花给人家啊！自己抱着干吗？！

斌哥向前冲：南哥，这太难了。请问下次能不能不带吴渊出门看电影？

灯暗了，电影开始了。

等电影结束，亮灯的时候，林小斌一转头，发现吴渊跟邱然颖的脸红红的。

林小斌嘟哝："这里太不通风了，看把你们憋的，赶紧出去。"

今天看电影的人特别多，散场的时候，展铭站在顾奇南身边。每当有人要碰到顾奇南，他就伸手挡住。

出了电影院的门，顾奇南大声喊："渊哥请我们看电影，我请你们喝下午茶吧！"

林小斌就等着顾奇南一声令下，他好附和，从散场的时候就竖起耳朵等着了，生怕错过，这时赶紧大声应好："好的，谢谢南哥！邱然颖，你们也一起去吧！"

邱然颖跟林华婷被这两个人的洪亮嗓门镇得都蒙了，你看我，我看你。

林华婷碰了碰邱然颖的胳膊。

吴渊低声说："一起去吧。"

邱然颖细声细气应了好。

六个人找了家轻食甜品店，点了甜品跟饮料。

等东西都上来之后，六个人陷入了诡异的沉默，连林小斌都不敢随便开口说话了。

顾奇南身为活动的指导者，自然不能看着尴尬的沉默蔓延，想了半天，开口问："你们作业都写完了吗？"

其余五人："……"

邱然颖鼓起勇气问："你都写完了？"

顾奇南喝了一口热可可，说："差不多了。"

除了展铭，其余四人倒抽一口冷气。

接着众人就关于写作业的话题，开始了热烈友好的讨论。

大年初一的看电影跟喝下午茶，很快就被展铭抛到了脑后。

没想到这个下午茶，竟然喝出了问题。

高三寒假的最后一天，年初五，林小斌往群里甩了一张截图。

截图上是新开的 QQ 表白墙，叫"小杧果表白墙"，上面有一则最新投稿。

"展铭真的和邱然颖在一起了，大年初一的时候看电影，被我们偶遇了。他们穿着情侣装，没看见我们，跟我们看的不是同一部。看完出来后，他们还一起去吃东西了。原来乖乖牌真的都喜欢坏坏的不良差生！绝对是真的！照片为证！"

看完这则投稿，展铭呼吸都停滞了一小会。

直到他看到照片。

照片上是穿着黑色卫衣的他，跟穿着粉红色卫衣的邱然颖。

斌哥向前冲：……

渊哥一定行：……

小南仔：？

初六上课那天，坐上展哥的小电摩后，顾奇南一直碎碎念。

"我那天也穿黑色卫衣了，为什么他们没看见？！我今天也穿了，我今天不穿校服外套，我就要穿着这件黑色卫衣走来走去！"

展铭锁好小电摩，回头看见顾奇南敞开校服外套，把黑色卫衣露了出来。

展铭上前，拉好他的校服拉链，说："冷。"

顾奇南不情不愿地说："他们干吗老是觉得你喜欢邱然颖？他们什么时候才会发现是误会啊？"

展铭无可奈何地摇摇头。

两人还没走进教室，就听见了林小斌的怒吼。

"你是不是有病？大早上的阴阳怪气什么呢？跟你说了，展哥不喜欢邱然颖，邱然颖也不喜欢展哥，表白墙胡说八道！我们六个人一起看的电影！"

两人一进门，就看见王越一脸怒气，手指着林小斌，在空气中戳来戳去，喊："邱然颖为什么跟你们一起去看电影？就这还不承认？展铭是乌龟，不敢承认！"

展铭无语。

虽然被王越骂了，但是他一点也不想管这档子事。

哪知道王越见展铭来了，暴跳如雷，也不想着降低音量了，大喊大叫的。

"展铭，你是不是男人？！"

展铭："……"

"你喜欢邱然颖还不敢承认！就你这种垃圾，凭什么追邱然颖？"

顾奇南挡在展铭身前，大骂："你才是垃圾，而且是不可回收的有害垃圾！"

乖乖牌的好学生骂人了，整个五班为之一惊。

连展铭都愣住了。

这是不是顾奇南第一次在班级里发火骂人？

就愣住的这么一下工夫，王越突然提着拳头冲向展铭，正正一拳，打在展铭脸上。

展铭没反应过来，他还看着顾奇南。

甚至在王越冲过来的时候，他下意识把顾奇南拉到身后，以为王越要打顾奇南。

展铭在七中上学两年半，这还是第一次被人打到脸。

还是因为这么可笑的事。

展铭用舌头顶了顶腮边，有点痛，里面可能擦破皮出血了。

王越还在叫嚣："你是男人的话，就承认你喜欢邱然颖！你这算怎么一回事？！"

"你——"

展铭放下书包，甩了甩拳头，慢慢逼近王越。

"是不是耳朵有问题？我说了，我、不、喜、欢、邱、然、颖。"

王越扑了上来。

一团混战即将开始。

"好了！"

突然一声大喝，吓醒了看戏看得浑然忘我的五班群众。

大家看见展铭的小弟——吴渊，站了出来，说出了一句五班人进入七中以来听过的最令人震惊的话。

"喜欢邱然颖的人是我！追邱然颖的人也是我！王越你是不是纯种的傻瓜？！"

五班全班："……"

王越："……"

站在门口围观好戏的六班群众："……"

邱然颖："……"

最后这一团混乱在班主任老张跟段长老黄到来的时候宣告结束。

三个人都被拎去了办公室外罚站。

老张了解了一圈，询问了五班的班干部，询问了证人邱然颖跟林华婷，证实了是王越先找的麻烦，先动的手，也证实了吴渊喜欢人家女生的事。

老张又生气又无语，想要训人都不知道从哪一个开始，于是先揪住无辜牵扯其中的展铭骂。

一个个单独叫进办公室，一个个骂。

"既然是误会一场，你还手干吗？你本来是受害者，是苦主。这下好了，你打了他一拳，你也牵扯进来了！"

展铭："……他打得我很痛。"

老张："……"

老黄喝了口茶："你自己想想，你跟王越起冲突不是头一遭了。政治处都记着呢，你现在又来，让学校怎么处理？你升上高三之后，学习进步很大，也不再惹是生非，是一件好事。怎么到了最后一个学期，你又惹出事来，影响了学习怎么办？"

展铭张了张口，沉默了。

实在是不知道说什么好，难道他要说，只怪王越太傻。

老张开口："不管怎么说，你们现在在高考的紧要关头，就算谈恋爱的不是你，你也不能跟吴渊一起瞎胡闹，还约人家女生出来看电影。这事这么一闹，影响多不好！我不知道你心里有没有什么花花肠子，如果有，都给我收回去，有什么事统统等到高考结束再说。听到了吗？"

展铭点头。

老张大手一挥："出去站着！把吴渊叫进来。"

展铭出去叫吴渊。

王越跟吴渊感觉在走廊又快打起来了，两人脸色都相当难看。

吴渊进了办公室。

老张骂："你怎么回事？本来你是很乖的一个学生，虽然经常跟展铭在一起，但从不惹事，老师对你印象很好的。现在不仅闹事，还早恋！现在是什么时候，是谈恋爱的时候吗？！谈恋爱就算了，还争风吃醋！传出去能听吗？！"

吴渊也不知道自己是怎么一回事。

当时教室外挤了一大堆看热闹的人，大部分是隔壁六班的，他不知道邱然颖是否在里面。他刚刚喊得那么大声，所有人都听见了，估计此时此刻两个班级都知道了，邱然颖也知道了。

她说不定已经拉黑了他的微信。

吴渊很沮丧:"老师,我没有早恋,我只是暗恋。"

老黄一口茶差点喷出来。

"我知道现在高考是最重要的事,我也不想影响人家的学习,我们只是普通同学关系,大家六个人一起看电影而已。我没有追她,她也不知道我喜欢她的事,真的。"

老张更无语了:"那怎么就搞成了如此可笑的争风吃醋呢?"

吴渊想翻白眼:"是王越太傻了!不知道是不是高一新生,又弄出来一个表白墙,还有人上去说看见了邱然颖跟展哥看电影,我们有六个人,他只说他们两个,这是什么居心?简直是故意扭曲事实!王越喜欢邱然颖,追求邱然颖,给邱然颖造成了很大的困扰,有次课间操结束还堵住邱然颖,不让她回教室,是展哥解围的。这些都是真的,你们可以问邱然颖。从那次之后,王越就认为展哥喜欢邱然颖,处处跟展哥对着干。这次看了表白墙的鬼话,早上一来就打人。我、我就是一时生气,才动了手……"

老黄放下茶杯,慢条斯理地说:"你帮展铭解释一下就好了,为什么还动手?动了手,你就是不对的。明明很简单的一件事,王越打了人,是他不对,你们告知学校,学校自然会处分他。现在变成了三个人打架,性质很恶劣,你跟展铭也躲不了处分。"

吴渊低头说:"老师,是我冲动了,我确实做得不对。展哥他是无辜的,因为一直帮我,才被王越误会。他也是为了自卫才还手的,别处分他了,行吗?"

老张跟老黄对视一眼,老黄说:"学校自然会公平处理,你不用操心那么多。"

老张接着说:"但是你这个、这个喜欢人家女生的事,我必须先警告你,紧要关头,不许早恋。"

吴渊赶紧点头。

老张指着他说:"别跟我来这套,你要真没那个心思,怎么不在一个班,还能约她一起看电影?"

怎么说呢,吴渊这家伙,挺知道怎么讨好老师的,马上就说:"老师,真不是约她看电影。是她大年三十那天,在微信上问我要顾奇南的作业答案,说她不太明白,想参考一下顾奇南的。我发给她,然后就说起她年三十还在学习,她说明天要出门看电影,正好我们四个也要看电影,所以就一起出门了。真的,有聊天记录为证!"

吴渊说着还翻聊天记录给老张看。

老张一看，还真是在问作业，一下感觉气消了不少，又警告了几句，就让他去外面站着了。

最后一个，王越。

也是罪魁祸首。

展铭、吴渊两个人升上高三之后，都变了人一样，疯狂认真学习，一直在进步。说实话，老师对他们两个的印象，特别是展铭，已经变得非常好了。

这次虽然打了架，但老张跟老黄心里，还是比较偏向他们两个的。

王越就不一样了。

从一年级到三年级，自始至终爱惹事、不学习。

上课的时候、上晚自习的时候，大声喧哗，打游戏，影响其他人学习，已经被偷偷告到班主任那里好几次了。

怎么批评都没用。

他喜欢邱然颖的事，全年级的老师都知道。没人管他，是因为邱然颖对他一点意思也没有，没有一丝一毫跟他早恋的可能。

他现在惹出事了，还先动了手。

老张第一时间就给王越的家长打了电话。跟以往的每一次一样，两个家长都推说没空，不愿意过来。

老张看着站在面前的王越，无奈地说："你自己数数，从高二我接手五班，这是你第几次被叫到办公室了？"

王越一副无所谓的样子："老师，你罚吧！"

老张被他堵得一口气憋在嗓子眼里，脸都涨红了。

"你这是什么态度？！"老黄重重地放下茶杯。

王越闭了嘴，抬头看天花板，一脸不服气。

老张问："你觉得自己没错？"

老黄接下一句："退一万步说，就算邱然颖真的谈恋爱了，又关你什么事？"

老张："你以什么立场去教训展铭？"

一唱一和，异常默契。

王越看看天，又看看地。

老张呵斥："站好了！站没站相！"

王越终于忍不住嚷嚷："照片上就是邱然颖跟展铭两个人，他们说六个人去看就真的是六个人啊？那为什么照片里只有两个人，其他四个人呢？"

"你谁啊？"老张冷冷地问，"邱然颖她爸？邱然颖她妈？不管人家是不是真的六个人去看电影，是不是真的谈恋爱，关你什么事？"

"怎么不关我的事！"王越喊，"老师，他们早恋你也不管吗？！"

"人家没早恋，"老张说，"只是普通同学出去看电影。"

"吴渊自己在教室喊他喜欢邱然颖，所有人都听见了！"王越不服。

"人家喜欢谁，我还能管啊？啊？你也喜欢邱然颖啊，我管你，我命令你，从现在开始，你不准再喜欢邱然颖了，你听我管吗？"

王越不吭声。

老张又把他上学期的表现拿出来骂了一通，最后老黄总结："今天这事，错误最大的人就是你。他们两个也动手了，也该罚。但是，上学期你已经惹了不少事，学校本来就要取消你的住宿跟晚自习资格，是你的班主任替你求情，才给了你一次机会。现在刚开学，你就打架，住宿跟晚自习资格是肯定要取消的。"

"他们两个呢？"王越问。

"他们两个本来就不住宿。"老张说。

"他们的晚自习资格也该取消！"王越说，"他们就是为了追邱然颖才来晚自习的！"

老张感觉自己无话可说。

在漫长的教学生涯里，他经常遇到让人无话可说的学生。

"我再强调一遍，无论是展铭，还是吴渊，跟邱然颖都是普通同学关系。如果他们有人早恋，影响了学习，老师跟家长肯定会管的。但是，你不是老师，也不是家长，这些事不需要你替邱然颖操心，明白了吗？"老张一字一句说道。

"邱然颖被展铭骗了怎么办？"王越问，"展铭这个人就是个流氓，考试肯定是作弊的。这种人，邱然颖——"

"王越！"老黄打断了王越的话，"我警告你，好好反省自己的错误并改正。邱然颖跟你毫无关系，你们不是同班同学，也不是朋友，请你摆正自己的位置，不要插手邱然颖的交友！这件事我们会跟你家长沟通的。"

老黄跟老张商量过后，三个人被罚写三千字的检讨，并且全校开学后，他们要在升旗仪式上轮流做三分钟自我检讨，其中王越还被取消了住宿跟晚自习资格。

三个人都知道老师给他们留情面了，没记过，都对惩罚没什么意见。

回到教室后，第一节课已经结束了。

三人一进教室，五班全班的目光都集中在他们身上。

特别是吴渊。

林小斌比了个大拇指，小声感叹："渊哥，服！这下名垂七中校史！"

吴渊一脸想死的表情："你可闭嘴吧。"

吴渊连拿出手机确认邱然颖是否已经把他拉黑了都不敢。

当天晚上，吴渊在群里疯狂刷屏。

渊哥一定行：她没有拉黑我！没有拉黑我！我还看得到她最新的朋友圈！晚上刚刚发的！

斌哥向前冲：说不定忘记了呢？你赶紧给她发个消息，她想起来了，就会把你拉黑了。

渊哥一定行：滚！

小南仔：其实，有一件事，渊哥，我没有告诉你……

小南仔：其实邱然颖早就知道你喜欢她了，就全校误会展哥喜欢她，为了她出头那次，我去跟邱然颖解释了，她们怀疑是我喜欢她，我一着急，就说漏嘴了……

吴渊没有回复消息。

他消失了整整两个小时。

到晚上十一点的时候，他才发消息。

渊哥一定行：邱然颖找我问作业答案了……还说……现在她什么都不想，只想着高考，有什么事都等到高考结束再说……这什么意思……她也没拉黑我……

斌哥向前冲：意思是好好学习，天天向上。

小南仔：意思是你还有希望，真笨啊。你看她加王越微信了吗？她要问作业答案，为什么不加我微信？

吴渊又消失了。

元宵节过后，全校开学。

第一次升旗仪式，政治处主任在国旗下讲话，鼓励高三年级的学生好好学习，还严厉批评了高三（五）班的打架事件，并让三人做检讨。

王越是第一个，接着是吴渊。

两人都拿着稿子，机械般僵硬地复读。

"我深刻认识到自己的错误""决心好好改正""从此洗心革面，好好学习，天天向上"之类的，听得底下的同学们打哈欠。

最后一个是展铭。

开头也是一模一样的"深刻认识到错误""决心好好改正"，然后最后一分钟的时候，画风急转直下。

"这次打架事件的起因是有人在QQ表白墙上胡说八道，说我喜欢一个女生。"展铭没拿稿子，镇定地对着麦克风说，平静得仿佛在说"今天天气不错"。

底下都炸开了。

王越跟吴渊都傻了。

"这个谣言已经传了很久，我郑重地向这位女同学道歉，影响了人家。在这里，我也想向大家说明，我没有喜欢任何一个女生，校内、校外，都没有。"

底下开始有人吹口哨，尖叫。

展铭还是那副酷酷的样子，甚至脸上一点表情都没有。

政治处主任已经一脚跨出去，准备抢夺展铭手里的麦克风了，结果展铭的下一句让他愣在原地。

"我已经是一个高三生了，当前最紧要的事是学习。我不会跟任何一个女生谈恋爱，我只想跟着我的同桌一起努力学习，然后取得好的成绩。请某些同学不要再胡说八道，给我造成困扰。"

七中不良差生展铭，爱闹事的展铭，曾经当场把同学的课桌扔出教室的展铭，在离高考只剩三个半月的时候，在全校师生面前，洗心革面，幡然悔悟，重新做人，真情剖白他的心里只想跟着好学生学习。

这件事成了七中传奇，永久流传。

Chapter 19

我叫我同桌教你

展铭的事迹,成了七中的传奇。

在每一个被老师发现后灭掉又新建的表白墙上默默流传。

在每一年高三的誓师大会上,被老师们拿出来劝导同学们浪子回头金不换。

每一次有人打架的时候,老黄总会说:"你以为你这三脚猫的身手很厉害?当年,我带的班级有一个学生,比老师们都壮,每次闹事,都得几个男老师一起去抓。结果呢,这种硬茬子,到了高三,也得乖乖学习,心里也只剩学习,什么都不想,1.9米的大个子,天天跟着同桌学习!"

"后来呢?"

老黄喝了口茶,慢悠悠地继续说:"后来?

"后来考得不错啊。原本是年级倒数,升上高三后,每一次考试,进进退退的,总体是进步的。到了最后高考,是他考得最好的一次,跟一开始相比,进步了六百个名次!不是开玩笑,六百个名次!这件事,你们班主任老张最清楚了,当年就是他班上的学生。我参加工作以来,这是我见过的改变最大的学生。从大专线以下,一直飞升到一本线。踩一本线了,刚刚好踩分,我记得特别清楚,一分不多,一分不少。"

老张接话:"他选了个很热门的专业,通信工程吧?还是电子信息来着?他不接受专业调剂,最后上了二本的学校,也挺好的,专业很好。"

学生问:"他的同桌呢?"

"那是考得相当好!"老黄激动地道,"数学单科满分,全市单科第一!总分也不错,他当时还可以降分录取,但是没用到降分,他自己就考上了B大。你们不知道吧,这位同学是从一中转学过来的,在他们一中成绩都上不去,就没考过这么高的分，来了七中，飞速进步。那一年是我们校长最开心的一年，他说第一次在教育局开会，说得一中校长无话可说！"

学生嗤之以鼻："原来他有这么厉害的同桌，有什么不会的，他同桌都可以教他！哪里像我，老师，我同桌考得比我还烂呢！请问我们两个要怎么才能进步六百名啊？"

老张拍桌："你还有理了！现在是说这个的时候吗？现在是在说你打架的事！我跟你说——"

七中明知楼的吵闹一如既往，就跟那年的夏天一样。

那年夏天的事，很多顾奇南都忘记了。

那个夏天过得飞快。

一模、二模、三模，每周一次的模拟考，飞速而来，每个人都没有反应的时间。

两轮复习很快结束了，第三轮就是不停地做题，不停地考试、讲评。

展铭的成绩一直在进进退退，起起伏伏到最后，他已经麻木了，反正总体是上升的，虽然很缓慢。

到了六月，温度跟压力一起逐渐变高。

结果不错，他们都考上了理想的大学。顾奇南上了第一志愿，B大数学系；展铭也考上了同一个城市的大学，离B大四十分钟车程；吴渊跟邱然颖考上了本省同一所211大学，高考结束的当天晚上，他们就确定关系在一起了；林小斌考上了南州市一家职业技术学院，公办的大专，学校环境很好，他的专业是市场管理。按林小斌的话说，毕业了准备回家继承家业，好好经营洗衣店。

林小斌的爸妈很高兴，原本以为林小斌连高中毕业证都拿不到了，结果竟然考上了大学，还是公办学校。为了这事，两人还特地打电话感谢老张。老张说，都是顾奇南这个年级第一的功劳，带领他们三个认真学习。

为此，林小斌爸妈还请他们吃了顿饭。

吴渊跟邱然颖确定关系后，也请大家吃了饭。

顾奇南爸妈又请他们到家里吃了饭。

四个人还约着一起吃串串、烤肉、沙茶面，从考完就几乎天天约出去玩。

展铭很快就找到了新的兼职工作，这次没去工地，找了份在便利店当店员的工作，分白班、晚班，一天上班八个小时，还能留出时间跟顾奇南出去玩。

虽然工资没有在工地赚得多，但展铭算了算，学费申请助学贷款，开学之后继续勤工俭学，还是够花的。

顾奇南放纵了两个星期才开始看书。李腾主动联系他，给他推荐了很多大学需要的教材。

志愿填报完了，五班搞了一次聚会，差不多全班都参加了，顾奇南四人也参加了，去了南州市最近很火的一个网红山庄烧烤。

山庄在市郊，还挺远，下了地铁还要转公交。他们下午到的，晚餐是自助烧烤，结束后唱歌，在山庄住宿一晚。

山庄的环境很好，绿荫环绕。五班占了一个半山腰的小平台烧烤，还能看到远处的大海跟星星点点的灯光。

五班参加的人多，租了好几个炉子，每个炉子前都围着一群人。大家各自分工，有的洗菜，有的给鸡翅、肉串刷腌制的酱汁，有的负责把木炭烧起来。

顾奇南他们四人自然是一起的，展铭给每个人都指派了活，唯独顾奇南没有。顾奇南问："那我呢？"

展铭说："你就乖乖站着，看我烤东西。"

顾奇南点头："哦。"

正在往竹签上串牛肉的林小斌唉声叹气："凭什么啊？小弟1号怎么能站着不干活？不干活他还能当小弟1号吗？"

吴渊示意他闭嘴。

顾奇南自觉地说："我可以帮忙啊！"

展铭随口吩咐："那你去捡些树枝树叶来吧，这个木炭不好弄。"

走出小平台，就是石板铺成的山路，路边都是树枝落叶。顾奇南走出小平台，弯腰捡了一点干树枝。他想着其他人可能也需要，就想多捡一点，不知不觉往前走了十几米。

因为树木环绕、山路曲折，每个小平台上的人互相看不见。顾奇南走了十几米，捡了一堆小树枝，抬头才看见前面又是一个小平台。

冤家路窄，在上面烧烤的正是一中实验班的人。

对方也看见他了，彼此都愣住了。

碰见也不奇怪，这个山庄最近很受欢迎。南州市的几个吃喝玩乐的微信公众号推荐了无数次，说这里空气清新，半山腰还能看见海，晚上星星、灯光一亮，浪漫得不得了，而且最近还推出了学生优惠价。

邱然颖他们班已经来过了，说很好玩。

恐怕南州市的许多高三毕业生，都会来这里玩一趟。

实验班的人不多，只有十来个。顾奇南粗略扫了一眼，没有林士达，但是在场的也都是欺负过、讥讽过他的人。

他记得很清楚。

一年多没见了，每个人都或多或少有点变化。

但是顾奇南仍然清清楚楚地记得他们每个人，甚至他们做过什么、说过什么，他都想得起来。

泼油漆事件后，顾奇南没有去打听实验班的那群人怎么样了，有没有被打击到，有没有被影响。

他已经毫不关心他们了。

但是知道他们好像考得不好，他还是觉得挺开心的。

毕竟他可不是什么圣人。

顾奇南不知道的是，泼油漆事件后，整个实验班的教室重新粉刷了一遍，林士达污蔑顾奇南的事也被传开了，整个实验班的人都心存愧疚，在顾文辉的投诉下，当时的班主任也被学校辞退了。这一届高考，是一中实验班有史以来考得最差的一届。林士达连211大学都没有考上。如今再次见到顾奇南，实验班的这群人纷纷表达了自己的歉意，希望得到他的谅解。

天色渐渐黑了，小平台上的灯亮了起来。

星星似的灯带，挂满了整个小平台。

点点灯光在顾奇南的眼里轻轻荡漾，像小船在水中摇晃。

顾奇南眨眨眼，看着展铭，声音轻得像夏夜里薄薄的雾气。

"展哥，我发现我已经不怕他们了，不怕他们的眼神，不怕他们的言语，不怕他们的行为。我也已经把一中的事都放下了，不是因为我原谅了他们，我还是讨厌他们。

"我不在乎他们了，因为我有了更在乎的人，因为我有了更好的朋友，有了很多快乐的事、快乐的回忆。"

展铭开心地说："高中毕业快乐。"

顾奇南的高中生活结束了。

经历了很多事的高中生活,很痛苦的高中生活,后来又很快乐的高中生活。

在这个夏天,很完美地结束了。

他有了新的好朋友,他很快乐。

所有的难过、悲伤、恐惧都过去了。

它们没有消失,它们一直留在他的心里。

但它们就是已经过去了。

被新的幸福、快乐、美好盖住了。

它们是腐烂的枯枝败叶,但在这之上,长出了花儿。

Extra Chapter 1
斌哥从不纠结

高考后的暑假,是学生生涯中最长的一个暑假,长到林小斌都想出去打工了。

但是他爸妈不让他出去打工,说是出去打工,还不如帮他们看店,一个月可以给他一千元的零花钱。

林小斌心里苦。

一天看八个小时的店,在外面都能拿两千多块钱了,他爸妈才给他一千块钱,而且伸手拿这一千块钱的时候,还要被骂一顿"就知道花钱"。

唯一的好处是自由,没客人的时候可以一直玩手机,有同学约他出门玩的时候可以随时出门。

林小斌真是疯玩了一整个暑假,一周能有好几拨人约他出门。

跟展哥他们一周至少聚一次,有时候去外面吃饭、看电影,有时候打篮球、打台球,有时候去展哥的小出租屋吃个烤鱼、火锅什么的。

虽然小出租屋真的很小,但对他们四个刚高中毕业的人来说,是唯一的私人空间。

那里是一个他们可以随意待着,想玩游戏就玩游戏的地方,完全不用担心家长会突然推开门,问他们在干吗。

所以他们三人真的很爱去展哥的小出租屋。

林小斌甚至想在那里过夜,因为可以聊天打游戏到半夜,第二天还能睡到大中午。

每一次吴渊都把他拉走。

吴渊说:"太挤了。"

可是顾奇南每次都留下来!

当然了,顾奇南的家比较远,他可以理解。他也不是说顾奇南不能住下,但为什么顾奇南能留宿,他不能留宿?

林小斌问吴渊:"小南仔每次都留宿,展哥也没嫌他。我睡地板还不行啊?我就不想回家,睡晚一点都要被我妈骂。"

吴渊摇头道:"你真是个傻瓜。"

林小斌呵呵了两声,说:"我发现你谈恋爱后,真的是越来越嚣张了。"

当然,林小斌是不会跟吴渊计较的,他一向大度。

也许吴渊是晚上一个人回家害怕呢?

所以吴渊拉他走的时候,林小斌还是跟着一起走了。

毕竟城中村那块是真的有点吓人,每次展哥都不让顾奇南一个人走,接来送去的。

虽然展哥从来不出来接他。

不过林小斌觉得这个暑假,吴渊这家伙,越来越奇怪了。

建了这个群后,他们几个就没怎么私聊过,有什么话都是在群里说。

可这个暑假,吴渊找他私聊了好几次。

而且每次的话题都很微妙。

比如七中的"小杧果表白墙"——学校一直揪不出这个表白墙的账号管理者,因此它还存活着——暑假的时候又贴了一则新投稿,标题叫听说展铭和顾奇南考了同一个城市的大学"。

"上个学期在全校升旗仪式上因为打架做检讨,结果说'心里只想跟着同桌学习'的展铭,大家还记得吗?听说两人考上了同一个城市的大学!高三的学长学姐们快来告诉我是不是真的!"

底下纷纷回帖,说是真的。

"试问谁不想跟着顾学长学习呢?顾学长快看看我这个差生吧?你能教教我数学吗?我保证心里只有你跟学习!"

七夕节即将来临,林小斌发现他很喜欢的一家比萨店推出了促销活动,七夕情侣套餐,两人同行,一人免单。林小斌激动地把促销链接甩到群里,召集大家去吃饭。

邱然颖全家出去旅游了,吴渊落单,刚好他们四个人,可以免单两人。

斌哥向前冲:兄弟们,立省一亿元啊!

渊哥一定行：人家这是情侣套餐好吗？

渊哥一定行：……

渊哥一定行：我不是很想去，谢谢。

然后吴渊又来私聊他，让他有点眼色，七夕节别约活动。

林小斌不懂了，吴渊的女朋友又不在，大家都是单身，怎么七夕节就不能约活动了？

两人还在私聊吵呢，顾奇南就在群里说话了。

小南仔：好划算啊！我跟展哥要去！

小南仔：渊哥也来吧，这样刚好四个人。

渊哥一定行：好。

这林小斌就不能忍了，上一秒还在私聊说不要去，下一秒立刻在群里发话说他要去。

文武哥：你斌哥碗大的拳头明天就要落在你的身上了。

渊：斌，我真同情你。

文武哥：？

渊：脑子不好。

文武哥：铁拳警告！

时光飞逝，暑假很快结束了，四个人陆续开学。

开学后，他们各自学业繁忙。特别是顾奇南，似乎他们系的功课很多很难，反正周一到周五每天都很忙，每晚都要在图书馆写作业写到闭馆才回宿舍。

林小斌的功课是最少的，但是他也每天忙得很。一开学，跟进了大观园似的，什么都新鲜，他加入了三个组织，动漫社、骑行社、学生会，一周七天排得满满当当，没有空隙。

而且……

他在骑行社团里认识了一个学姐。

大他两届，1.7米，扎着高马尾，英姿飒爽的，骑行经历丰富，十分厉害。

学姐喜欢逗他，说他跟小孩似的。

不知道怎么说，反正林小斌就人生第一次吧，有点少男心事了，天天一有空就打开微信，刷朋友圈刷得眼珠子都要掉出来了，生怕错过学姐的任何一条朋友圈。

林小斌在群里敲下一句话。

斌哥向前冲：群里的三位大佬，请问要怎么追人呢？

要说林小斌这人有什么优点，就是他从不纠结。

人生还很长，纠结别人的事多没意思啊。

这就是斌哥。

斌哥从不纠结。

Extra Chapter 2
每时每刻

-1-

展铭解锁了一辆共享单车,长腿一跨,出发。

从他的学校坐地铁到 B 大站,需要四十分钟。

从地铁站到顾奇南的学校,需要骑十分钟单车。从顾奇南学校的大门口,骑到他周四下午上课的教学楼,需要七分钟。

展铭已经将时间掌握得分秒不差,毕竟本学年以来,这条路线他已经骑行过无数次了。

其实展铭有点怀念他在南州市的小电摩,比自行车快多了。

自行车还是有点慢,每次等他到达顾奇南所在的教室,人家早已上课十分钟。

他就得小心翼翼地溜进去。

-2-

展铭弯着腰,悄悄从后门溜进教室,坐到顾奇南身边。

"数学分析"课已经开始了。

顾奇南帮他占了一个位子。

展铭放下书包,拿出自己的课本,看了顾奇南一眼,轻声说:"你听课。"

顾奇南偏过头,看着他笑。展铭满头的汗,顾奇南轻轻地把自己的大水杯推了过来。

水杯里泡着舒展开的碧绿茶叶,是南州人最喜欢喝的铁观音。

上课的时候、做作业的时候、在图书馆自习的时候，顾奇南都习惯泡上一点茶叶，慢慢地喝着。

在离开南州市以前，他都没意识到自己喜欢喝茶。

某一天午后略微有些困倦的时候，突然很想喝一点茶提神，他跟展哥说了，展哥于是让林小斌从南州寄了茶叶过来。

第一口茶喝进去的时候，他突然意识到，这是南州的味道。

-3-

展铭开始做自己的作业。

他听不懂顾奇南的课，一个字也听不懂，但他每周都来陪顾奇南上数分课，陪一整个下午，下课了一起吃晚饭，在校园里散一会步，然后陪着顾奇南去图书馆自习。

最后他再回自己的学校。

他俩每周空闲的时候不多。

顾奇南的课很多，剩下的时间都必须拿来写作业。他们的课很难，作业也难。展铭不想影响顾奇南的学习，他知道顾奇南本科学业结束后，大概率要申请国外的学校出去读研读博。因此每一次考试，对顾奇南来说都很重要。

展铭的课也不少，但比起顾奇南毕竟还算轻松。

他一周有四个晚上打工，没有课也不打工的时候，他都尽量赶过来陪顾奇南。

就像现在这样，尽管不能说话，只是一个听课，一个做作业，也很开心。

好像他们只要待在彼此的身边，就觉得很开心。

-4-

课上到一半，老教授突然问："顾奇南呢？顾奇南今天有没有来？"

大家稀稀拉拉地笑了，有大胆的女生说："顾奇南在最后一排！"

老教授目光探向教室后方，问："怎么跑到最后一排去了？"

顾奇南忙站起来回答："我来晚了，没有抢到第一排。"

老教授哼了一声，嘟哝："每周四都跑到最后一排坐，这是在打什么坏主意呢？"

教授说完就开始讲题了，同学们笑，有人低声说："他朋友来陪他上课呗！"

顾奇南坐下来，一脸无所谓的样子，开始抄笔记。

-5-

下课后，两人在食堂挤着吃完饭。

饭后骑着自行车往宿舍走，顾奇南扯扯展铭的衣服："我晚上不想自习了，天天看书，我今天不想看了。明天早上我没课，明天早上我再做作业吧。"

周五晚上展铭得从六点半打工到十一点，没有空来陪顾奇南。

周六早上展铭有四节实训课，晚上又要打工。

两个人相处的时间确实少，比起以前高中一整天待在一起，少了很多。

顾奇南唉声叹气，抱怨："还以为在同一个城市读大学就能天天见面，现实却是如此残酷。"

展铭被逗笑了，转了一下自行车的车头，往校外走。

今天就放肆一点，陪顾奇南去游乐场玩一天吧。

图书在版编目（CIP）数据

我叫我同桌教你 / 靠靠著. — 广州：广东旅游出版社，2022.9
ISBN 978-7-5570-2748-3

Ⅰ. ①我… Ⅱ. ①靠… Ⅲ. ①长篇小说—中国—当代 Ⅳ. ① I247.5

中国版本图书馆 CIP 数据核字 (2022) 第 078978 号

我叫我同桌教你
WO JIAO WO TONGZHUO JIAO NI

出 版 人：刘志松
责任编辑：陈　吉
责任技编：冼志良
责任校对：李瑞苑

广东旅游出版社出版发行
地址：广州市荔湾区沙面北街 71 号首、二层
邮编：510130
电话：020-87347732
印刷：嘉业印刷（天津）有限公司
（地址：天津市静海经济开发区北区银海道 48 号）
开本：700 毫米 ×980 毫米　1/16
字数：346 千
印张：20.5
版次：2022 年 9 月第 1 版
印次：2022 年 9 月第 1 次印刷
定价：49.80 元

【版权所有 侵权必究】

如发现图书质量问题，可联系调换。质量投诉电话：010-82069336